I0656290

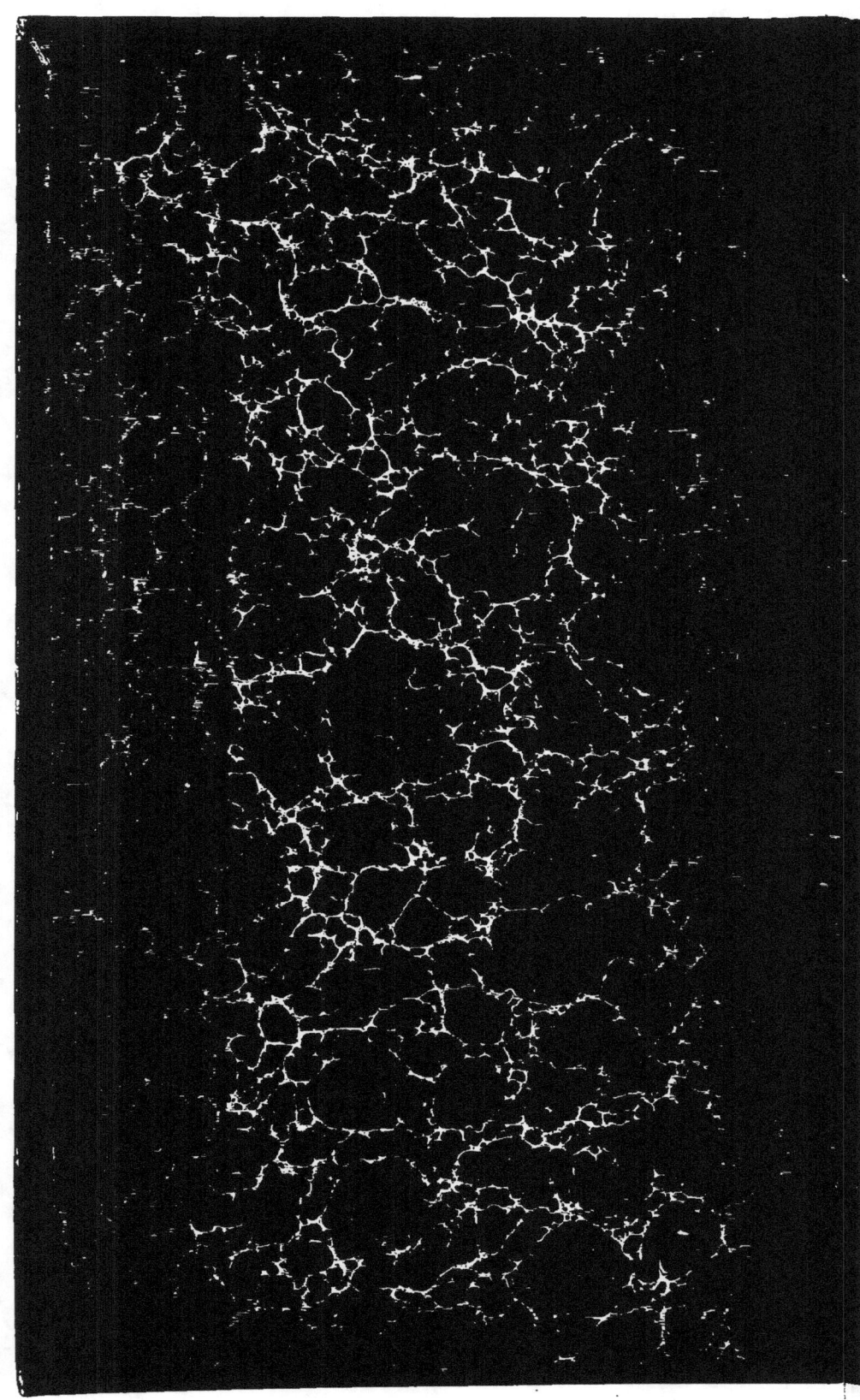

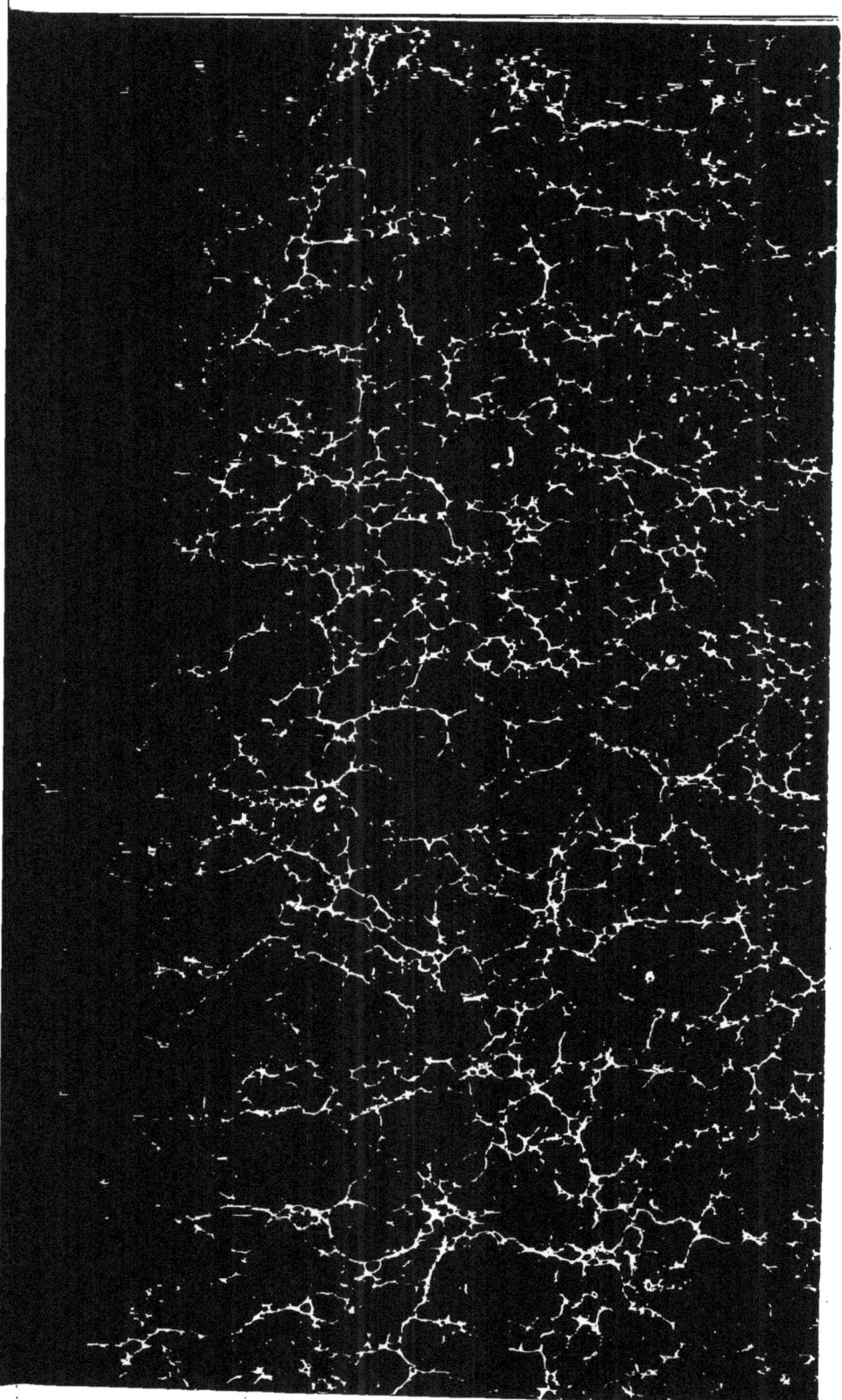

CRITIQUES

ET

RÉCITS LITTÉRAIRES

82

6 janv.

5787

Vu les traités internationaux relatifs à la propriété littéraire, l'Auteur et les Éditeurs de cet ouvrage se réservent le droit de le traduire ou de le faire traduire en toutes les langues; ils poursuivront toutes contrefaçons ou toutes traductions faites au mépris de leurs droits.

CORBEIL, typ. de CRÉTÉ.

CRITIQUES

ET

RÉCITS LITTÉRAIRES

PAR

EDMOND TEXIER

PARIS

MICHEL LÉVY FRÈRES, LIBRAIRES-ÉDITEURS

RUE VIVIENNE, 2 BIS

1853

CRITIQUES

ET

RÉCITS LITTÉRAIRES.

I

La littérature française, qui rayonnait d'un si vif éclat il n'y a pas encore vingt ans, a presque abandonné aujourd'hui la forme du livre, et s'est installée en dominatrice dans les journaux en passant par l'incarnation du feuilleton-roman. La politique et la critique se sont faites de plus en plus petites, en dépit de la gravité des circonstances, pour céder le terrain à cette sœur usurpatrice. Le public et les écrivains ont-ils du moins gagné à cette transformation ?

Je commence par déclarer que j'ai pour cette Majesté anonyme qui s'appelle le public la plus grande vénération. Je pense fermement que le premier devoir d'un écrivain est de se présenter devant son souverain, sinon avec la perruque à canons et les manchettes de dentelle de M. de Buffon, du moins dans une tenue de visite et dans la plus fraîche toilette de son talent. Mais je crois aussi que cette vénération ne doit point aller jusqu'à l'abdication de la pensée. L'écrivain est un conseiller et non un courtisan. S'il est convaincu que le public s'égare à la suite des diseurs de bonne aventure, sa mission est de lui crier qu'il fait fausse route ; et il doit lui indiquer, au risque de n'être point écouté, au risque même d'être importun, la voie qu'il croit la meilleure.

Depuis quinze ans le public lisant, c'est-à-dire la portion la plus intelligente de la nation française, s'est faite volontairement la tributaire et la très-humble vassale de cette association de raconteurs de balivernes qu'un homme d'esprit a nommée la secte des endormeurs. Depuis quinze ans ce public a lu, tous les matins à la même heure, dans tous les journaux, la même histoire, retournée, rarrangée, modifiée et rafistolée à l'aide des mêmes procédés de composition, d'invention, d'émotions et de combinaisons. Il n'y a que le titre et le nom des personnages qui varient un peu. Hier, le héros s'appelait Arthur, aujourd'hui il se nomme Octave ou Frédéric. Hier, il mourait à la Morgue ; aujourd'hui il se marie. Deux fins tragiques, dirait un vaudevilliste.

Je causais dernièrement avec un romancier célèbre (ils le sont tous), qui voulut bien, à raison de notre amitié de vieille date, me dévoiler les mystères de la fabrication.

— Toujours *La suite au prochain numéro ?* lui dis-je en l'abordant.

— Toujours, me répondit-il.

— Mais, cela aura un dénoûment ?

— Pourquoi, reprit-il, quand le dernier chapitre du roman est fini, on recommence le premier.

— Et le public ?

— Le public français, vous le savez aussi bien que moi, est de tous les publics européens le plus léger, le plus inconstant...

— Et le plus spiri...

— C'est pour cela, interrompit-il, qu'il ne s'intéresse qu'aux histoires qu'il connaît déjà, qu'il applaudit le même vaudeville, qu'il n'admire que les mêmes hommes, et qu'il se pâme devant les mêmes jeux de mots.

— Ainsi, les cent cinquante volumes que vous avez publiés...

— Tiendraient dans deux volumes in-octavo, je l'avoue, et vous n'aurez plus ce visage étonné, lorsque je vous aurai appris qu'il n'existe que neuf combinaisons dramatiques, neuf, entendez-vous bien, comme il n'y a que vingt-quatre lettres dans l'alphabet. Or, j'ai usé et abusé de ces neuf combinaisons, et j'en userai et abuserai jusqu'à l'extermination du dernier lecteur et du dernier journal. Si vous pouvez me trouver une dixième combinaison, vous ferez de moi un homme aussi grand que Napoléon et plus riche que Rotschild. Adieu, vous savez mon adresse.

Ce romancier affairé, qui craignait de perdre en conversation une minute qu'il aurait pu consacrer à la *copie*, venait de faire en quelques mots la plus spirituelle et la plus sanglante critique de ses œuvres et des œuvres de ses confrères. De quoi s'agit-il, en effet, aujourd'hui en littérature, sinon de combinaisons, autrement dit de mécanisme matériel ? Depuis qu'on a retranché des productions de l'esprit la peinture des sentiments, l'étude des caractères, le travail du style ; depuis qu'on a délaissé ce monde infini et toujours mystérieux où s'agitent les passions humaines, il ne reste plus au metteur en œuvre que des combinaisons, rien que des combinaisons. L'ouvrier les a comptées, il en existe neuf, pas une de plus, pas une de moins. Elles sont étiquetées dans son cerveau, et classées par compartiments. Il y a la combinaison de l'adultère greffé sur l'amour pur ; la combinaison du crime enté sur la vertu ; la combinaison de la haine combattue par la passion, etc., etc. Le fabricant littéraire tient boutique de combinaisons, comme le pharmacien du coin tient assortiment de drogues : c'est toujours le même amalgame, et il les débite au plus juste prix aux clients qui veulent bien l'honorer de leur confiance.

— Vous dites donc, monsieur, que vous désireriez un enchevêtrement dramatique assez compliqué, quelque chose de sombre, d'émouvant et de corsé. — J'ai votre affaire. Combinaison nᵒ 4 agencée avec la combinaison nᵒ 6 et compliquée de la combinaison nᵒ 9. Ces trois combinaisons habilement mélangées ont toujours obtenu le plus grand succès, surtout auprès des femmes lymphatiques. Je vous enverrai demain mon premier feuilleton.

On le voit, c'est la chimie et l'arithmétique appliquées à la littérature. Le romancier sait que le public veut des combinaisons, et il combine.

En dehors des neuf combinaisons, il existe les sous-combinaisons qui, dans l'argot des fabricateurs, sont plus généralement connues sous le nom de *trucs*. Les combinaisons sont l'art de l'ensemble, le *truc* est la science des détails. On dit d'un écrivain qui *file la scène* avec difficulté : il manque de *truc*. Alexandre Dumas a du *truc*. Méry n'en a pas. Ramenée à ces proportions algébriques, la littérature devient une science exacte. On fait un roman comme une règle de trois. On cherche l'x du cœur, on dégage l'inconnue d'un sentiment et l'on extrait la racine carrée d'une passion.

Je me demande comment il ne s'est pas encore rencontré un littérateur ingénieux qui ait songé à ouvrir un cours public dans lequel il eût enseigné aux *fruits-secs* de toutes les professions, les mathématiques du roman.

Qu'il me soit permis de donner ici un exemple de ce procédé de littérature.

J'ouvre un des derniers ouvrages de M. de Lamartine, *Raphaël*, que j'ai là sur ma table, et je vois que le grand écrivain débute ainsi :

« A l'entrée de la Savoie, labyrinthe naturel de profondes « vallées qui descendent comme autant de lits de torrents du « Symplon, du Saint-Bernard et du mont Cenis vers la Suisse « et vers la France, une grande vallée plus large et moins « encaissée se détache à Chambéry du nœud des Alpes et se « creuse un lit de verdure, de rivières et de lacs vers Genève

« et vers Annecy, entre le mont du Chat et les montagnes
« murales des Beauges. A gauche, le mont du Chat dresse,
« pendant deux lieues, contre le ciel, une ligne haute, sombre,
« uniforme, sans ondulations à son sommet. On dirait un
« rempart immense nivelé par le cordeau. A peine à son
« extrémité orientale, deux ou trois dents de rochers gris in-
« terrompent la monotonie géométrique de sa forme et rap-
« pellent au regard que ce n'est pas une main d'homme mais
« la main de Dieu qui a pu jouer avec ces masses. A travers
« cette végétation touffue et presque sauvage on voit blanchir
« de loin en loin des maisons de campagne, surgir les hauts
« clochers de pauvres villages, ou noircir les vieilles tours des
« châteaux crénelés d'un autre âge, etc., etc. L'automne était
« doux mais précoce, etc. »

Ce début est simple et grandiose : on sent tout de suite
l'artiste et le poëte, mais, j'en demande bien pardon à M. de
Lamartine, son début manque de truc.

Un romancier eût animé la scène à l'aide de trucs, il eût
par exemple commencé ainsi :

« C'était par une belle soirée d'automne (truc de l'entrée en
matière), les feuilles, frappées par la gelée et colorées un moment de teintes roses, pleuvaient des cerisiers et des châtai-
gniers. Les brouillards tombant des hauteurs du Simplon et du
Saint-Bernard, s'étendaient comme de larges inondations noc-
turnes dans tous les lits de la vallée. Les Alpes se noyaient
dans un firmament sans fond, les ombres bleues et fraîches
du soir glissaient dépliées en linceul sur une ligne haute,
sombre, uniforme, rempart immense qu'on dirait nivelé par
le cordeau. C'était le mont du Chat. La nature semblait mourir comme meurent la jeunesse, la beauté et l'amour, etc., etc.
(truc de la description dramatisée). Tout à coup un homme
parut sur le mont du Chat; il traversait un sentier étroit,
pierreux, escarpé. D'où venait-il? où allait-il? (truc de la
préparation) nul ne le sait (truc du mystère). Il était vêtu....

(trois colonnes sur son costume, sa figure, ses cheveux, ses mains, son bâton et son portemanteau). Mais en examinant cette ombre noire qui se détachait sur la pierre blanche du rocher (truc de l'antithèse), on restait frappé de terreur. Était-ce bien un homme? *La suite au prochain numéro* (truc de l'intérêt suspendu). »

Voici en abrégé pour le premier feuilleton. Avec ces six trucs, il est impossible de ne pas faire quelque chose de présentable et d'*empoignant*. Le truc du second feuilleton consistera à parler de toute autre chose que de l'homme du mont du Chat. Le lecteur restera pendant vingt chapitres à se demander si l'ombre noire était un homme, une femme ou un être fantastique. Puis, à ce vingtième chapitre, l'auteur lui dira qu'en effet c'était un montreur de marmottes ou un colporteur qui allait vendre des livres à Chambéry.

Je ne veux pas fatiguer le lecteur et analyser ici tous les ingrédients indispensables qui entrent dans la fabrication d'un roman-feuilleton estimable et mettent la confection de cette chose à la portée des intelligences les plus rebelles. Il n'est pas même besoin d'avoir fait sa rhétorique et de savoir l'orthographe pour réussir peu ou prou dans ce genre de ressemelage littéraire.

Cette littérature, numérotée comme les pièces d'une mécanique, peut-elle durer longtemps? Je ne le pense pas. Tout s'use à la longue, même les ficelles. Lorsque le public, ce débonnaire public, à force d'avoir lu et relu la même histoire, commencera à comprendre le procédé des romanciers, ceux-ci n'auront pas plus de succès qu'un escamoteur dont les tours sont connus; et le lecteur, devinant le dénoûment à la première ligne, rejettera le feuilleton sans l'avoir parcouru.

Nous venons de voir ce qu'a gagné l'art à cette découpure du livre en chapitres, examinons maintenant quels avantages en ont retirés les écrivains.

Madame Sand avait débuté par des ouvrages qui sont encore dans le souvenir de tout le monde : *Indiana* et *Valentine*, deux histoires charmantes ; *Geneviève*, un chef-d'œuvre, et bien d'autres livres merveilleux dont chaque page était imprégnée de la puissante personnalité de l'auteur. Quand l'étoile littéraire de Georges Sand a-t-elle pâli pendant quelque temps ? Au moment où le roman a fait irruption dans le journal ; il y a un an, le *Georges Sand* n'était plus demandé sur la place, il était à la baisse ; depuis que le livre a repris faveur, Georges Sand a retrouvé ses inspirations premières. Balzac, cet esprit si fin, si ingénieux, ce ravissant conteur, qui a eu tant de vogue qu'on ne parlait que de lui dans les salons de Vienne et de Pétersbourg, se retira de la lice, de guerre lasse ; il ne voulut pas traîner plus longtemps le boulet de la combinaison. Et Alphonse Karr, et Léon Gozlan, et tant d'autres, que sont-ils devenus ? Celui-ci a encore mieux aimé charpenter des mélodrames pour l'Ambigu que des historiettes en dix-huit volumes pour un journal ; celui-là, qui professait le mépris le plus souverain pour la science facile du truc, est allé se faire pêcheur et conseiller municipal à Sainte-Adresse. Tous ces esprits d'élite n'ont pu se résigner à coucher leur talent sur le lit de Procuste du feuilleton. Ils se sont sauvés avec leur style, leur imagination et leur personnalité. — Prenez toute la Béotie, occupez même le Péloponèse, ont-ils dit aux nouveaux barbares ; quant à nous, retirés dans le coin le plus caché de l'Attique, nous continuerons à boire le vin de Syracuse et à louer les dieux immortels en attendant les jours meilleurs.

Croyez-vous par hasard que Jules Janin, ce talent si souple, cette verve toujours prête, ce printemps éternel en un mot, eût conservé ce merveilleux style qui fait l'étonnement et l'admiration de tous les écrivains de bonne foi, si, né au monde littéraire à l'époque de la floraison du feuilleton-roman, il se fût jeté tête baissée dans le gouffre des combinaisons et des trucs ! Aujourd'hui, Jules Janin, au lieu de répandre chaque lundi dans le feuilleton des *Débats* les diamants, les rubis et les émeraudes de son style et de sa jeunesse, ne serait plus qu'un vulgaire agenceur de chapitres, un découpeur de dialogues, un dépeceur d'intrigues. Au lieu de parler cette langue claire, éblouissante, que tout le monde entend, et qui plaît à tout le monde, il eût été obligé de mettre dans sa bouche, comme font tous les romanciers, la *pratique* de l'homme qui contrefait Polichinelle. De tous les grands talents qui se sont attaqués au roman-feuilleton, ou que le roman-feuilleton a attaqués, un seul résiste encore, Alexandre Dumas. Mais celui-là est une exception ; il fait du roman comme il fait des drames, comme il fait des vaudevilles, comme il fait de l'histoire, des impressions de voyage, des préfaces, des vers et de l'escrime. Quand il le faudra absolument, il fera des tragédies. Bien que *le Collier de la Reine* ne vaille pas grand'chose, et qu'*Olympe de Clèves* ne vaille rien, on peut dire qu'il a l'habileté de main de ces cochers du Cirque, qui conduisaient quatre quadriges à la fois. Quant à M. Eugène Sue, il est impossible de savoir au juste si c'est le feuilleton ou le socialisme qui l'a tué.

Quels avantages ont donc retirés les écrivains et le public de cette transformation littéraire ? Les vrais écrivains ont disparu pour faire place aux manœuvres. Les architectes ont été expulsés par les maçons. Le public avait autrefois quelques louis d'or, il a aujourd'hui une infinité de gros sous. Le marché littéraire est encombré de jeunes, et, ce qui pis est, de vieux écoliers qui passent leur temps à tuer, à violer, à enterrer, à déterrer et surtout à empoisonner leur public de leurs neuf combinaisons extravagantes et nauséabondes.

Cette industrie au jour le jour, à la tranche, à la toise, comme vous voudrez l'appeler, a donc tué du même coup la littérature et la librairie. Plus d'éditeurs, partant plus d'écrivains. Le littérateur est effacé par le littératurier, le libraire par le détaillant de pittoresques.

Pourtant que cette littérature se dépêche de jouir de son reste : elle sent le cadavre. Les feuilletons d'aujourd'hui tombent en putréfaction avant la douzième heure. Avant un an d'ici, il ne restera plus aux industriels de la phrase coupée, hachée et tourmentée que le refuge de la *Casquette de loutre,* ce journal paraissant *quelquefois.* En vain ils tressent encore des couronnes d'immortelles et préparent des ornements en chrysocale pour cette littérature aux abois. Je leur prédis que s'ils ne se hâtent pas, ils ne déposeront sur sa tête que le diadème d'Inès de Castro, un bandeau sur le front d'une morte.

II

Nous entrons dans la seconde moitié du dix-neuvième siècle. La première moitié est tombée dans le gouffre du passé. Un demi-siècle sillonné d'éclairs et de tempêtes, qui a commencé par la République et qui a fini par la République ; qui part de Bonaparte pour aboutir à Louis-Napoléon ! Que d'événements entassés dans cette minute de l'éternité ! Que d'hommes et que de choses depuis l'oncle jusqu'au neveu, depuis le canon vainqueur de Marengo jusqu'à l'acte du 2 décembre ! L'Europe bouleversée par les idées, les esprits égarés par la discussion, cherchant leur voie avec inquiétude au milieu des décombres que ce demi-siècle a semés sur toutes les routes ; luttes de peuples à rois, de rois à peuples, de systèmes à systèmes ; expériences de toutes sortes tentées et avortées aussitôt ; morceaux de couronnes, débris de gouvernements ; pêle-mêle de théories, confusion universelle : voilà ce qui nage à la surface de ces flots battus par un perpétuel orage.

Supposez un homme qui se serait endormi en 1800, et qui, se réveillant tout à coup, aurait la fantaisie de regarder à tra-

vers la lanterne magique de notre histoire contemporaine.
Quel spectacle pour ce nouvel Épiménide ! « Monsieur, lui di-
rais-je au moment où il sortirait de son long sommeil, veuillez
vous donner la peine de regarder par le verre de cette lunette
historique. Nous partons de 1800, juste au moment où vous
vous êtes endormi : — Ce décor vous représente la fin de la
République épuisée par ses excès et abâtardie par des bavards.
Voici, sur le premier plan de la scène, un jeune homme ma-
lingre et chétif connu en Europe sous le nom de Bonaparte, et
en Orient sous le pseudonyme de sultan Kébir. Ce général de
vingt-sept ans a conquis l'Italie, l'Égypte et quelques autres
localités. Pour le quart d'heure il songe à mettre la nation
française dans sa poche : il ne s'agit que d'escamoter la mus-
cade constitutionnelle des Cinq-Cents. Le tour est fait ; changement à vue : — Ceci est le Consulat, la plus grande époque
de ce grand génie ; le Code civil, le concordat, l'administration organisée dans toutes ses branches, la restauration du
pouvoir dans tous les ordres, l'harmonie après la confusion,
un monde après le chaos. — Deuxième changement à vue : —
Voici l'Empire avec ses splendeurs et ses misères, son despotisme et ses tambours battants, colossal édifice bâti sur cent
victoires et renversé par une défaite ; tout un monde de géants
évanoui dans l'espace de quinze années, et passé aujourd'hui
dans le fantastique domaine de la légende, si bien que lorsqu'on se reporte par la pensée vers ce temps si loin et si près
de nous, il faut, pour ne pas se laisser éblouir et pour prendre
pied sur un terrain solide, adopter le point d'optique de ce
peintre réaliste qui me disait un jour : « L'Empire c'était l'époque des troubadours de pendule et du cirage à l'œuf. » —
Attention, la scène change : le petit officier qui tirait au sort
les rois dans son chapeau, et qui tenait dans ses mains le
globe de Charlemagne, n'a plus pour dernier asile qu'un misérable rocher qui appartient à sa vieille ennemie la Grande-
Bretagne... — Salut aux survivants de Fontenoy, aux contem-

porains de Coblentz, aux lampions, aux chapeaux à claques, à l'empereur Alexandre, à madame de Krudner, à Wellington, à Blücher, aux Cosaques, au drapeau blanc, au comte d'Artois et à Louis XVIII. Après le droit du sabre le droit divin. — Comme vous voyez, mon cher monsieur Épiménide, cela se suit et s'enchaîne aussi logiquement qu'une tragédie académique bâtie sur la poétique d'Aristote. Le droit divin a lu Voltaire et il récite les odes d'Horace ; il a un habit bleu barbeau et des guêtres en velours rouge : voilà pour le moral ; mais il est revenu obèse et paralytique. Aussi la décoration royaliste ne durera pas plus de quinze années, à peu près ce qu'a duré le décor impérial. — Machiniste, faites jouer les ficelles, la scène change : — Nous sommes pour le quart d'heure sur le terrain vague de la Révolution de juillet. La royauté vient de mourir pour la seconde fois, et elle tente de ressusciter le troisième jour dans la personne de Louis-Philippe. N'ajoutez pas foi, mon cher monsieur, aux historiens qui prétendent que le duc d'Orléans a été chercher la couronne à l'Hôtel de Ville : la royauté de juillet n'avait pas de couronne, mais un chapeau gris. Charles X a été le dernier roi de France, et dans la ronde qu'exécutent les porte-sceptres à l'heure de minuit, il donne la main à Pharamond. 1830 était une transition entre 1815 et 1848. 1848 est un cinquième acte auquel vous assisterez tout à l'heure. Mais n'allons pas plus vite que le machiniste.

A vous parler franchement, Louis-Philippe, cet homme qui n'était ni roi, ni empereur, ni consul, ni président, et qui cependant était chef de l'État, Louis-Philippe, dis-je, avait de très-estimables qualités : il aimait les arts à sa façon et il était très-attaché à ses amis. Sa famille, une admirable famille, l'adorait, et patriciens ou plébéiens nous avions tous été au collége avec ses fils ; moi qui vous parle, je ne suis pas très-sûr de n'avoir pas disputé au concours général un second prix d'histoire à M. le duc de Nemours. La postérité rendra

justice à Louis-Philippe ; mais elle dira qu'il a accordé trop
d'influence aux orateurs et aux faiseurs d'affaires. Pour lui
tout ce qui n'était pas banquier était avocat, il estimait les premiers et subissait les seconds. Aussi l'avocasserie s'en est-elle
donné à cœur joie sous son gouvernement, de telle sorte que
la plus simple question à l'heure présente est plus em-
brouillée qu'un écheveau de fil qui sort des pattes d'un jeune
chat. Du reste, tout autre homme que Louis-Philippe eût
succombé à la tâche ingrate qu'il avait entreprise. Une révolution l'avait apporté, une révolution devait l'emporter. La
même garde nationale qui s'égosillait à crier vive le roi ! cria
un beau matin à bas le tyran! et Jean s'en alla comme il était
venu. C'est lui-même qui a dit ces mémorables paroles, sur la
place de la Concorde, à M. Crémieux, un avocat très-obligeant,
qui faisait avancer un fiacre à la monarchie et recevait sa
dernière poignée de main.

Encore un coup de sifflet et nous revenons à notre point de
départ. Liberté, Égalité, Fraternité. Vous connaissez cela et
nous aussi.

Si vous tenez à connaître le dénoûment de ce drame historique et à grand spectacle, allez encore dormir pendant quelques années, mon cher monsieur Épiménide, et j'irai vous
réveiller pour vous le raconter.

Vous ne seriez peut-être pas fâché de savoir en attendant ce que
sont devenues depuis un demi-siècle les belles-lettres, comme
disait votre ami M. de La Harpe. Dans votre jeunesse il était fort
question de feu Laya, de feu Arnaud, de feu Jouy et de feu
Jay. M. Tissot commençait à poindre ; Népomucène Lemercier
était un iconoclaste, et Babour-Lormian un novateur. Quant
à M. Briffaut, auteur de *Ninus II* ou de *Ninus III*, il donnait
les plus belles espérances, et il continue de les donner avec une
persévérance qui l'honore. Il n'y a que des érudits comme
vous et moi, pour connaître le titre de cette tragédie fruste de
Ninus, dont vous ne trouveriez pas un exemplaire partout

ailleurs que dans la bibliothèque de l'auteur. Du reste, si à cette époque il suffisait d'aligner en bataille une armée de deux mille alexandrins pour être maréchal littéraire et académicien, il n'en est plus ainsi à présent. De nos jours, il faut autant que possible n'avoir rien fait. Balzac et M. Pasquier sont immortels, voilà la ressemblance : le premier par son talent, le second par son diplôme, voilà la différence.

Si de la littérature académique nous passons à la littérature militante, nous tombons dans l'excès contraire. Nos écrivains n'ont plus le temps de faire un livre, ils se contentent de bâcler cent volumes. Celui-ci met de l'histoire dans le roman, celui-là du roman dans l'histoire ; cet autre se voue plus particulièrement à la démolition des grands hommes, il gratte les renommées, efface les réputations et fait tout ce qui concerne son état. Si une gloire vous offusque, nous n'avez qu'à la lui indiquer, il lui jettera son écritoire à la tête et la barbouillera si bien que nul ne pourra la reconnaître. C'est l'avocat des causes perdues et le chevalier errant des gouvernements actuels ; du reste il a une façon très-originale d'assommer les gens. Hier, il frappait de son sabre de bois le bronze indestructible de la statue de Racine, et il courait partout disant qu'il avait fendu en deux ce pauvre diable de grand homme ; aujourd'hui, il passe sa phrase autour du cou de Voltaire, tire à droite, tire à gauche, par devant et par derrière, et ce qu'il y a de vraiment merveilleux, ce n'est pas que la statue reste inébranlable, c'est que la ficelle de mots qui l'enlace soit assez flasque pour ne pas se rompre. Demain il se mettra en campagne contre Rousseau, contre Diderot, et il ne s'arrêtera que lorsqu'il croira avoir transformé le Panthéon en cimetière. Alors, en désespoir de cause, il est capable de démolir son ami le docteur, ce qui ne sera pas très-difficile, mais ce qui ne laissera pas que d'être fort divertissant.

De la littérature dramatique je vous dirai aussi deux mots en passant. Nous en sommes à la tragédie étrusque, à la comédie étrusque, avec des décors étrusques, des costumes étrusques, des vers étrusques et des personnages étrusques. Nous avons si peu de ridicules parmi nous que nous sommes contraints de glaner dans la nécropole du passé ; nous voyageons d'Athènes à Lesbos et de Mégare à Rome ; aujourd'hui tout le monde va à Corinthe en dépit du proverbe grec. Les Phryné, les Laïs, les Aspasie, telles sont nos héroïnes. Quant au drame moderne qui faisait tant de bruit il y a quinze ans, il est tout aussi mort que Laïus, et tout aussi enterré que M. de Marlborough. Dernièrement on a voulu reprendre *Henri III et sa cour*, cela avait cent ans. Si vous me demandez des nouvelles du vaudeville, je vous répondrai qu'il continue à fredonner ses éternels ponts-neufs. Quand tout sera passé, le vaudeville chantonnera encore. Le vaudeville est né malin et il est français, quoiqu'il parle patois.

Mais je m'aperçois, mon cher monsieur Épiménide, que je ne vous ai pas encore présenté les illustres originaux de ce temps-ci ; vous en êtes resté aux muscadins et à la jeunesse dorée, la jeunesse dorée d'aujourd'hui est aussi brillante, aussi luisante, et aussi pimpante qu'autrefois, grâce à un procédé économique inventé par un célèbre chimiste nommé M. Ruolz. Vous voyez donc bien qu'il n'y a presque rien de changé en France depuis cinquante années ; il n'y a eu que quatre ou cinq gouvernements de plus, et quelques hommes de génie de moins. Ce n'est vraiment pas la peine d'en parler.

J'aurais encore bien des choses à vous dire, mon cher monsieur. Autrefois... Mais je m'arrête pour ne pas vous donner une trop haute idée de notre société nouvelle, perfectionnée et considérablement embellie par une demi-douzaine de révolutions.

Le public, lui, s'amuse à sa façon. Hier le bal de l'Opéra ouvrait ses portes à la foule des pierrettes et des débardeurs ; de votre temps le bal de l'Opéra était une vérité. Aujourd'hui des messieurs se promènent dans le foyer, graves comme des académiciens et roides comme des notaires. Ils attendent l'intrigue et l'intrigue ne vient pas; le foyer de l'Opéra avec son peuple de dominos qui pourraient se montrer à visage découvert est une anomalie, un vieil usage qui persiste comme tant d'autres, on ne sait pourquoi. Un domino aborde un promeneur et lui dit:— Je te connais. — Bah! répond le monsieur qui s'attend à des révélations. — Je t'ai vu passer hier sur le boulevard. — Ah! — Tu avais un paletot gris. — C'est ma foi vrai. — Et un cache-nez orange. — C'était bien moi. Et le domino disparaît. Le monsieur resté seul prend un air rêveur et dit à un ami : — Ce domino m'a profondément intrigué ; où diable a-t-il pu savoir tout ce qu'il m'a dit ?

Dans mon extrême jeunesse, mon cher monsieur, alors que j'avais la candeur d'un naturel des Montagnes-Rocheuses, j'avisai une nuit, seul et à l'écart, un adorable domino noir. Des boucles de cheveux fins et cendrés s'échappaient de temps en temps de son capuchon. L'ampleur de sa robe dissimulait mal une taille flexible comme une branche de saule. J'osai adresser quelques compliments timides à cette aristocratique beauté, qui réalisait à mes yeux les plus suaves créations de l'Olympe romantique. C'était Ophélie, Elvire, Desdémone, Juliette. J'offris mon bras, on l'accepta ; ô bonheur ! tu n'es pas un rêve !

A toutes mes paroles, la belle promeneuse opposait un silence obstiné et une sorte d'hésitation qui trahissait le combat de son cœur. — Répondez-moi, lui disais-je dans l'exaltation de mon subit amour ; pour une seule parole échappée de vos lèvres roses, je donnerais....... Desdémone, comme si elle sortait d'un long rêve, leva enfin sur moi son œil velouté et laissa tomber ces mots : — Payes-tu à souper ?

A partir de ce jour ou plutôt de cette nuit je compris que la seule raison d'être du bal de l'Opéra, c'était le souper.

Mais nous avons bien encore d'autres divertissements, Dieu merci ! Depuis quelques années le billet de loterie nous poursuit sous toutes les formes; pour parvenir jusqu'à nous, tous les moyens lui sont bons; tantôt il se présente sous l'apparence d'un modeste journal à six francs par an, lequel promet à chacun de ses souscripteurs une misérable pépite de cinq cent mille francs; tantôt il se faufile sous la forme d'une gravure, d'un morceau de musique ou d'un coupon de madapolam. La pépite ne suffisant plus pour allécher la cupidité des preneurs de coupons, les industriels placés à la tête de ces sortes d'affaires philanthropiques se sont vus forcés d'ajouter à cette séduction la séduction d'une romance au rebut ou d'une lithographie qui vaut bien soixante-quinze centimes. Vous me demanderez peut-être pourquoi on a aboli la loterie sous prétexte d'immoralité, puisqu'on accorde à des particuliers la faveur de faire tourner à leur profit la roue aléatoire de la fortune? Autrefois la poursuite du quaterne et du quine n'absorbait guère que les économies de la portière et l'anse du panier de la domestique; aujourd'hui c'est bien pis : la loterie philanthropique s'attaque à toutes les bourses, elle escalade tous les étages, elle se présente chez vous en frac noir, en gant paille et en bottes vernies; elle vous parle morale, religion, famille comme un voltairien du *Constitutionnel,* et elle finit par vous extorquer votre argent au nom d'infortunes à secourir. Pour ma part, je préférais de beaucoup l'autre loterie, la loterie effrontée et patentée de Paris, de Lyon, de Lille ou de Strasbourg. Celle-là au moins se contentait de vous dépouiller sans les circonstances aggravantes de la phrase vertueuse, et elle n'accaparait pas pendant tout un trimestre la quatrième page des journaux, pour persuader à trente et quelques millions de Français que tous ceux qui ont cinq francs peuvent être assurés de gagner... une image ou un mouchoir de vingt-cinq sous.

Je viens de parler de la quatrième page des journaux. Cette quatrième page me rappelle une conversation que j'ai eue, il y a peu de jours, avec un des savants les plus célèbres d'Édimbourg, le vénérable docteur Templeton. M. Templeton a consacré toute sa vie au défrichement des parchemins et des papyrus ; il ne connaît peut-être pas très-bien les mœurs et les habitudes de sa patrie, mais il possède des détails très-intéressants sur la civilisation des Mèdes. Pour peu que vous y teniez, il vous racontera des anecdotes sur la vie intime du roi Teutobocus, et il se fera un plaisir de vous citer le nom de l'artiste inconnu qui a sculpté l'œil gauche de la statue d'Osiris. M. Templeton fait pour les civilisations disparues ce que font les professeurs du Muséum pour les monstres antédiluviens ; avec un poil de chameau arraché au caban d'un officier de l'armée d'Afrique, ces messieurs vous reconstruisent analogiquement le squelette d'un mastodonte, d'un dinothérium ou d'un ptérodactyle. A l'aide d'un fragment de patois saxon, M. Templeton reconstruirait toute une palingénésie mythologique.

Cependant une circonstance toute fortuite lui fit concevoir quelque inquiétude sur l'infaillibilité de sa méthode de reconstitution analogique. Il vit une page d'annonces et il resta stupéfait.

« Je suppose, me dit-il, que la civilisation française est engloutie, que Paris a disparu dans un cataclysme et que la charrue a passé sur cet asphalte, battu en ce moment par cent mille promeneurs. Vous admettez en conséquence que la langue française est un arcane ; un jour on m'apporte, à moi savant de l'avenir, cette page d'annonces qui a survécu à toute une civilisation. Je m'en empare ; j'emploie dix années de ma vie à reconstruire, lettre par lettre, syllabe par syllabe, votre langue, comme Champollion le jeune reconstruisit l'idiome hiéroglyphique. J'épelle enfin cette page, puis je la lis couramment, et à la vue de ces annonces de poudres de santé, de pâtes, de robs, d'élixirs, de pilules, de capsules qui occupent le quart du journal, je me dis tout naturellement : Les Français de 1852 étaient un peuple malsain ; c'était une nation d'éclopés, d'hypocondriaques, de lépreux, de rachitiques, etc., qui croyait aux remèdes secrets et à toutes les imaginations de la chiromancie médicale. Me voilà donc, moi honnête savant, fondé à croire que la France était une immense pharmacie, puisque chaque jour annonçait un redoublement de préservatifs, et cependant, en publiant cette opinion, j'aime à croire que je me tromperais et que je tromperais mes contemporains. »

J'ignore, mon cher monsieur Épiménide, si le docteur Templeton a voulu réellement me soumettre ses doutes relativement à son système de reconstitution analogique, ou si plutôt son intention n'a pas été de faire une satire indirecte de notre publicité industrielle ; mais je suis sûr que vous vous demanderez vous-même ce que les étrangers doivent penser de ce peuple galant, chevaleresque et troubadour, en voyant les milliers de drogues qui s'étalent chaque jour dans nos journaux.

Je ne vous dis rien des ballons, du fluide escargotique, des trains de plaisir et de la société des gens de lettres ; dans quelques jours vous serez au courant de toutes ces inventions contemporaines. Maintenant allez vous coucher, mon cher monsieur Épiménide ; depuis une heure que vous m'écoutez, vous devez avoir une terrible envie de dormir.

III

Tout ce qui est célèbre dans notre temps, tout ce qui a brillé par l'esprit, par l'intelligence, par la grâce ou par le style, a posé devant M. Sainte-Beuve. La galerie de ce fin portraitiste est, sans contredit, la plus complète et la plus remarquable. Ses portraits sont ressemblants pour la plupart, et toujours rehaussés par un faire savant et à la fois ingénieux.

Le procédé critique de M. Sainte-Beuve est le plus rare et le moins facile. Tout peintre de portraits littéraires contemporains est presque toujours porté, par un sentiment qui tient au fond de notre nature imparfaite, à exagérer dans le mauvais sens les traits du modèle, qui se transforme alors en caricature. M. Sainte-Beuve n'a point ce défaut ; il voit son modèle tel qu'il est et quelquefois même mieux qu'il n'est. Poëte, c'est-à-dire inventeur, il crée en analysant, mais sans trop s'écarter de la ressemblance, et dans cette juste mesure où l'on peut reconnaître l'original idéalisé par le pinceau de l'artiste. On ne saurait trop le répéter aux démolisseurs de réputations ; la bienveillance est la qualité la plus indispensable du critique quand elle est intelligente. La bienveillance, en littérature, c'est la sympathie de l'honnête homme pour son semblable. Elle naît d'elle-même, parce que celui qui en est l'objet la mérite. On sait toujours, en effet, à qui on l'accorde. Quand M. Sainte-Beuve trouve un diamant là où d'autres ne verraient parfois que du stras, il jette tant de paillettes d'or sur sa trouvaille, qu'il fait illusion aux gens les moins disposés à se laisser tromper. D'ailleurs, il a soin de ne prêter son imagination et sa poésie qu'à ceux qui, au besoin, pourraient lui rendre toutes ces richesses, s'il arrivait qu'un esprit si bien doué se trouvât par hasard au dépourvu.

Je ne prétends pas que M. Sainte-Beuve soit jamais homme à louer des beautés absentes ; il embellit quelquefois, il met souvent du sien en un mot ; mais cette bienveillance ne l'empêche pas de lancer par-ci, par-là, et d'une main sûre, le trait épigrammatique. L'éloge de sa part est souvent la politesse d'un homme bien élevé ; les paroles sont flatteuses, les manières charmantes ; mais si vous le regardez à la dérobée, vous surprenez un sourire ironique dans le coin de sa lèvre. M. Sainte-Beuve a fait son tour d'Attique ; il a rapporté de ce voyage la distinction, l'urbanité, la finesse et aussi la verve légèrement caustique des habitants d'Athènes.

Madame Émile de Girardin, qui a eu déjà trois phases littéraires bien distinctes, méritait une place dans ce musée contemporain où rayonnent dans leurs cadres sculptés, Lamartine, Alfred de Musset, Georges Sand, Guizot, Thiers, Balzac,
Villemain, Châteaubriand et Napoléon. Madame de Girardin a
ouvert la série des petits prodiges littéraires qui se sont tant
multipliés dans ces dernières années. Delphine Gay était un
prodige de beauté, de grâce et d'esprit, à peu près vers la
même époque où M. Victor Hugo était un enfant sublime et
mademoiselle Léontine Fay une merveille dramatique. Que de
jours écoulés depuis cette aube souriante! C'était le temps des
aspirations chevaleresques et de je ne sais quel enthousiasme
conventionnel qui a fait dérayer bien des vocations. On chantait le sacre, on chantait le Trocadero, on chantait les Hellè-
nes, Athènes n'avait jamais tant rimé avec Démosthènes. O
Ypsilanti! je te vois d'ici théâtralement renversé en arrière,
la main gauche posée sur le fût d'une colonne et le front ceint
des lauriers de Marathon, *à ton aspect reverdissant encore!* A
seize ans, belle, grande, les cheveux blonds au vent, admirée,
fêtée, adorée, on était déjà la *Muse de la patrie*, et les journaux
(qui depuis... mais alors la *Presse* à 40 fr. n'existait pas) ra-
contaient les promenades de Corinne sous les arcades du Co-
lisée au clair de lune. *Il m'aimait*, faisait pleurer les mères,
Ourika faisait soupirer les jeunes filles; littérature de salon,
poésie ingénieuse, enthousiasme de convention, reflet pâli de
ce rayon qui avait éclairé les derniers jours de l'Empire, je
veux parler de madame de Staël. Corinne s'était multipliée
comme les pains de l'Évangile. Les jeunes filles affectant une
mélancolie théâtrale, attendaient toutes un Oswald comme
elles soupirent aujourd'hui après un Arthur. Oswald ne jouait
pas de la lyre, mais il pinçait très agréablement de la guitare
en sa qualité de diplomate ou de brigadier aux gardes, et il
employait à fumer (le cigare naissait en France) tout le temps
qu'il ne consacrait pas au lyrisme sentimental du cap Mycènes.

. M. Sainte-Beuve indique très-justement tout ce qu'avait de charmant et de faux cette société étrange qui vivait — suspendue entre les souvenirs de la veille et les aspirations du lendemain. Dans un certain monde les traditions de l'Empire s'étaient pour ainsi dire incrustées, et mademoiselle Delphine Gay appartenait à ce monde par sa mère ; *Ourika, Nathalie,* et les autres stances élégiaques étaient, il est vrai, les premiers bégayements d'une muse qui parcourra bientôt des sentiers moins battus ; pourtant l'influence de l'éducation première se fera longtemps sentir. Si Oswald apparaît vaguement dans toutes les élégies de mademoiselle Delphine Gay, je trouve Dunois dans tous ses dithyrambes, et plus tard, beaucoup plus tard, hélas ! je le rencontrerai comme une réminiscence des attendrissements factices et du faux éclat chevaleresque des premières années, jusque dans certains passages de *Judith* et même de *Cléopâtre.*

Un sculpteur de mes amis me disait un jour dans son langage pittoresque : — On a peut-être bien fait de ne pas *démolir Corinne,* mais, pour moi, je ne crains pas d'avouer que la lecture de ce livre me rappelle toujours les crevés abricot et les bottes jaunes des chevaliers français si admirés sous l'Empire. — Ce jugement est sans doute sévère, mais il ne manque pas d'une certaine justesse. Il y a en effet du troubadour de pendule dans toutes les œuvres d'imagination de l'époque impériale et de celle qui l'a immédiatement suivie. Les plus fiers génies, les révolutionnaires de l'art payent eux-mêmes le tribut aux faux dieux de leur temps. Châteaubriand n'a-t-il pas été troubadour dans le *Dernier des Abencerrages ?*

Ce que j'aime le mieux dans madame de Girardin (nous mettrons de côté bien entendu ces magnifiques cheveux blonds, ce corsage opulent, cette taille divine et cette monumentale beauté qui resplendissaient d'un si vif éclat), ce que j'aime donc dans madame de Girardin, c'est le vicomte Delaunay. Voilà un gentilhomme qui est bien de notre temps, et qui sait son monde sur le bout du doigt. Si celui-là a écrit des élégies, tenez pour certain qu'il les a oubliées et qu'il fait beaucoup moins de cas d'*Ourika* que d'un paradoxe de Méry ou de Théophile Gautier. Personne encore n'a su causer comme le très-spirituel chroniqueur. L'aimable vicomte, à mon avis, n'aurait que le petit défaut de parler un peu trop chiffons et dentelles, ce que ne s'était jamais permis et ce qu'aurait pu se permettre cependant, sans que nul y trouvât à redire, sa charmante sœur madame Emile de Girardin.

« Si on laisse de côté, dit M. Sainte-Beuve, certains traits lancés à satiété et sans bonne grâce contre les gens qu'elle a pris en déplaisance (contre une certaine dame des *sept petites chaises*, par exemple, qui revenait sans cesse comme souffre-douleur et comme victime), le feuilleton créé par madame de Girardin, en 1836, sous le titre de *Courrier de Paris*, était piquant, léger, gai, paradoxal et pas toujours faux. En général, il ne faut pas appuyer en la lisant. La société parisienne est observée à fleur de peau ; elle est saisie dans son travers, dans son caprice d'une saison, d'un seul jour, d'une seule classe qui se dit élégante par excellence. Une course de chevaux, une chasse, une mode nouvelle, une chose frivole prise au sérieux, une sérieuse prise au frivole, ce sont là ses sujets, ses triomphes ordinaires et faciles. Elle arrive, elle entre dans son sujet comme dans un salon, ayant d'avance ses partis pris d'être gaie, aimable, éblouissante, au rebours du lieu commun (je n'ai pas dit du sens commun), et elle tient sa gageure. Des mots heureux, imprévus, tout à fait drôles, font oublier l'absence du fond ; elle a du facétieux. On rit, on est déconcerté, on oublie un moment, par les finesses et les saillies de détail, ce qui souvent est une complète moquerie ou mystification de la nature humaine. Le blanc et le noir, le vrai et le faux, elle vous retourne tout cela, et ce serait du vrai pédantisme, auprès d'elle, que de s'en préoccuper. L'auteur écrit ces petits feuilletons si légers, d'un style des plus nets, et les compose avec un art parfait ; l'imagination aussi s'en mêle. »

Tout cela est fort bien dit et pas du tout surchargé ; cependant je reprocherai à M. Sainte-Beuve de n'avoir pas accordé, je ne dirai pas à mademoiselle Delphine Gay, mais à madame de Girardin toute la part qu'elle mérite. Pour l'éminent critique madame de Girardin s'en tient volontiers aux surfaces et à l'épiderme social. Elle se joue et elle se plaît à ne voir la nature humaine que depuis le *boulevard* jusqu'au *bois* ; à mon avis, madame de Girardin voit quelquefois mieux et plus loin. Il est certaines pages du *Lorgnon* et quelques passages des *Courriers de Paris* qui révèlent non-seulement un écrivain charmant, fin, spirituel et aimable, mais encore un observateur délicat, et pourquoi ne pas le dire tout de suite? un moraliste.

M. Sainte-Beuve à parfaitement expliqué et défini les trois manières sous lesquelles madame de Girardin s'est jusqu'à ce jour révélée au public. La première phase, celle d'Oswald et de Dunois, commence aux élégies, se poursuit par des dithyrambes, des cantates patriotiques et s'arrête à *Napoline* exclusivement. Dans la seconde je ne dirai pas que l'esprit a tué le cœur ; mais l'enfant prodige a, Dieu merci, fait place à la femme de talent. Madame de Girardin est à sa troisième manière, la phase dramatique. Je souhaite, pour ma part, qu'elle abandonne au plus tôt Melpomène, non que *Judith* et *Cléopâtre* soient dépourvues de qualités souvent remarquables, mais je crois que le proverbe élégant est surtout son fait et qu'elle ne réussirait pas moins dans la peinture des mœurs de notre temps, auquel rien ne manquerait s'il avait plusieurs choses qu'il n'a pas et surtout un poëte comique un peu plus profond que M. Scribe.

M. Sainte-Beuve a eu le rare bonheur et le rare talent de peindre dans notre temps tout ce qui a porté au front l'étoile de l'amour ou du génie ; à l'heure où les plus vaillants se sentent défaillir, ce rare esprit acquiert chaque jour une nouvelle force

et se pare d'une grâce nouvelle. Il choisit pour rajeunir, le bon
moment, le moment où tous les autres vieillissent. Heureux privilége du vrai et solide talent ! M. Sainte-Beuve aura eu deux
jeunesses, et des deux, à mon avis, c'est la dernière qui est la
plus souriante, la plus printanière, pour tout dire, la plus jeune.
Sa pensée n'a jamais été plus limpide et plus fraîche, son style
plus matinal. Dernièrement je relisais les *Pensées d'août*, et je
saisissais dans ce passage de l'épître à M. Villemain le secret
de la renaissance et du rajeunissement de l'auteur :

> L'art est cher à qui l'aime, et plus qu'on n'ose dire ;
> Il rappelle qui fuit, et, sitôt qu'il inspire,
> Il console de tout ; c'est la chimère enfin.
> Pour les restes épars de son banquet divin,
> Pour sa moindre ambroisie et l'une de ses miettes,
> On verrait à la file arriver les poëtes.
> J'irais à Rome à pied pour un sonnet de lui,
> Un sonnet comme ceux, qu'en son fervent ennui,
> Pétrarque consacrait sur l'autel de sa sainte.
> Pour un seul des plus beaux j'irais plus loin sans plainte,
> Plus joyeux du butin, plus chantant au retour,
> Qu'abeille qui trois fois fit l'Hymette en un jour.

Oui, c'est parce que l'art a été sa seule ambition, c'est parce
que l'amour du travail l'a consolé de toutes les déceptions humaines, c'est parce qu'il n'a jamais perdu de vue à l'horizon,
l'idéal, cette étoile des croyants, que M. Sainte-Beuve nous
offre, dans une époque malade, ce salutaire exemple de bonne
santé littéraire. Rester égal à soi-même quand on est parvenu
à un certain degré d'élévation dans les lettres, c'est déjà bien
difficile, mais se corriger de ses défauts, émonder son style
des branchages qui l'embarrassaient, permettre à un air nouveau de circuler dans la forêt renouvelée, progresser, en un
mot, voilà le rare et presque l'impossible. Jamais M. Sainte-
Beuve n'a été plus complet qu'aujourd'hui et plus maître de sa
pensée. Soit qu'il mène sa phrase à grandes guides, soit qu'il
lui jette la bride sur le cou, on sent qu'il est sûr de son atte-

lage et qu'il n'ira pas se briser au détour contre la borne olympique. On ne trouvera plus dans les volumes des *Causeries du lundi*, qui marquent la nouvelle phase d'un talent si distingué, cette afféterie qui n'était pas sans grâce, mais enfin cette afféterie qu'on lui reprochait avec quelque raison, dans ses premières critiques et aussi dans *Volupté*. De sa première manière l'auteur n'a gardé que les rares qualités qui le distinguent et font de lui un des plus méritants écrivains de la grande famille française. M. Sainte-Beuve, retiré dans l'étude et exempt des impatientes ambitions qui ont conduit tant d'autres, et des plus glorieux, à leur chute, réalise complétement, ce me semble, l'idée qu'on se faisait de l'*honnête homme* au dix-septième siècle et au commencement du dix-huitième.

Je n'entrerai pas dans l'examen de ce second volume des *Causeries*, de fières causeries, je vous jure. Ainsi devaient causer dans les bons jours, et avec moins de finesse, je me figure, d'Alembert, Marmontel, Morellet, Raynal, d'Holbach, Grimm et Helvétius ; ainsi ont dû causer quelquefois de notre temps, sous la tonnelle du chansonnier de Passy et de la France, Béranger, Châteaubriand, Lamennais et quelques autres. Dans ces quelques autres Sainte-Beuve prend naturellement place ; car il a été, je présume, un des rares habitués de ce cap Sunium. Cependant, si l'espace ne me permet pas de mettre en relief cette sûreté de coup d'œil, cette grâce sans égale, cette finesse d'observation et ce charme répandu dans tout le cours du volume nouveau, j'en détacherai, pour ceux qui n'auraient pas encore lu l'ouvrage, un jugement formulé en quelques lignes à propos d'un livre que tout le monde connaît ; ce jugement, simple, exact de tous points et admirablement rendu, donnera, dans la proportion de la partie au tout, une idée de la manière rajeunie et à la fois plus virile de l'auteur.

« Le *Télémaque* (comment n'en pas dire un mot en parlant « de Fénelon ?) n'est pas de l'antique pur. De l'antique pur au-

3

« jourd'hui serait plus ou moins calqué et du pastiche. Nous
« avons eu depuis lors de frappants modèles de cet antique
« étudié et refait avec passion et avec science. Le *Télémaque*
« est autre chose, quelque chose de bien plus naïf et de plus
« original dans son imitation même : c'est de l'antique ressaisi
« naturellement et sans effort par un génie moderne, par un
« cœur chrétien, qui, nourri de la parole homérique, s'en res-
« souvient en liberté et y puise comme à la source ; mais il la
« refait et la transforme insensiblement à mesure qu'il s'en res-
« souvient. Cette beauté, ainsi detournée, adoucie et non alté
« rée, coule chez Fénelon à plein canal et déborde comme une
« fontaine abondante et facile, une fontaine toujours sacrée,
« qui s'accommode à sa nouvelle pente, à ses nouvelles rives.
« Pour apprécier comme il convient le *Télémaque* il n'est que
« de faire une chose : oubliez, si vous le pouvez, que vous
« l'avez trop lu dans votre enfance. J'ai eu l'an dernier ce bon-
« heur ; j'avais comme oublié le *Télémaque* et j'ai pu le relire
« avec la fraîcheur d'une nouveauté. »

Je cite ce passage de préférence à tout autre parce que j'ai
eu la même bonne fortune que M. Sainte-Beuve. J'ai relu le *Télémaque* tout dernièrement, et aujourd'hui que je recueille
mes impressions sur la lecture de cet ouvrage, tout ce qu'il en
dit me frappe et me semble de la plus incontestable vérité.

IV

Je reviens sur ce que je disais tout à l'heure, à propos de
madame Émile de Girardin. Quand je contemple le présent,
j'éprouve presque un remords de la façon légère, sinon irrévé-
rencieuse, avec laquelle j'ai parlé du passé. Lorsque se levait
sur la patrie littéraire le soleil de la restauration, il éclairait
et échauffait de ses rayons cette valeureuse jeunesse qui allait

s'élancer à la conquête de l'idéal et rêver pour l'empire de l'art
je ne sais quelle fabuleuse journée d'Austerlitz. Je crains de
m'être joué un peu trop des dixièmes muses et des enfants sublimes. Hélas ! nous avons aussi des muses aujourd'hui, mais
quelles muses ! Celles de 1824 étaient un peu théâtrales, qui le
nie ? Il y avait de la recherche dans leurs vers, de l'affectation
dans leur attitude, dans leurs sourires et surtout dans leurs
larmes, perles rares qui scintillaient le soir à l'éclat des lustres
entre leurs cils dorés. Elles voyaient presque toutes un Oswald
à l'horizon de leurs espérances ; où est le mal ? Oswald à cette
époque n'était-il pas un progrès, une victoire remportée sur
le beau Dunois ? Dunois était revenu pendant si longtemps de
Marengo, d'Eylau, d'Iéna, de Friedland, couronné de lauriers
et avec les épaulettes de général, qu'il était indispensable d'opposer Oswald à Dunois, le *pékin* idéalisé au vainqueur militaire ? Les dixièmes muses, dans ce temps-là, chantaient, la
lyre en main, les gloires de la patrie, c'était encore de l'enthousiasme ; mais les muses d'aujourd'hui ont-elles su faire
autre chose que souffler dans un mirliton, en ravaudant je ne
sais quelles théories sociales ? Ce n'est pas à ces déesses littéraires qu'on reprochera leur maintien magistral. Quelques-
unes poussent l'abandon jusqu'à ôter leur corset en public et
à se coucher de tout leur long dans le feuilleton d'un journal.
Certes, rien ne serait plus facile aux hommes que de faire
comme ces dames, s'ils n'étaient heureusement retenus par la
pudeur de leur sexe !

Au début du gouvernement de Juillet, madame de Staël
commençait à être oubliée, et ce qui dominait alors au milieu
de toutes les sectes éclectiques, c'était l'influence de Châteaubriand. On souffrait du *mal de René*, maladie étrange, dont on
se plaignait avec fracas, et dont pour rien au monde on n'eût
voulu guérir ; le vent était aux mélancolies de parti pris aux
désespoirs sans cause ; les chants avaient cessé ; on pleurait en
prose et en vers ; *assis à l'écart, on contemplait la nue fugi-*

tive, et, dans l'ivresse de sa douleur, on se serait volontiers écrié, comme le frère d'Amélie : « Heureux ceux qui ont fini leur voyage sans avoir quitté le port, et qui n'ont point comme moi traîné d'inutiles jours sur la terre ! »

Aujourd'hui, nous sommes raisonnables, grâce au ciel ! Tout enthousiasme s'est refroidi, et si l'*obermanisme* existe encore quelque part, ce n'est plus que dans les couplets des faiseurs de romances ; les muses se sont mariées avec des industriels, et les enfants sublimes ont fait place aux pianistes chevelus. Nous n'avons plus le moindre ridicule, nous avons extirpé de notre cœur toute passion compromettante ; nous aimons la musique facile et la littérature à la portée de toutes les intelligences ; tout le monde a le style de tout le monde, ce qui donne aux publications littéraires tout le piquant d'une page du *Moniteur*. Demandez à un écrivain consciencieux quelle est la qualité essentielle pour réussir aujourd'hui dans les lettres, il vous dira que c'est le savoir-faire ; quant au talent, s'il n'est pas indispensable, il nuit quelquefois.

Que voulez-vous ? on nous a tant répété sur tous les tons que la jeunesse n'avait qu'un temps, que nous nous sommes faits vieux avant l'âge ; on nous a tant prêché le culte de l'utile et la religion de l'intérêt, que nous avons jeté à la porte de notre panthéon bourgeois la poésie, l'amour, l'enthousiasme et toutes les divinités de l'idéal ; le comédien est père de famille et juge au tribunal de commerce, et le personnage consulaire enlève à l'artiste les trois quarts du temps qu'il devrait consacrer à sa profession ; celui-là s'est éveillé un beau matin littérateur parce qu'il avait échoué au barreau ou perdu sa place dans l'administration des pompes funèbres, cette pépinière de vaudevillistes ; celui-ci est journaliste parce qu'il est le cousin du principal actionnaire ; les mœurs ont singulièrement gagné à cette transformation. Un fils de famille ne commettrait plus dans notre temps la folie de se ruiner pour une grande dame, mais il pourrait bien arriver qu'il ruinât une comédienne ! Quel progrès dans la morale publique !

On peut donc affirmer, sans crainte d'être démenti, que la grande puissance de ce temps-ci c'est la médiocrité ; la médiocrité règne et gouverne partout, en haut, en bas et au milieu, en, littérature dans l'art et encore ailleurs. La médiocrité se fait vingt mille livres de rentes là où le génie, cet imbécile de génie, ce révolutionnaire, cet iconoclaste, ce perturbateur, ne trouverait pas à gagner cent écus. Le roman stupide, vantard, absurde, invraisemblable, aura cinquante mille lecteurs, et le livre écrit avec goût ne trouvera pas trente acheteurs. Le tour des comparses est arrivé. Arbate se venge enfin d'Agamemnon. On nomme à l'Opéra troupe de fer-blanc les doublures chargées de suppléer à de certaines représentations les chefs d'emploi. La troupe de fer-blanc a si bien moralisé, si bien prêché, si bien intrigué, qu'elle domine à l'heure qu'il est sur toute la ligne, et qu'on la subit sur le théâtre comme dans les lettres, dans le journalisme comme au ministère. Un fait prouverait que M. de Girardin ne connaît pas son temps, lui qui se pique de connaître tant de choses. M. de Girardin a poursuit pendant trois ans à travers tous les partis et toutes les vicissitudes l'Ithaque chimérique du pouvoir, et il ne cessait de répéter qu'il avait une idée par jour au service de son pays, dans une époque où les vrais ambitieux sont ceux qui n'ont pas d'idées du tout.

Dans l'intérêt des jeunes gens qui se destinent aux carrières dites libérales, je voudrais qu'on soumît à une refonte radicale tous les vieux traités d'éducation. Il y a une sorte d'immoralité préméditée à faire étinceler dans la perspective, aux yeux de ces naïfs esprits, un monde chimérique qui leur causera tous les vertiges et tous les éblouissements qu'éprouverait un sauvage de l'Amérique du Sud transplanté en pleine civilisation. A Sparte, où l'adresse était tenue en plus haute estime que la vertu, on enseignait le vol aux jeunes Lacédémoniens. Un père de

3.

famille pieux devrait, de nos jours, souhaiter pour son fils une orthographe suffisante et une intelligence contenue; qu'il lui permette l'accessit au concours, mais qu'il lui interdise formellement le premier prix. On a vu des prix d'honneur réduits par l'inclémence des temps à se faire aides de cuisine ou vaudevillistes. Les accessit ont toujours réussi.

Ah! l'accessit! c'est le trait d'union entre le talent et la stupidité; c'est l'éclectisme qui n'offusque personne; l'accessit est le roi du monde. Voulez-vous que je vous raconte comment, tout dernièrement, s'y sont pris, pour avoir du talent, de la science et de l'à-propos, les différents accessit du feuilleton? Depuis plus de quinze jours, le feuilleton dramatique passait ses journées à la Bibliothèque, au milieu d'un triple rempart d'in-octavo, d'in-douze et d'in-dix-huit; il remuait des montagnes de poussière historique, et transformé en bibliophile, il demandait à tous ces livres épars autour de lui une connaissance qu'il n'a pas et une science qu'il oubliera après huit jours, la science de l'antiquité païenne, la connaissance des beaux vers latins, des belles sentences latines, et la clef de ce monde romain dont il a vaguement entendu parler aux beaux jours de sa douteuse rhétorique. Quand, par hasard, on rencontrait le feuilleton dans la rue, on était tout étonné d'entendre tomber de ses lèvres des fragments de Tacite ou des phrases de Suétone. Je me suis trouvé nez à nez avec un de ces feuilletons hebdomadaires; il avait l'air si pâle et si défait que je lui ai demandé tout de suite des nouvelles de sa santé.

Le feuilleton m'a regardé sans me voir, et il m'a répondu sans broncher :

Quid privata domus, quid fecerit Hippia curas !
Respice rivales Divorum : Claudius audi
Que tulerit. . . . .

O prodige! m'écriai-je, le feuilleton parle latin !

. . . . Titulum mentita Lyciscæ,

répondit-il ; puis, partant tout à coup d'un long éclat de rire :
Vous voyez, me dit-il, un feuilleton sur les dents ; je me prépare à la grande solennité dramatique par la résignation, la
pénitence et le travail ; je fais mes études comme un collégien
à l'intention de *Valéria*, drame antique et impérial qui va être
représenté ces jours-ci. Tout ce que j'ai feuilleté de chroniqueurs,
d'historiens, de poëtes, de satiriques, aurait fatigué la patience
d'un bénédictin ; tout ce que j'ai dévoré de prose latine, de vers
latins, tout ce que j'ai absorbé de Suétone, d'Aurélius, de
Tacite, de Pétrone, de Perse, de Juvénal, *horresco referens*,
aurait donné une indigestion à M. Nisard lui-même. Par Hercule !
je crois que j'avais des dispositions pour mordre à l'étude des
langues mortes ; mais je ne m'en suis pas tenu là : afin de
prouver au lecteur que le feuilleton connaît les détours des
palais césariens et les mystères des alcôves impériales , j'ai
appelé au secours de mon ignorance tous les auteurs modernes
qui ont secoué la poussière sous laquelle dort la vieille société
romaine, Bossuet, Voltaire, Rollin, Bayle, Rousseau, Gibbon,
Mably, Niebuhr, Châteaubriand, Champagny, Dézobry et mon
confrère Jules Janin, un faux bonhomme qui cache son érudition sous les arabesques de son esprit et qui connaît l'antiquité aussi bien que le jardin du Luxembourg. Par Junon,
par Jupiter et surtout par Mercure ! les auteurs de *Valéria*
n'ont qu'à bien se tenir ; le feuilleton est prêt, il est armé de
souvenirs de pied en cap, il est hérissé de citations et bardé
d'interpellations ; il a lu ce qu'il n'avait jamais appris, et, à
l'heure qu'il est, il connaît Claude, Messaline, Agrippine, Pallas,
Narcisse, Lycisca, comme s'il avait toujours vécu dans la familiarité de ces augustes personnages. Voulez-vous que je vous
dise où était situé le Palatin ? Voulez-vous que je vous apprenne
comment on portait le *peplum*? Voulez-vous que j'éternue du
Suétone, du pur Suétone ? *Olim quoties in lecticâ cum matre
veheretur, libidatum incestè, ac maculis vestis proditum affir-
mant.* Ce n'est pas plus difficile que cela. Encore une pièce de

ce genre qui me contraigne à une pareille étude, et je demande positivement à faire partie de l'Académie des inscriptions et belles-lettres. Mais je vous quitte pour aller confier au papier ma science toute fraîche et par conséquent fugitive. Lundi prochain, vous m'apercevrez juché sur mon tribunal de critique et décidant avec l'assurance d'un honnête savant.

De vi paragrapho, Messieurs, *caponibus*.

Et de fait, la chose s'est accomplie comme l'avait dit le feuilleton ; rien ne manquait au programme : les citations, les vers latins, les dissertations à perte de vue sur la Rome césarienne, les descriptions du costume, des habitudes, des mœurs et des sensualités de ce monde romain qui, d'empereur en empereur, devait finir par tomber en charpie ; le feuilleton livré à ses propres ressources ne serait peut-être pas capable de comprendre le latin des docteurs de Molière ; mais aidé par la science de la veille, il parlait le lendemain avec une gravité vraiment magistrale la langue de Pétrone et même de Tacite. Quelle érudition à propos de cet imbécile de grammairien, dont un centurion inconnu s'était amusé à faire un César ! Avec quelle verve le feuilleton a flagellé Messaline et Agrippine et Narcisse et Pallas ! Il en est entre autres qui, taillant largement dans le livre de M. Dézobry, *Rome au siècle d'Auguste*, nous a donné une narration où il a entassé pêle-mêle, comme des chiffons dans un sac, les jeux du cirque, les représentations théâtrales, les promenades et les repas du peuple-roi. Ah ! les accessit ! Quand je vous disais que les accessit savaient se tirer des défilés les plus difficiles, et qu'eux seuls étaient assez habiles pour mener le gouvernement du monde. Supposez un premier prix à la place des accessit du feuilleton, et voilà le pauvre homme qui, ayant sa science dans sa tête, ne se croira pas forcé d'aller emprunter des morceaux d'érudition à toutes les bibliothèques ; et quand viendra le grand jour du lundi, il présentera un consciencieux travail sur le drame en question, il dira qu'il n'appartenait qu'à notre époque de réhabiliter ce monstre de boue et de sang qui s'appelle Messaline; il parlera tout simplement de l'œuvre soumise à sa critique, et il sera vaincu par ses confrères les accessit, qui auront eu l'habileté de parler de Néron, d'Auguste, de Britannicus, de Caligula, de Tibère et de tout ce qui ne se rapportait pas à cette chose dramatique et en vers intitulée *Valéria*.

Il ne faut pas croire que le feuilleton puisse jamais être en peine ni rester court. Il est universel de sa nature, et, comme vous le savez du reste, il possède l'omni-science... des bibliothèques; il parle de ceci ou de cela, peu lui importe; il connaît toutes les civilisations, toutes les langues, toutes les philosophies, et je me rappelle encore ce critique prodigieux qui intercalait dans son patois littéraire des phrases du langage hindoustan en rendant compte du *Chariot d'enfant* de Méry et de Gérard de Nerval, citait sans rire l'époque héroïque de *Vicramáditya* et l'apparition du grand réformateur *Bouddah-Mouni*. O Molière !

V

Un homme, dans le jugement duquel j'ai la plus grande confiance, me faisait part, à propos de la désastreuse affaire de Baylen, très-longuement exposée et très-savamment racontée dans le premier livre du neuvième volume de l'*Histoire du Consulat et de l'Empire*, d'une réflexion de morale politique qui a échappé jusqu'à ce jour à tous les historiens qui ont écrit sur ce sujet « M. Thiers, me disait-il, a porté sur ce point capital de son histoire une lumière d'évidence qu'on ne soupçonnait pas auparavant, et qui est définitive. Appuyé sur des documents authentiques, il a prouvé que la capitulation en rase campagne du général Dupont, *ce brillant officier* de la grande armée, et que Napoléon destinait à devenir un de ses plus prochains maréchaux, était le résultat d'un malheur, d'une faute si l'on veut, mais non d'une trahison. Cela ressort victorieusement de la procédure, dont un exemplaire a été miraculeusement conservé par M. Regnault de Saint-Jeant d'Angély. C'est cet exemplaire unique, que M. Thiers a connu, qui lui a permis d'offrir au général Dupont la seule réhabilitation possible, celle qui concerne son honneur militaire. Le général Dupont, comparaissant devant un tribunal d'honneur, composé des grands de l'Empire, avait tout d'abord commencé par protester contre l'accusation de trahison, et s'était attaché à démontrer que son intérêt, à défaut du sentiment de l'honneur, lui faisait un devoir de rester fidèle au drapeau de la France impériale ; mais quand les événements changèrent, quand le héros ne fut plus que l'ogre de Corse, on vit ce même général se vanter auprès des Bourbons d'une trahison qui n'existait pas, et escompter au prix d'un portefeuille et du grand cordon une infamie imméritée. Ne peut-on pas admettre aujourd'hui que c'était pour faire croire à un crime de haute trahison qui lui rapportait des honneurs et des dignités, que le général Dupont a anéanti, lorsqu'il était ministre de la guerre, deux exemplaires de la procédure qui l'innocentait devant ses contemporains et devant la postérité? Dans ces derniers temps, bien des hommes qui n'avaient commis que des fautes involontaires sous le gouvernement qu'ils avaient servi, se sont prévalus de ces fautes auprès du gouvernement nouveau comme d'un crime lâchement prémédité. N'est-ce pas là un fait caractéristique de notre époque que ce mépris de soi-même et de l'opinion? et n'est-ce pas un sujet digne des méditations du philosophe et de l'historien que le spectacle étrange de ces hommes qui, les uns pour un portefeuille, les autres pour une place ou un bout de ruban, tous dans un intérêt d'ambition personnelle, se font plus coupables et plus criminels qu'ils n'ont été réellement?

VI

M. Jules Janin a esquissé dans le *Journal des Débats*, à propos d'un vaudeville, une petite histoire de la Bohême littéraire ; que M. Janin me permette de le lui dire, il sait beaucoup de choses, et personne ne raconte ces choses-là mieux que lui ; mais il ne connaît que très-imparfaitement, et fort heureusement pour lui, les mille détails de cette existence exceptionnelle. Je serais tenté de croire que M. Janin n'a jamais vu que les copies de ces illustres originaux inconnus qui les premiers arborèrent, il y a une quinzaine d'années, le pavillon bohémien. Ils étaient dix, ceux-ci peintres, ceux-là faiseurs de romans, tous poëtes, émiettant leur vie sur les chemins, ne s'inquiétant que de la splendeur du soleil, et ne sachant pas au juste quelle était la forme de gouvernement de leur pays. Quel saint amour de la paresse ! quelles belles soirées passées dans le nonchaloir et le *far niente !* Ces lazzaroni de l'intelligence avaient retourné la célèbre devise : *faire sans dire* ; leur devise, à eux, était : *dire sans faire* ; et ils jetaient en effet dans la circulation la seule monnaie qu'ils pussent royalement dépenser, la monnaie de leur esprit, des mots charmants que les vaudevillistes s'empressaient de ramasser et que le public attribuait à M. de Talleyrand, comme tous les mots spirituels qui se sont débités depuis cinquante années. Un jour, un notaire entre à l'improviste dans le cénacle, si j'osais, je dirais dans le galetas de la Bohême, et annonce à un des dix qu'il vient d'hériter de trente mille francs. Ce fut un hourra tel, que les échos de la rue Larochefoucault en frémissent encore à l'heure qu'il est. Le tabellion en devint sourd. On ouvrit un conseil pour savoir à quoi serait employée cette somme mythologique. L'un proposa de donner un festin au peuple français ; mais on lui fit observer que la chose serait

difficile, vu la quantité insuffisante de vaisselle plate que
l'association pourrait offrir aux convives. L'achat d'une principauté fut aussi mis en avant; et l'on se disposait à discuter
sérieusement cette idée, lorsqu'une voix s'écria : Un voyage
en Italie! *Italiam*! *Italiam*! Huit jours après, les dix saluaient
par leurs chants, par leurs strophes, et surtout par leurs
sonnets, la patrie de Pétrarque et du macaroni. Pendant trois
mois ce fut une existence à grandes guides, si bien qu'un
jour il ne restait plus un sou de ces trente mille francs, qui ne
devaient jamais finir. Il fallut à toute force se séparer, dix
estomacs aussi creux ne pouvant marcher de compagnie sous
peine d'affamer les populations. Un rendez-vous général fut
assigné, à six semaines de là, au Palais-Royal. Chacun s'engageait à faire, au retour, le récit exact de ses aventures. Après
quoi l'on se dispersa en s'embrassant.

Au jour et à l'heure indiqués les dix amis se rencontraient
dans la galerie vitrée.

De ces dix odyssées de la jeunesse, de la poésie et de l'insouciance, je n'en citerai qu'une seule en quelques mots, parce
que le héros n'existe plus. Celui-là était resté dans un hôtel de
Naples, vivant au jour le jour tantôt d'une redingote, tantôt
d'un pantalon qu'il allait vendre à un juif. Un matin, l'hôte,
qui avait surveillé les évolutions de cette garde-robe fugitive,
vint trouver son commensal et lui dit : « Voici cent francs,
retournez en France; vous me renverrez cet argent quand
vous serez à Marseille ou à Paris. » Le jeune homme était
doué de quelque talent en peinture; il ne consentit à accepter
les cent francs si libéralement offerts que lorsqu'il les aurait
légitimement gagnés. Le maître d'hôtel avait une femme et
deux filles, il fit le portrait au pastel de toute la famille, et il
dessina les marmitons par-dessus le marché. Quand sa besogne
fut achevée, il se dirigea vers le bateau, accompagné de l'hôte,
qui ne voulait plus le laisser partir. Heureuse jeunesse! le
charme qu'elle répand autour d'elle est si grand, qu'elle atten-

drit jusqu'aux maîtres d'hôtel napolitains. A bord, notre héros se rencontre sur le pont avec une belle jeune femme, à laquelle il ose à peine parler, tant elle lui semble une grande dame et une noble créature. Cependant il s'enhardit peu à peu, et, pour se faire bien venir de cette fière beauté, il laisse vaguement soupçonner qu'il est un gentilhomme voyageant pour son instruction, et qu'il a oublié son gouverneur dans un honnête tripot ou dans le cratère du Vésuve. Tout va bien, et l'on arrive à Marseille. Mais, ô contre-temps! les douaniers manifestent l'intention de visiter les bagages. Notre héros veut fuir, on le retient; on le force de donner la clef de sa malle, on l'ouvre... elle contient trois pavés! Pétrification générale. La malle de la belle voyageuse est également ouverte : ô bonheur! elle ne renferme que des oranges! La grande dame n'est elle-même qu'une bohémienne, double méprise! tromperie charmante! Ils partent ensemble pour Paris, où ils vécurent heureux pendant une éternité de quinze jours.

Eheu! fugaces posthume! Qu'êtes-vous devenus, chers poëtes dispersés? L'un est avocat général, l'autre est un grave législateur, cet autre... Mais à quoi bon vous dire ce qu'ils sont? Qu'il vous suffise de savoir ce qu'ils ont été.

VII

Je signale à mon pays l'avénement prochain d'un nouveau parti, le parti des gens modestes; sous le gouvernement de Juillet, nous avions le parti des hommes sérieux. L'homme sérieux était un sage qui voulait arriver par la voie la plus courte, *linea brevissima*, la voie de l'insignifiance. Dans la rue, il portait un chapeau qui n'était ni trop neuf ni trop vieux, un habit dont la couleur était intraduisible, un gilet mixte et une cravate dogmatique. Il marchait posément, parlait peu, ne souriait jamais, et n'ouvrait la bouche que pour éternuer un petit bar-

4

barisme inédit, Il avait horreur de l'*inconstitutionnalité*, et trouvait que M. Barrot manquait de *gouvernementabilité*.

Pendant six mois, il faisait annoncer dans les catalogues un ouvrage destiné à produire la plus profonde sensation : *Des théories parlementaires considérées dans leur rapport avec*, etc, etc. Le livre ne paraissait pas, mais le titre avait produit son effet, et plus tard, l'homme sérieux se portait candidat à l'Académie des sciences morales et politiques, comme auteur d'un ouvrage qui aurait pu à la rigueur exister. Il était admis.

Ce qui distinguait surtout l'homme sérieux, c'était la *tenue*. La *tenue* était son cheval de bataille. La tenue consistait à affecter un air gourmé, à se vieillir l'esprit et le visage, et à faire semblant d'étudier l'économie politique.

La révolution de février avait dissous ce parti ; mais aujourd'hui il se reforme, les éléments dispersés se rapprochent ; les vaincus d'hier aspirent à l'empire de demain. Seulement, ils ont pendu leur vieux costume au vestiaire, et pour être à l'unisson de la politique contemporaine, ils ont endossé la défroque de la modestie.

L'homme modeste vit retiré, il ne veut rien, n'aspire à rien : il est profondément dégoûté de tout ce qu'il voit et de tout ce qui se passe autour de lui ; ne lui parlez pas de dignités, de gloire, de fonctions publiques ; il a donné sa démission de tout et n'aspire qu'au repos et à l'oubli : aux cœurs blessés l'ombre et le silence. Ce n'est pas qu'il méprise l'espèce humaine ; mais il se sent incapable, et se range de côté pour laisser aux plus dignes le chemin libre. L'étude est sa seule distraction, et s'il va encore chez les ministres, dans les cercles politiques, partout où parade le monde officiel, c'est pour ne pas rompre du jour au lendemain avec des habitudes prises, et pour que son absence précipitée n'attire pas l'attention sur sa personne.

O Athéniens ! j'ai vu l'homme modeste de mon temps, je l'ai examiné, je l'ai sondé ! Défiez-vous de lui, c'est un renard sous la peau d'un agneau !

VIII

Je voudrais bien ici dire un mot de Voltaire. C'est que, tous les jours, on le juge ridiculement. On l'a exagéré , et, faut-il l'avouer, les Espagnols, comme les Italiens, le comprennent aujourd'hui mieux que les Français. — Voltaire, qu'on nous fait si effrayant et si noir, n'était qu'un Boccace qui s'était gâté en changeant de siècle.

Si Voltaire fût né dans un pays riant, à Naples, à Florence ou à Venise, quelle différence ! Conteur vif et délicat, comme il l'était ; philosophe à peine et par hasard ; sceptique, mais plein de grâces, quel grand homme aimable ne serait pas encore Voltaire ! C'eût été une bénédiction pour son temps, pour l'Église elle-même, toujours pleine de gens de goût, de pouvoir lire ses livres, sans que personne, pas même lui, pût croire que de cette lecture allait sortir une révolution cruelle.

Ceci n'est-il qu'un paradoxe ? Eh bien, qu'on lise quelques-unes de ses lettres intimes perdues dans la *Correspondance de Grimm*, et reconnaissables à leur parfum ! Vous direz si personne de nous, depuis 1789, a su ce que c'était que Voltaire ; si même par des louanges insensées on ne l'a pas calomnié, et si enfin les plus décidés d'entre les encyclopédistes, tous ces écrivains risqués : Grimm à qui il se plaignait déjà de la tournure qu'il voyait prendre à ses idées, si Diderot encore, d'Alembert lui-même, et jusqu'au baron de Holbach, se sont jamais douté du rôle que plus tard des bêtes féroces allaient leur faire jouer à tous !

Voltaire se fût indigné de voir son nom mêlé à tant de folies et de crimes qu'il ne prévoyait pas ! — Sans doute, il a critiqué et dû critiquer une foule de choses inutiles ou ridicules existant dans l'ancienne société française, au sein de laquelle il vivait si bien en y souriant toujours ; mais peut-être l'a-t-il moins attaquée que Molière. Son malheur, c'est de n'avoir pas pris garde qu'il parlait à un siècle moins fort que le dix-septième siècle, et où il fallait parfois se taire, parce qu'on était écouté par un moins grand nombre d'honnêtes gens que du temps de Molière.

Aussi, qu'est-il arrivé à Voltaire? Du moment que la populace des écrivains et des pamphlétaires politiques répéta ses idées, tout ce qu'il disait si bien devint ignoble, et tout fut perdu. L'esprit et le tact disparurent de la France. Aujourd'hui enfin, le châtiment de Voltaire, de cet homme d'esprit, c'est — d'être devenu le dieu des imbéciles.

IX

M. Gérard de Nerval, le plus pérégrinateur de nos écrivains, comme il est aussi un des plus aimables et des plus savants, s'était dirigé l'année dernière pour Berlin lorsqu'il apprit en route que l'on allait donner à Weimar, pour l'inauguration de la statue de Herder, des fêtes qui se rencontraient avec l'anniversaire de la naissance de Gœthe.

Gérard avait été l'ami de Gœthe, ami presque inconnu, car ils ne s'étaient, je crois, jamais vus. Mais à l'âge de dix-huit ans Gérard avait publié la traduction de *Faust*. Cette traduction, malgré toutes celles qui ont paru depuis, est restée la meilleure, et Gœthe ne reconnaissait guère que celle-là. « Gœthe, rapporte Eckermann, avait pris en main la dernière traduction française de son *Faust*, par Gérard, qu'il feuilletait et paraissait lire de temps à autre. De singulières idées, disait-il, me passent par la tête quand je pense que ce livre se fait valoir dans une langue dans laquelle Voltaire a régné il y a cinquante ans... Gœthe fit l'éloge de la traduction de Gérard. Je n'aime pas lire le *Faust* en allemand, ajoutait-il, mais dans cette traduction française tout agit de nouveau avec fraîcheur et vivacité. »

Gérard ne pouvait donc se dispenser d'ajourner son voyage à Berlin. Il se dirigea vers le duché littéraire de Saxe-Weimar. Je dis duché littéraire, parce qu'on y distribue aux poëtes et aux artistes des marquisats, des comtés et des baronnies... Les noms des hommes illustres qui l'ont habité y marquent des places et des stations nombreuses qui deviennent des lieux sacrés. Si jamais le flot des révolutions modernes doit emporter les vieilles monarchies, il respectera sans doute ce coin de terre heureux où le pouvoir souverain s'est abrité depuis longtemps sous la protection du génie.

Il est est inutile de demander si Gérard fut bien accueilli à Weimar ; tout ce qu'il y a d'illustre à cette petite cour voulut lui faire fête. Un matin qu'il s'occupait de visiter les anciennes demeures des grands hommes qui ont séjourné à Weimar, telles que celles de Lucas Cranach, qui a orné la cathédrale d'un beau tableau ; de Wieland, de Herder et de Schiller, il fit la rencontre d'un inconnu qui lui proposa de lui faire voir l'intérieur du palais grand-ducal, où resplendit de toutes parts le culte que la famille de Saxe a voué aux grands hommes; Gérard accepta avec empressement, et examina avec une pieuse curiosité ces quatre grandes salles consacrées une à Wieland, la seconde à Herder, les deux dernières à Gœthe et à Schiller.

De retour à Paris, Gérard publia dans un journal la description des fêtes auxquelles il avait assisté. A ce sujet, l'inconnu qui lui avait si gracieusement ouvert le palais grand-ducal, lui adressa la lettre suivante :

« *A Monsieur Gérard de Nerval.*

« MONSIEUR,

« Lorsqu'on est passionné comme je le suis pour la gloire littéraire de la patrie, l'on désire qu'elle soit servie par la renom-

4.

mée. Rien ne saurait réjouir davantage que la preuve que cette gloire est reconnue et goûtée à l'étranger. Vous m'avez procuré cette joie, monsieur ; aussi ne saurais-je mieux y répondre que par la main même de Gœthe, dont je vous prie d'accepter l'autographe ci-joint, en vous souvenant de Weimar et de celui qui reste à jamais votre très-dévoué.

« CHARLES ALEXANDRE,
« Grand-duc héréditaire de Saxe.

« Du château du Belvédère, 30 octobre 1850. »

Il est assez difficile de rendre en français la traduction fidèle de ce quatrain improvisé. Il a été écrit à propos d'un portrait de la jeune princesse Marie de Prusse, et, s'il était possible de le faire passer littéralement dans notre langue, on pourrait le traduire ainsi :

Aimable et gentille,
Calme et bienveillante ;
Sont à elle les fidèles
Sûrs comme l'or.

Quelle plus charmante et plus délicate manière de prouver sa reconnaissance à un écrivain ! Un prince ordinaire se serait contenté d'envoyer à Gérard quelque banale décoration, que celui-ci aurait mise dans sa poche. Le prince de Saxe-Weimar adresse au traducteur de Gœthe un autographe de Gœthe ; il donne à un homme littéraire une récompense littéraire ; il a causé avec l'écrivain français ; il a pu, dans le peu de temps passé avec lui, se rendre compte de la distinction de cet esprit solide et d'une grâce suprême, et il a compris tout de suite que celui-là ne devait pas être traité comme un pianiste, à qui l'on remet une tabatière à la fin d'un concert.

Ce qui ajoute encore de la grâce et de la valeur à l'envoi du prince héréditaire, c'est le choix spécial de l'autographe. Au

moment où Gérard examinait l'intérieur de la maison de
Gœthe, il y avait rencontré cette jeune princesse Marie pour
qui ont été écrits ces quatre vers. En voyant cette apparition
gracieuse errer capricieusement parmi les images du passé,
Gérard l'avait comparée à l'image antique de Psyché, représentant la vie sur la pierre des tombeaux. Le prince Charles
Alexandre, en choisissant parmi tous les autographes de Gœthe
celui qui se rapportait à la jeune princesse, a-t-il voulu faire
discrètement comprendre à l'écrivain qu'une autre personne
était de moitié dans l'envoi de ce souvenir de Weimar ?

La royale famille de Saxe-Weimar est une famille à part
au milieu des autres souverains allemands. Le culte et l'amour
de l'art sont une des traditions des princes de cette souveraineté athénienne dont Gœthe a été pendant longtemps le principal ministre. Cependant, il faut le dire à la louange des
princes allemands, beaucoup aiment les lettres, comme le roi
de Prusse et le roi Louis de Bavière, et presque tous bannissent,
dans leurs rapports avec les simples particuliers, cette morgue
et cette roide attitude qui ont caractérisé nos anciens princes
français. Que le lecteur veuille bien me permettre de citer,
comme preuve à l'appui de cette opinion, une petite aventure
de chemin de fer qui m'est personnelle.

Vers la fin du mois d'août de l'année dernière, je me trou-
vais à Mayence, lorsqu'un matin je lus dans un journal que ce
jour-là le Congrès de la Paix allait s'ouvrir à Francfort.
Moins désireux d'entendre des discours dans tous les dialectes
connus que de rencontrer quelques Français qui avaient dû se
rendre à cette solennité polyglottique, j'allai prendre un billet
au bureau du chemin de fer et je me trouvai dans une diligence seul avec un homme jeune encore, qui, au bout de
quelques minutes de silence, m'adressa la parole en allemand.
Sur un signe de tête négatif de ma part, il comprit mon ignorance de la philologie teutonique, et, changeant aussitôt de
dialecte, il s'exprima dans le français le plus pur.

Pendant les trois quarts d'heure qui séparent Mayence de Francfort, nous causâmes du Congrès de la Paix, auquel l'inconnu n'épargna pas les épigrammes, nous parlâmes de Paris, de Francfort et de la pluie qui tombait par torrents.

En descendant du wagon, j'avais pris congé de mon compagnon de route, lorsque la circonstance de la pluie, qui redoublait, nous rapprocha. Il ne restait plus qu'un seul fiacre devant l'hôtel du chemin de fer, et le cocher s'était approché sur un signe que je lui avais fait, lorsqu'en me retournant, j'aperçus mon inconnu qui se promenait sous le péristyle. J'allai à lui et lui offris une place dans le fiacre, en lui demandant où il désirait être conduit.

— Allez-vous, me dit-il, à un hôtel avant de vous rendre à l'église Saint-Paul, où se tient le Congrès?

— Oui, lui répondis-je ; mais, comme je n'ai pas de préférence, j'irai au premier-venu.

— Alors, reprit mon compagnon, permettez-moi de vous conduire à l'Hôtel de Russie. Il est situé dans le Zeill, la principale rue de Francfort.

J'acceptai.

En entrant dans la cour de l'Hôtel de Russie, quel ne fut pas mon étonnement lorsque je vis le maître de la maison venir dire chapeau bas, à mon compagnon :

— La chambre ordinaire de Votre Altesse est occupée par Son Altesse le grand-duc de Hesse-Darmstadt. Nous n'attendions pas Votre Altesse aujourd'hui.

— C'est bien, répondit mon compagnon. Donnez une chambre à monsieur d'abord, moi je me contenterai de la première venue.

Quand je fus installé dans ma chambre, qui était d'une magnificence royale, je me mis à faire mon examen de conscience pour me rendre compte si, dans le cours de la conversation, je n'avais pas laissé échapper quelques-unes de ces bordées françaises dont les éclats auraient pu rejaillir sur mon compagnon de route, lequel était le duc régnant de...

Tout à coup le prince entra et me dit : Vous savez qu'ici on dîne à une heure. C'est l'habitude germanique.

— Je le sais, monseigneur, lui répondis-je.

— Bah! me dit-il, je ne suis pas plus monseigneur que vous, aujourd'hui ; je voyage *incognito*. Donc vous ne devez voir en moi qu'un simple gentleman. A la table d'hôte vous rencontrerez quelques autres souverains, mais faites comme si vous ne connaissiez pas leur qualité, c'est l'usage.

Je le remerciai de l'avis qu'il venait de me donner, et me rendis à l'église Saint-Paul.

A une heure j'étais de retour à l'hôtel. Le duc de..... me fit placer à côté de lui.

Il y avait autour de la table une dizaine de convives.

— Pardonnez ma curiosité de Parisien égaré en Allemagne, dis-je tout bas au duc de..., je voudrais savoir si toutes les personnes ici présentes sont aussi des gens considérables.

Ce personnage qui est en face est le prince Frédéric de Prusse, voici le grand-duc de Hesse, et à côté de lui le duc de Lucques.

— Savez-vous, lui dis-je, que depuis Candide on n'avait jamais vu tant de princes dans une hôtellerie.

— Chut! me répondit-il en souriant, ne réveillons pas Voltaire qui dort.

Le dîner fut charmant ; il fut surtout égayé par les saillies et le champagne du duc de Lucques.

Le soir, au moment où je prenais congé du duc de ***, il me dit en me tendant la main : Vous retournerez à Paris, vous êtes bien heureux.

— Je croyais que les rois détestaient Paris, lui répondis-je.

— Nous l'exécrons et nous l'adorons ; tenez, il y a des instants où je donnerais la moitié de ma principauté pour pouvoir habiter pendant trois mois un entre-sol du boulevard Italien.

X

Il y a eu dernièrement un procès littéraire bien autrement curieux et intéressant que le procès de Paul-Louis Courier pour la tache d'encre de Longus, et cependant c'est à peine si l'on s'en est occupé, quoiqu'il ait été plaidé à grand orchestre et que les journaux l'aient reproduit *in extenso*. Nous voulons parler des lettres amoureuses de Benjamin Constant à madame Récamier, cette abbesse mondaine de l'Abbaye-aux-Bois qui a compté presque autant d'adorateurs qu'elle a fait d'académiciens. Aujourd'hui l'arrêt est prononcé, arrêt étrange qui eût excité dans son temps la verve satirique de Beaumarchais ; car de ce singulier jugement il résulte que madame Louise Collet a peut-être raison, mais que madame Lenormand n'a pas tort.

Toujours est-il que les lettres ne paraîtront pas, et c'est dommage. Cette publication eût mis dans son vrai jour un point de critique littéraire fort controversé : *Adolphe* est-il un personnage vrai ou un être imaginaire ? l'amant d'Ellénore est-il ce jeune étudiant d'Heidelberg, ce causeur trop éloquent du tribunal, qui devait être un jour une des gloires du parti libéral, ou bien n'est-ce qu'un caractère savamment étudié et en quelque sorte pris sur le fait ? Madame Récamier soutenait cette dernière hypothèse ; elle assurait que l'on avait toujours loué l'esprit de Benjamin Constant aux dépens de son cœur, et c'était, assure-t-on, pour venger cette ombre chère et désolée qu'elle avait ardemment désiré la publication des lettres. Si au contraire il fallait ajouter foi à l'opinion de critiques célèbres, MM. Sainte-Beuve, Gustave Planche et Loëve-Weimar, on serait porté à croire que Benjamin Constant s'est peint au naturel dans ce roman fameux, et que dans un jour de découragement et peut-être de remords il a déchiré du livre de sa vie cette froide page de sa jeunesse. Dans ce cas, il faudrait admirer l'écrivain et plaindre l'homme, ce type d'égoïsme et de lâcheté dans les affections du cœur.

Ce qui a fait le succès d'*Adolphe* ce ne sont pas les combinaisons savantes, c'est encore moins l'imagination, je ne crois même pas que ce soit le style. Mais le lecteur s'est plu à porter aux nues un ouvrage où il se reconnaissait à chaque page dans son présent ou dans son passé. Il éprouvait une commisération égoïste à la vue de cet homme, enlacé dans les anneaux d'une chaîne de fleurs et d'épines et se débattant dans l'agonie de son amour. Chacun en comptant les rares pulsations de ce cœur refroidi faisait l'anatomie de son propre cœur. Qui n'a pas eu son Ellénore ?

O sublime égoïsme de notre nature ! ce n'était pas Ellénore, c'était Adolphe qu'on plaignait ; et cependant qui devait le plus intéresser du héros ou de l'héroïne ? ils ont gravi ensemble, la main dans la main, le coteau verdoyant de la passion ; ensemble ils ont cueilli sur la route enchantée les fleurs de l'enthousiasme ; puis un beau jour, par un soleil étincelant, alors que la nature n'a jamais été plus belle, le ciel plus splendide, le cœur d'Ellénore plus débordant, voici que l'ambition, cet oiseau moqueur, chante à l'oreille distraite d'Adolphe cette triste chanson de la vingt-cinquième année qu'entendit aussi le docteur Faust par un soir d'orage. *Eheu fugaces !* s'écrie-t-il et, jetant sur la route parcourue un regard désolé, il reconnaît avec effroi que les cyprès et les ronces ont envahi le sentier semé naguère de myrtes et de roses. Alors il descend pas à pas le versant des illusions jusqu'à l'heure où, comprimant sous sa main de fer les derniers battements de son cœur, il abandonnera, dans la solitude du désespoir, l'Ariane de sa jeunesse. L'histoire de Benjamin Constant s'arrête là ; mais qui n'a pas achevé cette histoire dans sa pensée ?

Adolphe fera sa rentrée dans le monde ; ses amis le féliciteront d'avoir rompu des liens qui l'enchaînaient loin des honneurs et de la fortune. On viendra à son aide, on lui aplanira les obstacles, et chacun s'empressera de le conduire par la main dans la voie qu'il voudra parcourir. Et Ellénore qui a tout sacrifié à son amant, sa beauté, sa jeunesse, sa réputation et peut-être sa fortune, Ellénore qui n'a eu que le tort de croire aux serments d'Adolphe, que deviendra-t-elle? triste et délaissée, elle pleurera. L'amour est un épisode dans la vie de l'homme, il est l'existence tout entière de la femme. Loin de venir la consoler, ses amies la montreront du doigt quand elle passera solitaire sur les contre-allées de la promenade. Rien n'effacera de son front le stigmate de sa chute, j'allais dire de son bonheur évanoui. Partout elle traînera la flèche empoisonnée. Quand la nuit et la solitude se feront de plus en plus autour d'elle, Adolphe, lui, sera célèbre, envié et admiré. Un jour le bruit public apprendra à Ellénore que son ancien amant est entré à l'Académie ou au ministère, et seule peut-être, elle éprouvera, à cette nouvelle, une joie triste mais désintéressée. O justice distributive de l'homme! Adolphe sera partout cité comme un modèle de probité et d'honneur, pendant qu'Ellénore, méprisée, mourra dans l'isolement en donnant sa dernière pensée à l'homme qui a troublé sa vie et qui, depuis l'heure de la séparation, n'a pas une seule fois songé à s'informer de ce qu'était devenue cette amie des premiers jours. De quel côté est la résignation, la grandeur et la vertu?

Les débats de ce procès nous ont initié aux mystères des derniers jours de madame Récamier, cette noble femme, la dernière partie de cette société d'élite dont nous avons vu se fermer la tombe. Elle eut le malheur de survivre à sa génération, si bien qu'à la fin de sa vie son cœur n'était plus qu'un vaste cimetière où reposaient, les uns à côté des autres, ces rois et ces hommes célèbres, ces reines et ces femmes illustres, toute cette réunion de grandes intelligences dont elle avait été adorée. Pas un de ses chevaliers fidèles ne resta pour mener son deuil, et l'on s'afflige en voyant quels hôtes, après la mort de

Ballanche et de Chateaubriand, avaient, dans le salon de l'Abbaye-aux-Bois, rempli de leur nullité la grande place laissée
vacante par ces deux géants. Qu'auraient dit madame de Staël,
la reine Caroline, la marquise de Catteley, l'empereur Alexandre, Fox, Benjamin Constant, Canning, si on leur eût annoncé
que les dernières illustrations qui entoureraient madame Récamier seraient madame Louise Collet et mademoiselle Clémence Robert !

XI

M. Henry Murger a eu le bonheur peu commun de se révéler au public par un vaudeville très-original et mieux écrit
que la plupart des comédies contemporaines du Théâtre-Français. On comprend facilement l'étonnement général, Un vaudeville sans coq-à-l'ane, sans esprit réchauffé et sans entorses
grammaticales, un vaudeville littéraire en un mot ; cela ne
s'était pas encore vu. M. Scribe, le Titan de ce genre drama-
ique, ne s'était pas fait faute d'émailler ses petits chefs-d'œuvre de lieux-communs prémédités, de couplets naïfs et de quelques phrases de patois. Ce que voyant, les critiques avaient
dit : Si un homme aussi habile que M. Scribe attend pour en-
châsser une plaisanterie dans sa prose que cette plaisanterie
ait traîné pendant trois ou quatre ans sur les tables de quelque cercle littéraire, s'il ramasse avec tant de soin les bouts de
cigares de la conversation des gens d'esprit, c'est que le vaudeville est de son essence une sorte d'improvisation, et qu'il
doit comporter, sous peine de chute, une certaine dose de
commun. M. Henry Murger a eu l'audace d'en appeler de
l'exemple de M. Scribe et du jugement des critiques, et cent
représentations de son œuvre lui ont donné gain de cause.

Aujourd'hui M. Murger fait paraître un volume des fragments
publiés dans les journaux ; ces fragments, coordonnés, corrigés

et augmentés, forment une histoire suivie. Mais dès le début l'auteur a grand soin d'avertir le lecteur que « les bohêmes dont il est question dans son livre n'ont aucun rapport avec les bohêmes dont les dramaturges du boulevard ont fait les synonymes de filous et d'assassins. » Sa bohême à lui se compose, Dieu merci ! d'autres personnages. « Aujourd'hui comme autrefois, dit-il, tout homme qui entre dans les arts sans autre moyen d'existence que l'art lui-même, sera forcé de passer par les sentiers de la bohême. La plupart des contemporains qui étaient les plus beaux blasons de l'art ont été des bohémiens ; et, dans leur gloire calme et prospère, ils se rappellent souvent, en le regrettant peut-être, le temps où, gravissant la verte colline de la jeunesse, ils vivaient de cette manne hasardeuse qui tombe des corbeilles de la Providence, et n'avaient d'autre fortune au soleil de leurs vingt ans que le courage, qui est la vertu des jeunes, et que l'espérance, qui est le million des pauvres. »

On voit tout de suite quels sont les originaux dont M. Murger va tracer les portraits. C'est d'abord un jeune peintre qui n'a pas les premiers capitaux nécessaires à l'achat d'une toile. Cette toile enfin obtenue à l'aide d'une persévérance héroïque, le rapin enthousiaste et coloriste la barbouillera de vermillon, et obtiendra, à force de coups de brosse, un horrible passage de la mer Rouge, qui deviendra au besoin un passage du Granique, un passage du Rubicon, un passage de la Bérésina, et se transformera enfin, dans une incarnation définitive, en un passage de Panoramas. Voici un poëte romantique forcé de rengaîner son lyrisme et de marteler pour dix francs une épitaphe à la gloire éternelle d'un pharmacien. Cet autre est un musicien du plus grand avenir qui manque de présent parce qu'il n'a pas de passé. Celui-ci, philosophe pythagoricien, est à la recherche de son âme, et finit par trouver un beau soir l'immortelle endormie tout au fond d'une bouteille de Syracuse à 40 centimes. Ce monde, borné à tous les horizons par les expédients, est animé de frais visages, de gais sourires et de tendres propos : *la vie de Bohème* est la symphonie à grand orchestre de la jeunesse, de la poésie, de l'insouciance et de la misère.

Que le lecteur et M. Murger me permette une digression. C'est une croyance universellement admise depuis des siècles que l'artiste, le poëte, le littérateur doivent débuter dans le voyage intellectuel par l'étape de la nécessité. Bien des gens restent convaincus que sans la douleur et la privation, ces deux muses énervantes, jamais le génie de Jean-Jacques ne se serait éveillé. Béranger pour sa part a beaucoup contribué dans notre temps à enraciner dans les esprits ce préjugé féroce que le grenier doit être le temple consacré aux bégayements de la muse. Cet éternel grenier sans feu et aux murailles humides m'a toujours paru un antre affreux, même avec la robe de Lisette suspendue à la fenêtre. Il est impossible d'admettre, même à vingt ans, Lisette avec les mains et le nez rouges. Quand Béranger préludait à son existence lyrique, s'il avait occupé un modeste appartement au quatrième étage, il n'en aurait été ni plus malheureux ni moins poëte. Béranger a résisté au grenier, mais je suis convaincu que le grenier en a tué bien d'autres ; je ne crois pas non plus, comme M. Murger, que la plupart des contemporains qui étaient les plus beaux blasons de l'art aient été des bohémiens ; quelques-uns sans doute se sont vus forcés de séjourner pendant quelque temps dans cette hôtellerie aux fourneaux éteints, aux lits absents et aux dîners chimériques ; mais le plus grand nombre au contraire avait de quoi payer son écot à l'hôtel garni d'à côté. Lamartine a eu et a encore une fortune patrimoniale ; Victor Hugo ne quittait la maison de sa mère que pour se marier ; Alfred de Vigny était capitaine d'infanterie avant d'être littérateur ; Alfred de Musset n'était pas sans quelque fortune ; Jules Janin donnait des leçons de latin, des leçons de grec, et se créait un revenu de son métier avant de songer à se faire une fortune de son art ; M. Scribe, l'homme qui avait le moins besoin d'un capital assuré, entrait dans le vaudeville avec six mille livres de rentes, et Chateaubriand lui-même, Chateaubriand qui, dans ses mémoires, s'apitoie avec tant de complaisance sur la pauvreté de ses jeunes années, trouvait toujours cent louis quand il avait besoin de cent francs. J'en pourrais citer beaucoup d'autres parmi de moins célèbres.

Il n'entre pas dans ma pensée de prouver que l'aisance est une condition indispensable à l'homme qui veut parcourir la dangereuse carrière de l'art; seulement, je crois, contrairement à l'opinion presque universelle, que l'aisance et même la fortune sont des conditions très-favorables au développement de l'intelligence et à la production d'œuvres sérieuses; si l'expérience de la misère peut développer en nous de certaines facultés, ce ne sont pas toujours les meilleures; malheur à celui qui se lance dans le rude sentier en n'ayant pour bâton que son courage. Le plus souvent, il s'arrêtera épuisé au milieu de la route, et il n'entendra autour de lui que les rires moqueurs des plus heureux ou des plus vaillants. Au lieu de le plaindre, on lui reprochera sa témérité et son orgueil. Tout n'est pas couleur de rose au joyeux pays de Bohême.

Quand, par hasard ou par sa volonté, on se trouve égaré dans ce pays situé sous toutes les latitudes de l'espérance, il faut tâcher d'en sortir au plus tôt; il faut s'armer de force, de persévérance, s'affilier à la société des buveurs d'eau, et faire comme les héros de M. Murger. Après un passage des Panoramas, on arrivera peut-être à un vrai passage de la mer Rouge: avec les dix francs de l'épitaphe du pharmacien, on a huit jours d'avenir; dans ces huit jours, on a la chance de rencontrer une nouvelle veuve inconsolable ou d'obtenir un succès. Dans ce dernier cas, l'on décampe au galop, sinon l'on est perdu. Quand vous avez vingt ans, que votre montre retarde de cent francs, c'est joli; mais lorsque vous atteignez le chiffre grave de trente années, cette même montre doit avancer ou tout au moins marquer l'heure souriante de la réussite.

Du reste, M. Murger est sur ce point tout à fait de notre avis. S'il a largement usé de son privilége de poëte pour embellir ce monde étrange où il a vécu plutôt en touriste qu'en naturel du pays, il ne se fait pas faute de distribuer sous forme d'aphorismes d'excellents conseils aux téméraires qui tenteraient de se précipiter dans ces parages hasardeux sans s'être revêtus auparavant d'une forte cuirasse. « La Bohême, dit-il, c'est le stage de la vie artistique, c'est la préface de l'académie, de l'hôtel-Dieu ou de la morgue. » Et plus loin : « Si on cherchait parmi toutes les raisons qui ont pu déterminer cette affluence de jeunes gens dans les sentiers de la Bohême, on pourrait peut-être trouver celle-ci : Beaucoup de jeunes gens ont pris au sérieux les déclamations faites à propos des artistes et des poëtes malheureux. Les noms de Gilbert, de Chatterton, de Moreau, ont été trop souvent, trop imprudemment, et surtout trop inutilement jetés en l'air. On a fait de la tombe de ces infortunés une chaire du haut de laquelle on prêchait le martyre de l'art et de la poésie. Le chant désespéré de Victor Escousse, asphyxié par l'orgueil que lui avait inoculé un triomphe factice, est devenu un certain temps la *Marseillaise* des volontaires de l'art, qui allaient s'inscrire au martyrologe de la médiocrité. »

Paroles sévères, mais justes. Combien, en ce temps où nous sommes, ont pris pour une irrésistible vocation ce qui n'était qu'une aspiration vague et confuse! Combien, éblouis par la splendeur du résultat et ne calculant pas les périls, se sont lancés à la conquête de la toison idéale ; fiers de leur jeunesse et prenant la témérité pour le courage, ils jetaient un long regard sur cet océan impitoyable qui engloutit toutes les médiocrités ; bien loin de les retenir, chaque nouveau naufrage les excitait, et ils s'embarquaient un beau matin sur la coquille de noix de leurs espérances. Combien sont partis ainsi qui ne sont pas revenus ! Pauvres alcyons battus par toutes les vagues, ils ont disparu un jour sans avoir aperçu même dans le lointain

5.

le radieux sourire de cette capricieuse maîtresse qui s'appelle la gloire !

M. Henri Murger a donc eu soin de prémunir le lecteur contre les séductions de ce monde affreux et charmant, triste et bouffon, dont il fait les honneurs avec toute l'élégance d'un poëte qui ne croit pas déroger en écrivant de la prose excellente. A mon avis, ce livre est remarquable par l'entrain, par l'observation et surtout par le style. Quant à l'esprit, je n'en parlerai pas, il pullule, il fourmille, il grouille. Avec un pareil livre, un littérateur honnête aurait pu faire six volumes sans être taxé d'économie. M. Murger est riche et il jette sa fortune, en enfant prodigue, par toutes les fenêtres.

XII

Un ami de M. Hugo, prétendait à propos de je ne sais plus quel ouvrage de M. de Lamartine, que ce qui nous a manqué depuis soixante années dans les rudes épreuves que nous avons traversées au pas de course, ce n'est ni l'idée ni le fait, ni l'intelligence ni l'épée, ni la parole ni l'action, ni les peuples ni les chefs, ni ceci ni cela. C'est... un poëte dramatique. O monsieur Jourdain! l'Empire est tombé faute d'un poëte dramatique. On sait que Napoléon se désolait de n'avoir pas Corneille sous la main pour confier à ce grand homme le portefeuille des relations extérieures. (Voir Marco Saint-Hilaire, *passim.*) C'est pour la même raison que restauration et gouvernement de juillet ont fait un beau matin la culbute. Le gouvernement de juillet s'était pourtant décidé à jeter sur le front monumental de Corneille le chapeau à plumes de pair de France. L'insensé, c'était trop ou trop peu. Il fallait à Corneille au moins le ministère de l'instruction publique. La République fit les premiers pas, il est vrai, appuyée sur le bras d'un poëte, mais quel poëte s'il vous plaît ? Un poëte lyrique. Que pouvait faire l'amant d'Elvire pour conjurer tous les orages? Ah ! si l'on avait songé à Corneille au lieu d'appeler à la tête du gouvernement provisoire l'élégiaque paratonnerre que vous savez!

«M. de Lamartine, dit le critique hugolâtre, est certainement l'homme de ce temps-ci qui aura le plus contribué à enraciner dans les esprits ce préjugé vulgaire et absurde que le poëte est inhabile et incompétent dans la conduite des affaires humaines. Pourquoi? — Justement parce que M. de Lamartine est un poëte purement lyrique et le contraire d'un poëte dramatique. »

« Cette séparation, ce divorce, cette fuite perpétuelle de l'action devant l'idée, de l'idée devant l'action que nous signalons dans *Toussaint Louverture*, vous les retrouverez dans la vie publique de l'auteur des *Girondins*, homme d'État et penseur qui, chose inouïe ! n'aura jamais *vu que du feu dans Napoléon.* »

« Regardez, en effet. »

« Aujourd'hui, ce sera l'idée qui chez lui dominera, écrasera annihilera l'action, il laissera l'esprit souffler où l'esprit voudra ; il abdiquera sa volonté devant l'inspiration, nous ne dirons pas du hasard, mais de Dieu ; il criera : *Alea jacta est* ; il demandera cinq minutes de réflexion pour décider si la France sera république ou monarchie, il montera à la tribune sans savoir comment il va conclure, et s'il attribuera à l'Assemblée nationale ou bien au peuple le droit de choisir le chef de l'État. »

«Demain, sa pensée se laissera aller, incertaine, légère et flottante, au courant et à la merci de l'événement. Une révolution le portera au pouvoir, une insurrection l'en arrachera ; dans l'intervalle, la France s'offrira par trois ou quatre fois à lui et ne le trouvera jamais prêt, et comme une belle fille sottement dédaignée, ne lui pardonnera plus jamais ni ses retards à lui, ni ses avances à elle. »

« De sorte que lorsqu'il aura voulu fonder une Républi-

que, cet homme courageux, ce grand homme, sera resté inférieur, tantôt à M. Ledru-Rollin par l'idée, tantôt à M. Chan-
garnier par l'action. »

« De sorte que lorsqu'il aura voulu écrire un drame, ce
poëte inspiré, cet écrivain abondant, sera resté inférieur à
M. Jules Janin pour la critique et à M. Anicet-Bourgeois pour
la facture. »

Le tort impardonnable de M. de Lamartine, aux yeux de
l'auteur de l'article, c'est d'avoir compromis Corneille, c'est
d'avoir contribué à enraciner dans les esprits ce préjugé vulgaire
et absurde *que le poëte est inhabile et incompétent dans la conduite des affaires humaines.* Aussi, tout en déclarant que M. de
Lamartine est un beau génie et un grand caractère, a-t-il soin
de le placer un peu au-dessous d'un faiseur de mélodrames.

Cette proposition une fois admise que le poëte dramatique
sera l'homme d'État de l'avenir, le Confucius social, le Tyrtée
législateur, il ne nous reste plus qu'à chercher parmi les membres de l'association des auteurs à qui ce rôle de sauveur doit
échoir un jour.

S'il est permis dans une question aussi délicate, de s'en rap-
porter à l'opinion générale, les trois plus grands génies dramatiques de notre temps seraient MM. Alexandre Dumas, Dennery et Bouchardy. C'est donc un de ces trois messieurs qui
sera vraisemblablement tôt ou tard l'arbitre des destinées de
la France. Comme je ne voudrais pas passer plus tard pour
un flatteur du lendemain, je m'empresse de prendre date. *Vive
monte Christo, vive la dame de Saint-Tropez, gloire au Sonneur de Saint-Paul !*

M. Victor Hugo a bien aussi quelques prétentions dramatiques, prétentions justifiées du reste ; mais, il faut bien l'avouer,
toutes les critiques dirigées contre M. de Lamartine retombent
de tout leur poids sur l'auteur des *Burgraves* et de *Marion de
Lorme.* Comme M. de Larmartine, M. Hugo déclame, rêve et

chante quand il faudrait agir. Ses héros, au lieu d'aller droit
au but, se préoccupent en chemin.

De la pâle clarté qui tombe des étoiles.....
..... Arcades ambo,
Et cantare pares et respondere parati.

Dans les pièces de M. Hugo, le lyrisme est partout, au commencement, au milieu, à la fin, le drame n'est nulle part. *En
notre âme et conscience*, l'œuvre de M. Hugo peut bien être *une
belle effusion lyrique, mais l'humanité y chercherait vainement
l'homme.* L'ami, en condamnant sans appel M. de Lamartine, n'a
pas pris garde qu'il frappait du même coup sur son maître, lequel
aura lui aussi contribué à enraciner dans les esprits ce préjugé
vulgaire que le poëte est inhabile et incompétent dans l'exercice
des affaires humaines ; parce que comme M. de Lamartine, et plus
que M. de Lamartine, M. Hugo a sacrifié le raisonnement à
l'imagination, l'homme au poëte, l'idée à la forme ; parce que
la foule l'a vu, depuis qu'il a *l'âge d'homme*, passer d'une
idée à une autre idée, des *Odes et Ballades* au *Roi s'amuse*, de
sa mère vendéenne à son père républicain. Si M. Hugo, exalté
par le rôle politique qu'a joué M. de Lamartine, rôle qui n'est
pas sans gloire, caresse, chimérique ambition ! l'espérance d'un
jour, d'une heure, d'une minute de domination populaire,
qu'il se détrompe. M. de Lamartine a pu être, à un moment
donné, le tribun des sentiments généreux, la lyre de la révolution. M. Hugo ne serait que le tribun des antithèses, la lyre
de la rhétorique. Le premier peut parler à la foule, l'exalter
et la dominer, le second ne sera jamais compris que des ba-
cheliers ès lettres et des académiciens !

XIII

Il vient de mourir ces jours derniers un brave garçon qui,
lui aussi, avait entrepris de sauver le monde. Un soir, il y a

de cela une quinzaine d'années, il accompagnait au Père-La-chaise la dépouille mortelle d'un ami. Parvenu sur le mamelon funèbre qui domine Paris, il contempla les dômes, les colon-nes, les tours et les toits des maisons qui marquaient à ses yeux la place où s'agitait la grande fourmillière. Il songea, c'est lui-même qui me l'a raconté depuis, à toutes les misères entassées dans ce gigantesque espace ; il vit ceux qui souffraient du froid ou de la faim, il entendit le râle des agonisants et, exalté par l'apparition des lugubres fantômes qui passaient devant son esprit, il se crut appelé à féconder les cœurs et à changer en paradis terrestre cette vallée de larmes. Quand il rentra dans Paris il était Dieu, je n'ose pas dire qu'il était fou.

A partir de cet instant, il s'appela le *Mapah*, l'homme andro-gyne, et il mit au jour une nouvelle religion intitulée : l'*Eva-daïsme*. Novateur rétrospectif, il ramenait le monde à son ber-ceau, à Adam et Eve. Il en est parmi les novateurs d'aujourd'hui qui ne remontent pas au delà du déluge. Il faisait des prédi-cations partout, dans les réunions d'amis, dans les cafés et dans la rue. Il courait les ateliers pour trouver des disciples, et il eut le bonheur d'en rencontrer un, chose rare en ce temps-ci. Un jour ce disciple vint trouver le Mapah et lui dit : « Maî-tre, j'ai écrit l'Évangile du Verbe nouveau, faut-il le livrer à l'impression ? Le Mapah répondit affirmativement.

Cependant un scrupule retenait le vulgarisateur : dans la religion évadienne, on ne s'appelait pas.

Le Mapah, qui poussait encore plus loin que le rédacteur en chef de la *Presse* le culte de l'égalité, avait compris que deux noms dissemblables constituant une différence, le dogme de l'égalité était violé par ce seul fait que celui-ci s'appelait Jean et que celui-là se nommait Pierre. Le Mapah était radicalement logique.

Quand un évadien voulait appeler un autre évadien, il se contentait de faire *psit*, *psit*, par respect pour l'égalité absolue. Le disciple, voulant concilier son amour-propre d'auteur avec la prescription évadienne, chercha un biais ingénieux. Un jour le livre parut, et tout le monde a pu le voir derrière la vitrine des libraires étalagistes ; on lisait sur la couverture de cet évangile : *le Nouveau Verbe, par celui qui fut Caillaux.*

De l'évadaïsme il ne reste plus, à l'heure qu'il est, qu'un souvenir à la fois triste et risible. Celui qui fut le Mapah n'était pas, en somme, une intelligence vulgaire ; seulement, quand une fois il adoptait un principe, il le grattait jusqu'au tuf et il arrivait tout droit à l'absurde. En épluchant la philosophie du Mapah, on y trouverait peut-être bien, des pensées généreuses et des aperçus ingénieux ; mais tout cela est perdu dans un fatras de logique trop rigoureuse. Combien en avons-nous vu mourir en ces tristes temps, de pauvres diables qui ont perdu leur raison à vouloir absolument sauver le monde !

XIV

On croit assez communément qu'un homme qui a dépensé dix ou douze années de sa vie à courir la prétentaine sur les grands ou les petits chemins de l'imagination ; qu'un malheureux dont l'esprit, inutile papillon, s'est posé sur la tige de tous les caprices et a respiré le parfum de toutes les fantaisies, peut gravir ensuite d'un pied sûr le sentier des réalités. On se figure que cette chimère insaisissable qu'il poursuit à toute heure, il peut la quitter et la reprendre à volonté. Ceux que leur mauvaise étoile a poussés dans cette ingrate et glorieuse carrière des lettres supportent avec plus ou moins de courage les privations et même la misère ; mais c'est là un trait distinctif : ils luttent jusqu'à la fin. Une fois qu'on est engagé dans la voie, on ne peut, sans déchirement, songer à rebrousser chemin. Cèdent-ils à une fascination invincible et inexplicable, ou ont-ils, tous ces diseurs de riens, la conscience de leur inu-

tilité? Je ne sais, mais ils lutteront jusqu'au bout plutôt que de
déserter. Ils ressemblent à ces peuples déshérités que le ciel a
fait naître dans des pays arides et qui s'attachent à la nature
avare qui les entoure en raison même de sa tristesse et de sa
stérilité.

Parmi toutes les professions dites libérales, en est-il une
seule qui soit plus rude et plus décevante que la profession littéraire? Sur mille qui combattent la plume à la main un seul
arrive je ne dis pas à la gloire mais à la réputation, qui est le
fantôme de la gloire. Les autres effeuilleront en pure perte les
fleurs de leur esprit; ils suivront, mornes et résignés, le cortége de tous les triomphateurs, et ils disparaîtront un jour sans
qu'on s'inquiète de leur absence, sans qu'un ami inconnu se
souvienne de leurs premiers vers ou de leur dernier livre. Et
pourtant que de forces éparpillées, que de travaux accomplis
par ces obscurs soldats de l'intelligence! dans les quinze ou
vingt ans consacrés à la Muse, que de souffrances endurées!
Travailleurs rompus aux fatigues, esprits toujours prêts, ils auront donné leur repos et leur sang à cette tâche sans fin du
journalisme, chaque jour ils auront versé leur goutte d'eau
dans ce tonneau des Danaïdes! Condamnés, par la nécessité,
au labeur improvisé, ils auront dépensé en menue monnaie
leur part du trésor intellectuel. Tristes jusqu'à la mort, ils se
seront vus contraints de mettre des paillettes à leur style, des
rubans roses à leur plume pour se présenter devant leur souverain maître le public dans la mise la plus coquette de leur
talent. Ils auront ressenti, à de certains moments, les souffrances de ces pauvres comédiennes dont l'unique enfant est
mort le matin, et qui, le soir venu, séchent leurs larmes, mettent du rouge sur leur pâleur, et viennent, le sourire aux lèvres et la poitrine brisée, faire rire deux mille spectateurs.

Ah! ne croyez pas ces spirituels commis voyageurs et ces
non moins spirituels vaudevillistes quand ils font passer sous
vos yeux cette vie littéraire de convention, pleine de bruit,

pleine d'éclat, pleine d'actrices et de bols de punch. Tout littérateur sérieux travaille au moins dix heures par jour; et je ne compte pas cet autre travail qui consiste à se tenir au courant de tout ce qui se fait, de tout ce qui se publie, à savoir quel est l'esprit de ce matin, et à deviner quelle sera la mode de ce soir; et quand il sortira pour prendre l'air, pour se promener comme tout le monde, son cerveau galopera encore sur l'hippogriffe imaginaire, car la passion des lettres, si malheureuse qu'elle soit, est une maladie, une folie, si vous voulez, qui ne laisse ni repos ni trêve. Si vous me demandez après cela, pourquoi ces indociles esprits aiment mieux rouler cet éternel rocher du vieux Sisyphe que de s'asseoir tranquillement dans un comptoir ou dans les bureaux d'un ministère, je vous répondrai que c'est probablement parce qu'ils feraient des employés détestables et des commerçants impossibles. Ils ont endossé la tunique dévorante du Centaure, ils ne l'arracheront qu'avec leur chair; ils ne peuvent être que ce qu'ils sont; c'est leur malheur et c'est aussi leur gloire.

XV

M. de Lamartine a distancé M. Alexandre Dumas, ce *gentleman rider* de la fabrication romanesque, dans le grand *steeple chase* de la ligne. M. de Lamartine est partout, dans le *Civilisateur*, dans les *Foyers du Peuple*, dans le *Siècle*, dans le *Pays* et dans les catalogues des éditeurs; il écrit le même jour, dans la même matinée, un article politique, un roman intime, une page de ses mémoires et un chapitre de l'histoire de la Restauration. Je n'ai pas encore entendu dire qu'il fît des vaudevilles. L'ex-chantre d'Elvire est de son temps, un triste temps, où l'on ne mesure plus la valeur des écrivains qu'au mètre. Je ne sais plus quel critique nous apprenait dernière-

6

ment que les œuvres complètes de Balzac contenaient un peu plus de vingt millions de lettres. Vingt millions de lettres ! Quand je pense que l'auteur des *Maximes* n'en a peut-être pas douze cent mille dans son immortel bagage. Après cela, il faut rendre à M. Lamartine cette justice, que ce n'est pas la voix de l'inspiration qui l'excite ; la Muse, cette première amante, a sombré elle aussi dans le naufrage des illusions du poëte : aujourd'hui M. de Lamartine met en prose ses *Méditations*, ses *Harmonies*, *Jocelyn* et *la Chute d'un Ange* ; il attèle impitoyablement à la charrette du feuilleton ses vers ailés, oiseaux charmants qui gazouillaient naguère dans le nid de notre jeunesse. Il sert à ses convives la seconde eau d'un thé qui a enivré toute la France.

M. de Lamartine a mis toutes ses impressions, toutes ses souffrances intimes en coupes réglées, à l'heure présente il fait la moisson de sa vie agitée, il rentre le grain de ses sublimes tristesses, il coupe le regain de ses poétiques infortunes. L'amant d'Elvire va décidément un peu bien loin dans ses *Confidences* ; si cela continue nous allons connaître tous les secrets de sa famille et tous les mystères qui dormaient ensevelis dans son cœur. J'ai de la peine à comprendre, je l'avoue, qu'un'écrivain, si grand soit-il, fasse parader sur les tréteaux d'un feuilleton les amoureux fantômes de sa jeunesse. Nos souvenirs nous appartiennent-ils exclusivement, quand des êtres qui n'avaient sans doute pas prévu, pour leur mémoire, une publicité posthume, sont de moitié dans ces souvenirs ?

J'admets le poëte idéalisant sa passion dans des strophes extatiques. Le manteau d'Élie enveloppe l'objet adoré en l'élevant dans le ciel. D'ailleurs, quelque transparent qu'il soit, le nuage poétique dérobe toujours la femme aimée aux regards du vulgaire. Au contraire, la prose la déshabille, tout l'idéal disparaît, l'ange fait place à la créature. Lorsque M. de Lamartine me dépeint Elvire, dans ses *Confidences* ou plutôt dans ses indiscrétions, avec *ses yeux couleur de mer claire ou de lapis veiné de*

brun et fermés par l'affaissement des paupières, avec son nez
grec se nouant par une ligne presque sans inflexion à un front
élevé et rétréci, avec ses lèvres minces légèrement déprimées aux
deux coins de la bouche, avec un ovale qui commençait à s'amai-
grir vers les tempes ; lorsqu'il me donne ce signalement de
passe-port, il me fait perdre de vue l'Elvire vague et mystérieuse que j'ai entrevue sur les *bords du lac,* par un beau soir
d'amoureuse contemplation. Pour moi, Elvire n'a jamais eu les
lèvres minces ni déprimées aux coins de la bouche, cette El-
vire-là, je la rencontre partout, dans les salons, dans la rue et
dans les romans quadragénaires de M. de Balzac, c'est l'Elvire
de tout le monde, de M. Eugène Sue et de M. Paul Féval. L'autre, l'Elvire de la muse, je ne la connais que pour avoir entendu
sa voix quand elle chantait aux plus beaux jours de M. de Lamartine :

> Aimons donc, aimons donc ; de l'heure fugitive,
> Hâtons-nous, jouissons,
> L'homme n'a point de port, le temps n'a point de rive,
> Il coule et nous passons.

Et cependant croyez-moi, poëte, c'est cette Elvire qui est la
vraie ; c'est cette Elvire qui, heureusement pour votre gloire,
vivra immortelle dans la mémoire des hommes.

Si l'on veut savoir pourquoi M. de Lamartine en est réduit
à jeter sur les épaules de sa poésie ce lourd manteau de prose
bâclée, demandez-le-lui, et il vous répondra qu'il s'agissait
pour lui de vendre Milly, sa terre natale, la terre des tombeaux
de famille, ou de vendre des manuscrits. « L'acte était sur la
table, dit-il dans la préface des *Confidences.* D'un mot j'allais
aliéner pour jamais cette part de mes yeux (Milly). La main me
tremblait, mon regard se troublait, le *cœur* me manqua... Je
pesai d'un côté la tristesse de voir des yeux indifférents parcourir les fibres palpitantes de mon *cœur* à nu sous des regards
sans indulgence ; de l'autre le déchirement de ce *cœur* dont
l'acte allait détacher un morceau par ma propre main. Il fallait

faire un sacrifice d'amour-propre ou un sacrifice de sentiment. Je mis la main sur mes yeux et je fis le choix avec mon *cœur.* » Ce parti héroïque une fois pris, M. de Lamartine s'est loyalement exécuté. Il ne s'est point passé un seul jour qu'il n'ait envoyé à un journal un morceau de son *cœur* avec la suite au prochain numéro.

Si encore l'amant d'Elvire s'était contenté de mettre son cœur en coupe réglée ! mais il est impossible de reconnaître l'auteur du *Lac* et du *Voyage en Orient* sous le domino de cette nouvelle phase. On respire bien encore dans ces pages tracées à la hâte le souffle puissant qui a fait éclore tant de chefs-d'œuvre ; mais la décadence coule à pleins bords dans ce style appauvri par l'abus de la périphrase et des fausses images. Le style est le sang de la pensée ; or, le sang ne circule pas dans les dernières productions de M. de Lamartine, qui n'enfante plus que des nouveau-nés rachitiques. Cette emphase perpétuelle est d'autant plus sensible dans le *Tailleur de pierre de Saint-Point*, qu'il y règne aussi une grande prétention à la simplicité rustique et à l'analyse morale. M. de Lamartine mettra en scène son jardinier avec une pompe sonore qu'on comprendrait tout au plus s'il s'agissait d'introduire Agamemnon. « Je dis au père Litaud, c'est le nom de ce vénérable vieillard, à *la figure homérique* et aux cheveux argentés comme *l'écume d'une vie* si longtemps battue du vent de ces collines, je lui dis *Père,* etc., etc. » Et savez-vous pourquoi M. de Lamartine monte sur de pareilles échasses en s'adressant à son jardinier ? C'est pour dire à ce brave homme que le mur de son parc est dégradé et qu'il est grand temps de songer à y faire des réparations.

Voici le portrait que l'auteur trace du principal personnage, qui s'appelle Claude et qui est tailleur de pierre de son état :

« Sous cet extérieur grossier et sous ces habits rustiques, éclatait néanmoins, dans la tête nue de cet homme, une empreinte, je ne dirai pas seulement de dignité, mais de divinité de visage humain, qui imposait à l'œil et qui faisait rentrer toute idée de vulgarité et de dédain dans l'âme. La ligne de son front était aussi élevée, aussi droite, aussi pure d'inflexions ou de dépressions ignobles que les lignes du front de Platon dans ses bustes reluisants au soleil de l'Attique. Les muscles amaigris, creusés, palpitants des orbites de ses yeux, de ses tempes, de ses joues, de ses lèvres, de son menton, avaient à la fois le repos et l'impressionnabilité d'une jeune fille convalescente de quelque longue maladie ou de quelque secrète douleur. Les paupières de ses yeux bordés de longs cils se relevaient sur le globe bleu clair et largement ouvert des prunelles, comme la paupière de l'homme accoutumé à regarder de bas en haut et à fixer les choses élevées. Les cils jetaient une ombre pleine de mystère entre les bords de ses paupières et l'œil. La méditation et la prière pouvaient s'y abriter sans interrompre le regard. Son nez, droit et légèrement bombé au milieu par le réseau des veines entrevues sous une peau fine, se rattachait aux lèvres par la cloison des narines, transparente au soleil qui brillait derrière lui. Les plis de la bouche étaient souples, sans contraction, sans roideur ; ils fléchissaient un peu vers les bords sous le poids d'une tristesse involontaire, puis ils se relevaient par le ressort d'une fermeté réfléchie. En marchant ainsi près de cet homme, entrevu de côté à la lueur du soleil, qu'il me cachait et qui le vêtissait de son auréole de rayons, on sentait qu'on marchait à côté d'une âme. »

Retranchez de cette citation les habits rustiques, les quelques menus détails imposés par la profession du personnage et l'amphigouri du style, et dites-moi si ce portrait ne pourrait pas être aussi bien celui de Werther ou de René? Cet idéal tailleur de pierre, qui parle en outre le beau langage de la moderne phraséologie, n'existe pas, Dieu merci ! à Saint-Point non plus qu'ailleurs. Si M. de Lamartine n'avait pas fait un portrait de convention, s'il avait véritablement, comme il

6.

l'affirme, causé avec le Claude qu'il met en scène dans ses *Nouvelles Confidences*, celui-ci serait très-probablement à l'heure qu'il est un des aigles de l'aire législative.

Autrefois, rien n'était plus facile que de donner à son héros la beauté, la grandeur et la magnificence en partage ; dans ce temps-là le héros, c'était toujours le fils du roi, c'est-à-dire un héros imaginaire. Mais quand on dévoile les secrets de son cœur, quand on affiche la prétention d'être le narrateur d'un fait vrai et non l'inventeur d'une histoire romanesque, il faut au moins se tenir dans les limites de la vraisemblance, et si l'on dépeint un tailleur de pierre, on ne l'affuble pas de la défroque d'Obermann, d'autant plus qu'un bon ouvrier vaut mieux que dix rêveurs.

Quant aux descriptions de M. de Lamartine, je suis bien fâché de le dire, mais elles sont impossibles. Je n'ai jamais eu pour ma part l'occasion de voir des paysages comme ceux que l'auteur a créés dans son dernier livre ; M. de Lamartine refait tout simplement l'œuvre de Dieu et, je l'avoue, Dieu ne gagne pas à cette tardive collaboration. Du reste, ce reproche pourrait être adressé à presque toute l'école moderne, qui se pique d'un grand amour et d'une vaste connaissance de la nature, et qui semble n'avoir jamais vu la nature qu'à travers je ne sais quels brouillards fantastiques. Je me demande si l'aspect des objets extérieurs se dérobe à certains regards ou si chacun n'a pas une perception particulière qui lui montre les choses sous un point de vue différent, mais il ne m'est point encore arrivé de reconnaître un site ou un paysage dans un livre. Beaucoup de gens à qui j'ai fait part de cette particularité qui me paraissait une mésaventure personnelle, m'ont fait le même aveu. L'année dernière, je remontais le Rhin, de Cologne à Mayence ; un peintre avec qui je voyageais s'était muni, en guise de guide, du livre de M. Victor Hugo. Chose étrange ! là où l'écrivain avait placé un ravin, nous trouvions une colline ; tout semblait avoir changé d'aspect depuis que

l'illustre descripteur avait visité les rives du fleuve allemand.
A la fin, mon compagnon de route impatienté ferma le livre
et me dit : « Il y a en France un grand peintre du nom de
Decamps ; chaque année il va passer deux mois à Fontaine-
bleau pour admirer les grands arbres ; quand il est devant
les hautes futaies du bas Bréau, savez-vous ce qu'il fait ? il
peint des Turcs. » Je compris la pensée de mon ami le peintre.
M. Victor Hugo, lui aussi, avait peint des Turcs en face du Rhin
et du Taunus.

XVI

Depuis la loi qui grève d'un centime tout roman-feuilleton,
les journaux se sont embarqués sur tous les océans et ils filent
en ce moment je ne sais combien de nœuds à la colonne. Ce
que nous avions prévu se réalise, les romanciers, forcés par
l'amendement Riancey d'interrompre le récit palpitant des
amours de Colombine et d'Arlequin, amour sans cesse contra-
riées par le despote Cassandre, se sont tous donné le mot pour
fréter des coques de noix et aller à la découverte des pays les
plus invraisemblables, ils se sont faits voyageurs, en ce moment les uns sont en Chine, là-bas, là-bas, derrière la grande
muraille, occupés à raconter les aventures de Yang-Po, de
Ching-Kang et de Hong-Tché, des noms qui s'éternuent. Les
autres parcourent le Kamtschatka et se livrent à des chasses
fabuleuses. Nous verrons bientôt très-probablement des Christophe Colomb se lancer à la recherche de continents inconnus
et enrichir la science géographique d'une sixième partie du
monde, sans avoir pris la peine de quitter Paris.

Cette avalanche de voyages au long cours autour de la
chambre, ne laisse pas de me causer quelques inquiétudes ; des
écrivains aussi versés que ceux-là dans la science des combinaisons dramatiques ne peuvent manquer de nous donner des

deścriptions d'un pittoresque rutilant. Ils trouveront plus commode et moins cher de refaire, avec leur imagination, la géogra-
phie, l'histoire et les mœurs d'un pays, que de perdre leur temps
et leur argent à l'explorer. Là où il y a un ravin ils mettront une
montagne, et une rade là où il existe un promontoire ; ils
placeront les Mogols à Ispahan et les Tartares en Arabie.
Toutes ces descriptions contradictoires pourront jeter une
certaine perturbation dans les esprits des abonnés ; aussi les
engageons-nous à n'ajouter qu'une foi tempérée au récit éche-
velé de nos Bougainville sédentaires. Quand Méry transporte
son lecteur dans les Florides ou dans les Indes, il crée des
Florides à sa façon et des Indiens comme il n'en existe qu'aux
Bains Chinois ; il invente des végétations fantastiques et des
animaux imaginaires ; il fait un appendice à l'œuvre de Dieu.
Mais Méry n'a pas besoin de prévenir le public, il est connu ;
il est connu pour un homme du plus fin esprit et un charmant
conteur. D'autres placés dans une position plus avantageuse,
je veux dire moins célèbres, pourraient profiter de leur obscurité
pour faire avaler à l'abonné des couleuvres géographiques,
politiques, historiques et descriptives contre lesquelles il n'est
peut-être pas inutile de le mettre en garde.

XVII

Une des choses qui frappent l'étranger et surtout le Français
après un séjour de quelques semaines en Angleterre, c'est
l'organisation et l'influence très-limitée de la presse dans ce
pays de liberté par excellence. Le tirage des journaux anglais
est beaucoup plus restreint que celui des feuilles politiques
françaises. De ce côté du détroit on compte plusieurs journaux
qui n'ont pas loin de quarante mille souscripteurs. A Londres,
le tirage moyen de chaque journal, le *Times* excepté, est de

quatre à cinq mille exemplaires. Depuis le *Morning Herald*, organe du parti aristocratique, jusqu'au *Morning Chronicle*, et au *Daily-News*, représentants de l'opinion libérale, les feuilles quotidiennes de Londres ne s'adressent pas, en temps ordinaire, à plus de trente mille acheteurs pour la ville et les comtés. J'ai excepté le *Times*, et en effet le *Times*, pour conserver sa domination, ne se contente pas de balancer à lui seul la clientèle de tous ses confrères réunis, il la dépasse systématiquement et à tout prix. Son tirage quotidien excède de dix mille exemplaires le tirage général des autres journaux de la métropole. C'est à cette condition et encore à quelques autres qu'il a trois ou quatre fois par semaine des suppléments de quarante-huit colonnes d'annonces qu'il reste le *Times*, et qu'il peut dire sans trop de présomption : *Quia nominor Leo.*

Ce *Times* est peut-être la plus colossale machine de publicité qui existe dans l'univers. Il a des correspondants dans toutes les capitales d'Europe, d'Amérique, des Indes, et une dizaine de rédacteurs dont les émoluments annuels varient de soixante à cent mille francs. Chacun de ces écrivains est attaché à la collaboration du journal pour traiter une question spéciale. On m'a cité un publiciste qui s'était particulièrement adonné à l'étude des égouts : une question très-importante à Londres. Le *Times* l'avait accaparé moyennant une rétribution de quatre-vingt mille francs par an. Pendant deux ans ce publiciste parcourut l'Europe aux frais du journal, et alla étudier sur le continent tous les systèmes se rattachant à sa question. Dans le cours de ces deux années il n'écrivit pas une ligne, pas un mot ; il se contenta d'observer et de comparer ; puis un jour un projet de loi sur la voirie et la salubrité publique arrivant en délibération devant la chambre des communes, il se hâta de revenir à son poste, et traita dans une vingtaine d'articles la question avec tant de supériorité, qu'il dirigea en quelque sorte la discussion de la chambre. Le nom du publiciste continua à rester inconnu, mais le *Times* eut la gloire de doter son pays de toutes les améliorations que son collaborateur avait remarquées à l'étranger.

Quoi qu'il en soit, le journal anglais ne s'adresse qu'à un certain public, à un public aristocratique et bourgeois : le peuple ne le connaît pas. De là peut-être le ton toujours modéré de cette presse, qui dans sa plus vive opposition ne dépasse jamais de certaines limites. En Angleterre le journal le plus radical ne pourrait exciter les passions de la foule. Le voudrait-il, qu'il n'aurait aucune action sur les masses, comme on dit chez nous. Deux causes principales empêchent la presse quotidienne de pénétrer dans les classes populaires : le prix élevé du numéro (dix sous) et l'indifférence du peuple anglais en matière politique. Cette indifférence est si grande, que la plupart de ces honnêtes gens de Londres ne semblent même pas se douter qu'ils ont dans *Parliament street* une chambre des communes et que leurs législateurs se réunissent chaque nuit à Westminster. Je demandai un jour à un gentleman que je connaissais de vouloir bien me dire quelle question devait être discutée le soir au parlement. Il me répondit d'un air flegmatique et peut-être avec l'arrière-pensée de donner une leçon à l'impatiente curiosité française : *I cannot tell you*, Sir, *that does not regard me* (je ne puis vous le dire, monsieur ; cela ne me regarde pas). Le peuple anglais écrira bien sur les murailles de la cité avec un morceau de charbon : *No popery* (A bas le papisme) ! Mais c'est là un cri religieux en même temps que politique. En somme, le journalisme anglais s'adresse exclusivement à la classe qui possède, et il ne pénétrera pas encore de sitôt très-probablement dans les couches inférieures de la société britannique.

Il ne faut pas croire cependant que ce peuple, qui se préoccupe si peu de ce qui se passe dans les régions du pouvoir et dont l'attention ne s'arrête jamais sur un journal politique, se complaise dans l'ignorance absolue des choses intellectuelles. Malgré la funeste propension des ouvriers anglais à l'ivrognerie, il n'en est peut-être pas deux sur dix qui ne possèdent une petite bibliothèque généralement composée de traités élémentaires et de livres religieux. Dans ce pays où tout marche sous l'impulsion à la fois égoïste et intelligente de l'oligarchie, les enfants du peuple reçoivent les bienfaits d'une instruction rudimentaire. La *nobility* et la *gentry* élèvent dans chaque village une école où sont instruits et habillés les fils du pauvre et du nécessiteux. Quand ces enfants seront devenus des hommes, leurs tuteurs ne les perdront pas de vue. On leur enverra à domicile des livres moraux, des recueils instructifs, des traités scientifiques composés exprès à leur intention. Autant on s'occupera d'éloigner d'eux les sujets qui conduisent même indirectement à la politique, autant on leur facilitera l'étude des connaissances spéciales à leur profession. On les guidera dans tout le cours de leur vie, mais avec une telle légèreté de main qu'ils ne sentiront jamais la tension de la bride, et que soumis à une direction étrangère ils ne croiront cependant obéir qu'à leur propre impulsion.

Que nous voilà bien loin de la France ! Chez nous aussi après une de ces terribles leçons que la Providence inflige périodiquement à notre pays, on avait semblé comprendre la nécessité de se mettre en communion avec les classes inférieures. On avait songé, un moment, à organiser un comité pour la propagation des bons livres. Qu'a-t-on fait ? où sont les résultats obtenus ? Je ne veux pas m'arrêter sur cette triste tentative, qui a montré une fois de plus que nos hommes d'État se préoccupent plus de l'intérêt mesquin du moment que de l'ensemble et de la chose publique. Il s'agissait de parler au peuple la langue du dévouement et du patriotisme. On a bégayé je ne sais quel patois électoral, et l'entreprise a été frappée de mort à sa naissance. Et cependant pour fonder une pareille institution, quel pays offre plus de ressources que le nôtre ! quel littérateur, parmi les plus illustres, ne serait fier d'apporter à une telle œuvre son concours !

Chose étrange, tout le monde a le sentiment des excellents résultats qu'on retirerait dans l'intérêt de la société tout entière de l'établissement d'une si patriotique propagande! Une modique rétribution annuelle suffirait et au delà pour couvrir les dépenses, et quand il s'agit de réaliser le projet tout le monde fait défaut.

Je viens de signaler la différence qui existe entre la presse anglaise et la presse française, je demande aussi la permission de dire un mot des journalistes d'outre-Manche. Dans ce singulier pays d'Angleterre, où la liberté presque absolue fonctionne régulièrement à côté de la plus inexorable inégalité, il manque à la rude profession de journaliste le tyrannique contrôle de la *respectability*, un mot terrible dans toute l'étendue des îles Britanniques. Les hommes de la presse anglaise ne comptent pas individuellement ; on les paye et on les ignore. Un gentleman, frappé par des revers de fortune, et contraint de recourir à sa plume pour vivre, cachera sa profession comme un crime. En France, au contraire, où domine l'esprit d'égalité, mais où la liberté a tant à conquérir pour être au niveau de la liberté anglaise, tout homme vaut par son talent, par ses qualités, et quelquefois par ses défauts. Quand un journaliste s'appelle Thiers ou Guizot, il devient président du conseil. Chez nous, depuis l'établissement du gouvernement constitutionnel, le journalisme politique a été en quelque sorte l'antichambre du salon parlementaire. Au delà du détroit, on vit et on meurt journaliste, comme dans l'armée on vit et on meurt sous-officier. L'homme attaché à la presse est un être déclassé. Il est journaliste, c'est dire qu'il est très-rétribué et estimé médiocrement. Un salon aristocratique ou bourgeois acceptera son opinion et subira jusqu'à un certain point le jugement qu'il porte sur les hommes et sur les choses, mais il n'admettra jamais sa personne. Monstrueuse anomalie, qui se reproduit dans presque tous les détails de la vie anglaise !

Du reste, si quelque chose pouvait venger le lecteur qui parcourt cette indigeste compilation, ce serait la décadence de l'auteur. Dans la composition de ce triste travail, il a perdu son talent et sa verve. Ce sont des lambeaux de déclamations cousus, tant bien que mal, avec un style cotonneux. C'est moins encore qu'un mauvais livre mal pensé, c'est une platitude littéraire.

XVIII

S'il y a au monde quelque chose d'insaisissable, de variable et de fugitif, c'est l'esprit. L'esprit est comme les modes; il se transforme à chaque renouvellement de saison. La littérature a son Longchamps aussi bien que les élégants et les tailleurs. Hier, le style portait un habit de soie, un gilet brodé et des manchettes en dentelles; ce matin, il a un habit de cheval et une cravate noire; cet écrivain, que vous voyez passer, à califourchon sur sa phrase prétentieuse, vieille haquenée qui a déjà fait vingt fois le tour du Champ de Mars littéraire, est un beau d'avant-hier qui n'est plus qu'une aile de pigeon d'aujourd'hui. Cet autre, qui s'acharne à aiguiser une épigramme émoussée, et qui fait une reprise à ce vieux costume qu'il portait si gaillardement l'année dernière, — aile de pigeon. Ce gros garçon, qui s'obstine à ouvrir chaque semaine les salons de sa chronique à ses vieilles anecdotes, à ses vieux jeux de mots, à ses vieilles plaisanteries, ne se doute seulement pas qu'il ne reçoit plus chez lui que les revenants de sa jeunesse. Il en est de certains écrivains comme de certaines femmes qui n'ont jamais que vingt-neuf ans. Le temps a beau, de son aile impitoyable, fustiger leur jeunesse et leur beauté, elles empruntent de la jeunesse au parfumeur et des attraits à la modiste. Combien ne voyons-nous pas aussi se promener sur le Mail littéraire de ci-devant jeunes hommes

7

avec leur esprit cosmétiqué, leurs périodes vermillonnées et
leur style en queue de morue ? Ils ont eu leur quart d'heure
d'élégance et d'éclat ; il a été question d'eux pendant toute une
matinée, et ils ne sont pas contents, les ingrats ! Celui-ci floris-
sait vers l'époque mythologique du 3 pour 100 ; celui-là est
né à la réputation avec le premier chapeau à la Bolivar. Cet
autre a été presque grand homme au temps du premier *Figaro*.
Mais, au lieu de s'endormir tranquillement dans les bandelettes de leur gloire incontestée, ils veulent encore courir la
bague, les imprudents ! et parader devant la critique, qui ne
demandait pas mieux que d'accepter sur parole une réputation
qui date de Bolivar.

XIX

Tout dernièrement je relisais les *Vies des hommes illustres*
de Plutarque, traduites par Amyot. Ce qui étonne tout d'abord
quand on arrête sa pensée sur Amyot, c'est que la postérité
ait consacré la célébrité d'un écrivain qui, se refusant les honneurs de l'invention, n'a su accroître notre patrimoine littéraire que d'une richesse d'emprunt ; c'est que cette postérité
ait placé au rang des grands peintres un homme qui ne lui a
légué que des copies : phénomène singulier, qui ne s'est présenté qu'une seule fois peut-être dans l'histoire de notre littérature. Quand tant d'autres, sollicités par l'âpre désir d'inscrire un nom de plus sur les pages du livre immortel, ont
fouillé et livré en pure perte les trésors de leur imagination, de
leur esprit et de leur cœur, lui, ce traducteur modeste, a vu la
gloire lui sourire et lui décerner, de son vivant, autant d'honneurs qu'en ont rapporté aux plus habiles les œuvres originales
les mieux inspirées. A quoi cela a-t-il tenu ? Au choix de l'ouvrage qu'il a fait connaître et popularisé en le traduisant, le

plus utile peut-être dont il pût faire cadeau à son siècle. Cela a tenu aussi à ce qu'Amyot sut revêtir les pensées qu'il empruntait d'un style tout à lui, et que ce traducteur, auquel Vaugelas accorde cette louange d'avoir mieux compris que personne le génie de notre idiome, a développé notre langue à l'égal des plus excellents maîtres.

La langue française est sortie de ses langes gauloises au seizième siècle. C'est à cette époque de rénovation universelle que se propage au sein de la société française cette activité intellectuelle, cette ardeur de savoir qui ramènent les esprits vers l'art et la raison antiques. La vieille veine du moyen âge est épuisée; on est las des légendes, des récits romanesques et des héros merveilleux : les Lancelots, les Tristans, les Amadis vont disparaître de la scène pour faire place à Périclès et à César. L'épopée du roman de la Rose va se perdre dans la nuit du passé. Le seizième siècle, pénétrant au sein de l'antiquité, renouera par l'étude passionnée de ses modèles, la tradition interrompue de l'éloquence et de la poésie, de la morale et de l'histoire. Le génie ancien avec sa fertilité d'invention, le bel artifice et l'excellence de ses formes, vient raviver ce libre et naïf génie gaulois dont la science est courte et l'art fatigué.

C'est à ce moment, qu'à côté des poëtes, ces chercheurs et ces audacieux enrôlés sous la bannière de Ronsard pour aller à la conquête des trésors d'éloquence et de grâce que recèlent la *superbe cité romaine* et la *Grèce menteresse*, c'est à ce moment, dis-je, que se forme cette grande école des traducteurs, qui ouvrira pour le présent et pour l'avenir les portes de l'antiquité. Pendant que les premiers se lanceront dans les tentatives téméraires, et ne feront voir par échappée que quelque coin du vaste tableau, les seconds, Amyot à leur tête, étaleront aux regards de leurs contemporains ravis les trésors les plus secrets, les richesses les plus splendides, en même temps qu'ils donneront à la langue, retrempée à la source du grand fleuve antique, un élan nouveau et une nouvelle

jeunesse. Le génie français, à cet âge de renaissance, n'a pas
de promoteurs plus puissants, de maîtres plus utiles que ces
laborieux précepteurs populaires. Les rois, ces Valois spirituels et artistes, ont si bien la conscience des services rendus
par ces modestes ouvriers, qu'ils leur prodiguent les encou-
ragements et les attachent à leur personne avec le titre de traducteurs du roi. Amyot, qui avait déjà éveillé l'attention par
la traduction de la pastorale de Longus, livre enfin son Plutarque, et excite l'admiration et l'enthousiasme de son siècle, en
révélant cette œuvre, une des plus belles et des plus complètes que nous ait léguées l'antiquité. Ce vivant tableau saisit
tous les esprits : les dames de la cour elles-mêmes se mirent
de la partie et se passionnèrent pour ces robustes personnages
qui détrônaient Amadis de Gaule. « On voyait, dit Brantôme,
les princesses de la maison de France, qui, entourées de leurs
gouvernantes et filles d'honneur, s'édifiaient grandement aux
beaux dicts des Grecs et des Romains remémoriés par le doulx
Plutarchus. »

Plutarque, j'en appelle à tous ceux qui l'ont lu et qui savent le relire, n'est-il pas en effet le précepteur par excellence,
l'homme de bon conseil pour le guerrier, pour l'artiste, pour le
magistrat, pour les gens du monde? A toutes les époques et dans
toutes les conditions de la vie il plaît, charme et intéresse.
Jeune on n'est encore séduit que par l'attrait de ces mille récits du conteur attachant ; plus tard le moraliste apparaît, et l'on
découvre à chaque page l'observateur profond, le grand peintre
de la nature humaine. Quel vaste champ ouvert à la réflexion
morale que ce grand répertoire de la société païenne avec ses
souvenirs, ses institutions, ses mœurs, sa vie domestique et ses
annales ! Quelle riche et précieuse galerie de portraits, les uns
vigoureusement brossés, pour nous servir d'une expression moderne, les autres peints avec une délicatesse de touche qui n'a
jamais été surpassée! On a reproché avec raison au philosophe
de Chéronée ses parallèles souvent forcés, la symétrie artifi-

cielle à laquelle il assujettit l'histoire, ses exercices de rhéteur, ses jeux de bel esprit ; mais ces défauts appartiennent moins à Plutarque qu'à son temps ; il était d'une époque littéraire où les loisirs de la servitude et les déclamations de l'école avaient développé cet esprit sophistique et subtil né de l'abus des exercices intellectuels ; mais il eut cette bonne fortune inespérée de trouver un traducteur qui, par la naïveté de son esprit et le charme de son langage, sut déguiser ses défauts sans cesser d'être exact. Si bien qu'un savant du seizième siècle, Henri Étienne, pouvait avec raison louer Amyot de n'avoir changé à Plutarque que la robe.

De toutes les nourritures qui fortifient l'esprit, la lecture de Plutarque est une des plus réconfortantes, et rien ne semble plus naturel que l'admiration professée par tant de grands hommes pour ce grand peintre de l'antiquité. Henri IV lisait Plutarque tout enfant, et jeune homme il le savait par cœur ; Turenne l'emportait avec lui dans ses campagnes ; Montesquieu, Rousseau font de longues stations dans cette galerie des héros et des hommes d'État d'un autre âge. Shakspeare lui-même n'est-il pas animé du souffle de Plutarque, et lorsque le jeune vainqueur de l'Italie se dispose à partir pour l'Égypte, n'a-t-il pas soin de faire placer les *Vies des hommes illustres* à côté des ouvrages scientifiques qui le suivront dans son expédition ?

Le nom d'Amyot restera attaché au nom immortel de Plutarque tant que le grand arbre de la langue française abritera sous ses rameaux les chefs-d'œuvre de l'esprit moderne. Bien d'autres sont venus depuis l'évêque d'Auxerre qui ont voulu faire passer dans notre idiome le grec industrieusement travaillé du philosophe de l'époque tranquille des Antonins ; mais nul n'a pu lutter contre la grâce, la bonhomie et la naïveté élégante du premier traducteur. Et à ce sujet ne pourrait-on pas faire remarquer qu'il est peut-être dans l'histoire des langues des âges de traduction et des âges d'invention ? Sans doute la prose

7.

du seizième siècle a déjà de grandes qualités dans Rabelais, plus souple et plus nerveux qu'Amyot ; dans Montaigne, dans Desperriers, dans Marguerite de Valois, dans d'Aubigné, dans Calvin dans Montluc ; mais cette prose, qui se cherche encore parce qu'elle ne fait que de naître, est par cela même admirablement propre à la traduction. Cette absence d'artifice et d'étude, cette franchise dans l'expression que ne comportent plus les idiomes arrivés à leur maturité, ce naturel dans la grâce, ce qu'on appelle enfin du nom de naïveté, est une qualité essentielle pour qui veut transporter d'une langue dans une autre une pensée originale sans la surcharger d'ornements artificiels. Plus tard lorsque la langue sera devenue plus savante, le traducteur écrasera à son insu la pensée traduite sous les draperies de son style. Et pour ne citer qn'un exemple contemporain n'avons-nous pas vu parmi les cinq ou six traductions qui ont été faites des œuvres de Walter Scott celle du plus illettré des traducteurs l'emporter sur ses rivales ? M. Defauconpret était un ancien notaire que ses affaires avaient conduit à Londres ; il traduisit les romans de Walter Scott naïvement, sans prétention aucune et sans la préoccupation dont est obsédé tout écrivain qui se trouve, plume en main, face à face avec la phrase. Je ne veux établir aucun parallèle entre Amyot et M. Defauconpret ; je ne prétends pas non plus qu'Amyot ne soit pas un grand écrivain ; je dis seulement que ce qui lui assure la victoire sur tous ceux qui tenteraient de lui disputer son glorieux héritage, c'est sa naïveté, qualité qui plaît toujours, mais à laquelle une langue déjà savante et mûre ne revient plus.

XX

Il est un moyen de gouvernement auquel n'ont pas encore songé les législateurs et les hommes qui se sont succédé dans l'administration des affaires publiques ; et pourtant dans une société fractionnée à l'infini et divisée en nuances imperceptibles, je ne sais qu'un seul drapeau dont les larges plis puissent, à de certains jours, abriter tous les intérêts divers ; toutes les passions opposées, toutes les opinions ennemies. Dans un temps où les plus étranges solutions se produisent de toutes parts, personne ne trouvera exorbitant que j'indique en passant, la solution du plaisir.

Les hommes d'État de l'antiquité avaient sur les politiques modernes cette incontestable supériorité qu'ils tenaient compte de toutes les aspirations, et savaient même utiliser, au profit de l'État ce besoin de distraction inhérent à la nature humaine. A Athènes et à Rome, l'imagination des artistes et des poëtes était sollicitée par les magistrats chargés de veiller à la bonne administration de la joie publique, et la réglementation des fêtes occupait une large place dans le programme de la politique courante.

« Tout ce que la poésie, la musique, la peinture, ont de majesté, de force et de grâce, dit Fabre d'Olivet, était employé pour exciter l'enthousiasme des citoyens. » Périclès n'a gouverné pendant si longtemps l'Atique, ce pays ingouvernable que parce qu'il était le plus grand improvisateur de réjouissances populaires. Les patriciens romains se disputaient l'honneur de se ruiner pour offrir au peuple quelque banquet colossal ou quelque gigantesque spectacle. En ces temps barbares, le préfet de police, et le gendarme n'étaient pas les seuls éléments qui concourussent à la composition des gouvernements comme cela se pratique dans notre société civilisée.

En France, les gouvernements changent ; mais en dépit de nos commotions fréquentes, il y a quelque chose d'immuable, ce sont les traditions. Notre pays est une sorte de conservatoire gouvernemental. Les acteurs de la tragédie politique sont remplacés par d'autres acteurs qui copient les gestes, le ton et la pantomime de leurs devanciers. Pour ne pas sortir du sujet qui nous occupe, nous demanderons si, depuis soixante années, ce ne sont pas toujours les mêmes toiles peintes, les mêmes échafaudages et les mêmes lampions qui ont figuré dans nos solennités officielles? A-t-on pensé une seule fois à organiser une fête française, une cérémonie véritablement nationale, je dirais *autochthone*, si le mot n'était pas un peu grave dans des lignes si frivoles en apparence. Nous qui avons la prétention d'être le peuple initiateur par excellence, nous ne savons que copier les civilisations disparues. Jusqu'à ce jour, il faut bien le dire, les gouvernements n'ont su nous offrir qu'un assez triste spécimen des réjouissances antiques.

Sous la Convention et le Directoire, les fêtes étaient grecques, la clamyde légère était le costume en honneur dans ces solennités septentrionales. S'agissait-il de célébrer la prise de Verdun sur les coalisés? On ornait de festons le temple de Jupiter, et cent jeunes filles vêtues de blanc allaient rendre grâce aux dieux immortels de la défaite des Prussiens expulsés du Péloponèse. Sous l'empire, la joie officielle était latine, et l'on évoquait sur les bords de la Seine les souvenirs du Tibre. Il est vrai qu'Auguste battait à plates coutures les Russes et les Autrichiens et se proposait, à chaque victoire, de fermer incessamment le temple de Janus. Il ne manquait que Virgile à cette ère césarienne. Je ne parlerai pas des fêtes de la restauration; ce qui les distinguait des jours ordinaires, c'était un mât de cocagne planté au rond-point des champs-Elysées et une abondante distribution de saucissons à l'ail. Quand la légitimité avait jeté, deux fois par an, des comestibles à la foule famélique, elle croyait très-sérieusement avoir résolu le problème de la poule au pot d'Henri IV. La république de 1848 nous a ramenés, dès son début, aux réminiscences athéniennes; nous avons revu les théories de jeunes vierges, le char antique et les bœufs aux cornes dorées. A la dernière fête du 4 mai, nous nous enfoncions encore plus avant dans la nuit de l'imitation. Nous remontions jusqu'aux ibis et aux sphinx; c'était une solennité pharaonesque, et nous étions à Memphis sur la place de la Concorde.

Le peuple peut-il être bien vivement impressionné à l'aspect de ces décorations qui ne parlent ni à son cœur ni à ses souvenirs ? Quand chaque année ramène à un jour fixe ces quinquets, ces verres de couleurs et cet amas de planches qui ont servi à célébrer l'éphémère triomphe de tous les régimes, il regarde tout cela d'un air railleur, et, voyant que rien n'est changé dans les pompes officielles, il arrive tout naturellement à conclure que rien n'est changé non plus dans la politique. Si le peuple devient jamais sceptique, ô gouvernants ! prenez-vous-en un peu à vos directeurs des beaux-arts.

Un disciple distingué de M. Joseph de Maistre, M. Donoso Cortès, a dit, du haut de la tribune espagnole, dans un discours resté célèbre, que l'appétit des jouissances allait précipiter la France vers sa ruine. Nous en demandons bien pardon à l'illustre orateur ; mais rien, à notre avis, ne prouve mieux le désir de vivre et de vivre longtemps, de la part d'un peuple, que la pratique bien entendue du plaisir ; il n'y a que les nations bien portantes et sûres de leur avenir qui, les affaires sérieuses terminées, se livrent sans arrière-pensée aux distractions permises. La tristesse est le lot fatal des peuples esclaves. Les grands seigneurs russes ne commencent à se dérider que lorsqu'ils ont franchi les frontières de leur pays ; mais la gaieté doit rayonner sur le front des hommes libres.

XXI

Ce qu'il y a d'étrange, c'est qu'en dépit de la qualité généra lement inférieure de ses produits littéraires, Paris reste toujours l'officine intellectuelle de l'Europe. Londres ne vit guère que de nos vaudevilles refaits, de nos drames rapiécés ; et quand Drury-Lane, qui porte comme un panache glorieux à son fronton la statue du grand William, ouvre ses portes au public, c'est pour donner une traduction de M. Dennery ou de M. Clairville. Parcourez les journaux espagnols et italiens, vous n'y verrez que des feuilletons signés Alessandro Dumas, Eugenio Sue ou Paolo Féval. Alfonso Karr est aussi connu au delà des Pyrénées qu'Alphonse Karr en deçà, et tout dernièrement je voyais dans une revue de Turin une nouvelle de Leone Gozlan.

Il y a pourtant un coin de l'Europe qui cultive avec un certain succès son petit carré de luzerne littéraire, je veux parler de la Suisse française. Genève nous expédie de temps en temps des fruits autochthones d'une saveur un peu fade. Ce n'est ni le talent ni même la distinction qui manquent habituellement aux écrivains génevois, mais le laisser aller et la grâce. Depuis quelques années ces écrivains ont aussi le tort de marcher un peu trop dans les souliers de Topfer. Je ne dis pas cela pour l'auteur des *Lettres de Beauséant*, livre peu connu dont je vais parler en passant, l'auteur anonyme de ces lettres, sorte de protestant enragé, se distingue au contraire par un style bravache et un parti pris bien arrêté de tout pulvériser politiquement, sous prétexte de réédification sociale. C'est un Blanqui retourné qui ne dédaigne pas de donner par-ci par-là un coup de patte à Vergniaud, à Carnot, à Béranger, mais qui réserve toute sa bile, toute son indignation, toute sa colère, pour des hommes auxquels nul n'avait jusqu'à ce jour fait un reproche de leurs tendances socialistes. Il s'agit de Louis XVIII, de l'empereur Alexandre, de ce pauvre Charles X et de beaucoup d'autres personnages morts ou vivants.

« Louis XVIII était un faux esprit politique, aveuglé par le libéralisme et par la contemplation peu éclairée de cette constitution anglaise dont le mirage depuis un siècle a été si funeste à l'Europe. » Passons à Alexandre.

« Quand Alexandre, à la poursuite de la paix, comme il le dit, fut entré à Paris, que les circonstances eurent amené la chute absolue du grand Italien et le retour de la dynastie française, les idées libérales inoculées au jeune grand-duc se retrouvèrent vivantes dans l'esprit assez vague et chimérique du czar victorieux, dans cette France et dans ce Paris, patrie et capitale de ces chimères. A ce moment arrive de Suisse l'instituteur la Harpe. Il vit beaucoup le czar ; qui peut savoir quelle somme d'influence eut sur la pensée et les déterminations d'Alexandre la pensée de son ancien mentor? Ce qui est hors de doute, c'est que l'influence d'Alexandre fut toute-puissante sur la direction prise par la royauté française revenant de l'exil, sur la déclaration de Saint-Ouen et sur l'octroi de la charte. »

On voit tout de suite le thème développé par l'écrivain genevois. Pour lui la charte octroyée est la grande utopie d'où ont découlé toutes les autres. C'est l'utopie mère, et à dater de sa déclaration de Saint-Ouen, Louis XVIII n'est plus que le prédécesseur inintelligent de M. Proudhon. La révolution française n'est pas un fait, mais un accident, et au retour de l'exil, les Bourbons, sous peine de suicide, devaient se dépêcher de souder 1815 à 1789 et de rétablir l'ancien régime avec toutes ses conséquences en profitant des habitudes de respect, de subordination et d'obéissance imposées au peuple par celui que l'auteur appelle tantôt le Corse, tantôt l'Italien, souvent l'aventurier et jamais Napoléon. La France dite nouvelle est une niaiserie, la liberté est un mot, et le peuple est tour à tour un enfant et une bête féroce que l'on conduit avec des dragées et des coups de sabre.

S'il nous était prouvé, si nous soupçonnions seulement que l'auteur des *Lettres de Beauséant* est un de ces affamés de bruit qui ne soutiennent une thèse extravagante que pour accrocher à leur nom un bout de renommée, nous le laisserions tranquillement passer son chemin sans nous enquérir de sa

personne et sans nous soucier de son bagage épistolaire; mais
tout nous démontre que l'écrivain de Genève est fermement
convaincu, et que bien loin de chercher l'éclat il le redoute. Il
est demeuré caché malgré les tentatives faites pour le découvrir. Ses opuscules ont été tirés à un si petit nombre d'exemplaires qu'il est a peu près impossible de se les procurer. Nous
avons bien devant nous un vrai sectaire, phénomène fort rare
dans la presse et parmi les écrivains — Je parle surtout des
plus violents — mais plus commun qu'on ne serait tenté de le
supposer dans un certain monde, Je ne voudrais pas jurer que
l'auteur des lettres ait toujours été ce qu'il est aujourd'hui, une
sorte de moine diplomate du seizième siècle. Pour être si absolu dans la défense d'idées que le vent de trois révolutions a
balayées comme une poussière, il faut avoir éprouvé bien des
mécomptes et n'être content ni des autres ni de soi. Si le nom
de l'écrivain genevois nous était révélé, peut-être trouverait-
on sous l'absolutiste l'ancien libéral désappointé, et, qui, sait,
même l'ancien carbonaro? Quand je rencontre sur ma route un
homme foncièrement impie et qui fait étalage de son impiété,
je me dis tout de suite que cet homme doit être un prêtre qui a
jeté aux orties sa soutane ; ainsi pensé-je de tous ces crânes
d'absolutisme, qui sont pour la plupart des défroqués de la
grande église libérale.

Je trouve dans ces *Lettres* la phrase suivante : « Juillet 1830
« a été un désastre ; février 1848 une réparation. » Si partant
de cette phrase vous voulez suivre jusqu'au bout la pensée de
l'auteur, vous verrez en quoi février a été une réparation et
non un désastre ; il vous expliquera comment la grandeur
même de la catastrophe ayant tiré de leur léthargie les rois qui
sommeillaient sur le bord de l'abîme du *constitutionalisme*, le
temps n'est pas éloigné où le canon et les baïonnettes de l'é-
tranger guériront radicalement la France de la maladie libérale dont elle souffre depuis soixante ans. Alors je me demande
pourquoi on prend tant de peine à défendre des principes et

à exalter des idées, quand on a dans l'arsenal de sa dialectique un argument aussi concluant que le canon!

A mon avis, février a été une réparation en ce sens qu'il a déblayé la situation. Juillet était, à quelque point de vue qu'on l'examine ou qu'on le juge, un établissement hybride qui tenait de la république et de la monarchie, sans être ni la monarchie ni la république. Nous n'avons plus aujourd'hui que deux principes bien distincts. Dieu seul sait dans ses vues impénétrables quelles destinées sont réservées à la France; mais ce qu'on peut affirmer dès aujourd'hui, c'est qu'il ne permettra pas que les peuples aient souffert pendant plus d'un demi-siècle en pure perte. Usez vos ongles à gratter cette date formidable de 1789, vous ne l'effacerez jamais de l'histoire du monde. Elle a été tracée en caractères indélébiles de la main des martyrs avec le sang des bourreaux et des victimes, et quand dix générations se seront succédé, elle flamboiera encore dans la nuit du passé sur le gigantesque holocauste de la liberté moderne.

Toutes les opinions sont respectables! C'est là une phrase toute faite qui circule dans les conversations comme une menue monnaie. Je ne suis pas très-convaincu cependant que je doive un grand respect à l'opinion d'un écrivain qui appelle au secours de ses doctrines les canons étrangers. Mais on conviendra avec moi qu'une cause est bien malade quand elle n'a pour défenseurs que des gens qui mettent l'injure à la place de la discussion et qui deviennent épileptiques quand ils rencontrent sous leur plume le nom d'un adversaire.

L'auteur des *Lettres de Beauséant*, qui se donne pour un homme d'État, et qui sait en effet beaucoup de choses quoiqu'il exprime souvent sa pensée dans un patois assez rocailleux, traite, comme je le disais tout à l'heure, les célébrités contemporaines du haut en bas. A ses yeux, le meilleur de nos grands hommes ne vaut pas grand'chose, et M. Berryer n'est guère plus épargné que M. de Châteaubriand. Béranger

8

qui se tient coi dans un des faubourgs de Paris depuis vingt
ans, ne se doute pas de l'honneur qu'on lui fait à Genève et
dans les chancelleries : « Béranger illustre ! dit le courageux
anonyme, c'est une honte que l'influence exercée par ce triste
ménétrier, qui pendant des années, trompette, ou plutôt, passez-
moi le mot, fifre ou mirliton à la suite de tous les sots préjugés et mauvais instincts populaires, a versé sa bave sur tout
ce qu'il importe que les hommes respectent. Pendant des années, le chantre des niaiseries libérales et des grisettes, du chau-
vinisme, cet alliage absurde et mauvais, cette excroissance,
cette loupe du patriotisme, le Tyrtée de la croisade anti-mo-
narchique, s'en est allé accaparant les échos de Paris, de la
province et un peu de l'Europe, les polluant de ses flonflons,
tour à tour, sinon à la fois, bonapartistes, républicains, grave-
leux, impies, toujours contempteurs cyniques de toute autorité. Il a rempli de ses refrains la bouche des commis voyageurs, des courtisanes, du boutiquier, du viveur, de l'artiste,
du littérateur, du philosophe, du soldat ; disons mieux, des
hommes, hélas, et des femmes de toutes les classes, même
de celles les plus naturellement vouées à la conservation sociale. Quelques-uns ont eu la pudeur de s'excuser de leur
indulgence sur la perfection d'ailleurs fort exagérée de la
poésie, etc., etc. »

Toute cette citation me prouve que l'auteur des *Lettres de
Beauséant* a lui-même chantonné les refrains maudits du célèbre poëte; pour *éreinter* un écrivain avec ce parti pris de rage,
il faut le connaître beaucoup. Je pourrais reproduire encore
quelques portraits baveux, celui de M. de Lamartine, celui de
M. Lamennais, celui de Châteaubriand ; mais le précédent suffit
pour donner une idée de la modération de cet aimable modéré ;
d'ailleurs tout le monde n'est pas assez haut placé dans l'estime
publique pour rester indifférent à la reproduction d'une satire
quelque injuste qu'elle soit d'ailleurs. Béranger qui habite les
hauteurs sereines de l'immortalité ne fera que sourire de cette

diatribe ultra-janséniste. Un autre, s'appelât-il Lamartine, pourrait se croire éclaboussé.

On me dit que les *Lettres* en question ont été adressées à tous les gouvernements, à toutes les chancelleries, et qu'elles ont été accueillies avec une bienveillance marquée par l'aristocratie européenne. Cette dernière assertion est évidemment fausse de tous points. Il n'y a point en Russie de boyard de la vieille roche qui ne soit beaucoup plus libéral, beaucoup plus homme, pour tout dire, que l'auteur anonyme des *Lettres de Beauséant*.

XXII

Voilà un titre qui promet, *les Gaietés champêtres !* Trouvez-moi, s'il vous plaît, quelque chose de plus odorant, de plus frais, de plus printanier. Cela n'exhale-t-il pas tout de suite un parfum de mousse, de galanterie, de chèvrefeuille, de jeunes amours et de cityse en pleine floraison ? cela ne vous montre-t-il pas dans le lointain des levers de soleil et des soleils couchants, les ruisseaux du Lignon, les bergers d'Arcadie, les marquises en paniers, les rubans, la gaze, les chiffons, les dentelles, les agneaux qui dorment et le loup qui veille ; un loup en manchettes de malines et en frac de satin, des agneaux bien blancs, bien coquets, en belle robe de soie, avec des mouches sur la joue, une rose sur le sein, et la bouche en cœur. Ah ! Virgile ! mon maître ! ah ! Watteau, mon ami ! ah ! Boucher, mon garçon ! comme vous allez vous promener de long en large et de large en long dans cet élégant parterre de la fantaisie littéraire orné, arrangé, cultivé et ratissé par ce jardinier du beau langage qui est sans cesse à la recherche du dahlia bleu du style, comme s'il ne l'avait pas trouvé depuis plus de vingt ans déjà. La semaine prochaine, il s'évertuera à découvrir la mandragore, la fleur qui chante ; que voulez-vous ?

ce brave homme a une passion qui s'est changée en folie. Il est amoureux d'une belle princesse qui nous tient rigueur à tous, et qui, cependant, s'est donnée à lui dès le premier jour ; je veux parler de son altesse nationale la langue française. Aujourd'hui que le style laisse aux buissons du journal, aux épines de la brochure, aux chardons du discours politique toutes ses grâces, toutes ses délicatesses, toutes ses élégances, lui, l'amant de la forme, du son, de la couleur et de l'ornement, il a souci plus que jamais des phrases bien nées et des périodes aristocratiques ; cet Athénien des meilleurs jours tient de Sparte par un côté : il immolerait sans pitié toute pensée mal venue ou contrefaite, sans même songer à l'envoyer au plus prochain établissement orthopédique. — Tu n'es pas née viable, donc je te tue. C'est sa manière, à ce croquemitaine délicat ! N'oublions pas non plus de constater en passant, qu'il ne se lance pas comme tant d'autres à la piste de la circonstance, à la suite de l'actualité, il croit à la langue immortelle, le reste lui importe peu. La révolution éclate, les trônes tombent, l'atmosphère est chargée d'un nuage de poudre, et pendant que ceux-ci courent aux clubs, il envoie à ceux-là une charmante histoire écrite à loisir, l'histoire de madame de Mondoville, cette demi-religieuse du siècle de Louis XIV qui eut la gloire de tenir un instant le grand roi en échec. Aujourd'hui que 1852 se dresse à l'horizon comme un point noir, voici que Jules Janin nous invite à une partie de campagne, et quelle campagne ! comme il dirait lui-même, la campagne peignée, attifée, décolletée et galante du dix-huitième siècle ; la campagne au soleil, mais aussi aux flambeaux, la campagne aux clairs ruisseaux d'eau dormante et de vin de Champagne éclatant. Va donc pour la campagne de Jules Janin et de S. M. Louis XV ! vivent la nature bleue et les paysages roses ! Puisque c'est Janin qui nous convie à souper, soyons sûrs qu'il nous traitera comme Lucullus traitait le grand Pompée au milieu des splendeurs de la salle d'Apollon.

Mais avant de vous faire asseoir à ce banquet où sont étalées toutes les succulences littéraires, les mets les plus délicats de l'esprit et de la belle humeur, ne me permettrez-vous pas de vous demander si vous n'êtes pas émerveillés de l'inépuisable fécondité de ce conteur? Depuis vingt ans bientôt il jette à pleines mains, tous les lundis, les roses et les pierres précieuses, et plus il se dépouille, plus il est riche. De sa plume les pages s'envolent comme les feuilles des arbres secoués par un vent d'orage. Il n'a qu'à frapper son front comme Moïse frappait le rocher, et une fontaine jaillit. Voulez-vous du vin et du plus rare, et du plus généreux? du chypre, de la malvoisie ou du falerne du consulat de Plancus? Combien se sont épuisés à le suivre, ce gai coureur de papillons, dans le sentier où il marche par tous les temps de soleil ou de pluie, frappant le sol de son jarret d'acier? Il y a déjà plus de dix ans, j'entendais dire autour de moi : « Laissez-le aller encore quelque temps et il ne tardera pas à succomber à la fatigue ; » et Janin plus jeune, plus alerte, plus gaillard, répondait à ces prédictions charitables par une nouvelle gambade sur la coudrette de sa fantaisie. Et avec cela, pas de redites, pas de demandes de crédit, pas de finesses éventées ; toujours l'esprit de ce matin, toujours de l'argent comptant, en veux-tu? en voilà? — Je n'ai jamais connu le mal de tête, me disait-il un jour. Je le crois bien, le moyen de faire tout ce qu'il fait et comme il le fait, s'il avait seulement par mois deux ou trois migraines !

Le 1er mai de cette présente année, Jules Janin était à Londres comme tout le monde ; ce jour-là on inaugurait la fête de toutes les nations, et la reine en personne ouvrait, au bruit des canons de la *Serpentine*, le grand bazar industriel. Au retour de la cérémonie, Janin tire sa montre et se dit : Il est deux heures, le courrier part à six heures, j'ai donc le temps d'envoyer dix-huit colonnes au *Journal des débats*. Et à six heures moins cinq minutes, au moment où j'arrivais chez Janin, je le trouvai resplendissant, les dix-huit colonnes venaient d'être

8.

précipitées dans la bouche de bronze de Trafalgar Square. Voilà donc Janin bien heureux et s'apprêtant à aller dîner. Tout à coup, toc, toc, à la porte. — Qui est là? — Monsieur, dit un jeune homme en se présentant timidement, je viens chercher les dix-huit colonnes que vous avez promises hier à notre journal. — J'ai promis dix-huit colonnes à votre journal? — Oui, monsieur, et nous attendons, les compositeurs sont sans copie. — Si j'ai promis, je dois payer. Il est écrit là-haut, me dit-il en se tournant vers moi, que je ne dînerai aujourd'hui qu'à neuf heures; et là-dessus, Janin, dont les doigts étaient fatigués, se met à dicter au jeune homme dix-huit autres colonnes sur le même sujet; total, trente-six colonnes en équilibre sur une tête d'épingle. Je lus le surlendemain cette double improvisation, et je fus bien forcé de reconnaître que c'était là de la très-remarquable littérature. Après un pareil tour de force, limons nos phrases comme nous pouvons, mes frères et mes confrères, et inclinons-nous sans trop de mauvaise grâce devant ce Benvenuto du style qui pétrit et façonne en se jouant la terre glaise de sa pensée.

Il est temps, je présume, d'arriver au livre qui nous occupe et d'introduire le lecteur dans le jardin souriant des *Gaietés champêtres*. Commençons donc, et puisque nous parlons d'un docte et charmant esprit qui sait mêler le myrte du dix-huitième siècle au laurier de Virgile, chantons, ô ma flûte! des chants dignes du mont Ménale.

Incipe, Mœnalios mecum, mea tibia, versus.

Et tout d'abord, il est question d'une belle jeune fille bien portante et cambrée comme une Andalouse. Cette jeune fille, le rêve, l'amour et le désespoir des poëtes et des conteurs, elle s'appelle Louison chez Janin, comme elle se nomme Manon chez l'abbé Prevost d'Exiles, et Bernerette chez Alfred de Musset. Louison, Manon, Bernerette, trilogie charmante, trois reines des cœurs, trois sœurs qui se ressemblent par la beauté et ne diffèrent que par les ajustements de la toilette et les atours. La Manon de Janin n'a pour le quart d'heure qu'une petite robe bien simple comme il convient à une honnête fille qui passe ses jours et ses nuits en pleine rue Saint-Denis dans le comptoir de la *Balance d'or* ; mais vienne un amoureux, et vous verrez quels falbalas Janin taillera à sa Louison dans la pourpre et le brocart de son style. Il ne regardera pas à l'étoffe, l'enchanteur ; pourvu que Louison soit court vêtue par en haut et par en bas, elle pourra changer de robe trois fois par jour comme une archiduchesse d'Allemagne. Et justement, voici l'amoureux qui arrive, M. Eugène, le fils de madame sa mère, un beau garçon de la race d'Agar, noble comme le roi d'Espagne, et présentement troisième clerc chez maître Brouillon de Joux, procureur au parlement. Eugène a vu Louison, Louison a vu Eugène, et voilà deux cœurs incendiés. Eugène abandonne l'étude et le Digeste, et va prendre des leçons de bel air au Cours-la-Reine. Cédons la parole à Janin, il va vous dire ce qu'était le Cours-la-Reine en ce temps-là :

« Le Cours-la-Reine était alors le rendez-vous de toutes les élégances, de toutes les vanités, de tous les scandales de la Cité, reine des villes ; qui n'avait pas affronté le feu ardent de ces moqueries armées de toutes pièces, était compté tout au plus comme un étranger sans état et sans nom, et ne valait pas l'honneur d'un regard. Certes, comparé à tant de vices et à tant de passions qui y ont tenu leurs assises, leurs états généraux et leurs grands jours, le Cours-la-Reine est un bien petit espace, et pourtant, jamais les trois déesses ne furent plus empressées à l'arbre où se tenait le berger phrygien, que notre ville aventureuse dans ce champ clos de ses victoires et de ses défaites. Sous les arbres resplendissants d'un clair soleil, au murmure de l'onde enchantée et d'un parterre de jeunes gens et de femmes à la mode, venaient se promener, rougissantes et bien-heureuses d'être si hardies, la mariée du matin et la fiancée de la veille. Au retour de la guerre, le jeune capitaine y venait montrer son nouveau ruban et sa nouvelle épée ; un plus galant et plus heureux, se pavanait de sa maîtresse nouvelle en nouvelles parures. Qui était nouveau venu à la ville et nouveau venu à la cour, qui avait fait un conte applaudi ou une tragédie sifflée, qui venait d'obtenir un évêché ou une magistrature. — Le cardinal en sa pourpre naissante, le philosophe au sortir de la Bastille glorieuse, l'homme acquitté d'une accusation capitale, le mari que sa femme enlevée a désigné aux médisances de cette foule superbe, l'abandonnée en ses douleurs, la coquette en ses conquêtes traînant après soi vingt esclaves de parade afin de grossir l'équipage de sa beauté ; le grand seigneur qui salue à peine ses créanciers, fiers de ce luxe qu'ils payent et de cet homme qui les nargue, toutes les gloires et toutes les défaites de cette société, sans souci et sans vergogne, passaient et repassaient par cette chaussée ouverte aux vertus, aux hontes, aux ridicules, aux vanités.

« Dans cette avenue où tout passe, où tout change, où le vainqueur de la veille est à peine un homme le lendemain, on s'envie, on se hait, on s'admire, on se salue, on se montre au doigt, on s'accable de respect, de médisances, d'adorations, de calomnies, de louanges, de mépris. Là se heurtent dans une confusion insensée et bruyante, le poëte et le financier, la duchesse et la fille, le philosophe et le libertin, ceux qui règnent et ceux qui servent, celui qui obéit et celui qui commande ; le duc et pair dominé par sa danseuse, le noble obéissant à sa servante, le génie tenu en laisse par le bel esprit ! C'était vraiment le pandæmonium de toutes nos folies et de toutes nos misères, cette brillante avenue qui reliait Paris à Versailles, et les passions de la ville aux intrigues de la cour.

« Ils allaient, elles venaient en grande pompe, en grand costume, en robes voyantes, en habits d'or, et chacun dans l'équipage non pas de sa fortune et de sa naissance, mais de son luxe et de sa folie. On voyait passer l'ambassadeur des nations dans une diligente peinte de camaïeu d'un rouge éclatant ; on lorgnait dans sa berline dorée à l'antique la soubrette de la comédie italienne ; Célimène était en carrosse, le fermier général en berlingot, la dévote en vis-à-vis, la camargo en voiture-coupé, le prince du sang vêtu en *polisson* allait en demi-fortune à la poursuite de ses bonnes fortunes ; pendant que la favorite de la veille étale ses grâces déjà fardées dans une calèche doublée d'un velours nacarat, traînée à six chevaux soupe au lait, les chevaux nattés de bleu, et les cordages de la même couleur, les harnais et la voiture et la roue étincelante et silencieuse sont rehaussés d'une moulure d'or rembruni ; les panneaux (digne écusson de ces seize quartiers... de ces seize printemps) étalaient, armes parlantes, encadrées dans le manteau de la pairie héréditaire, les plus heureuses métamorphoses d'Ovide en leur petit déshabillé ! Beaudoin avait peint ces panneaux, Martin les avait vernis. »

Je suis vraiment bien fâché de ne pouvoir vous citer tout au long ce cours d'histoire du Cours-la-Reine, il n'y a que Janin pour ressusciter tous ces fantômes roses, tous ces spectres adorables d'une société qui n'est plus. Comme il a dépeint le Cours-la-Reine, il dépeindra tout le reste, avec la même verve, la même fidélité et le même bonheur ; il s'est fait le chantre et le critique, Ovide et Juvénal tout à la fois, de ce siècle charmant et affreux, aimable et repoussant, riant par ici, gémissant par là, si commode pour les rois, si pesant pour les peuples.

..... Ver illud erat, ver magnus agebat
Orbis, et hibernis parcebant flatibus Euri.

Oui, le printemps éternel... une éternité de quelques jours encore... et comme bientôt les aquilons furieux, l'implacable Eurus, allaient renverser la bergerie et disperser le troupeau voué au couteau du boucher !

Donc, pendant que je m'oublie à vous parler latin à propos de la fin du monde, notre gentilhomme, le troisième clerc dont l'éducation s'est faite en un clin d'œil et en deux tours de promenade, revient à la *Balance d'or*, se présente bravement, comme vous l'avez deviné, devant sa voisine, et sans détours, sans périphrases, en deux mots comme en cent, lui dit qu'il est amoureux. Ouf! le grand mot est lâché, Eugène a fait comme César, il a passé le gué au gai. Mais Louison : Voilà bien du nouveau, dit-elle, comme si je ne le savais pas depuis huit grands jours. Et aussitôt nos deux amants conviennent d'aller se promener le lendemain de grand matin dans le bois de Vincennes, tous le long du bois joli; ils le font comme ils le disent, les brigands ! et M. Eugène *de jadis*, marquis d'*autrefois* et madame Louisette-Louison *d'aujourd'hui*, reine *de demain*, vont si bien tout droit devant eux là-bas! là-bas! que le soir de ce même jour, après avoir foulé mille petits sentiers, après avoir cueilli toutes les fleurs du chemin, après avoir été admirés et applaudis par les plus nobles marquis et les plus jeunes duchesses, ils arrivent chez leur ami, très-haut et très-puissant seigneur Hubert Laumon, concierge du château de Fontenay, et c'est alors, mesdames et messieurs, que nous pénétrons de plain-pied dans le grand et le petit Trianon des *Gaietés champêtres*.

A cet endroit de mon compte rendu, je crois entendre l'auteur qui me crie: Hé ! mon jeune ami, que diable faites-vous ? Je prends la peine d'embellir mon histoire, de la revêtir des plus beaux atours du langage, de l'orner des plus frais rubans et des plus riches dentelles de la poésie française ; ce n'est pas assez pour moi de tous les festons et de tous les astragales de Scudéry ; je cisèle chaque mot, j'enchâsse chaque épithète comme un rubis, une émeraude ou un saphir, et vous avez, vous, la prétention de raconter en vingt lignes les quatre cents pages de mon premier volume ! J'ai enfanté un être vivant, palpitant et triomphant, et vous l'escamotez, monsieur le critique, pour mettre à la place un squelette? » — Vous avez mille fois raison, mon maître, et si je ne veux pas me brouiller avec votre seigneurie, je crois que je ferai bien de renvoyer le lecteur tout droit à votre livre. Je m'étais offert comme cicerone, mais on saura bien suivre sans moi le chemin de ce beau jardin des Hespérides tout étincelant de pommes d'or et sans dragon à la porte. Et puis, d'ailleurs, à quoi bon charbonner le profil de la belle Denise, cette rivale rustique de la parisienne Louison; la silhouette d'Hubert, ce brave Nemrod! A quoi bon dire au public : Il y a ici un portrait très-ressemblant et très-largement dessiné du roi Louis XV ? A droite est la petite maison, plus loin la galerie où brillent dans leurs cadres festonnés ces beaux gentilshommes et ces grandes dames qui, voyant venir la fin du monde, se couronnaient de péchés galants et brûlaient, les fous et les prodigues ! la chandelle par les deux bouts! Est-ce qu'il n'est pas plus simple d'ouvrir à deux battants les portes du Musée et de dire aux gens de goût : Donnez-vous la peine d'entrer et admirez à votre loisir les tableaux de l'artiste ?

Sans aucun doute, c'est là ce qu'il y a de mieux à faire. Permettez-moi donc de ne pas achever l'histoire de ce bandit d'Eugène et de cette adorable Louison-Louisette, qui aunait si bien les étoffes avant-hier au soir et qui aujourd'hui.....

> Non, non, vous n'êtes plus Louisette,
> Non, non, ne portez plus ce nom.

Pourtant un mot encore avant de prendre congé de madame la marquise Louison. N'allez pas vous mettre à dévorer les *Gaietés champêtres* tout d'une bouchée comme vous feriez d'un roman de Paul Féval. Les gloutons seraient mal venus, le style de Janin veut des gourmets et des plus fins. Prenez votre temps et dégustez moi à loisir, les pieds sur les chenets devant l'âtre qui pétille, cette généreuse liqueur littéraire; que si par hasard le lecteur aimait les incidents, les casse-cous romanesques, que sais-je ? les enchevêtements et autres entripaillements dramatiques, toutes choses qui charmaient dans l'ancien temps de la *suite au prochain numéro*, que s'il lui fallait absolument le Morock et le Chourineur de M. Eugène Sue, ou seulement quatre gaillards bien découplés comme les héros de M. Alexandre Dumas, qui mettent toute une armée en capilotade et font le tour du monde en vingt-quatre heures, que ce lecteur glouton laisse aller en paix, et Louison, et Denise, et Eugène, et maître Brouillon de Joux. M. Janin a une façon plus simple de procéder ; il voyage à petites journées, en prend à son aise et aussi à l'aise du lecteur, se couche quand il se sent fatigué sous le hêtre de Tityre, chante avec les oiseaux, cause avec les fleurs, et va où le vent le pousse, pourvu que ce ne soit pas vers la grande route, mais dans un sentier odorant, touffu, coupé de ruisseaux jaseurs et à peine frayé. *Trahit sua quemque voluptas*. Jules Janin appartient à cette famille d'écrivains qui ont fait de la langue française la plus claire, la plus sonore et la plus élégante des langues modernes. Un grand honneur pour lui et une grande joie pour nous, aujourd'hui surtout que le patois du *Moniteur* a fait invasion sur le territoire de la sérénissime république des lettres. Pour tout dire, Jules Janin est un homme de qualité par excellence. Il a au plus haut point le respect du public, et ce n'est pas ce marquis de la rhétorique savante et élégante qui consentirait jamais à se présenter en manches de chemises ou en gilet de flanelle, devant notre seigneur et maître à tous, grands ou petits, célèbres ou inconnus. Malgré sa fécondité prodigieuse, les œuvres de Jules Janin n'atteindront jamais le chiffre de cent volumes, un chiffre fort ordinaire pour le temps présent ; les *Gaietés Champêtres* ajoutées à ses livres précédents et à son œuvre hebdomodaire ; le mèneront tout simplement à l'Académie, et comme le donnait spirituellement à entendre, il y a quelques jours, un jeune écrivain vraiment distingué, peut-être un peu plus loin.

XXIII

L'Allemand Jean-Paul Richter affirme qu'il en est de l'amour comme des pommes de terre, qu'il y a dix-huit manières de l'accommoder. N'en pourrait-on pas dire autant, et avec plus de raison peut-être, des relations de voyage ? Par ce temps de locomotion universelle, tout le monde est par voies et par chemins, mais chacun examine les objets à son point de vue personnel. Les variétés de l'espèce voyageuse sont incalculables comme les caractères. Nous avons d'abord les voyageurs qui ne voyagent pas ; touristes officiels défrayés par les fonds perdus d'un ministère ; ces gens-là ne peuvent se résigner à sortir de la circonscription du budget. Ils secouent la poussière des bouquins, courent du livre de celui-ci au livre de celui-là et émargent chaque mois religieusement. Les travaux ne sont pas toujours utiles, mais ils sont amusants comme un dictionnaire géographique. *La Bohême est bornée au nord par la Silésie, à l'est par la Moravie*, etc., ne leur en demandez pas davantage. Puis vient le voyageur enthousiaste : celui qui ôte son chapeau à tous les monuments célèbres, et se pâme devant tous les sites signalés par le Portfolio. *J'ai vu le Rhin, un géant ! Je me suis recueilli devant le tombeau de Charlemagne. Charlemagne, quel nom !* Le voyage de cet homme est une suite non interrompue de points d'exclamation ; passons vite. Voici le voyageur intime qui parle de lui à propos de la cathédrale de Cologne ; le voyageur fashionable qui regarde le mont Blanc à travers son lorgnon ; le voyageur frustre qui voit le pays qu'il décrit tel qu'il était il y a trois cents ans, et le voyageur humanitaire qui s'obstine à le voir comme il sera dans trois siècles. J'en passe, et des moins gais.

Aujourd'hui que la nouvelle loi sur la presse expulsant

9

violemment la littérature du domaine des incidents purement romanesques, celle-ci a pris le parti de chausser des bottes de sept lieues et d'aller à la découverte de ses inspirations sur les grands chemins, il n'est peut-être pas inutile d'examiner quelles doivent être les qualités particulières d'un écrivain qui voyage pour le public. Beaucoup de gens, qui ont publié un roman ou fait insérer trois articles dans un journal, sont fermement convaincus qu'ils n'ont plus qu'à se munir d'un sac de nuit et d'un passe-port pour l'extérieur. Mais alors comment se fait-il que tel littérateur de talent ait échoué dans ses descriptions sur l'Espagne et l'Italie? Pourquoi M. Victor Hugo a-t-il si mal vu l'Allemagne ? C'est que l'action de voyager, c'est-à-dire de voir, de comparer et de juger, est un art et un art qui ne s'apprend pas. Il ne suffit même pas d'être observateur, il faut encore que l'observation ne s'émiette pas aux détails ; voir vite et juste telle est la première qualité d'un voyageur. Une bonhomie native et une sorte de bienveillance cosmopolite sont également nécessaires à celui qui entreprend d'aller étudier les mœurs et les lois d'un peuple étranger ; il doit secouer à la frontière ses préjugés nationaux avec la poudre de sa chaussure, et il lui importe de savoir oublier dans une certaine mesure, pour n'être pas injuste, mais de savoir aussi se souvenir, pour comparer ce qu'il voit avec ce qu'il a vu. Talent difficile, sorte de tact qui se donne et ne s'acquiert pas, de même qu'il se sent mieux qu'il ne s'explique. Le voyageur qui sait voir et entendre, qui sait juger et comparer est bien près, pour peu qu'il ait en outre quelque *humour* et quelque fantaisie, d'être un littérateur de premier ordre, *vir bonus*. La Grèce antique n'accordait-elle pas le titre de sages à ceux de ses enfants qui avaient visité, pour s'instruire et instruire leurs concitoyens, les contrées barbares !

S'il est un écrivain qui possède les qualités essentielles du voyageur, c'est l'auteur du *Voyage en Orient*. Nature fine, observatrice et bienveillante, dépourvue de préjugés et pour ainsi dire sans préférences, M. Gérard de Nerval s'est senti attiré vers ce pays du soleil qui sollicite les imaginations poétiques et leur montre dans le lointain le mirage de son passé merveilleux. Il est parti dans les meilleures conditions pour faire un bon livre, c'est-à-dire sans parti pris et pour ainsi dire sans arrière-pensée de publication. Il a vu pour lui-même avant de songer à voir pour les autres; il a respiré tous les parfums, admiré tous les spectacles, observé toutes les scènes originales, sans se préoccuper de son seigneur et maître le public. Quand il a affaire à un écrivain de goût, à un esprit d'élite, le public gagne toujours à ce qu'on ne se préoccupe pas trop de sa redoutable majesté. Voilà donc notre voyageur sur la grande route, allant un peu au hasard, cueillant toutes les fleurs, courant après tous les papillons et prenant pour se rendre en Orient le chemin qu'il prenait naguère pour aller au collége. Ne croyez pas qu'il ira s'embarquer majestueusement à Marseille, sur un navire pavoisé, comme M. de Lamartine. Toute voie mène à Rome, et M. Gérard de Nerval commence par tourner le dos à Constantinople. Il voyage à petites journées, et inaugure cette longue pérégrination en prenant une place sur l'impériale de la diligence du Plat-d'Étain. « Me voici donc parvenu à Genève, écrit-il à un ami, par quels chemins, hélas ! et par quelles voitures ! Mais en vérité qu'aurais-je à t'écrire si je faisais route, comme tout le monde, dans une bonne chaise de poste ou dans un bon coupé, enveloppé de cache-nez, de paletots et de manteaux, avec une chancelière et un rond sous moi ? J'aime à dépendre un peu du hasard; l'exactitude numérotée des stations des chemins de fer, la précision des bateaux à vapeur, arrivant à heure et à jour fixes, ne réjouissent guère ni un poëte, ni un peintre, ni même un simple archéologue, ou collectionneur comme je le suis. »

De la Suisse française, de cette petite France mystique et rêveuse, qui nous a donné toute une littérature à part, il dit un mot en passant, et d'un pas allègre il se dirige vers l'A-

thènes germanique, vers Munich, cette ville toute neuve bâtie
à l'instar de Paris, par un Amphion couronné. Bientôt il est
dans la capitale de l'Autriche. Ici trente pages pleines de fraîcheur et de jeunesse, un récit aussi fin et plus vraiment sentimental que le voyage de Sterne, un poëme qui s'appelle *les
Amours de Vienne*. Mais j'ai hâte de franchir l'Adriatique et
l'Archipel. M. Gérard de Nerval, cet amant passionné de la
Grèce, est en face de la Grèce, plus heureux que Winkelman
qui la rêva toute sa vie, plus heureux que le moderne Ana-
créon qui voudrait y mourir, il la voit enfin, lumineuse, sortir
des eaux avec le soleil.

« Je l'ai vue, s'écrie-t-il, ma journée a commencé comme
un chant d'Homère ! C'était vraiment l'Aurore aux doigts de
rose qui m'ouvrait les portes de l'Orient ! Et ne parlons plus
des aurores de nos pays, la déesse ne va pas si loin. Ce que
nous autres barbares nous appelons l'aube ou le point du
jour n'est qu'un pâle reflet terni par l'atmosphère impure de
nos climats déshérités. Voyez déjà cette ligne ardente, qui
s'élargit sur le cercle des eaux, partir des rayons roses épa-
nouis en gerbes, et ravivant l'azur du ciel, qui plus haut
reste sombre encore. Ne dirait-on pas que le front d'une
déesse et ses bras étendus soulèvent peu à peu le voile des
nuits étincelantes d'étoiles ? Elle vient, elle approche, elle
glisse amoureusement sur les flots divins qui ont donné le
jour à Cythérée... mais que dis-je ? devant nous, là-bas, à
l'horizon, cette côte vermeille, ces collines empourprées qui
semblent des nuages, c'est l'île même de Vénus, c'est l'antique Cythère aux rochers de porphyre, aujourd'hui cette île
s'appelle Cérigo, et appartient aux Anglais. »

Quel réveil après un si beau rêve ! Du pont du navire le
poëte cherche encore Cythère dans Cérigo ; il promène ses regards sur ce rivage aujourd'hui désert et jadis couvert de roses
et de coquillages. Où sont les bergers et les bergères ? où est
la conque de Cypris ? où sont les dieux immortels ? Hélas ! il

n'aperçoit qu'un gentleman qui tire aux bécasses, et des soldats écossais blonds et rêveurs cherchant peut-être à l'horizon les brouillards de leur patrie.

Ce qu'il y a de charmant dans ce *Voyage en Orient*, et où il vous plaira, c'est la spirituelle bonhomie du conteur jointe à des connaissances étendues et l'éternelle fraîcheur du récit. A propos de la Grèce moderne, il pénétrera dans les arcanes de la Grèce antique, mais sans pédantisme, sans efforts, et en revenant toujours par des détours ingénieux à son point de départ. Préparé à tout, heureux de tout ce qu'il voit, il s'émerveille facilement et ne s'étonne de rien. Un autre se lamenterait et accuserait le ciel et les hommes en voyant si ternes et si tristes ces îles de l'Archipel et de la mer Ionienne, jadis le séjour préféré des déesses et des dieux ; lui, aime mieux par respect pour d'immortels souvenirs se faire une douce illusion et revêtir comme d'une pourpre ces contrées dégénérées, du splendide manteau de la muse homérique. Ainsi vous le verrez toujours bienveillant sans cesser d'être vrai. A Syra, il voit passer un jeune garçon portant sur l'épaule le corps difforme d'un chevreau noir : c'est une outre ruisselante et velue. Le jeune Grec lui offre gracieusement de délier une des pattes de sa bête, afin de remplir sa coupe d'un vin de Samos emmiellé. Le voyageur accepte. Hélas ! le nectar écumant sent affreusement le cuir et la colophane ; mais par respect pour le sol de l'antique Scyros, que foulèrent les pieds d'Achille enfant, M. Gérard de Nerval avale sans grimace et sans rien rejeter. Au moment où il va se plaindre, il se souvient que le vin qu'il vient de boire est le même qui se buvait aux noces de Pélée. La plainte expire sur les lèvres de l'amant des muses, et le voyageur remercie les dieux qui lui ont fait l'estomac d'un Lapithe sur les jambes d'un Centaure.

Je ne sais rien de plus frais, de plus jeune, de plus matinal que la description des Cyclades. Le voyageur foule le sol de

9.

la Grèce véritable et régénérée ; il ne peut croire au premier aspect, à ce peuple en veste brodée, en jupons plissés à gros tuyaux, coiffé de bonnets rouges dont l'épais flocon de soie retombe sur l'épaule, avec des ceintures hérissées d'armes éclatantes, des jambières et des babouches, « Il me semble, dit-il, que je marche au milieu d'une comédie. Je vis depuis ce matin dans un ravissement complet ; je voudrais m'arrêter tout à fait chez ce bon peuple hellène, au milieu de ces îles aux noms sonores et d'où s'exhale comme un parfum du jardin des racines grecques. Ah ! que je remercie à présent mes bons professeurs tant de fois maudits de m'avoir appris de quoi pouvoir déchiffrer à Syra l'enseigne d'un barbier, d'un cordonnier ou d'un tailleur. Eh quoi ! voici bien les mêmes lettres rondes et les mêmes majuscules... que je savais si bien lire du moins, et que je me donne le plaisir d'épeler dans la rue. »

« Καλιμερα (bonjour), me dit le marchand d'un air affable, en me faisant l'honneur de ne pas me croire parisien.

« Ποσα (combien), dis-je en choisissant quelque bagatelle.

« Δεκα δραχμαι (dix drachmes), me répond-il d'un ton classique.

« Heureux homme pourtant qui sait le grec de naissance et ne se doute pas qu'il parle en ce moment comme un personnage de Lucien.

« Cependant le batelier me poursuit encore sur le quai, et me crie comme Caron à Ménippe.

« Αποδος, ὦδαθαρατε, τα πορθμια (paye-moi, gredin, le prix du passage).

« Il n'est pas satisfait d'un demi-franc que je lui ai donné ; il veut un drachme (90 centimes) : il n'aura pas même une obole. Je lui réponds vaillamment avec quelques phrases des *Dialogues des Morts*, il se retire en grommelant des jurons d'Aristophane. »

Cette scène rappelle un peu la conversation hébraïque de

l'auteur du *Voyage du jeune Anacharsis* avec le savant Rab-
bin, qui ne savait pas plus l'hébreu que l'abbé Barthélemy.
Comme M. Gérard de Nerval se défendant avec des lambeaux
des dialogues des morts, ceux-ci se battaient scientifiquement
à l'aide de versets de la Bible. L'auteur du *Voyage en Orient*
peut au moins alléguer pour excuse qu'il ne bégayait la
langue de Lucien et d'Homère que dans un cas de légitime
défense.

Notre voyageur, qui a quitté Paris depuis six mois déjà et
qui n'est encore qu'à la moitié de la route, s'arrache enfin à
ce beau ciel tout resplendissant d'azur et de souvenirs! Pieux
adorateur de l'antiquité classique, il quitte avec peine ces
côtes vermeilles et ces plages sonores dont les flots harmonieux murmurent toujours aux oreilles attentives les noms
sacrés des dieux et des héros. Une autre mythologie l'appelle;
il s'embarque et va visiter les grands dieux accroupis, les
muettes divinités de la vieille Égypte. L'Égypte! la terre des
tombeaux et des ruines. Il arrive au Caire, et dès le premier
jour le voilà qui court, comme un cheval échappé, à travers
les rues de la cité mystérieuse. Il est au milieu des riches
costumes arabes et turcs que la réforme a épargnés; revêtu
du lourd paletot européen et coiffé de ce tuyau de poële que
nous appelons un chapeau, il se croit égaré dans quelque bal
masqué; à l'aspect des grandes dames à la taille voilée, des
femmes du peuple drapées gracieusement dans une tunique
de laine comme des statues antiques, il a honte de lui-même
et il se sauve. Il ne reparaîtra désormais qu'avec le *machlach*,
le tarbouche, la vaste culotte de coton bleu et le gilet rouge
garni d'une broderie d'argent. Ainsi accoutré, il passe pour
un des lions du Caire, et rien ne l'empêchant plus de se présenter partout, il profitera du privilége de son nouveau costume pour nous initier à la connaissance des mœurs et des
habitudes de la haute société arabe.

S'il est au monde un pays grave et sérieux, c'est l'Égypte;

pour nous surtout qui ne l'avons jamais vue qu'à travers les livres et les traditions, cette terre lointaine nous
apparaît toujours immobile comme ses dieux, pensive comme
ses sphinx. Les voyageurs qui ont écrit sur ce pays ont eu le
tort de céder trop facilement à l'impression première, et de ne
voir qu'un vaste sépulcre dans cet antique berceau du monde.
De là tant de volumes sur l'Égypte, volumes non dépourvus
d'intérêt, mais monotones à force de descriptions et de dissertations sur le même sujet. A côté des pyramides, des obélis-
ques, des momies, des sphinx, des ibis, des ruines, il y a tout
un monde qui s'agite ; à côté de la mort, il y a la vie. M. Gérard de Nerval, sans négliger la partie descriptive et historique,
s'est surtout attaché à nous montrer l'Égypte vivante. Il nous
fait causer avec le fellah, avec le Turc, avec l'Arabe, avec le
montagnard syrien venu de Saïde ou de Taroboulous. Il nous
promène dans les bazars, dans les palais et jusque dans les
harems. Il explique la condition des femmes et leur vie inté-
rieure ; tout cela est entremêlé d'anecdotes, d'aventures, de
récits qui servent encore à mieux faire connaître les mœurs
de ces peuples bizarres ; puis, lorsque l'auteur est contraint
par la nécessité du sujet de parler de choses plus connues, de
ces cérémonies ou de ces monuments dont la description a été
faite tant de fois avant lui, il s'exécute de bonne grâce, mais
en ayant soin de tempérer son admiration par quelque petite
pointe de gaieté gauloise. A-t-il à rendre compte de la cara-
vane de la Mecque, par exemple, de cette éternelle procession
de pèlerins que nous connaissons tous pour l'avoir vue derrière
les vitrines de tous les marchands d'estampes ? M. Gérard de
Nerval, au lieu de dépeindre les trompettes, les cymbales,
les tambours et les drapeaux déployés, fera en quelques traits
de plume le tableau bien saisi de cette immense cohue de
Moghrabins composée des gens de Tunis, de Tripoli, de Maroc
et aussi, comme il le dit, de nos *compatriotes* d'Alger. Il avouera
même que ce qui le préoccupait le plus devant cet immense

spectacle, c'était un vieil air d'opéra comique, *la marche des chameaux*, et que parmi tous ces Turcs, tous ces Arabes, tous ces Maures, il s'attendait toujours à voir paraître le brillant Saint-Phar ; préoccupation d'auteur dramatique qui a lu Voltaire, et qui croit bien que Dieu est Dieu, mais qui n'est pas très-persuadé que Mahomet soit son prophète.

M. Gérard de Nerval est très-sobre de descriptions, et je l'en loue ; ce que le public demande aujourd'hui à un voyageur littéraire, c'est moins une relation archéologique et même pittoresque, qu'une peinture de mœurs exacte et bien rendue. Les monuments immortels ne périront pas pour cela dans la mémoire des hommes, et il se trouvera toujours assez de savants inoccupés pour marquer majestueusement, sur le sol, la place où n'était pas l'ancienne Thèbes... On a trop tourmenté les pierres dans ces dernières années, laissons les dormir. *Ite domum saturæ, venit Hesperus, ite capellæ ;* d'ailleurs, l'auteur *du Voyage en Orient* prouve, en maint endroit de son livre, qu'une description de vingt lignes vaut autant, et quelquefois mieux, qu'une description de vingt pages ; j'en atteste le passage suivant où il est question de la grande pyramide.

« La vue est fort belle, comme on peut le penser, du haut de cette plate-forme. Le Nil s'étend à l'orient depuis la pointe du Delta jusqu'au delà de Saccarah, où l'on distingue onze pyramides plus petites que celle de Gizeh. A l'occident, la chaîne des montagnes libyques se développe en marquant les ondulations d'un horizon poudreux. La forêt de palmiers qui occupe la place de l'ancienne Memphis s'étend du côté du midi comme une ombre verdâtre. Le Caire, adossé à la chaîne aride de Mokatam, élève ses dômes et ses minarets à l'entrée du désert de Syrie. Tout cela est trop connu pour prêter longtemps à la description. Mais en faisant trêve à l'admiration, et en parcourant des yeux les pierres de la plate-forme, on y trouve de quoi compenser les excès de l'enthousiasme. Tous les Anglais qui ont risqué cette ascension ont naturellement inscrit leurs noms sur les pierres. Les spéculateurs ont eu l'idée de donner leur adresse au public, et un marchand de cirage de Piccadilly a même fait graver avec soin, sur un bloc entier, les mérites de sa découverte garantie par l'*improved patent* de London. Il est inutile de dire qu'on rencontre là le *Credeville voleur*, si passé de mode aujourd'hui, la charge de Bouginier, et autres excentricités transplantées par nos artistes voyageurs comme un contraste à la monotonie des grands souvenirs. »

Après avoir vécu en Égypte comme un Égyptien, M. Gérard de Nerval va saluer les côtes de la Palestine. Ne craignez pas qu'il soulève, d'une main indiscrète, le voile qui recouvre cette Belle aux Bois dormant de la diplomatie, et qui s'appelle la question des lieux saints. L'auteur du *Voyage en Orient* a horreur des questions politiques : analyste fin et ingénieux, observateur spirituel, conteur aimable et vrai poëte, M. Gérard de Nerval s'occupe toujours de l'homme en signalant les traits saillants du caractère des races. Personne n'a dépeint avec plus de vérité, et dans un style plus brillant, la rude existence de ces montagnards orientaux. Dans toutes ses pérégrinations, aux Cyclades comme au Caire, à Beyrouth comme à Constantinople, ce qui charme et égaie sans cesse ce fils d'un peuple grave, d'un siècle en habit noir, comme il dit, et qui semble porter le deuil des siècles qui l'ont précédé, c'est cette foule bigarrée, ce sont ces derniers représentants de la poésie naïve. M. Gérard de Nerval n'est pas seulement le peintre des mœurs orientales, il est aussi le chantre inspiré de cette civilisation musulmane qui tend à s'affaisser de plus en plus et dont chaque jour emporte un lambeau.

XXIV

On a publié l'œuvre posthume de Balzac, *Mercadet ;* non pas le *Mercadet* arrangé, corrigé et mitigé par un faiseur émérite pour les exigences de la scène, mais le vrai *Mercadet*, le *Mercadet* sorti tout bouillant du moule de l'inspiration. Les gens qui auraient trouvé fade la représentation de cette nouvelle incarnation de *Vautrin*, sont prévenus qu'ils rencontreront dans la brochure authentique, tous les condiments désirables. Gingembre, poivre de Cayenne, cantharides, rien n'a été négligé pour réveiller et émoustiller les tempéraments affaiblis. J'admire la destinée de Balzac, qui poursuivit pendant toute sa vie, sans pouvoir l'atteindre, un succès dramatique, et qui, après sa mort, rencontra deux triomphes pour un dans celle de ses comédies qu'il estimait le moins, au triple point de vue de l'idée, du style et du théâtre. O fortune ! voilà de tes coups !

Cette œuvre, qui date de 1839, est due à la collaboration de Balzac et de Charles Lassailly, un honnête garçon mort depuis dix ans. Lassailly m'a raconté dans le temps tous les efforts qui lui avait fallu faire pour entrer dans l'idée dramatique de Balzac. Au bout d'un mois de travail, il revint des Jardies essouflé et maigri. Sa comédie fut présentée au comité du Théâtre-Français et reçue à corrections. Balzac la rejeta dans ses cartons et prit un autre collaborateur pour charpenter une nouvelle pièce. Ce nouveau collaborateur était Édouard Ourliac, mort également depuis quelques années. On dit que la comédie à laquelle a travaillé Ourliac suivra de prè la représentation de la comédie à laquelle a collaboré Lassailly. Je viens de citer les noms de trois écrivains contemporains et jeunes encore (Ourliac aurait trente-sept ans s'il vivait), et ce sont trois morts aujourd'hui. La vie littéraire est un perpétuel champ de bataille, et sur ce champ-là, comme sur le champ de bataille militaire, ce sont souvent les plus vaillants qui tombent les premiers.

Le feuilleton dramatique a diversement jugé *Mercadet*. Pour ma part, si j'avais à me prononcer sur cette comédie pleine de verve sans doute, mais d'un réalisme sans art, je dirais qu'une telle œuvre semble avoir été conçue pour réhabiliter les tragédies de M. de Jouy et les comédies de M. Casimir Bonjour. En effet, en voyant ces coquins et ces gredins s'emparer de la scène pour y établir leur batterie de cuisine ; en écoutant ces paroles crues, ces jeux de mots effrontés, ces colibets insolents, on se demande si l'art consiste à offrir à quinze cents personnes la vue d'un daguerréotype, et si le chiffonnier ou l'homme d'affaires de la scène ne doivent pas différer, dans l'ensemble et dans les détails, de l'homme d'affaires du cabinet et du chiffonnier de la rue. On va jusqu'à regretter ces pièces dont les personnages, mus par le ressort des conventions, n'avaient ni sang ni nerfs, ni muscles, mais étaient bouffis d'une sorte d'honnêteté qui les rendait supportables trois actes durant. Les héros en bottes jaunes et en crevés abricot de l'école impériale étaient faux de tous points, mais le *Mercadet* de Balzac a le défaut d'être trop vrai. Dans l'un et l'autre système dramatique, l'art n'a absolument rien à voir. Transportez le bagne de Toulon sur la scène, il se trouvera un public nombreux pour courir à ce spectacle ; mais quel profit retirerez-vous de cette exhibition, comme moraliste ? Je n'insiste pas sur le côté immoral de ces sortes de représentations, tout le monde le comprend, et si le genre *Mercadet* faisait école, espérons que le mépris public en ferait bientôt justice.

M. Jules Janin, tout en reconnaissant les éminentes qualités littéraires de Balzac, a écrit à propos de *Mercadet* quelques réflexions fort justes, qui serviront à faire connaître une des infirmités du grand romancier ; M. Jules Janin n'a pas cru que, Balzac mort, il n'avait plus qu'à le louer sans restriction. C'est une nouvelle preuve de goût, aujourd'hui que la plupart des gens qui ont attaqué Balzac vivant, se plaisent à tresser tant de couronnes sur sa tombe.

« Or, savez-vous, dit M. J. Janin, pourquoi M. de Balzac se plaît à retracer sans fin et sans cesse cette image du faiseur, cette forme nouvelle du chercheur de pierre philosophale et d'inventeur des nouveaux mondes? Il aime le *faiseur* parce qu'il aime l'argent! Il y a de l'argent dans tous les livres de M. de Balzac! C'est son rêve, l'argent; c'est son Apollon, l'argent; c'est sa muse, l'argent! Après avoir tourné heureusement autour des aimables passions et des enchantements divins de la jeunesse passagère, il est revenu à sa folle du logis, à l'argent! Il s'enivre de ce bruit d'écus, de ce frôlement de papier de banque, et des cris étouffés du coffre-fort, quand la serrure aux mille plis permet à l'avare de contempler son trésor à la lueur d'une lampe fétide! Oui, ce romancier si parfaitement habile à nous montrer les grâces, les vapeurs, le charme, les gloires de la vie heureuse; ce merveilleux indicateur des plus imperceptibles mouvements du cœur de l'homme... et de la femme; cette bonne d'enfants à peine sevrés, ce rude instituteur des plus sauvages natures, cette marchande de modes, savante à marier l'une à l'autre la forme et la couleur; ce pédant qui porte la flamme en sa férule; cette vieille portière accroupie, au milieu de l'hiver, sur son gueux rempli de cendres froides, et cette duchesse en son ronron de Versailles, et cette fraîche grisette aux lilas de Romainville ou dans la ronde harmonieuse du bal de Sceaux; oui, cet être multiple, ingénieux, odieux, brutal, charmant, la corruption même et l'innocence en personne, aujourd'hui la reine des courtisanes et le lendemain le roi des repris de justice, — un si grand seigneur, un si bon bourgeois, un si fameux aventurier, le Christophe Colomb de la rue Soly et le Pizarre du faubourg Saint-Honoré, le sourire et le râle, le squelette et la fleur, l'âme et le corps, la dentelle et la bure, le haillon et la pourpre, la hotte et le trône, le crochet et le sceptre, le vin généreux des

10

gais coteaux et l'eau-de-vie en feu dans l'écuelle des men-
diants, le poëte et le soldat, le médecin et le curé, le Napoléon
de le Rétif de La Bretonne du conte bien fait, l'Homère en patois et la nature humaine, le La Bruyère et le Piron de ce
siècle des infamies, des lâchetés et des élégances exquises,
après avoir épuisé le bouquet et la mousse amoureuse du vin
d'Aï, s'est enivré d'alcool, et déserteur de ces belles passions,
traître à ces belles mœurs, tombé en méfiance de sa valeur
personnelle,

Non est certa meos quæ forma invitet amores,

il est devenu tout d'un coup (dans ses livres bien entendu)
l'homme le plus passionné *pour les biens de la fortune*, dirait
La Bruyère, qui se soit jamais rencontré dans aucune littérature ! A ce moment de la précoce décrépitude de M. de Balzac
(même dans ses meilleurs livres : *Eugénie Grandet, la Vieille
Fille, la Peau de Chagrin, le Père Goriot, le Grand Homme en
province*), on n'entend que le son des louis d'or mêlé au bruit
des écus ! Dans ces livres, où la couleur fauve domine à chaque
page, on voit ruisseler les millions par centaines, et le poëte
est le premier à s'enivrer de ce bruit sonore qui l'excite et l'a-
nime autant et plus que le frôlement d'une robe de soie ou le
craquement d'un soulier neuf. Ah ! quelle fatigue et quelle misère quand on voit un si bel esprit ne plus s'occuper qu'à arranger, à combiner, à déranger des sacs plus ou moins rem-
plis jusqu'à la gueule, et n'être gai, et n'être heureux, et n'être
soi-même qu'au beau milieu d'un coffre-fort ! L'argent sera le
malheur des livres de M. de Balzac, l'argent en est déjà le
fléau. »

Tout cela est si bien dit et si vrai, qu'il n'y a pas un mot à
y ajouter. Si Balzac étalait en effet dans ses livres cette passion de l'or pour l'or, c'est que Balzac était un romancier
doublé d'un homme d'affaires ; seulement l'homme d'affaires

n'a jamais eu le moindre succès; toutes ses ingénieuses spé-
culations ont raté. Je demande la permission de raconter une
petite anecdote, qui montrera que ce grand esprit était toujours, et sans cesse, poursuivi, obsédé et dominé par la pensée
d'affaires.

A l'époque où Balzac demeurait dans la rue de Chaillot, il y
a de cela quinze ou seize ans, trois jeunes gens dont deux sont
aujourd'hui célèbres dans les lettres, allèrent le voir dans la
soirée. Balzac avait quelquefois des caprices de femme de trente
ans. Ce jour-là, il avait eu la fantaisie de faire orner son salon
d'un meuble de satin blanc. Un immense lustre en style pom-
padour pendait au plafond. Le grand homme fit admirer à ses
visiteurs ce boudoir coquet et d'un goût un peu extravagant,
en leur recommandant bien de ne pas trop s'asseoir sur les
fauteuils et les sofas. — Mais, dit un des trois amis, il nous
est difficile de juger de la splendeur de votre salon, si vous
nous le montrez à la lueur d'une simple bougie; allumons le
lustre, et voyons l'effet que produit votre satin aux lumières.
— Adopté, répond Balzac, et voilà les quarante bougies allumées. En ce moment on frappe à la porte. — C'est, dit le domestique, M. X..., éditeur, qui voudrait parler à Monsieur. —
Un éditeur! s'écrie Balzac, *comme ça se rencontre*; un éditeur
et quarante bougies qui flambent. Faites entrer. Quant à vous,
ajouta-t-il en se tournant vers les trois jeunes gens, couchez-
vous sur les canapés, étendez-vous sur les fauteuils, prenez-
moi des poses nonchalantes, et ne craignez pas d'égratigner
mon satin avec le cuir de vos bottes.

La porte s'ouvre, et l'éditeur en entrant reste aveuglé par
l'éclat des lumières. Balzac, calme et l'air insouciant, lui
demande ce qu'il veut. L'éditeur venait solliciter la faveur de
publier un ouvrage du célèbre romancier. Balzac répond qu'il
est très-occupé, très-fatigué; mais que cependant... Bref, il
engage l'éditeur à revenir le lendemain pour conclure l'affaire,
et celui-ci se retire.

— Je dois au moins une livre de chandelles à la Providence, dit Balzac, aussitôt que X... fut sorti. Vous comprenez que cet homme doit croire que j'allume quarante bougies tous les soirs, et décemment on ne peut pas payer quelqu'un qui brûle quarante bougies par soirée, comme on payerait un écrivain qui travaillerait à la lueur d'une lampe. Maintenant éteignons le lustre, le tour est fait.

Avouez que Mercadet n'aurait pas tiré un meilleur parti de quarante bougies allumées.

XXV

Je rencontrai, il y a quelques jours, sur le boulevard Saint-Martin, un littérateur *pour tout faire*. C'est ainsi que l'on désigne un homme de lettres qui n'a pas de spécialité bien déterminée et qui est tour à tour dramaturge, historien, vaudevilliste, romancier, critique et faiseur de rébus. M. Alexandre Dumas est la plus haute expression de ces intelligences encyclopédiques. — Vous me voyez, me dit-il, dans le ravissement. Je viens de conclure une affaire commerciale magnifique.

— Vous faites donc aussi du commerce?

— Quelquefois.

— Et de quoi s'agit-il?

— J'ai lu hier à l'Ambigu, me répondit mon interlocuteur, un drame en cinq actes qui a été reçu avec enthousiasme, et je viens de le vendre au prix de quinze cents francs à mon banquier ordinaire.

— Vous avez vendu le manuscrit de votre drame avant sa représentation?

— A peu près; j'ai vendu mes droits dramatiques, j'ai aliéné ma propriété, j'ai mangé mon blé en herbe.

— Singulier marché!

— Cela dépend, le drame peut tomber à la première soirée

comme il peut régner sur l'affiche pendant trois mois. J'avais besoin d'argent aujourd'hui même, et j'ai été frapper à la porte de la providence des auteurs à sec.

— Comment appelez-vous cette providence?

— X..., me répondit-il, c'est un gros homme qui a gagné à ce jeu-là maison de ville et maison de campagne. Pour le vulgaire il est entrepreneur de succès dramatiques, autrement dit chef de la claque, c'est une position qu'il a adoptée, parce qu'il faut absolument en exercer une en ce monde pour jouir de la considération de son concierge, mais son vrai commerce consiste surtout à escompter l'avenir des auteurs pressés par le besoin. X., ajouta-t-il, est une des figures les plus curieuses du pavé parisien, il ne gagne guère que cinq cents pour cent à tous ses marchés. Il prête de l'argent aux directeurs, aux acteurs, aux musiciens de l'orchestre, aux ouvreuses et aux marchands de contremarques, argent bien prêté et encore mieux rendu, car il ne peut pas perdre; il ne fait que prendre des hypothèques sur les appointements. Toutes ses journées se ressemblent; le matin il court visiter les directeurs de théâtres qu'il sait besoigneux, et, moyennant un prix convenu, il leur achète à ses risques et périls la recette de la soirée. Il offre plus ou moins, d'après l'état de l'atmosphère, le nom des auteurs, des acteurs et la composition de l'affiche.

Je pourrais vous citer une conversation assez singulière qui s'est tenue devant moi dans le cabinet d'un directeur. X... arrive et offre quatorze cents francs de la recette. — Il m'en faut seize cents, dit le directeur.

— S'il pleuvait, répond X..., je n'hésiterais pas à vous les donner, mais le temps est beau et le ciel sera étoilé au moment de l'ouverture du théâtre. On dirait que le bon Dieu le fait exprès.

— Cependant, reprend le directeur, le baromètre est à la pluie, regardez plutôt!

— Mauvaise patraque de baromètre, il ne sait ce qu'il dit ou

10.

vous vous entendez l'un et l'autre pour me soutirer deux cents francs de plus. Vous ne les aurez pas.

— Nous aurons une pièce de D...

— Il n'y a pas assez de femmes dans votre pièce; que voulez-vous que le public fasse de deux femmes! Si seulement vous aviez eu l'esprit d'afficher le vaudeville de N... dans lequel on voit toute une ribambelle de petites filles décolletées!...

— Je l'ajoute sur l'affiche, s'écrie le directeur.

— Allons, voici vos seize cents francs, réplique X..., mais je ne gagnerai pas cent sous, j'en suis sûr, et il court à un autre théâtre pour faire la même opération.

A deux heures, X... est de retour chez lui. C'est le moment de la journée où il donne audience à ses nombreux clients. Il a quitté sa vieille redingote de castorine, son chapeau graisseux qu'un pauvre ne ramasserait pas au coin d'une borne. Il endosse une robe de chambre à laquelle ses dix années de service donnent une apparence respectable, et il s'établit devant son bureau.

Pan pan.

— Entrez.

— Bonjour donc, mon cher X..., comment vous portez-vous?

— Ah! c'est vous, mon cher ami, comment vont les affaires?

— Tout doucement, j'ai fait recevoir un drame ces jours derniers à la Porte-Saint-Martin.

— A la Porte-Saint-Martin! répond X..., qui se doute bien qu'il s'agit d'un marché, mauvais théâtre pour le quart d'heure..., des moitiés de recettes..., des acteurs pitoyables..., des décors de l'autre siècle... Pourquoi n'avez-vous pas porté votre ouvrage à la Gaieté?

— J'en ai déjà un en répétition à ce théâtre.

— Au fait, reprend-il, la Gaieté est bien tombée, elle aussi, elle ne vaut guère mieux que la Porte-Saint-Martin; il n'y a vraiment plus que le Vaudeville aujourd'hui qui rapporte encore quelque chose.

— Voyons, père X..., dit le dramaturge impatienté, il ne s'agit pas de vaudeville, mais de drame ; combien me donnez-vous de mes cinq actes de la Porte-Saint-Martin ?

— Eh ! eh ! l'argent est rare, et le public a de la peine à se déranger. C'est un drame moderne ?

— Tout ce qu'il y a de plus moderne.

— Une pièce à habits noirs ?

— Oui.

— Mauvaise idée, l'habit noir fait difficilement de l'argent, c'est triste, c'est lugubre, c'est croque-mort en diable..., ça n'attire pas les femmes... si c'était aussi bien un drame à costumes, dame... nous verrions.

— Votre prix, père X..., je suis pressé. — Attendez donc un peu, ces auteurs, ça croit qu'on n'a qu'à se baisser pour trouver de l'argent... Est-ce bien enchevêtré, bien intrigué, bien *entripaillé ?*

— C'est aussi corsé que *le Sonneur de Saint-Paul.*

— Tant pis ! il n'y a plus que le sentimental qui réussisse ; voyez plutôt *la Grâce de Dieu* et *François le Champi*, aujourd'hui le genre Hugo ferait four, Dumas ne bat plus que d'une aile, Bouchardy lui-même est usé comme une vieille ficelle.

— Ainsi vous ne voulez pas m'acheter mon drame ?

— A vous dire vrai, je n'y tiens pas beaucoup..., à moins que vos prétentions...

— J'en veux trois mille francs.

— Trois mille francs ! vous voulez donc me réduire à la mendicité, vous voulez donc m'assassiner !

— Vous savez bien, père X..., que vous avez gagné six mille francs nets sur mon dernier ouvrage.

— Ils n'ont que des choses semblables à me dire, ces auteurs. J'ai gagné, j'ai gagné... c'est vrai..., mais j'aurais pu perdre. Voulez-vous douze cents francs de votre drame à habits noirs.

— Impossible, père X .., je vous le laisserai au plus juste prix à deux mille cinq cents. Le cinquième acte est superbe, du Shakspeare pur.

— Alors, il n'y a rien de fait, ce sera pour une autre fois.

— Si c'était quinze cents francs, on pourrait peut-être s'arranger.

— Va pour deux mille francs, père X...

— Non, quinze cents.

— Adieu donc, dit le dramaturge en se dirigeant vers la porte.

— Dix-huit cents, crie X...

— Je vous ai dit mon dernier mot.

— Allons, j'accorde les deux mille francs; mais vous me donnerez un acte de vaudeville par-dessus le marché.

On se débat encore pendant quelque temps et le traité est signé.

Au tour d'un autre.

— Monsieur X...? dit un très-jeune homme.

— C'est moi, monsieur, donnez-vous la peine de vous asseoir.

— Monsieur, je désirerais vous céder mes droits sur un vaudeville en trois actes qui se joue demain au Palais-Royal.

— Ah! le vaudeville, mon cher monsieur, c'est un genre bien tombé par le temps qui court; Clairville a tué la chose. Enfin il y a peut-être moyen de s'arranger. Est-ce triste ou gai?

— J'ai la prétention de croire que c'est très-gai, monsieur.

— Mauvaise affaire; je vous donne cinq cents francs de votre pièce, pour qu'il ne soit pas dit que vous vous êtes dérangé pour rien.

— Cinq cents francs un vaudeville en trois actes où il y a un rôle pour Ravel !

— Ravel est grimacier ; j'aurais mieux aimé Grassot.

— Vous êtes servi à souhait, Grassot joue aussi dans ma pièce.

— Tant pis, mon cher monsieur! deux comiques dans le même ouvrage, cela divise l'intérêt et fatigue le spectateur.

— Ainsi, monsieur, vous refusez ?...

— Combien voudriez-vous donc?

— Quinze cents francs.

— N'en parlons plus.

— Je me borne à douze cents francs. C'est être raisonnable.

— Comme c'est la première affaire que je fais avec vous et que j'aime à encourager la jeunesse, je vous en donnerai mille, et vous me céderez vos billets d'auteur ; signez-moi ce papier.

Les mille francs sont comptés, le vaudevilliste s'en va triomphant, et la pièce en question rapportera peut-être six mille francs de bénéfice à l'escompteur dramatique.

Arrive un comédien.

— Bonjour, X...

— Bonjour, mon garçon, qu'avez-vous donc aujourd'hui? Seriez-vous malade?

— Non, mais je ne suis pas content.

— Bah ! vous est-il arrivé quelque malheur ?

— Vous savez bien ce qu'il m'est arrivé. Vos gens ne *soignent* plus mes entrées ni mes sorties, la claque ne résonne plus pour moi ; hier j'ai été *chuté*.

— Ah ! mon Dieu.

— Faites donc l'étonné ; pourtant je n'étais en retard avec vous que de quelques jours.

— Il faut se mettre en règle avec les amis, mon cher, je ne connais que ça, moi.

— Oh ! je le sais bien que vous ne connaissez que ça ; tenez, voilà vos cent cinquante francs mensuels ; j'espère que vous ne m'oublierez plus.

— Comptez sur moi ; vous aurez, pas plus tard que ce soir, une entrée de premier choix, deux salves et des *agréments* tout le long de votre rôle.

— Au revoir.

Une actrice se présente sur le seuil du cabinet.

— Toujours jeune, toujours jolie, toujours charmante, s'é-
crie X..., qui daigne porter la main au bonnet grec qui cache
la nudité de son crâne ; ma parole d'honneur vous êtes le plus
long printemps que j'aie vu au théâtre.

— Écoutez, père X..., il s'agit d'une affaire sérieuse. Je
viens vous demander un service.

— Parlez, ma belle enfant.

— Voici de quoi il *retourne* pour le quart d'heure, on a
donné un de mes rôles à Evelina.

— Un de vos rôles à Evelina !

— C'est comme j'ai *la chose* de vous le dire.

— Mais, c'est très-grave cela.

— Si c'est grave, je le crois bien ?

— Voyons, que puis-je faire ?

— Evelina joue ce soir.

— Bien.

— Il faut qu'elle soit *chutée à mort*.

— Diable ! Evelina est une de mes meilleures pensionnaires,
une paye excellente.

— Combien vous donne-t-elle par mois ?

— Deux cents francs, et chaque premier elle solde rubis
sur l'ongle, c'est une considération.

— Vous pouvez bien lui faire une petite infidélité, une fois
en passant.

— Eh ! eh !

— Si je vous donnais un *billet de cinq* ?

— On ne peut rien vous refuser ; Evelina disparaîtra ce soir
dans le troisième dessous.

L'actrice fait place à un directeur de théâtre.

— Je suis perdu, si vous ne me prêtez pas cinq mille francs
sur-le-champ. Mes acteurs refusent de jouer ; ils veulent être
payés avant la représentation.

— Désolé, mon cher ; je suis à sec.

— Laissez-vous attendrir ; j'ai une pièce qui fait un argent fou, vous le savez bien... Je vous abandonne trois jours de recettes.

— Il me faut huit jours.

— C'est impossible.

— Mettons alors que nous n'avons rien dit.

— Voulez-vous quatre recettes ?

— Huit ; je n'en démords pas.

— Cinq ; et si vous me refusez, je vais chez un autre qui sera peut-être plus raisonnable.

— Allons, je suis bonhomme ; je me contenterai de six recettes, et vous me mettrez à l'étude, la semaine prochaine, deux petits actes charmants que j'ai achetés hier à un jeune homme qui donne les plus belles espérances.

— Mais si vos actes ne valent rien ?

— Vous les ferez retoucher par un faiseur ; je ne m'y oppose pas. Et le malheureux directeur est contraint d'en passer par ces inexorables conditions.

Le soir X..., va d'un théâtre à un autre pour s'assurer si *ses gens* fonctionnent ; puis il fait encore des affaires dans les entr'actes avec des auteurs qu'il rencontre au foyer, et des comédiens qu'il va voir dans les coulisses ; à minuit il rentre chez lui, prêt à recommencer le lendemain. A l'heure où je vous parle, cet homme est trois fois millionnaire, et il ne dépense pas vingt mille francs par année.

— Mais, dis-je à mon interlocuteur quand il eut esquissé le portrait de ce banquier de la littérature dramatique, comment se fait-il que les vaudevillistes et les dramaturges consentent à aliéner pour une misérable somme les productions de leur intelligence, c'est-à-dire leur fortune ?

— Par la même raison qui porte les fils de famille à escompter leur avenir et à faire passer les écus paternels dans les mains des usuriers.

XXVI

En lisant *l'Annuaire,* ou plutôt en le feuilletant au galop et au hasard, je me disais : Ce livre est véritablement le précepteur de l'existence parisienne ; il ne charme pas, mais il instruit ; c'est par lui seul qu'on peut connaître exactement Paris, cet abrégé de l'univers; Paris, le grand consommateur du globe ; le minotaure à qui toutes les nations payent le tribut. C'est pour Paris que le Sibérien va à la chasse de l'hermine et de la martre, que l'Égypte déterre ses momies, que le nègre plante des champs de cannes à sucre, que le chercheur d'or fouille les ruisseaux de la Californie; c'est pour Paris que Saint-Étienne fabrique ses plus belles armes, que Lyon brode ses plus fins tissus, que Marseille lance ses vaisseaux sur tous les océans! Les velours, les guipures, les dentelles, les parfums de l'Orient, les pierreries de l'Inde, le vent tissé et brodé par les fées, les festons et les astragales de toutes les nations, Paris a tout cela, mais tout cela est disséminé à droite et à gauche, à l'ouest et à l'est, au nord et au sud de la grande ville. Le monde entier est dans Paris et Paris est dans l'*Annuaire ;* c'est là que vous trouverez rangées et étiquetées comme des fioles d'apothicaire toutes les professions, toutes les industries, toutes les merveilles. Vous verrez défiler, escadrons par escadrons, nos forgerons, nos architectes, nos hommes politiques, nos tisseurs, nos doreurs, nos imprimeurs, nos magistrats, nos orfévres, nos littérateurs, nos joailliers, nos avocats, nos fleuristes, nos jardiniers, nos artistes. Nous avons huit cent soixante-deux avocats à la cour d'appel, messieurs, et quelque chose comme seize cent quatre-vingt-treize médecins, mesdames ! Avez-vous besoin de chaussures ? vous pouvez compter sur le zèle et le cuir de huit cent quatre-vingt-dix-sept bottiers et cordonniers. Six cent soixante architectes sont toujours prêts à dresser des plans et des étages de moellons ; supposez-les tous occupés, et voyez d'ici quelles myriades de phalanstères vont improviser tous ces artistes de la pierre de taille.

Si tu te promènes par les rues ou sur les boulvards en flâneur, ô Parisien de Paris, des départements ou de l'étranger, n'oublie pas que tu as toujours à ta disposition cinq cent soixante-quatre cafés et estaminets et six cent quatre-vingt-quatorze restaurants, ouverts à tous les estomacs et à toutes les bourses, depuis le restaurant de la Maison-d'Or, où l'on dîne à quarante francs par tête, jusqu'à l'établissement non moins célèbre de *l'azard de la fourchette,* dont l'addition ne peut jamais excéder la somme de cinq centimes ; tu trouveras encore sur ta route huit cent quarante-cinq marchands de vins en gros, quatorze cent soixante-dix-huit débitants de vins en détail, quatre cent quatre-vingt-quinze bouchers, cent quatre-vingt-huit charcutiers, six cents boulangers, sans compter deux cent cinquante-trois chaudronniers, trois cent quinze corroyeurs, six cent soixante ébénistes, six fabricants de queues de billards, vingt-neuf pédicures, quarante-cinq marchands de cirage, dix-sept fabricants de cartes à jouer, quarante-deux bureaux de placements, soixante quinze chocolatiers, six cent trente-trois marchandes de modes, deux cent vingt-huit marchands de rubans, trois cent quarante-deux gantiers, trois cent trente-six fabricants de parapluies, cent vingt lapidaires ; quatre cent dix-neuf fleuristes, et deux cent cinquante-deux pensionnats de demoiselles. *Boarding chool for young ladies,* c'est ainsi que cela s'écrit et se prononce aujourd'hui en français.

Ce n'est pas tout, il ne faut pas moins de neuf cent trente-six tailleurs pour habiller Paris ; aussi Paris est-elle la ville la mieux vêtue du globe. Paris a un habit noir et un gilet échancré pour toutes les circonstances, pour aller à la bourse, au bal, chez sa maîtresse et à l'enterrement. La province garde encore

comme une tradition économique l'habit des dimanches ;
Paris n'a que des dimanches dans tout le cours de l'année, et
c'est pourquoi Paris a tant de tailleurs, sans compter les portiers,
qui sont pour la plupart des tailleurs méconnus. On s'est beaucoup moqué de l'épicier, et l'on comprend tout de suite la jalousie qu'a dû exciter ce débitant élémentaire, qui s'est multiplié
dans ces dernières années comme les pains de l'Évangile.
Plantez un épicier quelque part, il en poussera mille. Paris
possède, pour le quart d'heure, dix-neuf cent soixante-treize
membres de cette corporation formidable. Étonnez-vous, après
cela, qu'un gouvernement qui reposait sur cette base se soit
cru éternel! Que l'homme de lettres ne se plaigne plus dorénavant de la rareté des éditeurs. J'ai compté les libraires
parisiens : ils forment une phalange composée de sept cent
quarante-cinq individus, plus disposés, il est vrai, à vendre des
livres au public qu'à acheter des manuscrits aux auteurs. A
défaut d'éditeurs, l'homme de lettres a sous la main quatre-
vingt-deux maîtres en typographie et munis d'un brevet du
gouvernement. Pour peu qu'il appartienne à une des quarante-
deux sociétés plus ou moins savantes, telles que l'Athénée
des arts, l'Institut historique, la Société entomologique, la
Société asiatique, la Société phrénologique, la Réunion des
enfants du délire, d'Apollon, etc., il sera bien malheureux
s'il ne trouve pas un typographe qui consente à l'imprimer
tout vif... pour son argent. L'artiste qui débute n'est pas non
plus en droit de se récrier; il peut porter ses improvisations
sur toile dans cinquante-trois magasins; les propriétaires de
ces boutiques artistiques et de bric-à-brac sont toujours enchan-
tés de pouvoir fournir des Murillo et des Rubens inférieurs,
aux banquiers amis des arts, qui veulent décorer leur salon à
l'aide de n'importe quoi. Enfin, sans vouloir épuiser toutes les
catégories de cet *Annuaire* universel, qu'il me soit permis de
dire au Parisien qu'il possède également trois cent dix-neuf
marchands de bois et de charbon en gros ; quarante-deux

fabriques de bougies diaphanes, cyrogènes, stéariques, célestes, du soleil, de l'étoile, du phénix, de l'éclipse, de blanc de
baleine, bougies de cire mélangée, bougies où il n'entre que
de la cire pure et bougies où il n'entre que du suif. Paris
compte encore cinquante-trois fabriques de bouteilles ; trente
fabriques de briquets phosphoriques, hydroplatiniques ou
phlogosaïdes (où diable le grec va-t-il se nicher ?); dix-huit
chasubliers ; cinquante-cinq marchands de chevaux ; trois cent
quarante-six couteliers ; trois cent cinquante-sept graveurs,
et soixante-seize crémiers ; et si le lecteur veut bien songer que
je n'ai pas donné le quart de toutes les catégories industrielles
contenues dans l'*Annuaire*, il peut se faire une idée de toutes
les industries brassées pour le Parisien, de tous les commerces
établis pour le Parisien, de toutes les professions inventées
pour le Parisien, cet être caressé, choyé, adulé, et qui serait
aussi le plus heureux des mortels s'il connaissait son bonheur
et son *Annuaire*

> O fortunatos nimium !...

La partie la plus aride de ce livre est sans contredit la liste
générale des adresses, et pour qui sait lire cependant, la lecture de cette liste offre encore un certain attrait. On est étonné
que tant de gens qui ne sont ni parents ni alliés et qui ne se
ressemblent guère portent le même nom et jusqu'au même
prénom. J'ai eu la patience de compter deux cent soixante-trois
Lacroix, cent quatre-vingt-sept Henry, deux cent trente-deux
Bernard, cent quarante-trois Leblanc, quatre-vingt-six Lerouge
et soixante-quatre Levert. Je ne parle ni des Legris, ni des
Leroux, ni des Lenoir. Vous comprenez que dans ce vocabulaire, comme à la foire, il en est plus d'un qui se nomme
Martin, Gautier, Garnier, François, Dupont, Bonnet, Barbier,
Gérard, Lefebvre, Legrand, Legras, Legros, Lejeune, Leroy,
Lambert sont plutôt des noms communs que des noms pro-

pres. En revanche, il n'y a guère que cinq ou six Hugo, quatre Sainte-Beuve, trois Berlioz, et un seul Lamartine. Je profite de la circonstance pour présenter mes compliments à Jules Janin et pour l'avertir qu'un de ses rares homonymes a l'audace de vendre des tripes à la mode de Caen, rue Montorgueil, n° 17.

XXVII

Il y a longtemps déjà qu'on a dit que les novateurs de notre époque n'avaient rien inventé, et qu'on pourrait indiquer la source précise où chacun de ces empiriques philosophiques était allé puiser sa panacée sociale. M. Proudhon, ce grand démolisseur de réputations et de systèmes, a été un des premiers à assigner une filiation directe aux idées de ses antagonistes et confrères en idéologie. Louis Blanc, Pierre Leroux, Considérant, Cabet, Owen, Fourier, tous les sectaires de notre temps ne procèdent pas seulement des illuminés du seizième siècle, ils en sont les contrefacteurs. Toutes les théories ambitieuses que la réclame apostolique nous a présentées comme un nouveau remède aux souffrances humaines, ne sont en définitive qu'une drogue métaphysique déjà expérimentée dans la pharmacie spéculative du passé. Figaro a dit : On est toujours le fils de quelqu'un! A la bonne heure; mais il ne faut pas afficher la prétention d'être un ancêtre, quand on n'est qu'un descendant.

Le mouvement que nous avons vu s'accomplir sous nos yeux dans ces dernières années, cet élan de certains esprits vers un idéal chimérique, n'est pas un fait nouveau dans l'histoire des aberrations humaines. Tout le seizième siècle a été témoin d'une agitation semblable à celle qui, de nos jours, sollicite un si grand nombre d'imaginations maladives. Dans ce temps-là, comme à l'heure où nous sommes, il se trouvait des théoriciens aventureux qui ne craignaient pas de jeter au vent de la publicité des plans de réformation universelle. Campanella, un des penseurs les plus originaux et les plus hardis de la renaissance philosophique en Italie, ne se contenta pas seulement de reconnaître comme source unique de toute science et de toute philosophie l'étude expérimentale de la nature, il anticipa dans sa *Cité du Soleil* sur ce que les utopies sociales ont aujourd'hui de plus audacieux. Jean de Leyde, Thomas Morus, tous les grands pères du socialisme contemporain, datent de cette époque, où les esprits, en haine de la compression du moyen âge, battaient des ailes un peu au hasard dans les champs de la fantaisie philosophique. Seulement ce que les inventeurs ont donné pour d'ingénieuses utopies, les plagiaires voudraient l'imposer comme le *criterium* de la science nouvelle ; ce qui était un jeu d'esprit pour les premiers, est un code pour les seconds. Ce sont les rêveurs qui, à leur insu, ont compromis la sécurité sociale. Platon, en écrivant sa *République*, savait bien à quel peuple fin et spirituel il avait affaire, et il ne se doutait guère qu'à deux mille ans de distance il engendrerait Cabet et Pierre Leroux.

Ces réflexions préliminaires nous sont suggérées par la lecture d'un livre très-curieux et très-rare, intitulé : *Les Mondes célestes, terrestres et infernaux,* imprimé à Lyon, en 1578, avec privilége du roi, et traduit d'un auteur italien, Doni, qui, selon toute probabilité, devait être un élève de Campanella (1).

Ce livre contient tout bonnement l'idée du phalanstère; il la contient non pas en germe, mais tout entière, avec les détails, les imaginations et les fantaisies dont Fourier a émaillé sa cosmogonie harmonienne. Afin de rendre plus accessible à toutes les intelligences la description de son *Nouveau Monde,*

(1) Le titre de l'ouvrage original italien est : *I Mondi celesti, terrestri e infernali degli accademici pellegrini;* Venise, 1552, 1553, 2 parties in-4°.

11.

l'auteur du livre italien place en tête le dessin de la ville modèle où nous ferons tout à l'heure pénétrer le lecteur. Si, dans les passages que nous allons donner, on reconnaît, à ne pouvoir s'y méprendre, le phalanstère, Fourier ne sera pas seulement le plus aimable des mystificateurs ainsi que l'appelle M. Proudhon, déjà cité, il sera surtout le plus audacieux des plagiaires.

Selon Fourier, la terre est mal divisée, mal peuplée, mal gouvernée. Les villages, les villes, les empires, les républiques, tout cela existe au hasard. Pour lui, la société civilisée est la barbarie. A la place de cette société, il propose comme idéal la société garantiste. Dans la pensée du maître et des disciples, la société garantiste sera un immense échiquier divisé en une infinité de cases dans lesquelles les travailleurs passionnels seront répartis en groupes, en séries et en phalanges ; la lutte entre la passion et le devoir sera supprimée, la tendance des passions se manifestant d'elle-même et forcément vers la règle du devoir par la force impulsive de l'attraction.

Le monde se modifiera de lui-même sous l'empire de la loi harmonienne. Le monde doit avoir une durée de quatre-vingt mille années. Quarante mille ans d'ascendance, quarante mille ans de descendance. A l'heure qu'il est, le monde est à peine adulte ; il n'a connu jusqu'ici que l'existence irrégulière, chétive et irraisonnable de l'enfance. Il passera au premier jour dans sa période de jeunesse, puis dans la maturité, point culminant de bonheur, pour descendre ensuite vers la décrépitude. Ainsi le veut la loi inexorable de l'analogie. Le monde, comme l'homme, comme la plante, doit naître, se développer et périr. Qu'arrivera-t-il après? Je n'en sais rien, ni Fourier non plus.

Je ne parle pas pour le moment du mariage des astres, des rapports des sexes entre eux et des océans de limonade ; je dirai plus tard à qui Fourier a fait ces emprunts sans nommer les empruntés, car c'est une chose assez singulière à signaler que ce grand inventeur n'est que l'éditeur responsable des plus monstrueuses absurdités de la chose phalanstérienne ; il n'a rien inventé, pas même la queue oculaire ; je le prouverai tout à l'heure. Charles Nodier a écrit quelque part : « La vérité est limitée, l'absurde ne l'est pas. » Cet aphorisme a du vrai ; pourtant je me permettrai de faire remarquer que les novateurs anciens avaient poussé si loin déjà les limites de l'absurde, qu'il n'a pas encore été donné aux novateurs modernes de les franchir. Arrivons maintenant à notre livre de 1578, imprimé avec privilége du roi.

L'auteur prend deux personnages, un sage et un fou, et les fait dialoguer. Le sage est le croyant, l'*harmonien*, si l'on veut ; le fou est le *civilisé*, c'est-à-dire l'homme qui n'a pas une foi bien robuste dans les utopies, et qui n'est pas très-disposé à troquer le misérable monde où il se trouve contre le monde merveilleux qu'on lui promet, la proie contre l'ombre.

Le dialogue s'établit ainsi :

Le sage. — Des pèlerins nous menèrent en une grande ville, laquelle estoit bastie en un vray rond, en guise d'une estoile ; il faut que tu t'imagines ce lieu, comme je te le vay désigner sur terre. Voylà donc comme je te marque un rond, pose le cas que ce rond soyent les murailles, et qu'icy, au milieu où je fay ce point, soit un haut temple quatre ou six fois aussi grand que la Cupola de Florence.

Le fou arrête son interlocuteur et lui fait cette réponse sensée :

— Il faudra que tu changes ton nom pour prendre le mien, pour ce que tu as des propos d'un fol.

Le sage. — Escoute néanmoins. Ce temple avoit cent portes, lesquelles venoyent de droicte ligne comme les rayons d'une estoile, aux murailles de la ville, laquelle avoit semblablement cent portes, et même y avoit cent rues. Au moyen de quoi celuy qui estoit au milieu du temple et se tournoit en rond venoit à voir toute la ville sans se bouger d'un lieu.

N'est-ce pas, moins le nombre un peu exagéré des portes, la description du phalanstère ?

Le sage arrive ensuite aux *séries* de Fourier.

— En chacune rue de la ville s'exerçoyent les arts ou mestiers. Car d'un costé estoyent, comme vous pourriez dire tous les cousturiers, et de l'autre les boutiques de drapperie : en une autre rue voyoit on d'un costé les apoticaires et de l'autre costé les médecins, et en un autre tous les cordonniers d'un costé, et tous les corroyeurs de l'autre ; en un autre les fourniers qui faisoyent le pain, et vis-à-vis les monniers qui mouloyent le bled à sec ; en une autre rue des femmes qui filoyent, et de l'autre costé des tisserands. Pourquoy y avoit jusques à deux cents arts et mestiers, et *chacun ne faisoit autre chose que celle qu'il entendoit.*

Toute la théorie de l'attraction passionnelle est contenue dans cette dernière ligne.

Ce n'est pas tout, Fourier assure que les maladies disparaîtront dans la société garantiste. Voici comment s'exprimait à ce sujet le sage du seizième siècle :

— Il alloit (le malade) en la rue des hospitaux où il estoit pansé et visité des médecins qui n'avoient autre chose à faire, et lesquels estoient bien expérimentez et sçavans, de manière que les malades estoient soudain guariz.

— Ah ! qu'il faschoit bien à un riche d'aller à l'hospital, s'écrie le fou.

— Que penses-tu ? répond le sage. L'un n'estoit là plus riche que l'autre ; chacun estoit égal au manger, au vestir, et avoit autant en sa maison l'un que l'autre (Théorie du communisme pur).

Le fol. — A naître comment alloit-il ?

Le sage. — Il y avoit une rue ou deux de femmes, et estoit le tout commun. Au moyen de quoy on ne congnoissoit aucune parenté et ne sçavoit aucun de qui il estoit fils, et en cette manière la chose estoit égalle pour ce que l'homme naissant estoit nourry et élevé, et quand il venoit en âge on le faisoit ou bien étudier ou apprendre un métier, selon l'inclination de son esprit.

Le fou ne peut s'empêcher de hasarder quelques timides objections, mais le sage lui prouve que ce système est le meilleur ; plus d'ennuis de ménage, plus de drames sanglants entre mari et femme. Il arrive même un moment où le sage donne la définition de *la papillonne*.

— Pour aucuns le changement de femelle est chose nécescessaire et utile, dit ce Joconde socialiste. Puis il continue:

— Avoir une, deux, trois cent et mille femmes au commendement de vostre seigneurie ne vous fera pas entrer en dispute ou jalousie, car l'amour se perd, et ce d'autant plus aisément que l'homme s'est accoustumé à ceste loy et ordinaire sans amour.

Le fol. — Mais si quelqu'un fust devenu amoureux?

Le sage va répondre à cette objection exactement dans les termes dont se sert Fourier.

— Says-tu pas que l'amour consiste en la privation de la chose aimée? En cette difficulté passent incontinent semblables appétits.

Le sage explique ensuite que le nouveau monde ne combattant aucun penchant, on respecte ainsi les personnes qui pratiquent la chasteté. Ce sont les *vestales* et les *vestels* de la société harmonienne.

Fourier a beaucoup songé au perfectionnement de la race humaine. Le sage de 1578 dit aussi son mot sur l'*élève* de l'homme et de la femme ; mais le passage où il est question du haras harmonien ne peut être reproduit ici : qu'il vous suffise de savoir qu'à l'aide de *juleps et scirops on rend les hommes beaux, bons, sains et virils* et n'est point la dommageable ains fort utile : pourquoy ceux-là s'en peuvent servir quand il y a occasion légitime.

Fourier, lui, n'a pas besoin de confectionner des sirops et

des juleps ; la mer changée en limonade est la meilleure po-
tion contre toute maladie ; ce breuvage rafraîchissant donne
la plus grande force et la plus grande virilité.

Cependant je dois l'avouer, Fourier n'a pas été aussi loin
que le sage du seizième siècle sur le point suivant :

— Que faisoit-on, demande le fou, des enfans tortus, bossus,
boiteux et louches ?

— Il y avoit un grand puits, répond tranquillement l'interlocuteur, où l'on les jettoit aussi tost qu'ils estoient nez ; au
moyen de quoy on n'y voyoit point telle difformité.

Un fait extraordinaire à constater : tous les rêveurs en prose
socialiste sont impitoyables pour les poëtes, ces rêveurs innocents ; Platon les excluait de sa république, le sage du nouveau monde ne les traite guère mieux.

— Les poëtes, dit-il, ont trouvé plus d'hydres, plus de dieux,
plus d'ombres, plus de fadaises que les astrologues n'ont inventé et songé de folies. Dans le monde nouveau, il y avoit des
poëtes, mais il leur falloit bien mettre la main à faire autre
chose que des vers, comme vous pourriez dire à pescher, à
chasser, à faire rets et autres mestiers.

Cela me rappelle ce qui arriva après février à une députa-
tion d'écrivains qui s'était rendue au Luxembourg et à qui
l'on répondit : Nous ne pouvons que vous envoyer aux ateliers
nationaux.

Le dialogue se termine comme tous les dialogues de cette
espèce ; le sage l'emporte sur toute la ligne, et le fou, qui joue
le rôle de Pitre dans cette parade humanitaire, finit par s'a-
vouer vaincu. M. Cantagrel n'a pas eu besoin de recourir à
un autre procédé quand il a écrit le *Fou du Palais Royal*.

Nous n'avons cité que quelques extraits, mais ces passages
ne prouvent-ils pas surabondamment que Fourier n'a fait que
copier les novateurs ses devanciers ? N'est-ce pas le même système, les mêmes folies, et je dirai presque les mêmes mots ?
N'est-ce pas toujours et sans cesse l'exaltation de la brute ? un

appel incessant aux instincts, aux passions et au bien-être ?
Dans tout cela où est l'âme ? Où est Dieu ? Est-il seulement
question du devoir ? *Jouir*, voilà le dernier mot de tous ces
systèmes qui aspirent modestement à la domination du monde ;
et ils ne s'aperçoivent pas, les malheureux ! que leur société
si elle était possible, serait cent fois plus triste que le couvent,
que dis-je, que le bagne.

J'ai dit au début de cet article que Fourier n'avait pas même
inventé ses drôleries harmoniennes ; je tiens à le prouver.
Si l'on trouve dans l'ouvrage dont nous venons de donner quelques extraits, l'idée du phalanstère, on trouve le mariage
des constellations produisant les mers de sirop et de limonade,
ainsi que l'augmentation de l'épine dorsale humaine en forme
de queue, dans la *Philosophie de M. Nicholas*, par Restif de la
Bretonne, 1796, 3 vol. in-12. Cela explique comment, par ac-
quit de conscience et sans allégation de motifs, Restif de la
Bretonne a été placé parmi les saints du calendrier phalanstérien, ce dont personne n'avait eu le mot jusqu'à ce jour.

XXVIII

Voici bien longtemps déjà qu'on s'acharne contre l'Académie. Feuilletonistes, journalistes, hommes de lettres, c'est à
qui décochera, en se jouant, son trait contre l'aréopage. Il y a
sur ce sujet des plaisanteries stéréotypées et qui réussissent
toujours dans un certain monde. Si c'est une mode, elle date
de loin, puisqu'elle a été introduite par un des esprits les plus
rétifs et les plus débraillés du dernier siècle, par l'auteur de
la *Métromanie*. Cependant, pour peu qu'on ne soit pas d'humeur à se contenter de quelques épigrammes émoussées, de
quelques jeux de mots d'une longévité respectable, on se con-
vaincra facilement que l'Académie française est aujourd'hui ce
qu'elle était hier, ce qu'elle a toujours été depuis Richelieu : le

sénat des traditions, du goût et de l'urbanité, le panthéon des vivants glorieux, le salon des mœurs, des élégances et de l'esprit littéraire, salon dont la porte est toujours ouverte, depuis quarante ans surtout, à quiconque a le droit de s'y présenter et d'y être admis.

Les gens de lettres, dans ces derniers temps, avaient singulièrement circonscrit le domaine littéraire. En dépit des institutions, nouvelles alors, et déjà disparues aujourd'hui, qui avaient créé une éloquence parlementaire et une littérature politique, ils ne donnaient droit de bourgeoisie qu'à trois ou quatre genres, dans la république très-aristocratique des lettres : le drame, le roman, la poésie et l'histoire. A leurs yeux, tout le reste ne comptait pas. L'Académie n'a pas été de cet avis. A-t-elle eu tort ? En se recrutant parmi les diverses célébrités du monde intellectuel, n'est-elle pas au contraire restée fidèle à ses traditions? N'a-t-elle pas obéi à la pensée de son fondateur? Et pour répondre tout de suite au plus terrible reproche qui ait été adressé, de nos jours, à l'illustre compagnie, au reproche d'avoir reçu dans son sein des grands seigneurs (le mot est dit), à l'exclusion de littérateurs célèbres, pourrait-on me citer, à l'heure présente, l'écrivain dont l'attente prolongée sous le vestibule académique soit un scandale public? Qu'on n'oppose pas Béranger, qui se tient systématiquement à l'écart. N'oublions pas non plus de signaler, en passant, que de ces grands seigneurs appelés à l'honneur de siéger au fauteuil, la plupart ont par devers eux des titres dont s'enorgueillirait à bon droit plus d'un orgueilleux plébéien.

Quoi qu'il en soit, on ne contestera pas son dernier choix à l'Académie. De tous les poëtes de la jeune génération, le nouvel élu est sans contredit un des plus audacieux et des plus sympathiques. L'auteur de *Rolla* a quarante ans à peine, et, depuis des années déjà, sa réputation est solidement établie. La gloire est venue le prendre par la main au sortir du collège, et, caprice étrange! ne l'a plus abandonné depuis. Toutes les strophes poétiques écloses de ce charmant esprit n'ont, pour ainsi dire, rien perdu de leur éclat et de leur parfum printanier. Ninon et Ninette sont aussi fraîches et aussi jeunes aujourd'hui qu'elles l'étaient à l'heure matinale où elles naquirent, sœurs de grâce, de jeunesse et de beauté, d'un souffle amoureux de la Muse.

NINON.

L'eau, la terre, les vents, tout s'emplit d'harmonies ;
Un jeune rossignol chante au fond de mon cœur,
J'entends sous les roseaux murmurer des génies ;
Ai-je des sens nouveaux inconnus à ma sœur ?

NINETTE.

Pourquoi ne puis-je voir, sans plaisir et sans peine,
Les baisers du zéphir trembler sur la fontaine ?
Et l'ombre des tilleuls passer sur mes bras nus ?
Ma sœur est un enfant et je le ne suis plus.

NINON.

O fleurs des nuits d'été. Magnifique nature !
O plantes, ô rameaux l'un dans l'autre enlacés !

NINETTE.

O feuilles des palmiers, reines de la verdure,
Qui versez vos amours dans les vents embrasés !

M. Alfred de Musset était à peine un adolescent lorsqu'il débuta. C'était vers 1830. Le moment était à l'audace, aux tentatives de toutes sortes, et au mépris des voies frayées. Les Grecs et les Romains venaient de recevoir leurs lettres de rappel, le vieil olympe n'existait plus que comme un monticule géographique, — on cherchait d'autres dieux littéraires, on se réfugiait à l'Ombre du moyen-âge sous le porche des cathédrales ou des vieilles abbayes. Toutes les légendes, toutes les ballades de la Germanie avaient passé de ce côté du Rhin. M. Alfred de Musset eut tout de suite horreur de cet aspect sentimental et grave, et pour marquer sa séparation d'avec les poëtes en renom alors, il se mit à courir la prétentaine et à faire de la poésie buissonnière en Espagne et en Italie. Barcelonne, Séville, Cadix,

12

Vérone, Venise, il visita ces villes tour à tour sans sortir de Paris. La mélancolie, cette fleur plantée dans notre siècle par Châteaubriand et arrosée par M. de Lamartine, foisonnait dans les jardinières des poëtes du temps ; M. de Musset, lui, étala sur sa fenêtre des caisses d'oranger, de myrte et de jasmin d'Espagne ; il chantonna ses romances galantes, ses *boleros* de la Chaussée-d'Antin, et mit à la mode des Andalouses comme il n'en avait jamais existé en Andalousie. Un beau jour, il fut assez heureux pour trouver au fond de son écritoire ce fameux point sur un *i*, qui ameuta contre le poëte tous les professeurs de rhétorique. Précieuse trouvaille ! ce point sur l'*i* fut un coup de pistolet qui fit mettre toute la gent littéraire à la fenêtre ; innocente détonation, celle-là, et qui n'a blessé personne.

Eût-il débuté plus simplement, M. Alfred de Musset, avec la vraie flamme qui était en lui, fut bientôt arrivé à se distinguer manifestement des poëtes dont le voisinage l'incommodait, et il n'eût pas eu à expliquer plus tard quelques singularités dont il a déploré le succès quand la gloire sérieuse est venue le visiter. Ceci bien constaté une fois pour toutes, il serait difficile de tenir longtemps rigueur au poëte devenu célèbre, parce que le débutant, impatient de se produire au grand jour, aurait fait au faux goût de ces sacrifices volontaires qui abrègent de quelques étapes le rude chemin de la célébrité.

Les Contes d'Espagne marquent donc l'enfance lyrique de M. Alferd de Musset :

> Mes premiers vers sont d'un enfant,
> Les seconds d'un adolescent,
> Les derniers à peine d'un homme.

a-t-il dit quelque part. (Les poëtes seraient bien fâchés, si on les prenait au mot, dans les aveux qu'ils font parfois au public.) Mais cette enfance est pleine d'éclat, de verve et de poésie. Après l'enfance la jeunesse, la jeunesse de M. de Musset c'est le *Spectacle dans un fauteuil*, c'est-à-dire la *Coupe et les lèvres,*

Namouna, *Rolla*, *A quoi rêvent les jeunes filles* ? des senteurs
de lauriers-roses, des bouquets de pervenche et d'églantine, des
bouffées de printemps. Là, cependant, vous retrouverez quelques-uns des défauts des *Contes d'Espagne et d'Italie*, des personnages qui n'existent nulle part, si ce n'est dans le monde des
conventions littéraires, des pensées un peu crues, très-crûment
exprimées, des poëmes sans composition qui ne sont que des
divagations merveilleuses, et, reproche plus grave encore! ce
qui domine dans la première manière de M. de Musset, ce
n'est pas seulement l'allure cavalière et tapageuse, mais bien
une affectation très-marquée à se moquer de certaines idées et
de certaines choses fort respectables. Les héros et la plupart des
héroïnes du poëte ont un ton leste et débraillé qui sort quelquefois de toutes les traditions vraiment littéraires. Je suis sûr
que don Rafaël, Belcolor, Mardoche, Hassan vont être bien en-
chantés et en même temps un peu étonnés, quand tous ces les-
tes personnages apprendront que M. Alfred de Musset est devenu un grave académicien et qu'il a débité comme tout le
monde son discours en plein aréopage! Si la Camargo n'im-
provise pas sur ce sujet quelque spirituel quatrain, c'est que
la vive personne sera entrée au couvent pour faire pénitence!
Le *Spectacle dans un fauteuil* est un livre plein de contrastes.
Tout s'y trouve pêle-mêle et un peu au hasard, du lyrisme, de
la grâce, des nudités, de l'esprit, de la finesse, et en somme
beaucoup trop de matérialisme. Jamais la poésie française n'a-
vait encore été à pareille fête, avec plus de mouches sur la
joue, plus de lis sur le sein, plus de fleurs dans les cheveux,
mais jamais non plus elle ne s'y était rendue en jupon plus
court.

M. Sainte-Beuve, ayant à juger le poëme de *Namouna*, disait
il y a quelques années, à propos du personnage de don Juan,
le candide corrupteur : « Le poëte n'est parvenu qu'à évoquer,
à revêtir un moment par sa magie, une abstraction impossible.
Les mots ne se battent pas sur le papier, on l'a dit. De telles

vertus et de tels vices ainsi combinés et contrastés dans un même être, c'est bon à écrire, et surtout à chanter (est-ce réellement bon, même à chanter ?), mais ce n'est pas vrai humainement ni naturellement. Et puis, pourquoi nous mettre dans cette alternative absolue d'avoir à choisir entre les deux espèces de roués ? Est-ce que la poésie existerait moins, ô poëte, s'il n'y avait pas de roués du tout ? Dans le groupe sacré des Champs-Élysées de Virgile, où les plus grands des mortels figurent, il y a place au premier rang pour les poëtes pieux, c'est-à-dire pleinement humains et qui ont rendu avec émotion et tendresse les larges accents de la nature :

Quique pii vates et Phœbo digna locuti.

Combien de tels raffinements étaient loin d'approcher de ces hautes et saines pensées. »

Et malgré toutes ces critiques, il faut bien finir par avouer que l'œuvre lyrique de M. Alfred de Musset est remarquable, que les défauts, si grands soient-ils, y sont rachetés par de plus grandes qualités. De toutes les fleurs cueillies, il y a déjà vingt ans, dans le jardin de la fantaisie, par cette main leste et téméraire, quelques-unes ont encore tout l'éclat, toute la fraîcheur, toute la grâce de la première heure. Des vers restés jeunes, vigoureux, vaillants, *contemporains*, après vingt années, quoi de plus rare, dans notre temps surtout ! Vingt ans, c'est presque un avant-goût de la postérité ! Que l'on parcoure les œuvres poétiques publiées vers l'époque où parut le *Spectacle dans un fauteuil*, et l'on verra comme tout cela a vieilli, comme toutes ces gerbes naguère odorantes se sont vite desséchées au souffle du temps ! De la flore romantique (cela s'appelait encore ainsi hier) que reste-t-il aujourd'hui ? trois ou quatre plantes vivaces tout au plus. Parmi les poëtes de l'école moderne, M. Alfred de Musset est un de ceux qui *datent* le moins, et il y a même çà et là dans son œuvre des morceaux qui ne porteront jamais l'empreinte fatale du millésime.

Le *Spectacle dans un fauteuil* avait paru en 1832. A partir de cette époque, M. Alfred de Musset se repose pendant quelques années sur les myrthes et les lauriers de sa jeunesse. Puis vers 1840 il se réveille et publie quatre pièces ou plutôt quatre poëmes intitulés les *Nuits*, et qui marquent l'élévation la plus haute de son talent lyrique. Que nous voilà bien loin des folles marquises d'autrefois! il y a entre les *Contes d'Espagne* et les *Nuits d'août* et *de décembre* toute la distance qui sépare l'adolescence de la maturité, l'insouciance de la douleur; dans ces huit années le poëte a aimé, il a souffert, il a vécu. La passion qu'il n'avait jusqu'alors exprimée qu'à l'aide de cette merveilleuse intuition particulière aux lyriques, il vient de la ressentir. Son cœur meurtri déborde pour la première fois, et de la blessure de ce cœur les sanglots s'échappent en strophes harmonieuses. Plus de traces de réminiscences, ni d'affectation, plus de sarcasme, plus de parti pris; tout ce qu'il dit est vrai, simple, éloquent, humain; encore une fois il a souffert, et c'est sa douleur qui l'inspire. L'expérience de la vie a débarrassé son âme des scories matérialistes. Il s'est épuré dans l'amour et dans la souffrance. On n'avait rien entendu de plus beau, de plus saisissant, de plus pur, depuis les élégies de *Sorrente* et du *Lac*, ces *novissima verba* de la poésie moderne.

La fortune littéraire a de singuliers caprices! En cette années 1840, qui marque l'heure solennelle du talent de M. de Musset, et dans les trois ou quatre années qui suivirent, la réputation de l'auteur des *Quatre nuits* était réelle, mais le charme de cette lyre mélodieuse n'était goûté que par un nombre encore restreint d'admirateurs. M. de Musset avait son public, mais il n'avait pas le public. Les esprits délicats, les *dilettanti* littéraires, la jeunesse qui va droit à ce qui est franchement original, avaient depuis longtemps apprécié cette verdeur cavalière et cette grâce sans seconde. Les hôtes studieux de la rive gauche savaient par cœur tous les poëmes des deux

12.

recueils parus. Dans le quartier des écoles, l'admiration pour l'auteur de *Rolla* allait jusqu'au fanatisme ; mais les hommes du monde, mais les femmes surtout ne connaissaient que le nom du poëte. Pour ouvrir aux vers de M. de Musset la porte du salon et du boudoir, il fallut un hasard : une comédienne arrivant un beau matin de Saint-Pétersbourg et révélant aux Parisiens une fine esquisse ensevelie dans une *Revue* et depuis longtemps admirée et applaudie par les Athéniens des bords de la Néva. Le *Caprice*, un gracieux proverbe, mais enfin un proverbe, est donc la clef qui a ouvert aux gens du monde le palais poétique de M. de Musset. Les spirituelles et gracieuses ébauches en prose ont donné aux spectateurs l'envie bien naturelle de connaître les poëmes, et (voilà où l'aventure devient piquante) le principal de l'œuvre s'est ainsi faufilé sur les guéridons, grâce à l'accessoire.

Sans doute le temps de la justice serait toujours venu tôt ou tard ; mais il faut bien reconnaître qu'un hasard heureux a avancé l'heure souriante du triomphe. Depuis cette grande fortune du proverbe, l'esquif de M. de Musset vogue à pleines voiles et l'enthousiasme soulevé tout à coup, au moment où l'on s'y attendait le moins, n'a pas peu contribué à pousser tout doucement le poëte vers le rivage académique. Si M. de Musset est reconnaissant, comme je n'en doute pas, il doit avoir quelque gratitude pour la Russie, qui l'a pour ainsi dire révélé à l'élégante société parisienne. *C'est du Nord aujourd'hui..*, on sait le reste. Voltaire aurait-il raison ?

Disons aussi que de tous les jeunes talents contemporains, M. Alfred de Musset est, sinon le plus académique, du moins un des plus dignes de l'honneur du fauteuil. Dans ce temps où les poëtes, je parle des plus célèbres, ne craignent pas de couper ses ailes à la Muse pour l'atteler à la charrette du roman-feuilleton, l'Académie ne pouvait mieux faire que d'appeler à elle ce jeune homme, qui a toujours maintenu son génie sur les cimes les plus élevées de l'art. La docte compagnie a le droit d'exiger, de ceux qui briguent ses suffrages, un grand respect de soi-même, et une certaine tenue ; elle ne saurait se montrer trop formaliste sur ce point. Qu'il soit bien établi, une fois pour toutes, qu'il y a deux manières bien distinctes d'être littérateur, et qu'il faut, de bonne heure, choisir entre l'étude calme, patiente, qui produit à son heure une œuvre sérieuse, et cette déplorable facilité à enfanter un volume par semaine. Aux uns, les honneurs et la considération qui s'y rattachent ; aux autres, le gain, le succès éphémère et la notoriété qui n'a rien de commun avec la célébrité.

Qu'il me soit permis de dire maintenant deux mots des ouvrages en prose de M. de Musset. Comme prosateur, il est un peu parent de Brantôme, dont il a la grâce et la facilité dans les récits ; de Bussy Rabutin, à qui il emprunte sa malice gauloise ; et aussi de Marivaux, qui lui a passé ce délicat microscope à l'aide duquel il étudiait les fibres les plus imperceptibles du cœur humain. Avec une telle généalogie, il est bien permis de ne pas entreprendre une comédie humaine avec ses infinis détails, ou d'invoquer la muse tragique avec ses complications et ses catastrophes. Dans ses nouvelles et ses petits romans, M. de Musset excelle surtout dans la peinture d'un sentiment ou d'une passion ; ainsi, par exemple, M. de Musset a traité ce sujet immortel, et toujours nouveau, du véritable amour de la courtisane, de la virginité du cœur alliée à l'impureté du corps, *Frédéric et Bernerette*. Un autre avait créé avant lui *Manon Lescaut* ; et, sans doute, Bernerette n'est pas étrangère à d'autres productions venues plus tard ; je la crois, pour ma part, la sœur aînée de la *Dame aux Camélias*, ce grand succès d'hier dont il n'est déjà plus question aujourd'hui.

Qu'est-ce que cette nouvelle de *Frédéric et Bernerette* pour qu'on l'ait distinguée entre toutes ? Presque rien ; un épisode trop ordinaire de la vie de Paris, une amourette de grisette et d'étudiant. La jeune fille a commencé par une enfance misérable ; maltraitée jusqu'à quinze ans, elle a été vendue à seize, puis jetée, à la grâce de Dieu, sur le pavé ; là, vivant au jour le jour, elle a passé par toutes les banales amours qui font parcourir à la femme l'échelle de la fortune et de la honte ; elle ne songeait à rien, quand une tête studieuse de jeune homme lui est apparue ; les deux enfants se sont aimés, se sont quittés, puis repris. Pour Frédéric, le soin de son avenir, un mariage avorté, l'autorité paternelle ; pour Bernerette, le besoin du pain quotidien, l'oisiveté fatale ont été cause de bien des brouilles et des raccommodements ; puis le père est intervenu, l'amante s'est dévouée et s'y est prise à deux fois pour mourir ; ainsi de Manon Lescaut et de toutes les autres. L'histoire ne varie guère. Que ces passions se montrent naïves, comme dans la nouvelle de M. de Musset ; qu'elles soient tragiques et terribles comme dans les créations de l'abbé Prévost ; toujours faut-il, pour dénoûment, la mort de la Madeleine repentante. Quant à l'amoureux, il survit quelquefois, et souvent il vit heureux et sans remords : c'est là un fond bien vieux et toujours jeune. Le mérite de M. de Musset c'est d'avoir été simple, vrai, touchant même là où tant d'autres sont tombés dans le sentimentalisme et la déclamation.

Le caractère de la nouvelle de *Frédéric et Bernerette* est le caractère général des autres petits romans de l'auteur. Dans ses *comédies* et ses *proverbes* se retrouve tout entière la verve frondeuse des premières poésies ; mais le pétillement des antithèses, le croisement de tous ces traits d'esprit qui étincellent, la délicatesse précieuse et recherchée des détails, la finesse exagérée des personnages, mêlent un peu trop à l'élément Sévigné, si l'on peut ainsi parler, l'élément Marivaux et Dorat. Le dialogue est charmant, mais parfois trop joli ; les situations sont toujours, sinon bien naturelles, du moins intéressantes ; pour l'action, elle se traîne un peu, tout ingénieuse que soit l'idée première.

Les comédies de M. de Musset n'avaient pas été composées

pour la scène, aussi quelques-unes n'y ont-elles réussi qu'à demi. De ce nombre, le *Chandelier*, *André del Sarto*, qui brillent cependant de qualités de style et de caractères que l'on chercherait en vain dans les ouvrages de ce genre les plus applaudis. J'en veux, je l'avoue, à M. de Musset, de me faire aimer une franche coquette comme Jacqueline, et il me semble que le caprice de Marianne pour cet insensé d'Octave passe un peu la limite. Pourquoi a-t-il voulu aussi refaire Brutus et représenter sa folie sublime dans une de ces petites cours italiennes qui ont inspiré le *Prince* de Machiavel? Lorenzaccio vise trop à paraître un héros de Shakspeare, et l'auteur, génie si original, s'est donné presque un démenti, lui qui avait dit naguère avec tant de modestie et de raison :

Mon verre n'est pas grand, mais je bois dans mon verre.

Un des plus jolis proverbes de M. de Musset, sans contredit, c'est celui qui développe le vieil adage populaire : *Il ne faut jurer de rien*. Remarquons, en passant, combien le conseil est juste. Après avoir lu les premières fantaisies de l'auteur, personne n'eût trouvé, dans le poëte de Mardoche, l'étoffe d'un académicien : *Il ne faut jurer de rien*. Hassan a quitté cette large chaise doublée de peau d'ours, il a secoué sa nonchalance, et il va très-dignement désormais représenter à l'Institut, côte à côte avec M. Mérimée, cet esprit français qui devient chaque jour plus rare.

Cet esprit français nous le retrouvons en effet dans les premiers mots prononcés par M. de Musset sous la coupole de l'Institut. Pour voir et pour entendre l'auteur de tant de petits chefs-d'œuvre applaudis, la société élégante et choisie, cette société qui s'est tout d'un coup éprise de ce talent jeune et alerte était accourue dans ses plus beaux atours. Il y avait ce jour-là, au palais Mazarin, toute la fine fleur de l'épi parisien, tout ce public privilégié en gants paille et en capotes roses qu'on rencontre aux représentations du Théâtre-Italien aussi bien qu'aux grandes solennités littéraires. On voulait savoir comment le chantre audacieux des amours décolletées se tirerait de ce pas difficile et si nouveau pour lui : un discours et un discours académique. La curiosité était en éveil. M. de Musset a-t-il répondu à l'attente générale ? Je n'hésite point à répondre que je ne le crois pas. Dans ce discours le trait abonde, l'esprit est semé à pleines mains, la finesse est partout. Mais le nouvel élu a sauté à pieds joints par-dessus la difficulté. Il avait à louer dans son prédécesseur, homme honorable s'il en fût, un talent tout différent du sien, un littérateur aimable, spirituel, enjoué, mais qui avait suivi une route tout opposée à la route parcourue avec tant de bonheur par l'auteur de *Rolla*. Louer et cependant nuancer son éloge, applaudir aux beaux endroits, et faire ses réserves, payer en un mot et payer largement le tribut à l'usage académique sans abdiquer ses préférences et son origine, là était le difficile et le point délicat. Personne n'était mieux placé que M. de Musset pour oser un peu dans cette circonstance, lui qui a tant osé autrefois, il pouvait, il devait peut-être expliquer la légitimité de sa présence au milieu du cénacle académique. Il le devait pour lui-même et aussi pour ses amis dont les vœux l'ont partout suivi dans les phases de sa vie littéraire. Au lieu de cela, M. de Musset s'en est tenu au panégyrique pur et simple. Il s'est levé et s'est assis avec le nom de M. Dupaty sur les lèvres, et c'est tout au plus s'il s'est permis dans le récit de sa notice biographique une ou deux réflexions, une ou deux échappées ingénieuses. Il y a eu évidemment de la part du récipiendaire un parti pris d'effacement personnel. On ne demandait pas à M. de Musset de planter hardiment au beau milieu de l'Institut le drapeau d'une école, mais franchement il a poussé trop loin la modestie en mettant ce drapeau dans sa poche. Un petit bout qui aurait passé par mégarde n'aurait pas fait de mal. Ce n'est pas que je veuille dire que ce discours soit sans élégance et sans charme, mais comme idée générale il est nul. Après cela M. de Musset a peut-être voulu rester fidèle à certain aphorisme impertinent qui s'étale dans les premières strophes du poëme de *Namouna*:

Nu comme le discours d'un académicien.

Tout éloge académique est en quelque sorte coulé dans un moule uniforme, et le plus souvent, style et développement à part, le fond en est à peu près le même, il faut bien en convenir, que celui des épitaphes du Père-Lachaise. D'un autre côté, si l'on veut sortir de l'ornière il faut faire, comme Buffon, un discours sur le style et ne parler que très-incidemment, sinon pas du tout, de l'immortel qui a laissé son fauteuil vide, ou bien esquisser et finir, dans un cadre restreint, la figure d'un homme, le montrer vivant, agissant et pensant, créer une biographie complète, qui renferme louanges et critiques, récits et appréciations, qui soit un monument littéraire et non un discours banal. Depuis quelques réceptions, la mode semble avoir adopté ce dernier système, et M. Alfred de Musset a voulu s'y conformer. Première déception pour une grande partie de l'auditoire, qui n'était pas venu sans doute avec un si grand empressement dans le seul espoir d'ouïr le récit des faits et gestes de M. Dupaty, aspirant de marine à bord du *Patriote*, ou capitaine de la garde nationale, et de donner des applaudissements rétrospectifs aux *Voitures versées* et à *la Prison militaire*. Le premier moment de surprise n'a pas cependant tardé à faire place à la bienveillance, et chacun a écouté avec plaisir la parole du jeune académicien, ferme, colorée, et rencontrant parfois de ces mots heureux qui ont fait le succès de ses ouvrages.

Cependant le public savait confusément, car le public n'a pas la mémoire des noms bien fidèle, qu'on avait applaudi autrefois, à Feydeau, un librettiste d'opéras-comiques plein

d'esprit et de conscience, qui avait fait entre autres jolis ouvrages *les Voitures versées, le Poëte et le Musicien, le Chapitre
second*, etc., etc. Ce public se rappelait même qu'on avait joué
quelque chose de M. Dupaty à la Comédie-Française, et qu'il
existait de lui des vers satiriques contre les *délateurs;* mais
l'auteur étant de l'Académie, on connaissait mieux sa gloire
que ses œuvres. Il n'en est plus de même aujourd'hui, nous
savons que la France a perdu dans M. Dupaty un écrivain des
plus recommandables et des plus illustres, un homme qui a
mieux aimé devenir poëte que marin et qui a revêtu l'habit à
palmes de l'Institut de préférence à l'uniforme d'officier. M. Alfred de Musset a rendu à son prédécesseur le même service que
M. Scribe rendit jadis à Etienne, dont il fit un poëte comique
hors de ligne ; le service qu'on aurait pu rendre à M. Droz; et,
comme l'a fort bien dit M. Nisard, l'Académie a fait à M. Dupaty un nouvel ami après la mort.

J'ai parlé de deux échappées de M. de Musset, j'en veux citer
une dans laquelle on reconnaîtra l'observateur fin et délicat,
l'écrivain élégant, qui unit presque toujours beaucoup d'esprit
à une qualité littéraire plus rare de nos jours, à beaucoup de
bon sens :

« Il n'y a pas de bon comédien qui n'ait point aimé son théâtre ;
mais cet attrait pour l'auteur est bien plus grand encore : car l'un
récite et l'autre invente. Il est vrai que le comédien, s'il est doué
d'un vraie génie, peut aussi mériter le nom d'inventeur. Garick a
osé corriger, dans l'un des chefs-d'œuvre de Shakspeare, une scène
admirable, qui, ainsi modifiée, a été applaudie par toute l'Europe.
Talma, pour qui Napoléon avait une si haute estime qu'il a pensé
à lui donner la croix de sa Légion d'honneur, Talma était précieux
p ur ses savants conseils ; et de telle pièce où il fut applaudi, on
pourrait dire que, si elle n'est pas de lui, on ne sait trop de qui elle
est.

« Mais avec quelle attention, avec quel plaisir, l'écrivain consciencieux et plein de sa pensée, ne voit-il pas s'animer devant lui
la forme vivante de son idéal, marcher, parler, agir les rêves de son -
cœur ! Et si l'amour de la vérité, de la beauté, le guide et l'éclaire,

avec quel soin, ou parfois même avec quel emportement irrésistible ne se livre-t-il pas à ce travail, qui, bon ou mauvais, quel qu'en soit le résultat, n'en est pas moins, quoi qu'on en puisse dire, l'un des plus nobles exercices de l'esprit! On sait comment le pratiquait Molière. Voltaire pleurait et voulait qu'on pleurât, et se fâchait si l'on ne pleurait pas, lorsqu'il jouait, chez lui, ses propres tragédies; et la tradition a pris soin de nous dire comment Racine récitait ses vers à mademoiselle Champmélé. Il y a sans doute, pour l'esprit, des routes plus grandes et plus sévères, il y en a d'incomparables, celles où Fénelon et Bossuet ont passé. — Mais celle-ci n'en reste pas moins belle, et à coup sûr elle doit être honorée, quand elle est suivie par un honnête homme....

« Ce mot me ramène à M. Dupaty. »

Voilà M. Alfred de Musset dans ses bons moments, et ils sont nombreux. Tout ce qu'il dit de son prédécesseur est fort bien dit et souvent fort juste; mais, encore une fois, je regrette qu'il se soit renfermé, de gaieté de cœur, dans un cadre purement biographique. C'est là un vêtement bien étroit pour tout le monde, mais surtout pour un écrivain aussi distingué que M. de Musset, et qui, jusqu'à ce jour, ne nous avait pas mesuré au mètre l'étoffe de sa verdeur et sa fantaisie.

M. Nisard répondait au récipiendaire. Je fais cas du talent de M. Nisard; c'est un critique habile, sachant beaucoup et dissimulant volontiers son savoir sous les broderies de son esprit. Je ne suis point assez expert en la matière pour émettre un avis sur sa traduction des auteurs latins; c'est là un genre de *littérature difficile* sur lequel je n'oserais me prononcer; mais je pourrai citer, de M. Nisard, des travaux qui semblent, au premier abord, étrangers à son domaine, et qui n'en sont pas moins exécutés avec une certaine supériorité : des études sur les mœurs et la vie anglaises, par exemple, où la finesse, l'esprit, et une certaine *humour* s'allient à beaucoup de vérité; mais j'avoue que je croyais la grande question du vers brisé résolue depuis longtemps, et je ne m'attendais guère qu'on la traiterait ce jour-là *ex professo* en plein Institut.

13

M. Nisard en veut beaucoup au vers brisé, et il n'a peut-être pas tort ; mais qui se préoccupe encore du vers brisé aujourd'hui, je vous le demande ? La poésie est-elle sérieusement menacée, à l'heure présente, par le défaut de *césure ?* L'hémistiche est-il en danger ? Le vers brisé, ce barbare, cet Attila de vers brisé, est-il à nos portes ? M. Nisard a aussi consacré un bon tiers de son discours, en réponse à celui de M. de Musset, à faire le panégyrique de Boileau : « Aimer Boileau, dit-il, non d'amour, mais comme on aime la vérité et le devoir, est, j'ose le dire, une qualité sociale dans notre pays. » Aimons donc Boileau, je ne demande pas mieux, et, pour ma part, j'ai grand plaisir à relire de temps en temps le mathématicien de la poésie, mais aimons aussi Châteaubriand qui n'est pas Boileau, Shakspeare, Byron, Lamartine, et quelques autres, sans compter les aïeux. M. Nisard a sans doute raison de prêcher le culte de Boileau, mais il a trop raison, voilà son tort.

M. Nisard a un goût trop sûr pour n'être pas convaincu, quand il y réfléchira bien, que de telles recommandations ont un faux air d'anachronisme en nos jours d'apaisement littéraire. Il n'y a plus d'iconoclastes, il ne reste même plus de fanatiques pour Ronsard ou pour Malherbe. Pût à Dieu qu'il y eût encore des fanatiques !

Qu'il me soit permis de citer quelques mots de ce passage sur Boileau :

« Dans cette justesse exquise sur tout ce qui touche à l'art français et à ses modèles, je ne regrette qu'une chose : c'est que vous en ayez excepté Boileau. Vos dernières rigueurs contre lui remontent, il est vrai, à dix ans. Mais c'était au temps de vos plus beaux vers, et peut-être dans la meilleure de vos dernières pièces. De quoi lui en vouliez-vous ? Serait-ce de n'avoir pas été capable de certaines faiblesses intéressantes de votre Enfant du siècle ? Ce serait juste, s'il en avait eu la prétention. Vous lui préférez Régnier ! Pourquoi ne pas les aimer tous les deux ? Je vais bien le venger, monsieur, en disant que, dans cette pièce où vous lui êtes si sévère, vous avez plus d'un trait de cette poésie franche, sobre, colorée *par le fonds* qui fait sa gloire; et que, partout où votre aimable laisser aller ne coule pas jusqu'au sans façon de Régnier, vous écrivez comme Boileau.

« Tout le monde sait le mot charmant de Voltaire sur ce qu'il en coûte *de dire du mal de Nicolas*. Vous en avez pu dire impunément : cela seul me serait une preuve que vous deviez finir par n'en plus penser. Je puis donc vous prendre à témoin, monsieur, qu'un poëte aurait une idée bien étroite de son art, s'il ne le reconnaissait pas dans l'homme illustre qui fait sortir la poésie de deux sources principales : le cœur d'un homme touché d'une passion vraie, et le cœur d'un homme de bien. J'irai plus loin (aussi bien, aux yeux des gens qui n'aiment pas Boileau, j'ai, depuis longtemps, toute honte due à son sujet) : j'étendrais la maxime communicatoire de Voltaire à toute génération qui, en France, ferait mépris de Boileau. Témoin le dix-huitième siècle, Voltaire en tête, auquel il n'en eût pas pris mal, ce semble, d'avoir plus de respect pour sa morale, et d'être plus fidèle aux traditions de son grand goût. Aimer Boileau , non d'amour, qui le demande? mais comme on aime la vérité et le devoir, est, j'ose le dire, une qualité sociale dans notre pays. Les vicissitudes de sa gloire, tour à tour ébranlée et raffermie, y marqueront toujours, dans la raison publique, un progrès ou un déclin.

Avouons-le, il était piquant, même après les actes d'humilité de M. de Musset, d'entendre M. Nisard parlant des œuvres du *fantaisiste* par excellence, de la littérature française de nos jours. M. Nisard n'a pas abusé de ses avantages ; pour les premières poésies, il s'est borné à dire que, dans le temps, il a su les apprécier et prévoir l'avenir brillant de l'auteur, au milieu de ses égarements de littérateur facile. Il est vrai qu'après quelques légères chicanes, il a fait au récipiendaire toute la part d'éloges que peut désirer un nouvel élu. Les *Nuits*, les *Comédies*, l'*Enfant du siècle*, ont passé tour à tour sous les fourches caudines d'un commentaire louangeur. Fantasio s'étonnait peut-être un peu, sous son nouvel habit, d'être traité si fort en homme de conséquence, mais il faut bien se faire à l'air du pays que l'on doit habiter.

La réponse s'est terminée par des compliments. L'Académie espère trouver, dans le nouvel académicien, un auxiliaire important pour ses travaux intérieurs, pour l'espèce de censure littéraire et morale qu'elle exerce par les concours et les prix Monthyon. Sans doute M. de Musset prendra place parmi les rapporteurs les plus aimables, les plus judicieux, les plus spirituels ; mais, dût-il égaler MM. Villemain et Mignet, espérons que nous ne regretterons pas trop le poëte des *Contes d'Espagne et d'Italie* et du *Spectacle dans un fauteuil*.

Et cela m'amène tout naturellement à adresser à M. Alfred de Musset la prière obligée en pareille circonstance. Il a complétement triomphé à un âge où tous les autres luttent encore ; qu'il ne rompe pas ses relations avec la Muse ; j'entends surtout celle qui a si bien inspiré les *Nuits* ; qu'il prenne place au glorieux fauteuil ; qu'il y dorme même parfois, s'il a besoin de repos, mais pas d'un sommeil trop profond.

XXIX

Le nom de Bossuet est invoqué chaque jour, dans les discussions qui ne cessent de régner entre les défenseurs des deux principes d'autorité et de liberté, principes dont l'antagonisme se reproduit à propos de toutes les questions politiques, religieuses et sociales qu'agite notre époque. Pour les uns, ce nom rappelle la fameuse déclaration de l'Église gallicane, c'est-à-dire l'esprit libéral, d'accord avec l'orthodoxie la plus pure ; pour les autres il ne s'y rattache que le souvenir de la révocation de l'édit de Nantes, et que l'idée des persécutions qui suivirent cet acte. Tandis que certains catholiques ultramontains reprochent au grand orateur, et le reproche a été renouvelé hier encore, ses efforts pour concilier une certaine liberté avec les exigences inflexibles du dogme, bon nombre de gens le considèrent comme un fanatique aveugle, presque comme un inquisiteur égaré à la cour de Louis XIV. Bossuet n'est donc connu qu'à moitié : on lit *ses Oraisons funèbres*, son *Discours sur l'Histoire universelle*, et l'on néglige ses ouvrages de philosophie et de controverse, admirés le plus souvent sur parole, et en toute confiance sur l'incontestable renommée de l'auteur.

Dans cette dernière classe, l'*Histoire des Variations des Églises protestantes* se fait remarquer par son étendue, et aussi par son apparence de sécheresse et d'austérité, qui éloigne le lecteur peu familier avec les écueils de la théologie. Chacun sait, d'après une sorte de tradition, que ce livre se distingue par la rigueur et la maturité du raisonnement, par la force et la clarté de la démonstration, par la logique et l'ordre lumineux qui règnent dans toutes les preuves et toutes les citations : et la plupart se contentent de cette notion, de cet à peu près, plutôt que d'affronter les difficultés que l'on prévoit avec trop de timidité. Parler de l'*Histoire des Variations* c'est encourir le reproche de banalité et s'exposer à être peu compris ou laissé de côté ; pourtant l'ouvrage en lui-même offre un double intérêt, comme monument de la science religieuse et philosophique d'une époque mémorable, et comme jalon posé en arrière de nous, qui mesure le progrès des idées sociales en général, et de l'idée de la liberté civile et politique en particulier.

La Réforme remua si profondément les esprits, que chaque ordre de pensée, chaque production de l'intelligence en reçut comme l'empreinte ineffaçable. Elle amena de tels changements, qu'on ne les peut envisager en entier sur-le-champ, ni même après deux ou trois générations : à peine sommes-nous en état de les juger d'une façon complète, nous qu'une grande révolution politique rend plus clairvoyants pour apprécier une grande révolution religieuse. Dans toutes les parties de cette transformation universelle, les principes nouveaux furent, dès l'origine, poussés à l'extrême : Luther eut pour fils légitimes, en religion, les Sociniens; en politique, les Anabaptistes et les niveleurs. L'émancipation de la raison humaine soustraite au joug du catholicisme la conduisit d'abord aux interprétations les plus diverses des livres saints, puis à la négation de plus en plus absolue, et de ces livres, et des dogmes qu'ils ont consacrés. De même la proclamation de l'indépendance en matière de foi eut pour corollaire la liberté civile et son extrême conséquence, la démocratie pure : l'égalité devant Dieu passa du ciel à la terre et devint l'égalité devant la loi et devant les hommes. Telle est la considération supérieure qui explique à la fois les variations, les incertitudes et les fluctuations éternelles du protestantisme, c'est-à-dire de la raison affranchie, et l'invariabilité, apparente ou réelle du catholicisme, expression de cette autorité divine qui s'impose à notre liberté et circonscrit sa sphère déjà si étroite. Soit que, du temps de Bossuet, l'expérience historique ne fût pas assez mûre pour avoir révélé dans toute son évidence cette loi des révolutions humaines, soit plutôt qu'un principe philosophique ait paru trop peu solide aux controversistes des deux partis pour leur servir de base, ni les uns, ni les autres n'ont considéré les choses sous ce point de vue. De nos jours, le problème devrait être posé d'une manière différente : les deux partis, admettant la loi, n'auraient discussion que sur le plus ou le moins d'avantages que présente l'un ou l'autre principe : celui-ci trouverait dans les livres saints l'autorité, et celui-là s'efforcerait d'en extraire la liberté. D'ailleurs le débat ne s'engagerait qu'à titre d'escarmouche sur l'interprétation ou sur l'authenticité de ces livres : car de pareilles questions n'occupent qu'un auditoire spécial et restreint, tandis que la religion, comme la philosophie, doit s'adresser à toutes les intelligences. Il faudrait, pour fixer l'attention, établir d'une manière nette le bilan des deux régimes qui se sont partagés le monde et l'histoire : dire ce que le genre humain a gagné ou perdu à la liberté illimitée, à l'autorité absolue, au mélange ou à l'antagonisme des deux. Ce serait là marcher en avant, et montrer quel système a, en dé-

finitive, donné le plus de bien-être matériel et le plus de dignité
morale à l'humanité : nous rejetons aujourd'hui les *à priori* de
la théologie, et la meilleure des révélations ne trouve en nous
qu'une prédisposition favorable, mais non une forte con-
viction.

Le livre des *Variations* montre combien on était éloigné, il
y a moins de deux siècles, de cette façon, bonne ou mauvaise,
mais particulière à notre temps, d'envisager les questions philosophiques et religieuses. En premier lieu, il suppose toujours
au lecteur une connaissance approfondie, non-seulement
des dogmes de sa religion, mais encore des raffinements ajou-
tés à ces dogmes : preuve que l'ouvrage, destiné par sa nature même à un public nombreux, servait plus à confirmer
qu'à répandre l'enseignement théologique. Le terrain s'est
tellement déplacé de nos jours, que tout profane qui pénètre
dans cette forêt vierge se trouve embarrassé par les épines et
les broussailles et passe un temps considérable à se reconnaître au sein de l'obscurité. Cette science admise, Bossuet
établit magistralement l'unité et l'immutabilité du catholicisme :
la religion a été coulée d'un seul jet par son ouvrier divin, et
tous les travaux, toutes les innombrables élucubrations des innombrables disciples n'ont servi qu'à faire briller d'un plus
vif éclat les parties de l'œuvre un instant obscurcies par
l'ignorance ou l'incrédulité. Tel est le caractère de la vraie
foi : l'erreur se reconnaît par conséquent à ses variations et
à ses incertitudes. L'exposition du catholicisme et de sa
théologie, voilà le fil d'Ariane, pour guider le lecteur dans
ce labyrinthe de controverses, de faits, de propositions et de
conclusions : l'unité romaine opposée à l'instabilité protestante, voilà l'idée fondamentale autour de laquelle pivote l'ouvrage tout entier.

Il y a deux manières de combattre ce syllogisme fonda-
mental ; les adversaires de Bossuet les ont toutes deux es-
sayées, mais timidement, d'une manière incomplète et dé-

tournée. L'une, la plus hardie, consiste à nier, historiquement, l'intégrité primordiale.du christianisme. Ici revient la question de l'authenticité des livres saints, et l'examen de la formation du dogme catholique. Les controversistes ont eu peur : ils semblent avoir prévu la négation du Rédempteur et de la Révélation : on dirait qu'ils ont pressenti Dupuis, et les théories du docteur Strauss. Le christianisme ne serait-il en effet qu'un éclectisme des traditions mythologiques de l'Orient, alliées avec je ne sais quels souvenirs grecs et Mithriaques, avec les livres arabes ou égyptiens attribués à Moïse, et la morale demi-pythagoricienne, demi-cynique, des Esséniens et des Thérapeutes ?

Basnage et Jurieu tremblent devant cette extrémité terrible : ils reculent, en songeant qu'une négation franche de la tradition les conduit à retrouver Adonis sous les traits de Jésus-Christ, les Mages et les Vestales dans les communautés chrétiennes, et les fables indiennes, dans la passion du crucifié, devenue une simple légende.

Aussi leur embarras est grand : ils bégayent, ils tâtonnent, disant qu'au premier, au second, au troisième siècle, tel ou tel dogme était *informe, confus* ; qu'il a été éclairci, dégagé, puis altéré par les commentaires subséquents. Ils se rejettent sur les cérémonies, sur les pratiques extérieures, qui ont varié en effet, mais qui n'ont qu'une importance secondaire : ils cherchent avec effort les moindres symptômes d'interprétation forcée pour en faire une preuve, et leurs pénibles arguments fatiguent, sans éclairer et sans convaincre. Quelques transactions, telles que des divorces autorisés, ou bien le pacte des Hussites, sont pour eux une bonne fortune : et eux qui ont toléré, permis même la bigamie du landgrave, eux à qui l'on oppose une consultation signée de Luther et de Mélanchton, rédigée par Bucer, et portant qu'un prince peut avoir à la fois deux épouses légitimes, ils reprochent à l'Église romaine ses concessions trop vraies aux faiblesses humaines, ses brefs de répudiation accordés par complaisance, et aussi sa casuistique!

L'autre moyen, plus philosophique, consisterait à prouver que l'unité absolue d'un corps de doctrines ne constitue pas sa vérité parfaite, de même qu'il n'y a pas toujours identité entre l'incertitude et l'erreur. On pourrait dire d'une part, que le catholicisme a conservé son unité plutôt par ses persécutions que par l'évidence incontestée de ses enseignements, et que l'ignorance générale sert plus à la perpétuité des idées et des principes une fois établis, que l'unité ne sert au progrès, cette loi du monde, qui implique nécessairement changement. Et l'on ajouterait aussi que les variations de la raison humaine, cherchant un guide pour sa liberté nouvelle, résultent et de son long esclavage et de sa bonne foi. Le libre penseur ne prétend pas que sa liberté est infaillible, qu'elle s'éclaire au flambeau de la divinité : il cherche, il doute, il hésite, en un mot il est libre. Dieu n'aurait-il créé l'homme responsable de ses actions que pour le rendre esclave d'une volonté supérieure à la sienne ? ne lui aurait-il donné une raison aspirant sans cesse à l'indépendance que pour le contraindre à abdiquer sa raison? Telle est, en définitive, l'excuse et la justification de tous les réformateurs: ils ont protesté contre la tyrannie intellectuelle ; ils ont usé, abusé peut-être, d'un droit : le droit a reçu de leurs excès même une nouvelle consécration. Mais nul, ni Luther, qui anathématisait Carlostadt, ni Calvin, qui brûla Servet, ni Jurieu, qui reniait les niveleurs, ni aucun des protestants, qui repoussaient bien loin les Manichéens et les Sociniens, nul n'a osé ouvrir un champ si vaste à la liberté d'examen : et, sur le terrain étroit où ils se sont renfermés d'eux-mêmes, ils ont livré à Bossuet une victoire facile.

Sans doute que, écrivant à présent, ce grand génie eût senti les nécessités de notre âge : mais le livre des *Variations* est le livre du dix-septième siècle, et, après l'avoir examiné sous sa portée philosophique si insuffisante, il reste à l'étudier comme ouvrage, et comme monument de l'époque. L'*Histoire des*

Variations, avec plus d'habileté dans la disposition des faits, et des détails plus nombreux pour la partie politique, aurait pu être l'histoire de la Réforme écrite au point de vue catholique, et laisserait bien loin cet admirable chef-d'œuvre intitulé *Discours sur l'Histoire universelle*. Les fortes qualités de style habituelles à Bossuet, sa clarté, son énergie éclairent ce dédale de controverses, de récits et de discussions : les citations bibliques, amenées avec un rare à-propos, s'identifient au texte et y adhèrent d'une façon inséparable : la sève, la vie circulent sous les mots, sous les phrases, et on sent à chaque ligne l'orateur, l'historien, qui ne font qu'un avec le catholique convaincu et croyant. Une érudition immense, un talent incroyable pour grouper les preuves et les exemples, pour en extraire les conclusions et les conséquences, se joignent à la profondeur des vues politiques, dans les trop rares occasions où l'auteur explore l'histoire proprement dite, ainsi qu'à la touche ferme des portraits, à la solidité des raisonnements. Bref, tout esprit sérieux se trouvera bien dédommagé d'avoir affronté, dans cette lecture, les épines théologiques du fond, et les imperfections de la contexture de l'ouvrage. La principale de ces imperfections, c'est la trop grande quantité, la confusion des titres et des sous-titres, des divisions et des subdivisions : indépendamment des quinze livres, qui séparent en trop de parties cette histoire, si remarquable par son unité réelle, chaque paragraphe se montre précédé d'une sorte de légende qu'il faut lire pour comprendre la suite, et qui pourtant ne fait pas corps avec le reste. Ce défaut matériel, qu'on reproche également avec raison à l'*Esprit des lois*, de Montesquieu, jette sur l'ensemble une obscurité fâcheuse, et redouble les difficultés, déjà si grandes par elles-mêmes, du sujet. D'un autre côté, Bossuet s'est trop confié à l'ordre chronologique des faits : il s'étend avec la Réforme et coupe les récits relatifs à Luther, en Allemagne, pour suivre ce qui se passe en Angleterre, lors de la fondation de l'anglicanisme. Il revient ensuite à la confession d'Augsbourg, et, après avoir, ou à peu près, épuisé cette matière, en y mêlant Zwingle, dont il parle beaucoup tant pour la Suisse que pour l'Allemagne et l'Angleterre, il arrive enfin à Calvin. Le calvinisme est mieux suivi : mais, parvenu aux questions relatives à la France, l'auteur s'interrompt pour raconter les troubles religieux des Pays-Bas, et pour joindre un peu confusément les querelles des Arminiens et des Gomaristes aux variations de l'Église réformée dans notre pays. Les précurseurs de la Réforme, Vaudois, Manichéens, Bulgares, les Wiclef, les Jean Huss, les Bérenger, viennent au milieu de l'ouvrage, sous forme d'appendice et de digression. Un tel plan semble défectueux : la clarté de l'exposition et de la controverse aurait beaucoup gagné, si l'*Histoire des Variations* eût été conçue d'après un système plus rationnel et plus logique.

Le développement même des idées et des faits qui constituent cette grande révolution religieuse indique la marche à suivre. D'abord le réveil de l'esprit de contradiction et de libre examen, venant à la suite des persécutions exercées sur les Manichéens, héritiers des premières hérésies : c'était le lieu de traiter des rébellions contre l'Église, éclatant dans les vallées vaudoises, en Languedoc, en Bohême, en Angleterre. Les conciles de Bâle et de Constance mettent terme à cette explosion prématurée : ils font disparaître les scandales du grand schisme et ne laissent qu'un levain ignoré, dont va se nourrir Luther. Prédications du moine de Wittemberg et du pasteur de Zurich ; progrès de l'hérésie en Allemagne et en Suisse : tel est le début. La Réforme gagne l'Allemagne et se répand bien au delà : l'historien doit, il semble, l'étudier d'abord dans son berceau, la montrer combattant, se divisant, s'asseyant enfin, puis la suivre dans ses débordements tout à l'entour de la Saxe, son centre et son fort, et de Genève, cette Rome du libre examen. Ouvrage des rois, en Suède et en Angleterre, du patriotisme et de l'amour de l'indépendance nationale en Belgique, de l'esprit de révolte en France, la Réforme à besoin d'être étudiée par phase, successivement, et non d'après la rigueur chronologique de ses luttes et de ses progrès. Même sous le point de vue religieux et théologique, Bossuet n'aurait pas dû confondre toutes ces manifestations si opposées : il aurait trouvé, dans l'esprit même des divers réformateurs, et dans l'observation des différents milieux où ils se sont produits, la raison véritable de leurs divisions et de leurs incertitudes. Partout la politique a réagi sur les questions religieuses. En Allemagne, Luther, Mélanchton, Bucer, esclaves des souverains ligués à Smalkalde, ont dû modifier d'après leurs exigences les opinions primitives et les errements des premières leçons, des premières prédications. Ils ont enveloppé, en leur qualité de sujets fidèles, dans la même exécration, les Sacramentaires, les Anabaptistes, ennemis de toute autorité, au nom de l'égalité absolue, et le pape, suzerain spirituel, et l'empereur, suzerain temporel, dont l'un prétend régner seul sur les consciences, dont l'autre veut sa part des dépouilles opimes du clergé. En Angleterre et en Suède, les princes ont pris l'initiative dans la transformation : Bossuet aurait dû traiter les frères Pétri, dont il ne parle pas d'ailleurs, Cranmer et les anglicans comme des ministres de l'État plutôt que comme des théologiens. Zwingle et Calvin, républicains et réformateurs maîtres de la Suisse qui leur résiste à peine, ressemblent peu à Caméron et à Knox, révolutionnaires politiques et religieux, qui disputent l'Écosse aux Stuarts. De même il ne faut pas comparer les prédicateurs des Pays-Bas, qui excitent à l'indépendance ce peuple froid et calculateur de marchands, divisés entre les stathouders et les grands pensionnaires, avec les Théodore de Bèze et les La Renaudie, dont le parti, mélangé de calvinistes fanatiques, de grands seigneurs féodaux en pleine révolte et de bourgeois mécontents, se mesure avec la royauté, que soutiennent et le clergé, et l'ancien prestige monarchique, et la politique italienne des Médicis.

On le voit : dans l'ouvrage de Bossuet, ces distinctions n'ont été qu'à demi comprises et exprimées : d'où il est résulté du vague et de la confusion, même dans la partie religieuse, qui est si inséparable de la partie politique.

Pour être juste, il faut signaler quelques-unes des beautés les plus remarquables du livre. Luther et Mélanchton sont parfaitement compris : on ne peut s'empêcher de citer ici quelques lignes. Voici Luther : « Il est vrai qu'il eut de la force dans le génie, de la véhémence dans ses discours, une éloquence vive et impétueuse, qui entraînoit les peuples et les ravissoit; une hardiesse extraordinaire quand il se vit soutenu et applaudi, avec un air d'autorité qui faisoit trembler devant lui ses disciples : de sorte qu'ils n'osoient le contredire ni dans les grandes choses, ni dans les petites. » L'homme est là tout entier. Il y a un livre pour les agitations, les regrets, les incertitudes de Mélanchton, et ce n'est ni le plus court, ni le moins beau. L'état de l'âme de cet homme si estimable et si bon y est dépeint d'une manière admirable : le lecteur éprouve une vive sympathie à suivre dans ses hésitations, ses angoisses, ses tortures morales, ce jeune professeur, émule et héritier présomptif d'Érasme : il reconnaît déjà dans ce cœur inquiet et malade un avant-goût du marasme et des doutes qui tourmentent les incrédules de notre temps : c'est Bossuet, ce génie austère et fort jusqu'à la roideur, qui nous initie aux combats intérieurs de ce théologien qui précède les René et les Obermann. Bucer, le conciliateur à tout prix, l'ami des ambiguités et des équivoques volontaires; Zwingle, le prêtre-soldat; Œcolampade, l'homme des recherches et du travail; Cranmer, le courtisan mitré, l'esclave docile du despotisme, le martyr en dépit de sa bassesse et de ses apostasies; Calvin, le génie organisateur, le tyran de la liberté qu'il proclame, le juge du rêveur Michel Servet et du socinien Valentin Gentil, Théodore de Bèze, le grand seigneur qui prêche comme un docteur; ceux-là, bien d'autres, vivent et parlent, agissent et discutent, au milieu de leur siècle et de leurs écrits. Puis quel talent de narration! quelle profonde ironie! quelle âpreté, quelle inflexibilité de logique. Luther accepte une entrevue avec Carlostadt : voici la fin du récit : « Au sortir du sermon de Luther, Carlostadt le vint trouver à l'Ourse-Noire où il logeait ; lieu remarquable dans cette histoire pour avoir donné le commencement à la guerre sacramentaire parmi les nouveaux réformés. Là, parmi d'autres discours, et après s'être excusé le mieux qu'il put sur la sédition, Carlostadt déclare à Luther qu'il ne pouvoit souffrir son opinion de la présence réelle. Luther, avec un air dédaigneux, le défia d'écrire contre lui, et lui promit un florin d'or s'il l'entreprenoit. Il tire le florin de sa poche. Carlostadt le met dans la sienne. Ils touchèrent en la main l'un de l'autre, en se promettant mutuellement de se faire bonne guerre. Luther but à la santé de Carlostadt et du bel ouvrage qu'il alloit mettre au jour. Carlostadt fit raison, et avala le verre plein : ainsi la guerre fut déclarée à la mode du pays, le 22 d'août 1524. L'adieu des combattans fut mémorable. *Puissé-je te voir sur la roue*, dit Carlostadt à Luther. *Puisses-tu te rompre le cou avant que de sortir de la ville!* L'entrée n'avoit pas été moins agréable. Par les soins de Carlostadt, Luther entrant dans Orlemonde, *fut reçu à grands coups de pierres, et presque accablé de boue.* Voilà le nouvel Evangile : voilà les actes des nouveaux apôtres. » On se rappelle le mot d'un ancien sur l'austère Thucydide racontant la ridicule tentative de Cylon, et on dit aussi de Bossuet : « Ici le lion a ri. » Mais en revanche, qu'il est éloquent lorsqu'il s'indigne! lorsqu'il dit, par exemple, au ministre Jurieu, à propos des prophéties absurdes de ce calviniste moins sensé que fanatique : « Ne faut-il pas avoir avalé jusqu'à la lie le breuvage d'assoupissement que boivent les prophètes de mensonges et s'en être enivré jusqu'au vertige, pour annoncer au monde de tels prodiges! »

La défense de l'*Histoire des Variations* et les avertissements aux protestants offrent de pareilles qualités, moins toutefois l'intérêt naturel qui s'attache à l'exposition historique et à la série des faits et des idées. Seulement Bossuet, pressé par ses contradicteurs, touche à un ordre de questions qu'il avait à peine effleurées dans le cours de l'ouvrage, et dont l'importance nous paraît plus considérable aujourd'hui, que toutes ces discussions, alors si majeures, sur la grâce, l'immutabilité et la justification. Il s'agit du principe même de la souveraineté, du droit monarchique et national et de la légitimité des révoltés contre les tyrans. Ces grands problèmes, discutés déjà par les révolutionnaires d'Allemagne et d'Écosse, avaient eu en France un vaste retentissement du temps de la ligue : le couteau de Jacques Clément, le pistolet de Poltrot de Méré avaient même poussé les solutions au plus terrible excès. Mais sous le règne absolu de Louis XIV, pendant les dragonnades et la guerre des Camisards, un prélat et un ministre ne pouvaient le prendre de si haut : Jurieu et Bossuet ont cherché leurs preuves théoriques uniquement dans les livres saints et dans les actes des martyrs. C'était là combattre dans le vide : le peuple hébreu, composé de pasteurs, de laboureurs et de prêtres, délégua la souveraineté à un roi qui devait être sous le contrôle perpétuel de Jéhova toujours présent, parlant et agissant. Quel rapport avec les monarchies modernes ! Quant aux premiers chrétiens, il est certain qu'un essai de révolte, soit contre l'empire romain, soit contre les Perses, n'eût guère servi au triomphe de leur religion. Voyez ce qui s'est passé au Japon, il y a cent ans : les catholiques persécutés ont voulu combattre. Leur patience eût lassé les bourreaux : leur révolte a redoublé la haine, et à l'heure présente pas un n'a survécu.

Et maintenant, quel est le but de cette étude sur l'*Histoire des Variations* ? Elle ne serait ni inutile, ni déplacée, si elle révélait seulement jusqu'à quel point on doit considérer Bossuet comme historien, et si elle montrait de quelle manière l'Eglise gallicane a raconté et jugé la réforme. Peut-être a-t-elle aussi une sorte d'actualité : nous qui avons vu tant de révolutions politiques et sociales, que les révolutions religieuses d'hier ne nous intéressent plus que comme curiosités historiques, n'avons-nous aucun profit à tirer du spectacle de ce passé si bien terminé? Il y a lieu de penser au contraire que, dans la lutte que nous soutenons, dans les efforts d'une révolution qui continue encore, plus d'un enseignement précieux nous attend au sein des archives de ces révolutions consommées. Quand un génie comme Bossuet a creusé si avant pour saper les fondements de la liberté religieuse sans avoir réussi à autre chose qu'à les affermir, personne ne doit plus s'effrayer des tempêtes insignifiantes qui bourdonnent autour de la liberté civile et politique : et les immenses travaux intellectuels, les prodigieux efforts de science, de talent, de logique qui ont accompagné l'enfantement de cette indépendance glorieuse de la conscience font connaître ce qu'il faudra de génie, de travaux et de persévérance pour achever l'œuvre et compléter l'émancipation humaine.

XXX

De Marie Stuart on n'avait guère connu jusqu'à ce jour que la légende. Comment se fait-il que le jugement de l'histoire soit venu si tard pour cette jeune reine, doublement sacrée par la majesté du trône et du malheur? Je crois que je viens de rencontrer précisément la raison de cette tardive entreprise. La vie de Marie Stuart, semée de tant d'incidents et marquée en quelque sorte du sceau fatal, devait d'abord solliciter les romanciers et les poëtes. Presque tous, en effet, se sont emparés de ce sujet dramatique et l'ont enjolivé de leurs sentimentales fictions, si bien qu'à la longue l'inflexibilité du fait a dû disparaître sous les broderies de la fable. Grâce à cette conspiration du sentiment en faveur de la grâce, de la beauté et de l'infortune, Marie Stuart apparaissait aux yeux du plus grand nombre dans ce demi-jour apprêté qui sied si bien aux héros et aux héroïnes romanesques. On la voyait toujours à peu près telle qu'elle est représentée dans ces gravures qui ont popularisé son souvenir, debout sur le tillac du navire qui la remportait en Écosse, et confiant aux flots et aux nuages le dernier adieu de son cœur à sa patrie d'adoption, à *ce plaisant pays de France.* Quant aux actes de sa vie, comme reine et comme femme, on les laissait volontiers dans l'ombre, et, ce mystère aidant, l'influence victorieuse qu'exerçait la reine d'Écosse sur tous ceux qui l'approchaient, semblait avoir survécu et s'être étendue jusque sur la postérité.

L'histoire est enfin venue projetant impitoyablement la lueur de son flambeau sur cette intéressante figure du seizième siècle, et débarrassant l'idole des bandelettes lyriques dont l'avaient enveloppée les poëtes depuis Ronsard. Les vieux parchemins ensevelis depuis trois siècles dans la poudre des bibliothèques se sont ouverts et ont livré la preuve des fautes, et, pourquoi ne pas le dire, des crimes. Si Élisabeth, l'implacable ennemie de sa *bonne sœur*, n'a pas gagné à cette illumination soudaine, Marie Stuart, elle, y a beaucoup perdu. De ce jugement sans appel, prononcé pièces en mains par M. Mignet, il résulte que la fatalité n'est pas seule coupable, et que la fille de Jacques V, la belle et poétique Marie, a au moins contribué autant que l'aveugle déesse au désastre de sa destinée.

Pour traiter ce difficile sujet et se frayer un chemin sûr à travers les broussailles de contradictions accumulées dans ce champ mal exploré, il ne fallait pas moins qu'un pionnier historique comme M. Mignet. Il fallait cette austérité de pensée, cette sage retenue, ce langage clair et précis, et cette infatigable patience qui distinguent à un si haut point l'auteur d'*Antonio Perez.* M. Mignet à compris toute l'importance de la mission qu'il s'était imposée ; en retraçant cette vie aventureuse où il est si facile de verser l'histoire dans l'ornière du roman, il s'est toujours tenu dans son rôle sévère de rapporteur et de juge, et j'admire comment, à de certains moments, il a pu comprimer les bondissements de son cœur en face de cette royale accusée dont le front avait resplendi de la double couronne de France et d'Écosse, et qui, pendant dix-huit ans, ne devait plus porter que la couronne d'épines. Dans ce laborieux examen, rien n'est laissé au hasard des conjectures, tout est appuyé sur des documents authentiques. M. Mignet, c'est là son plus grand mérite à mon avis, n'a voulu être que l'éloquent interprète des faits. Il a compris que cette histoire était assez intéressante en elle-même pour se passer des artifices de la mise en scène, et il a courageusement banni de son livre tout ce lyrisme personnel qui caractérise et amoindrit les œuvres historiques contemporaines en donnant à la plupart des historiens de notre temps un certain air de parenté avec les romanciers.

Ne serait-ce pas le moment de dire deux mots de cette confusion des genres et des styles d'où est issue depuis quelque temps le monstrueux adultère de l'histoire et du roman? L'histoire, telle qu'on l'écrit de nos jours, n'est plus le miroir du passé, c'est un prétendu enseignement pour le présent et pour l'avenir. On ne se contente plus de raconter, ni même d'instruire, on prêche. La supposition ingénieuse tient lieu du document ; quelquefois le fait est estropié et même dénaturé, et cette mutilation devient un argument de plus à l'appui de la thèse dont on se constitue le défenseur. On taille dans l'histoire comme en plein drap, prenant ce qui convient, élaguant ce qui pourrait nuire, glissant sur tel point, s'étendant outre mesure sur tel autre, et substituant toujours à l'autorité indestructible du fait le ridicule arbitraire de l'interprétation personnelle. L'historien doit s'effacer devant l'histoire : on efface l'histoire devant l'historien. De là tant d'opinions diverses sur un événement qui n'a pas cinquante années de date. Puis, de cette première licence découlent toutes les autres. Il y a un style historique comme il y a un style de mémoires, un style épistolaire, un style politique; on mêle tous les styles et l'on parvient à produire une œuvre aussi diaprée que l'habit d'Arlequin. Le lyrisme tient surtout beaucoup de place dans les productions historiques de notre temps. Pourquoi cela? Parce que le lyrisme est la formule la plus noble de l'individualisme. Le héros principal d'une histoire ainsi conçue, c'est l'historien lui-même. Il s'empare d'un sujet comme d'un théâtre, et, du haut de ce théâtre où il parade sur le premier plan, il n'est préoccupé que de se mettre en scène, en laissant tomber sur les hommes et sur les choses des cascades de sentences dogmatiques. Il se passionne, s'emporte, se fait juge et partie dans le débat, quand il n'aurait pas de trop de tout son sang-froid pour juger les pièces du procès et tenir d'une main ferme tous les fils des événements. Le roman a eu la prétention de se faire historique : il n'a pas réussi ; mais, en revanche, l'histoire s'est faite romanesque. Je pourrais citer tel historien qui a encombré le marché littéraire de cent vingt volumes, et qui a consacré moins de temps à écrire l'histoire de *Philippe-Auguste* ou de la *Révolution française*, que M. Alexandre Dumas à composer un seul de ses romans. Mais je reviens à Marie Stuart.

Dans son beau livre d'*Antonio Perez*, M. Mignet s'est servi du secrétaire-ministre de Philippe II comme d'un clou pour y attacher le tableau du catholicisme inquisitorial, et c'était surtout pour nous conduire à travers les plus secrètes issues de l'Escurial qu'il entreprenait le récit de ce célèbre procès. Dans le nouvel ouvrage qu'il a récemment publié, l'auteur, sans dédaigner le récit, s'attache à faire ressortir la lutte du catholicisme et du protestantisme. Marie Stuart et Élisabeth sont les principaux champions de ce duel entre deux croyances qui se disputent la possession de l'île. Élisabeth, soutenue par son génie, par son astuce, par les divisions qu'elle sèmera habilement parmi les sujets de la reine d'Écosse, sortira triomphante de cette lutte moins inégale qu'on pourrait le supposer au premier abord, si l'on songe que Marie Stuart avait pour elle les secrètes sympathies d'une partie de la noblesse anglaise et les secours des princes catholiques du continent. Autour de ces deux personnages, l'auteur a groupé, avec une grande habileté, la figure sombre de Morton, la froide figure de Murray, Knox, cet ardent disciple de Calvin, cet illuminé du presbytérianisme; Cécil, ce ministre à la fois austère et souple d'Élisabeth. M. Mignet ne s'amuse pas à empâter ses portraits de couleurs, à les enluminer, comme cela se pratique de nos jours, il les peint en quelques traits et fixe pour toujours la ressemblance sur la toile historique. Il y a, dans ce livre, un petit profil de Cécil qui fait connaître l'homme tout de suite, et dont le dessin, sobre et arrêté, vaut cent fois mieux que la peinture à grand fracas de certains portraits fort en vogue au moment où j'écris.

Marie Stuart était la première femme qui montait sur le trône d'Écosse, et elle y apportait, dit l'auteur, la double infirmité de son âge et de son sexe. Couronnée à l'âge de six jours, elle succédait à cinq rois, cinq Stuarts, dont deux avaient péri assassinés, deux étaient morts en combattant, et un, Jacques V, avait expiré de désespoir en se voyant abandonné par sa noblesse. A l'avénement de Marie au trône, Henri VIII entra en négociations avec les lords écossais pour la marier au prince de Galles, son fils, afin de soumettre les deux pays au même sceptre. Les lords s'y refusèrent par haine pour la domination anglaise, et la reine enfant fut envoyée à la cour de France, Marie fut donc élevée au sein de cette cour frivole et brillante des Valois.

« C'est, dit M. Mignet, à cette école d'élégance et de dépravation, d'où sortirent des rois si spirituels et si vicieux, des princesses si aimables et si désordonnées, que se forma Marie Stuart. Dans son enfance, elle n'en prit que le bien, sans qu'elle pût s'empêcher toute-

fois d'en apercevoir le mal et plus tard de l'imiter ; car ce qu'on voit
influe à la longue sur ce qu'on fait. Mais alors elle profita uniquement des charmes et de l'instruction répandus dans cette cour agréable et lettrée, où les filles des rois s'adonnaient à l'étude des langues
et au goût des arts, et où chaque prince eut son poëte : François Ier,
Marot ; Henri II, Saint-Gelais ; Charles IX, Ronsard ; Henri III, Des-
portes. Elle y était venue pendant que se tentait la révolution littéraire qui, séparant notre poésie des formes naïves qu'elle avait
prises au moyen âge pour se rapprocher des formes savantes de l'antiquité, lui faisait perdre son originalité sans lui donner de la grandeur, et ne pouvait être qu'éphémère, quoique conseillée par
Joachim de Bellay, accomplie par Ronsard, favorisée par le chan-
celier de L'Hôpital, admirée par Montaigne et applaudie par toute la
cour de Henri II. Ronsard, qui avait habité trois ans l'Écosse comme
page de Jacques V, fut le maître de Marie Stuart en poésie et devint
son admirateur. »

L'intelligence de Marie Stuart se développa promptement
dans cette serre chaude de l'élégance, du savoir et des arts.
Outre le latin, qu'elle parlait très-bien, elle connaissait les
langues vivantes, excellait dans la musique et composait des
vers agréables dont il nous est resté quelques fragments. A
quinze ans, elle épousa le dauphin, et deux ans plus tard la
reine d'Écosse devenait reine de France par la grâce de Dieu
et du maladroit coup de lance de Montgommery.

Marie Stuart était regardée par ses oncles, les princes lor-
rains, comme l'instrument envoyé par Dieu pour écraser, en
Angleterre, l'hydre naissante du protestantisme ; elle fut élevée
dans cette idée, et la foi de la jeune reine dans l'autorité des
Guise ne devait pas peu contribuer à accélérer sa perte. Lorsqu'après la mort de François II, qui ne fit que passer sur le
trône, elle fut forcée de revenir dans cette rude Écosse déjà
gagnée à la cause presbytérienne, elle continua de caresser
cette idée de rétablissement du culte des aïeux, pressée par ses
sujets de se choisir un nouvel époux, surtout après l'exécution
de Chastelard, qui avait osé aspirer à la possession de la reine ;
demandée en mariage par cinq princes, elle se prononça pour

Darnley, Stuart par son père et Tudor par sa mère, après avoir vu échouer des négociations au sujet d'une union projetée entre elle et don Juan d'Autriche. Jusque-là le sévère historien n'a à reprocher à la jeune reine qu'une excessive légèreté, une duplicité enseignée par les Guise et une grande inaptitude dans le gouvernement de ce royaume d'Écosse travaillé d'un côté par les fougueux prédicateurs de la foi nouvelle, et de l'autre toujours enclin à la révolte sous la conduite des lords turbulents et soudoyés par Élisabeth.

A partir de ce moment, les événements se précipitent ; Marie Stuart, bientôt dégoûtée de Darnley, nature faible et débauchée, s'éprend de l'Italien David Rizzio. Darnley fait une ligue avec les principaux lords et tue Rizzio sous les yeux de la reine. Celle-ci, prisonnière dans son propre palais, parvient à s'échapper, grâce à la faiblesse de ce Darnley, qu'elle laissera assassiner quelques mois plus tard par son nouvel amant, l'aventurier lord Bothwell. C'est ici que disparaît complétement la Marie Stuart de la légende et de la romance de Béranger. A ce moment de son histoire, Marie Stuart est odieuse : elle fait preuve, pour arriver à son but, le meurtre de son mari, de la plus infernale duplicité. Elle se réconcilie avec lui, l'attire dans une maison isolée, où tout est prêt pour le faire périr ; puis, l'assassinat accompli, elle épouse l'assassin en face de l'Écosse et de l'Europe indignées.

M. Mignet, je l'ai dit au début de cet article, n'a rien avancé légèrement. Il dit et il prouve. Il établit sur des documents nouveaux et incontestables la complicité de Marie Stuart dans le meurtre de Darnley.

Le premier volume de cette histoire saisissante et lugubre s'arrête à la défaite de Marie Stuart par les lords confédérés, et à sa fuite en Angleterre. Nous venons d'assister aux crimes ; le second volume montrera l'expiation.

Pour moi, je ne me sens pas le courage de suivre l'auteur dans le récit de ces dix-huit années de souffrance et de prison. Marie Stuart est au pouvoir d'Élisabeth, d'Élisabeth qui l'a toujours haïe pour sa jeunesse, pour sa grâce, pour sa beauté, et aussi pour les prétentions de la reine d'Écosse à la couronne d'Angleterre. Ce second volume est d'un intérêt poignant. En voyant Marie toujours légère et imprudente, même dans la prison d'Élisabeth, toujours aimée de ceux qui l'entourent ou qui l'approchent, on oublie ses crimes et l'on n'a plus que de la pitié et une sorte de tendresse pour une si grande infortune. M. Mignet, avec un courage, une patience qui me semblent héroïques, ne faiblit pas un seul instant dans sa tâche : il suit pas à pas le tyran et la victime, explique la conduite d'Élisabeth, et les nouvelles causes de la perte définitive de Marie Stuart. Après avoir raconté, dans tous ses détails, la déplorable issue de la conspiration de Babington et les tristes conséquences qu'elle devait avoir pour la malheureuse captive, l'auteur arrive au grand jour du sacrifice et de la réhabilitation. Les derniers moments de Marie Stuart furent sublimes, et l'on ne s'étonne plus que devant ce grand courage et cette noble fierté de la femme la postérité ait pour ainsi dire absous la reine.

« ..... La reine, dit l'auteur, suivie d'André Melvil, qui portait la queue de sa robe, monta sur l'échafaud avec la même aisance et la même dignité que si elle était montée sur le trône.

« Cet échafaud avait été dressé dans la salle basse du château de Fotheringay. Il avait deux pieds et demi de hauteur et douze pieds carrés d'étendue. Il était couvert de fine dentelle noire d'Angleterre, ainsi que le siége où Marie devait s'asseoir, s'agenouiller et recevoir le coup fatal. Elle prit place sur le siége lugubre sans changer de couleur et sans rien perdre de sa grâce et de sa majesté accoutumée, ayant à sa droite les comtes de Shrewsbury et de Kent assis, à sa gauche le shérif debout, en face les deux bourreaux vêtus de velours noir ; à peu de distance le long du mur, ses serviteurs, et, dans le reste de la salle, retenus par une barrière que Paulet gardait avec ses soldats, environ deux cents gentlemen et habitants du voisinage, admis dans le château dont on avait fermé les portes. Robert Bale lut alors la sentence que Marie écouta en silence et si profondément recueillie en elle-même qu'elle semblait étrangère à ce qui se passait. Lorsque Bale eut achevé de lire, elle fit le signe de la croix et dit d'une voix ferme :

« Milords, je suis née reine, princesse souveraine et non sujette « aux lois, proche parente de la reine d'Angleterre et sa légitime hé-« ritière. Après avoir été longuement et injustement détenue pri-« sonnière en ce pays, où j'ai beaucoup enduré de peine et de mal, « sans qu'on eût aucun droit sur moi ; maintenant, par la force et « sous la puissance des hommes, preste à finir ma vie, je remer-« cie mon Dieu d'avoir permis que je meure pour ma religion et « devant une compagnie qui sera témoing que, bien près de ma « mort, j'ai protesté, comme je l'ai toujours fait, soit en particulier, « soit en public, de n'avoir rien inventé pour faire périr la reine, ni « consenti à rien contre sa personne. » Elle se défendit ensuite de lui avoir porté aucun sentiment de haine, et rappela qu'elle avait offert, pour obtenir sa liberté, les conditions les plus propres à la rassurer et à prévenir des troubles en Angleterre.

« Après ces paroles données à sa justification, elle se mit à prier. Alors le docteur Fletcher, doyen protestant de Petersborough, que les deux comtes avaient amené avec eux, s'approcha d'elle et voulut l'exhorter à mourir. « Madame, lui dit-il, la reine, mon excellente « souveraine, m'a envoyé par devers vous.... » Marie l'interrompant à ces mots, lui répondit : « Monsieur le doyen, je suis ferme « dans l'ancienne religion catholique romaine, et j'entends verser « mon sang pour elle. » Comme le doyen insistait avec un fanatisme indiscret, et l'engageait à renoncer à sa croyance, à se repentir, à ne mettre sa confiance qu'en Jésus-Christ seul, parce que seul il pouvait la sauver, elle le repoussa d'un accent résolu, lui déclara qu'elle ne voulait pas l'entendre, et lui ordonna de se taire. Les comtes de Shrewsbury et de Kent lui dirent alors : « Nous désirons « prier pour Votre Grâce, afin que Dieu éclaire votre cœur à votre « dernière heure, et que vous mouriez ainsi dans la vraie connais-« sance de Dieu. — Milords, répondit Marie, si vous voulez prier « pour moi, je vous en remercie ; mais je ne saurais m'unir à vos « prières, parce que nous ne sommes pas de la même religion. »

« La lutte entre les deux cultes, qui avait duré toute sa vie, se prolongea jusque sur son échafaud.

« Le docteur Fletcher se mit à lire la prière des morts, selon le rite anglican, tandis que Marie récitait en latin les psaumes de la pénitence et de la miséricorde, et embrassait avec ferveur son crucifix. « Madame, lui dit durement le comte de Kent, il vous sert peu

« d'avoir en la main cette image du Christ, si vous ne l'avez gravée
« dans le cœur. — Il est malaisé, lui répondit-elle, de l'avoir en la
« main sans que le cœur en soit touché, et rien ne sied mieux au
« chrétien qui va mourir que l'image de son rédempteur. »

« Lorsqu'elle eut achevé, à genoux, les trois psaumes *Miserere
meî, Deus*, etc. ; *In te, Domine speravi*, etc.; *Qui habitat in adjuto-
rio*, etc., elle s'adressa à Dieu, en anglais, et le supplia de donner la
paix au monde, la vraie religion à l'Angleterre, la constance à tous
les persécutés, et de lui accorder à elle-même l'assistance de sa
grâce et les clartés de l'Esprit-Saint à cette heure suprême. Elle
pria pour le pape, pour l'Église, pour les monarques et les princes
catholiques, pour le roi son fils, pour la reine d'Angleterre, pour ses
ennemis; et, se recommandant elle-même au Sauveur du monde, elle
finit par ces paroles : «Comme tes bras, Seigneur Jésus-Christ, étaient
« étendus sur la croix, reçois-moi de même entre les bras étendus
« de ta miséricorde ! » Sa piété était si vive, son effusion si touchante,
son courage si admirable, qu'elle avait arraché des larmes à presque
tous les assistants.

« La prière finie, elle se releva. Le terrible moment était arrivé,
et le bourreau s'approcha d'elle pour l'aider à se dépouiller d'une
partie de ses vêtements ; mais elle l'écarta et dit en souriant qu'elle
n'avait jamais eu de pareille valet de chambre. Elle appela Jeanne
Kennedy et Élisabeth Curle, qui étaient restées pendant tout ce
temps à genoux au pied de l'échafaud, et elle commença à se désha-
biller avec leur aide, ajoutant qu'elle n'avait pas coutume de le faire
devant tant de monde. Ces deux désolées jeunes filles lui rendaient
ce triste et dernier office en pleurant. Pour arrêter l'explosion de leur
douleur, elle mettait son doigt sur leur bouche et leur rappelait
qu'elle avait promis en leur nom qu'elles montreraient plus de force.
« Loin de pleurer, réjouissez-vous, leur disait-elle ; je suis bien heu-
« reuse de sortir de ce monde, et pour une aussi bonne cause. » Elle
déposa son manteau, ôta son voile et ne conserva qu'une jupe de
taffetas velouté rouge. Elle s'assit alors sur son siége et donna sa
bénédiction à tous ses serviteurs qui pleuraient. Le bourreau lui demanda pardon à genoux ; elle répondit qu'elle l'accordait à tout le
monde. Elle embrassa Élisabeth Curle et Jeanne Kennedy, les bénit
en faisant le signe de la croix, car elles étaient catholiques, et, après
que Jeanne lui eut bandé les yeux, elle leur ordonna de s'éloigner,
ce qu'elles firent en sanglotant.

« En même temps, elle se jeta à genoux d'un grand courage, et,
tenant toujours le crucifix entre ses mains, elle tendit le cou au bour-

15

reau. Elle disait à haute voix et avec le sentiment de la plus ardente confiance : « Mon Dieu ! j'ai espéré en vous, je remets mon âme « entre vos mains. » Elle croyait qu'on la frapperait, comme en France, dans une attitude droite et avec le glaive. Les deux maîtres des hautes œuvres l'avertirent de son erreur et l'aidèrent à poser sa tête sur le billot sans qu'elle cessât de prier. L'attendrissement était universel à la vue de cette lamentable infortune, de cet héroïque courage, de cette admirable douceur. Le bourreau lui-même était ému et la frappa d'un coup mal assuré. La hache, au lieu d'atteindre le cou, tomba sur le derrière de la tête et la blessa sans qu'elle fît un mouvement, sans qu'elle proférât une plainte. Au second coup seulement, le bourreau lui abattit la tête, qu'il montra en disant : « Dieu sauve la reine Élisabeth ! » — « Ainsi périssent ses ennemis ! » ajouta le docteur Fletcher. Une seule voix se fit entendre après la sienne et dit : *Amen !* C'était celle du sombre comte de Kent. »

Je n'ai pas dit un seul mot de la partie politique traitée par l'auteur avec un si remarquable talent ; dans le dernier chapitre, qui est en quelque sorte le résumé philosophique de son œuvre, M. Mignet, sans prendre précisément parti pour l'une ou pour l'autre des deux idées religieuses qui viennent de se combattre, examine ce qu'il serait advenu dans le cas où la cause de Marie Stuart eût triomphé. Après la mort de la reine d'Écosse, Philippe II résolut de tirer vengeance de ce meurtre juridique. Il équipa une flotte redoutable, *l'invincible Armada*, dont il confia le commandement au duc de Médina-Sidonia. Celui-ci, ayant laissé échapper l'occasion d'écraser la flotte anglaise à Plymouth, ne retrouva plus une seconde fois la fortune sur sa route. L'*Armada*, battue par la tempête, brûlée en partie par l'ennemi, fut dispersée. Ce fut le dernier effort des puissances catholiques en faveur de la cause de Marie Stuart. Elle morte, le catholicisme allait disparaître aussi de l'île. Si le duc de Médina-Sidonia eût eu plus de résolution, les conséquences de sa victoire eussent peut-être changé la face de l'Angleterre, de l'Écosse et même de la France. Philippe II vainqueur, c'était le catholicisme violemment restauré dans la grande île britanni=

que, et en France c'était le triomphe de la maison de Guise à l'exclusion de la maison de Bourbon. Le catholicisme du moyen âge reprenait le dessus sur l'éclectisme moderne inauguré quelques années plus tard par Henri IV. M. Mignet ne se prononce pas ouvertement ; mais, s'il flétrit Élisabeth, géôlière et bourreau de Marie Stuart, on voit qu'il est pour la reine d'Angleterre contre Philippe II, pour la liberté de conscience contre l'inquisition.

Je n'ai plus qu'un mot à ajouter. *L'Histoire de Marie Stuart* est, comme *Antonio Perez*, un épisode développé de l'*Histoire de la réformation* à laquelle travaille depuis longtemps M. Mignet. Espérons que le légitime succès obtenu par ces deux ouvrages le décidera à publier prochainement ce grand travail si impatiemment attendu. Le seizième siècle, c'est-à-dire le premier réveil de la liberté humaine, quel vaste et magnifique sujet ! et qui pourrait le traiter avec plus de talent et d'autorité que M. Mignet ?

XXXI

L'honorable M. Granier de Cassagnac, député au corps législatif et journaliste politique, a voulu se contempler dans le miroir de sa jeunesse littéraire. Ce miroir est un volume jaune de trois cents pages, une réimpression de choses quelconques publiées autrefois dans la *Presse*, dans la *Revue de Paris*, dans la *Revue du dix-neuvième siècle* et dans l'*Époque*. Quelle époque !

Parlons donc de M. Granier de Cassagnac avec toute la déférence qu'on doit à ce littérateur homme de bien.

Si canimus silvas, silvæ sint consule dignæ.

Adolphe Granier de Cassagnac est né au milieu *des habitants des campagnes*, dans un village de Tarn-et-Garonne. Les fées du département furent convoquées à sa naissance, sauf la fée Modeste et quelques autres. S'il faut ajouter foi à une confidence publiée il y a deux ans dans le *Pouvoir*, journal disparu, Adolphe Granier avait, dès ses plus tendres années, des aspirations champêtres et une propension très-décidée vers les jouissances bucoliques ; tout en lui annonçait un pâtre virgilien, lorsqu'il fut envoyé au collège de Toulouse, cette capitale des troubadours et de l'Occitanie.

Après ses humanités, Adolphe Granier, qui venait de cueillir tout fraîchement une églantine ou une violette dans le parterre de Clémence Isaure, résolut de se lancer dans le chemin escarpé de la gloire, contrairement aux vœux de sa famille, qui l'aurait vu suivre d'un œil plus favorable la route moins hasardeuse de la pharmacie.

Les départements étaient alors en pleine révolte contre la tyrannie littéraire de la capitale. Les poëtes du nord et du midi, de l'est et de l'ouest, fatigués de vivre à l'ombre de la gloire, avaient résolu de clouer un soleil au firmament provincial. De toutes parts s'étendit ce mouvement de décentralisation qui enfanta un tas de *Revues* dont aucune n'a survécu et qui créa tant d'Obermanns de sous-préfectures. Toulouse eut sa *Revue*, et Adolphe Granier adopta avec enthousiasme les espérances des révoltés. Pour prouver à la France et au monde que la cité palladienne pouvait soutenir la concurrence littéraire avec Paris, Adolphe Granier charpenta un drame en collaboration avec MM. Louis de Maynard et Burat de Curgy. Ce drame noir, comme la littérature du temps, était, je crois, intitulé *la Marquise de Brinvilliers*. C'était un empoisonnement en cinq actes et en prose. La *Marquise* fut sifflée avec une telle unanimité, que le lendemain de ce désastre dramatique, Adolphe Granier montait en diligence et se dirigeait en toute hâte vers Paris, non sans avoir vidé tout un carquois d'épigrammes contre Toulouse et la décentralisation. Adolphe Granier ne croyait plus à la décentralisation !

A peine arrivé à Paris, Adolphe Granier se transforme en

Granier de Cassagnac, et va tout droit à la place Royale offrir sa plume à M. Victor Hugo, qui attendait un critique. Celui-ci, charmé de la forfanterie gasconne et de l'allure batailleuse du nouveau débarqué, fait des démarches auprès de M. Bertin aîné, qui enrôle le cadet littéraire au *Journal des Débats*. Par dévouement pour son protecteur, M. Granier de Cassagnac entreprend de débarrasser M. V. Hugo d'un rival qui le gênait alors, et, de propos délibéré, il entre en campagne par un *éreintement* en quatre points d'Alexandre Dumas. L'auteur d'*Antony* répond dans la *Revue de Paris*, l'auteur de la *Brinvilliers* riposte dans les *Débats*, et la bataille durerait probablement encore si M. Bertin, que tout ce tapage incommodait, n'avait prié M. Granier de Cassagnac de mettre une sourdine à sa critique ou d'aller ferrailler plus loin.

Evincé de la rédaction des *Débats*, M. Granier de Cassagnac se transporte à la *Revue de Paris*, où il publie quelques travaux qui sont peu remarqués. Puis il quitte la *Revue de Paris* pour la *Revue du dix-neuvième siècle*, un recueil aujourd'hui oublié, qui venait d'être fondé par des colons. M. Granier de Cassagnac trempe aussitôt sa plume dans l'écritoire antiabolitionniste, et il fait à ce sujet des tours de force de dialectique dont se souviennent encore ses rares lecteurs d'alors. Il donne de telles entorses aux textes de l'Évangile, qu'il tire de ces textes une triomphante argumentation en faveur de la sainteté de l'esclavage condamné par la morale chrétienne. A partir de ce moment, on put pressentir que M. Granier de Cassagnac irait loin, et, de fait, il alla plus tard jusqu'aux colonies pour recueillir les bénéfices de son paradoxe : les planteurs reconnaissants le nommèrent leur délégué. Malheureusement, je ne sais comment cela se fit, la nomination ne fut pas approuvée par le ministre de la marine.

Cependant M. de Girardin venait de fonder *la Presse*: il avait convoqué le ban et l'arrière-ban. M. Granier de Cassagnac enfourche un beau matin le feuilleton dramatique, et le

15.

voilà qui s'épate au milieu des chefs-d'œuvre de la scène française, qu'il met fort au-dessous d'*Angelo* ; il a le ton tranchant, le verbe haut, l'allure pourfendeuse, et il se promène dans les six colonnes de sa critique, renversant toutes les idées reçues, se cognant à toutes les traditions, — un éléphant dans un magasin de porcelaine. — Peine perdue ; le nom de l'écrivain n'avait pas encore percé cette carapace qui s'appelle l'indifférence du public. Un livre qu'il venait de publier, l'*Histoire des classes nobles*, n'avait obtenu aucun succès. Cinquante exemplaires tout au plus étaient sortis de ce purgatoire qu'on nomme la boutique d'un libraire, tout le reste de l'édition était passé dans l'enfer de l'arrière-magasin. *Lasciate ogni speranza.* Un soir M. Granier de Cassagnac rencontre au foyer de la Comédie-Française Henri Heine, qui lui dit d'un ton goguenard : « Pour crever le nuage qui cache un homme à la foule, il ne s'agit pour celui-ci que de développer, à grands renforts d'arguments cornus, une proposition biscornue ; un nom est une chose indispensable, surtout pour le jour où l'écrivain n'aura plus de talent, car alors il mettra ce nom au mont-de-piété. Abandonnez, croyez-moi, la grande route de la gloire, où vous êtes une centaine de pauvres diables de talent qui vous bousculez et vous marchez sur les talons, et faites un détour dans les parages de l'absurde, où vous ne serez malheureusement pas seul encore ; mais, comme vous avez en vous une force réelle, si vous suivez mon conseil, vous distancerez les autres d'un seul bond et vous raccourcirez de je ne sais combien d'étapes le chemin de la réputation. « Au fait, c'est une idée, répondit M. Granier. Jusqu'à présent je me suis époumoné à soutenir qu'il fait jour en plein midi, dorénavant je veux prouver qu'il fait nuit en plein jour ; en d'autres termes, tous les Français ont savouré depuis leur plus tendre enfance le lait de la tragédie du dix-septième siècle et ont été élevés dans l'admiration littéraire des grands hommes du règne de Louis XIV. Je prouverai dogmatiquement, moi, que la tragédie est une guenille, et je démontrerai péremptoirement que Racine est un drôle. Dans huit jours on me prendra pour un fou, dans un mois je serai célèbre.

Ce fut le lendemain de cette conversation que parut dans la *Presse* ce magistral article dans lequel M. Granier de Cassagnac soutenait que Racine est peut-être un écrivain valaque, chinois ou bas breton, mais qu'il ne sait rien de la langue française. Disons-le tout de suite, ce fut un beau triomphe pour l'Aristarque ! C'est même la plus belle époque de sa vie ! A chaque injure jetée à la face de Racine, c'était de toutes parts une explosion de colère et d'indignation contre l'iconoclaste qui se fit ainsi connaître de toute la France. Le succès des articles contre Racine fut si instantané, que dans l'espace de deux mois, la *Presse* perdit trois mille abonnés ! M. Granier de Cassagnac était célèbre, et il ne restait plus que cent exemplaires de son livre chez le libraire.

Ces articles étaient depuis longtemps oubliés ; tout s'oublie, hélas ! Mais M. Granier de Cassagnac n'a pas voulu que ses injures contre le prince des poëtes n'arrivassent pas à la postérité. Qu'aurait dit Erostrate, si l'on n'avait pas su que c'était lui qui avait brûlé le temple d'Ephèse ? Nous avons donc sous les yeux ce grand travail, revu et corrigé. Pour donner une idée de l'honnêteté littéraire de M. Granier, que le lecteur nous permette de citer le début de la critique d'*Athalie* :

« D'abord le *scenario* de cette tragédie est conçu et disposé « avec une telle absence de toute réflexion, que l'exécution de « la pièce prise au pied de la lettre est impossible. Ainsi la dis- « tribution faite par Racine lui-même porte que la scène se « passe *dans un vestibule de l'appartement du grand prêtre.* « Or ce même vestibule, ouvert de tous côtés, et dans lequel on « laisse venir humblement tout le monde, même Athalie, « même Joas, quand il a été reconnu roi, se trouve être, au « cinquième acte, le temple lui-même.

« En outre, n'est-ce pas une idée bien étrange en une action

« comme celle d'Athalie, action qui exige le concours d'une
« reine, d'une *grande dame !* comme Josabeth (*oh ! c'est que*
« *ce sont de grandes dames!* comme dans la *Tour de Nesle*), de
« personnages importants comme Abner et Joad, de jeunes
« filles, de prêtres, de sacrifices et de cérémonies, d'aller la
« placer entre quatre heures et huit heures du matin, c'est-à-
« dire avant le moment réellement actif et occupé de la
« journée! »

Tout le reste est de cette force et de cette bonne foi ! M. Granier de Cassagnac sait, comme tout le monde, que la règle des
unités est une convention dramatique à laquelle se sont soumis tous les grands écrivains du dix-septième et du dix-huitième siècle, Corneille comme Molière, Voltaire comme Racine.
M. Granier frappe donc Aristote sur le dos de Racine. Ce qu'il
reproche à *son ennemi Jean,* il peut aussi bien le reprocher à
Corneille, qui n'a pas plus recours que son émule au grand
art moderne du machiniste ; à Molière, qui prend la première
place publique pour y placer ses personnages, et qui n'est certes pas aussi fort que M. Hugo dans la science de la maçonne-
rie et de la serrurerie théâtrales. Dans ce triste siècle de
Louis XIV, que nous autres bourgeois nous avons la faiblesse
d'appeler encore le grand siècle, les décorations, les changements à vue, la charpente, et pourquoi ne pas appeler les choses par leur nom ? les *ficelles* ne tenaient pas autant de place
qu'aujourd'hui. Tout le théâtre de Racine, tout le théâtre de
Molière, pourraient, sans rien perdre de leur intérêt et de leur
beauté, se jouer dans un salon, entre deux paravents. A cette
époque, on ne savait pas *faire grand*, on faisait assez souvent
des chefs-d'œuvre, — une habitude bien dédaignée de nos
jours. — Quant à la seconde critique, elle est encore plus ridicule que la première. Reprocher à Racine d'avoir fait lever
une reine à quatre heures du matin, quand cette reine prend
soin de nous informer qu'elle a été réveillée par un songe dont
le souvenir la poursuit partout, c'est compter un peu trop sur

la naïveté de son lecteur. Je ne suivrai pas, comme on le pense bien, M. Granier de Cassagnac dans ses divagations hypercritiques : tous ses arguments ont la valeur de ceux qui précèdent. La réfutation de pareils paradoxes serait oiseuse, tant elle est facile. Je me contenterai de citer encore quelques lignes, qui donneront à ceux qui n'ont pas lu le *factum* de M. Granier de Cassagnac une idée du style, du jugement, du goût de ce célèbre écrivain :

« Malheureusement le style d'*Athalie* est *généralement* assez mal venu.

« Quand le style de Racine est *médiocrement* exécuté (un style « exécuté !), *il constitue* quelque chose de *particulièrement* « odieux. La trame, affaiblie, se rompt sous le faix des épithètes ; « l'idée, perdue dans le dédale des mots, n'arrive presque ja- « mais au bout de la phrase, et l'harmonie du vers n'est « qu'un piétinement insupportable de termes oiseux, d'hémis- « tiches parasites et de rimes manquées ; l'abondance tourne « au gâchis, l'ampleur à la pléthore, et la noblesse à l'ori- « peau. »

Un des nombreux griefs de M. Granier de Cassagnac contre les poëtes tragiques du dix-septième siècle, c'est de n'avoir pas « ce sentiment de rêverie et de lyrisme qui a occupé depuis une si grande place dans les œuvres de Châteaubriand, de Lamartine et de Victor Hugo. » Dans cette circonstance, comme dans beaucoup d'autres, M. Granier de Cassagnac n'est qu'un écho de la préface de *Cromwel*. Mais ce qu'écrivait M. Victor Hugo il y a vingt-cinq ans, comment oser le réimprimer aujourd'hui ? Voulez-vous savoir quelles déplorables conséquences ont eues sur la littérature moderne ce lyrisme et cette rêverie qui s'étalent en effet dans toutes les œuvres contemporaines? Cette rêverie a toujours mis le poëte à la place de ses personnages. Ce lyrisme a détourné la langue française de son cours naturel ; il a fait perdre au style la simplicité et la clarté, ces qualités de premier ordre, que Voltaire semble avoir emportées avec lui. Racine ne se servait pas de *Britannicus*, comme d'un truchement pour faire part au public de ses aspirations et de ses douleurs intimes. Le lyrisme, tel que l'ont entendu jusqu'à ce jour les grands papas de la jeune école, est l'apanage des écrivains inférieurs. Si vous voulez de la vraie rêverie, du vrai lyrisme, et si vous savez lire, lisez la *Phèdre* de Jean Racine.

Ce qui distingue M. Granier de Cassagnac entre tous les écrivains, c'est l'imperturbable assurance de sa critique ; il ne se prononce pas sur tel ou tel point, il ne donne jamais un avis, il rend un arrêt. Ainsi j'ouvre la première page de son livre, et j'apprends que la rénovation littéraire découle tout entière de M. de Châteaubriand, *Français*, *catholique* et *gentilhomme*, et qu'elle ne doit rien à madame de Staël, *étrangère*, *protestante* et *bourgeoise* : « Il en est de madame de Staël allant chercher ce qu'on appelle le romantisme en Allemagne, comme des décemvirs allant chercher les lois des Douze Tables en Grèce ; *il est prouvé* aujourd'hui que les décemvirs n'ont jamais mis le pied hors de Rome. »

Je ne veux pas examiner si le romantisme a été apporté en France dans le giron de madame de Staël ou dans la poche de M. de Châteaubriand, quoique je ne sois pas de l'avis de M. Granier, qui prétend que l'Allemagne n'a exercé aucune influence sur la littérature française contemporaine. Mais cette formule absolue : *il est prouvé aujourd'hui que les décemvirs*, etc. me fit supposer que cela n'était pas prouvé du tout. Je fis à ce sujet quelques recherches, et je donne, avec l'indication des sources, le résultat de cette pédantesque investigation.

Après une vive et sanglante opposition, qui dure de 461 à 451, les Romains, sur la proposition de Térentillus Arsa, tribun du peuple, délèguent, pour prendre connaissance des lois grecques, trois commissaires, Spurius Posthumius, Aulus Manlius et Publius Sulpicius. D'après Tite Live, livre III, chapitre 34, les lois à faire devaient établir l'égalité civile ; d'après le même auteur, livre III, chapitre 32, les commissaires allèrent jusqu'à Athènes. Cicéron, *Tuscul.*, liv. III, chap. 36 ; Pline, liv. XXXIV, chap. 11, donnent des détails et s'accordent sur le voyage des commissaires, au moins dans les villes de la grande Grèce, au sud de l'Italie.

Hermodore d'Éphèse servit d'interprète aux décemvirs, d'après Denys d'Halicarnasse, liv. X, chap. 57, 58, et d'après Diodore de Sicile, liv. XII, chap. 24, une statue fut élevée en son honneur dans le *comitium*.

L'opinion contraire, soutenue par Niebuhr, s'appuie sur le silence de Polybe. Or le silence de Polybe est-il une raison suffisante pour que M. Granier de Cassagnac se croie autorisé à dire *qu'il est prouvé* aujourd'hui que les décemvirs n'ont jamais mis le pied hors de Rome ?

Tout écrivain peut commettre des erreurs, mais ce qu'il n'est pas possible de supporter, c'est la jactance unie à l'ignorance. Or, il faut bien le dire, si l'on épluchait les *œuvres littéraires* de M. Granier de Cassagnac, on trouverait des erreurs et des contradictions à chaque page, pour ne pas dire à chaque ligne : j'en cite quelques-unes au hasard.

(Page 92.) « C'est pour avoir voulu s'attribuer le droit d'être religieux à sa guise, que Sophocle fut décrété d'accusation capitale. »

Eschyle, et non Sophocle, fut accusé, non pas d'irréligion, mais d'avoir, dans ses *Euménides*, révélé les secrets d'Éleusis.

(Même page.) « Dans tous les petits gouvernements de la Grèce, dans le gouvernement romain lui-même, l'autorité était pontificale avant toute chose. »

Énorme erreur historique ! Lépide vaincu est relégué dans sa dignité de grand prêtre.

(Page 85). « Les armées de toutes les nations ont été d'abord exclusivement formées de cavalerie. »

M. Granier de Cassagnac pourrait-il nous dire combien il y

avait de cavaliers au passage de la mer Rouge et à la guerre de Troie?

(Page 86.) « Henri IV, etc., fit faire par le bourreau une effroyable trouée dans la noblesse. »

Biron fut le seul noble exécuté sous le *bon roi*.

(Page 85.) « Un des plus notables scandales qui révoltèrent à Rome les dévots païens, *même du temps de César*, ce fut l'entrée dans le corps des pontifes de Ventidius Bassus, roturier d'origine, et qui pourtant était devenu consul. »

Deux cents ans avant le *temps de César*, Tibérius Coruncanius, roturier d'origine, était *grand pontife*.

(Page 13.) » Néron, qui se piquait de connaître la fin des choses et qui était classique, se moquait fort du style de Sénèque, qu'il appelait du sable sans chaux ; mais ce terrible critique n'arrêta pas l'élan qui était donné. »

Ce n'est pas Néron, mais bien Caligula, qui a dit que le style de Sénèque était du sable sans ciment. Que M. Granier relise la vie de Sénèque, dont il a voulu faire un novateur pour le besoin de son argumentation.

(Page 25.) « La filiation des dieux est une chose aussi rigoureuse dans la théologie d'Homère que le *homoiousios* dans la théologie catholique. »

Je suis bien fâché de donner à M. Granier cette petite leçon de pédagogie, mais le *homoiousios* n'a que faire dans la théologie catholique, il y est même fort déplacé, car c'est un terme arien (de nature semblable). Le terme catholique est *homousios* (de même nature).

Le livre de M. Granier de Cassagnac est une fourmilière d'erreurs, on n'en finirait pas s'il fallait les relever toutes ; passons donc au chapitre des contradictions :

« Les esclaves n'ont pas été violemment enchaînés par les « maîtres. » (Page 64.)

« Parmi les esclaves, les uns avaient été pris à la guerre, les autres volés. » (Page 296.)

« L'esclavage n'a pas commencé violemment. » (Page 67.)

« S'il y a un fait indubitable dans l'histoire, c'est que chez
« toute nation européenne, sans exception, toutes les fonctions
« sociales, comme la guerre, la juridiction, le *sacerdoce*, la
« science, ont été d'abord exclusivement remplies par des
« hommes de race noble. » (Page 84.)

« Sous le christianisme, les *affranchis* arrivaient, comme
« tous les autres hommes, aux degrés les plus éminents de la
« hiérarchie épiscopale. Ebbon, archevêque de Reims sous
« Charles le Chauve, avait été un esclave porcher. » (Page 68.)

Voici maintenant quelques axiomes de M. Granier de Cassagnac :

« Les faibles n'ont jamais été mis dans l'oppression par les
« forts. » (Page 63.)

« L'esclavage est un fait primitif et spontané, sans quoi il y
« aurait eu guerre perpétuelle entre les maîtres et les esclaves. » (Page 68.)

N'est-ce pas ce qui a eu lieu en effet ?

« Il est de la nature de toute grande chose d'être solitaire ;
les chênes naissent espacés. » (Page 75.)

Il n'y a donc pas de forêts de chênes ?

Il est inutile d'aller plus avant dans ce livre, non plus que
dans la biographie de M. Granier de Cassagnac. Agir autrement
ce serait, dans le premier cas, dépenser son temps en pure
perte ; dans le second, se heurter à la vie politique de l'écrivain.
Ce que j'ai voulu démontrer, c'est que M. Granier de Cassagnac
ne croit pas lui-même à ses théories littéraires et philosophiques.
Il a cherché le bruit, il l'a trouvé, et, fort heureusement pour
lui, il n'a pas poussé l'amour de la célébrité jusqu'à imiter ce
Pérégrinus-Protée, qui se brûla en pleine place publique pour
vivre dans la mémoire des hommes ; mais il est de la famille
de cet étrange philosophe. Ce désir effréné de faire parler de
soi à tout prix, a entraîné M. Granier de Cassagnac dans des
écarts qui ont compromis son talent, et complétement dé-

16

truit son autorité. Depuis quinze ans il a touché à tout, littérature, histoire, politique, philosophie ; on entre de plain pied dans le monde littéraire officiel avec un bagage plus léger que le sien. Eh bien ! je mets M. Granier de Cassagnac au défi de se présenter jamais comme candidat à l'Académie des sciences morales ?

XXXII

Le public n'a guère été gâté de nos jours, par les auteurs modestes. Presque toujours le titre d'un livre est menteur plus ou moins. Généralement, plus le sac est vide, plus l'étiquette est ronflante. Ce n'est pas à M. Ambroise-Firmin Didot, dans tous les cas, qu'on pourra reprocher de surfaire l'œuvre qu'il livre aujourd'hui au lecteur. Son *Essai sur l'imprimerie* est un ouvrage complet sur la typographie, cet art dont il est un des maîtres les plus illustres,

Et par droit de naissance, et par droit de conquête.

L'auteur n'a rien omis : il suit pas à pas les progrès de cette immense découverte, qui inaugure l'ère moderne, met en relief des noms trop peu connus, marque la date de tout perfectionnement apporté, depuis Guttenberg, à cet art si simple et à la fois si compliqué, et éclaircit, à l'aide de notes et de savantes recherches, quelques points obscurs de l'histoire de l'imprimerie. Tout ce qui se rapporte aux premiers jours de la découverte est surtout du plus haut intérêt pour quiconque aime suivre, dans ses phases les plus douloureuses, la vie de l'inventeur.

Quand on lit l'ouvrage de M. Ambroise-Firmin Didot, on se demande comment le nom de Guttenberg a survécu, et par quel prodige la postérité a unanimement décerné à l'illustre Mayençais une gloire qui lui était disputée de son vivant, non-seulement par des particuliers jaloux et avides, mais par trois ou quatre nations. Plus de quinze villes ont revendiqué leurs prétendus droits à la découverte de l'impression en caractères mobiles : Augsbourg, Bâle, Anvers, Bologne, Florence, Lubeck, Nuremberg, Rome, Venise, etc., sans compter les trois villes dont les prétentions sont appuyées de quelques titres, comme Strasbourg, Harlem et Bamberg. Ajoutez à cela qu'aucun livre imprimé ne porte le nom de Guttenberg. Quelle en est la cause ? on l'ignore. M. Ambroise-Firmin Didot ne résout pas ce problème ; seulement, pour expliquer ce fait, il donne trois raisons, dont une surtout paraît malheureusement trop probable.

Guttenberg était de famille noble, et avait épousé une demoiselle de noble famille. Crut-il ne pas devoir accoler son nom à celui de ses deux associés, Schœffer, simple ouvrier, et Faust, qui était lui-même roturier ?

Était-ce par une noble modestie, et pour ne laisser la gloire de l'invention qu'à Mayence, sa patrie ? « En ce cas, dit l'auteur de l'*Essai*, cette souscription placée à la fin du *catholicon* (1) mériterait à juste titre l'épithète de divine, qui lui a été donnée :

« Avec l'assistance du Tout-Puissant, qui par un signe rend
« les enfants éloquents, et leur révèle souvent ce qu'il cache
« aux doctes, ce livre insigne, le *Catholicon*, fut achevé d'im-
« primer en 1460, à Mayence, ville de l'illustre Germanie
« (que Dieu, dans sa clémence, daigna élever au-dessus des
« autres nations par le don gratuit d'une telle production du
« génie humain). Ce livre n'a été fait ni à l'aide du roseau,
« du stylet ou de la plume, mais *par l'accord merveilleux dans*

(1) Ouvrage dont l'impression est attribuée à Guttenberg.

« *les rapports et la grosseur des lettres, au moyen de poinçons*
« *et de matrices.* »

Pour nous il ressort très-clairement des procès que Guttenberg eut à soutenir avec ses associés, et des textes cités par l'auteur de l'*Essai*, qu'un troisième motif, le moins noble, est aussi
le plus réel. Guttenberg, sans argent pour perfectionner sa
découverte, emprunte à Faust et à Schœffer des sommes qu'il
ne peut rendre, et les créanciers abusent du malheur de leur
débiteur pour le contraindre à garder le silence. Voilà, je crois,
la vérité. Cette vieille histoire a été de tout temps, et est encore
aujourd'hui, l'histoire des inventeurs.

En effet, nous voyons que, par un acte souscrit à la fin
d'août 1450, Faust prête à Guttenberg 800 florins garantis par
le matériel; de plus, il s'engage à fournir à celui-ci 300 florins par an pour frais d'employés et de loyers, pour le par-
chemin, le papier, l'encre, etc. Au mois de décembre 1452, ces
fonds étant absorbés, Guttenberg fut de nouveau obligé d'emprunter au même Faust 800 florins.

Quelque temps après, Pierre Schœffer, habile calligraphe,
ayant été admis par Faust au secret de l'imprimerie, celui-ci
résolut de se débarrasser de Guttenberg : il éleva des difficultés
sur les sommes déjà avancées et sur les intérêts formant un total de 2,020 florins. Guttenberg fut condamné au rembourse-
ment des intérêts et de la partie du capital employée à son
profit personnel; mais, comme il était probablement hors d'état
de rembourser la somme dont il venait d'être déclaré redeva-
ble, il dut transiger, abandonner à Faust et à Schœffer la meilleure partie du matériel, et aller fonder une nouvelle imprimerie. Faust et Schœffer, qui venaient, en qualité de capitalistes,
de dicter la loi à Guttenberg, et qui restaient possesseurs de
la première imprimerie, purent se dire plus tard les inventeurs
de la découverte, et ils n'y manquèrent pas, comme on peut
s'en convaincre par la souscription imprimée par Jean Schœffer
à la fin d'un bréviaire, et où il déclare, dès 1509, « que ce bré-

viaire a été imprimé à Mayence, aux frais et par le labeur de l'honnête et vigilant Schœffer, citoyen de Mayence, dont l'aïeul inventa le premier l'art de l'imprimerie et le mit à exécution. »

Guttenberg vit la gloire de sa découverte revendiquée par bien d'autres. Junius, sans autre preuve que les on dit de quelques vieillards, fait de Faust un domestique de Laurent Coster, de Harlem, lequel Faust, après avoir surpris à son maître le secret de fondre les caractères et d'imprimer, lui aurait volé, dans la nuit des fêtes de Noël, toute son imprimerie et l'aurait transportée d'abord à Amsterdam, puis à Cologne, puis à Mayence, où, à l'abri des poursuites, il se serait mis à imprimer le *Doctrinate d'Alexander Gallus*. La ville de Bamberg a aussi sa prétention et sa fable. Quant à Strasbourg, elle croit également avoir des droits, mais elle ne dépouille pas Guttenberg de son auréole, elle fait de ce grand homme un de ses citoyens. Le fait est que Guttenberg était de Mayence ; les actes officiels des magistrats de Strasbourg ne permettent aucun doute sur cette question. Dans un acte passé également à Strasbourg en 1442, acte par lequel Guttenberg transfère au chapitre de Saint-Thomas une rente de quatre livres qu'il possédait sur la ville de Mayence, il est désigné : Jean dit Gensfleich, autrement Guttenberg, *de Mayence*. Voilà qui est concluant.

Ce que l'on peut conjecturer de tout cela, c'est que Guttenberg vécut pauvre et presque oublié à côté de ses deux associés, qui s'enrichirent. Guttenberg mort en 1468, Pierre Schœffer continua ses publications et eut toujours soin de mentionner dans ses souscriptions que c'était lui, Pierre Schœffer et son associé Jean Faust, qui étaient les inventeurs de la gravure et de la fonte des caractères. « Cependant, dit M. Ambroise-Firmin Didot, est-ce un sentiment de remords ou de sincérité réveillé en Schœffer par la mort toute récente de Guttenberg, qui lui fit placer à la fin de son édition des *Institutes* de Justinien, imprimées par lui en 1468, ces vers où, sans que le nom de Guttenberg soit pro-

16.

noncé, deux *Jean* sont signalés comme premiers inventeurs de la gravure des caractères d'imprimerie, ce qui semblerait désigner *Jean* Guttenberg et *Jean* Faust, tous deux de Mayence ? Dans cette même pièce de vers, il est dit que *Pierre* (Schœffer) vint s'adjoindre à eux : mais que, bien qu'il fût venu le dernier, il dépassa ses devanciers, ce qui semble être une allusion au passage de l'évangile de saint Jean, chap xx, v. 3-8, où il est dit que saint Pierre, bien que saint Jean l'eût précédé, entra cependant dans le sépulcre du Christ. »

Après avoir jeté une lumière vive et nouvelle sur l'origine de la grande découverte du quinzième siècle, M. Ambroise-Firmin Didot suit les progrès de la typographie dans tous les pays, depuis l'Allemagne et la France jusqu'aux îles de l'Océanie, où il nous montre le roi Pomaré imprimant, en 1818, la première feuille de son royaume. Le chapitre où l'auteur trace la situation des écrivains, des vendeurs de livres, des relieurs, des enlumineurs et des parcheminiers avant la découverte de l'imprimerie, est une des lectures les plus instructives et les plus attachantes. M. Ambroise-Firmin Didot ne recule pas devant les notes, les scolies, les appendices, les renvois et les citations de toutes sortes, et cependant c'est un savant agréable qui ne rejette pas l'anecdote quand elle se trouve sur son chemin. Son *Essai sur la typographie* apprend beaucoup de choses, et plaît également par le charme du style, deux qualités de premier ordre, dont une seule suffirait au besoin pour faire le succès d'un livre.

Nous venons de parler d'un inventeur du quinzième siècle, passons à un inventeur du dix-neuvième : M. Adrien Féline vient de découvrir un nouveau système d'orthographe, et il propose tout simplement de révolutionner la langue en substituant à nos lettres idéologiques un alphabet phonétique. Cette tentative n'est pas nouvelle, même de notre temps, il y a une vingtaine d'années, un M. Marle fit quelque bruit avec son *sisteme de reform ortografic.* « Beaucoup de savants grammairiens, dit l'auteur, Domergue, Beauzée, Duclos, ont depuis longtemps critiqué notre alphabet, la grammaire de Port-Royal a fait de même ; Destutt de Tracy en a démontré les vices, et Volney a écrit un volume entier sur l'*alphabet européen appliqué aux langues d'Asie,* où il prouve les imperfections de notre système graphique. Si M. Adrien Féline l'avait bien voulu, rien ne l'eût empêché de remonter encore plus haut : dans son excellent livre de l'*Histoire des révolutions du langage en France*, M. Francis Wey a fait avec beaucoup de talent et de bon sens l'histoire et la critique de tous ces émeutiers de la langue. Le premier de tous fut un docteur de la faculté de médecine de Paris, Jacques Dubois, dit Sylvius, lequel naquit à Amiens en 1478. Sylvius eut la triste gloire de poser le premier le programme de la licence orthographique, mais il eut des disciples dans tous les siècles suivants. Un autre hérésiarque , Louis Meigret, lança, en 1545, un manifeste réformateur en faveur des cuisinières de son époque. Toute autre orthographe que la sienne lui paraît dérivée *d'une grande ignorance e supersticion ;* aussi annonce-t-il qu'il s'efforcera *de fere qadrer lé lettre e lecritur ao voes* (aux voix) *et a la prononciacion, sans avoer egart ao loes sofistiqes dé derivezons e diferences, aoquelles se soumettet plus qe jamès aocuns de notres, come beufs ao gou.*

Je ne suivrai pas avec l'auteur de l'*Histoire des révolutions du langage en France* tous les réformateurs en matière d'orthographe depuis Milleran, Dangeau, qui poussa, dit M. Francis Wey, la conscience à cet égard jusqu'à s'appeler *Danjo*, Peletier du Mans, Simon, D'Argent, Lescluche, Lartigaut, Bleigny et Jacquier, jusqu'à l'abbé de Saint-Pierre. Tous ces néo-lexicographes, imités aujourd'hui par M. Adrien Féline, n'ont fait que semer l'anarchie en voulant modifier le système graphique, et en substituant à l'autorité inflexible de la règle et de l'usage, les fantaisies biscornues de prétendus alphabets phonétiques.

L'écriture conforme à la parole introduirait nécessairement autant d'orthographes diverses qu'il y a de manières de prononcer ; la prononciation varie de département à département : le nord a son accent, le midi a le sien, sans compter les accents intermédiaires. La simplification proposée par M. Féline nous ramènerait donc tout droit à la tour de Babel (1).

M. Féline, qui vient de faire un alphabet *rationnel*, n'a pas remarqué qu'il est tombé lui-même dans plus d'une erreur *phonétique*. Ainsi, dans son dictionnaire de la prononciation, je vois qu'il rend le son *que* par un k et une voyelle grecque, un epsilon, *kε*. Plus loin, dans le mot *quérir*, où le son de la première syllabe diffère essentiellement du son *que*, cité plus haut, l'epsilon est également employé, *kεrir*. Je pourrais lui citer bien d'autres fautes de ce genre, si j'avais absolument besoin de démontrer l'impuissance des alphabets phonétiques, et si je n'étais convaincu que l'orthographe de toute langue ne repose que sur une convention qui a pour bases raisonnables la tradition, l'étymologie et l'usage.

Mê-z jε prosed a la manièr dè-z matematisyên, j'admez un ipotez absurd, jε supôze kε l'alfabê-t rasionel de M. Felin èst adopte par tûz lε frase-z (tous les Français), e jε mε di kε le-z kuisinie e le-z kuisinier serèt tût ôsi abarase (embarrassés) aprè-z k'av-t (après qu'avant).

Je suis forcé, comme on voit, d'avoir recours à l'orthographe difficile pour faire comprendre l'orthographe facile.

(1) M. Francis Wey cite une anecdote qui démontre bien la vanité du langage phonétique :

« Le livre de Louis Meigret, dit-il, n'eût pas fait très-grand bruit s'il n'avait reçu l'approbation et l'appui de Jacques Peletier du Mans, qui, ravi de l'idée de calquer l'écriture sur la prononciation, publia une apologie de Meigret à propos d'une traduction du *Menteur*, de Lucien, mise au jour par ce dernier dans son orthographe nouvelle.

« Peletier cependant et Meigret ne s'entendirent pas sur tous les points ; chacun d'eux prenait la prononciation pour base, mais l'un était de Lyon, l'autre du Maine, et ils prononçaient différemment quantité de mots. »

Dussé-je passer aux yeux de M. Féline, qui n'aime pas, à
ce qu'il paraît, les esprits légers, pour le plus léger des esprits,
je soutiens que son alphabet rationnel est bien plus idéologique
que l'alphabet consacré par l'usage et l'étymologie. Je me demande aussi ce que deviendraient les chefs-d'œuvre de la langue, s'il venait jamais à l'idée d'un imprimeur barbare de les
revêtir des caractères phonétiques de l'auteur de la nouvelle
réforme alphabétique. Prenons les quatre premiers vers d'une
fable de La Fontaine, et voyons quel effet produirait le bonhomme sous ce travestissement de carnaval antiphilologique :

> Mê'tr korbô, sur u-n arbr perche,
> Tenê-t a-n so-n bêk u-n fromaj.
> Mê'tr renar par l'oder aleche,
> Lui tint à pe prez ce langaj.

Et Corneille,

> Ke vûlie vû kil fi kotre truâz ? Kil mûru.

Je suis sûr que si M. Adrien Féline avait songé à écrire ce
vers du grand tragique dans l'orthographe de son invention
comme je viens de le faire, il aurait renoncé à son nouveau
dictionnaire et à son système. Orthographié de la sorte, cela
n'est plus du français, c'est quelque chose au-dessous du gal-
lois et du bas-breton.

M. Féline a prévu l'objection. « On s'inquiétera pour notre
poésie et les chefs-d'œuvre de notre littérature. Mais il ne s'a-
git pas de supprimer l'alphabet actuel, il continuerait encore
pendant longtemps d'être employé par les lettrés, comme la
langue latine a été pendant tant de temps la langue savante et
seule écrite. (Sylvius, dont nous parlions plus haut, disai
exactement la même chose.) Il s'agit seulement, pour ceux
qui peuvent recevoir une éducation complète et suivre les écoles secondaires, d'acquérir, par l'étude la plus sommaire, une

seconde manière d'écrire qui les mette en rapport avec la masse du peuple. »

En vérité, j'admire le sang-froid de M. Adrien Féline. Il ne voit pas que si son patois triomphait jamais, la langue française, devenue le langage exclusif des lettrés, ne serait bientôt plus qu'une langue morte comme le latin, le grec et l'hébreu. Dans quarante ans d'ici il n'y aurait plus que les membres de l'Académie des inscriptions qui pourraient comprendre les vers de Racine et la prose de Voltaire. En revanche le bas-normand et le languedocien, orthographiés d'après la méthode phonétique, auraient de grandes chances de se substituer à notre idiome national.

Quand j'entends soutenir sérieusement des hérésies de cette nature, je me rappelle certain passage qui m'a frappé dans l'*Histoire des révolutions du langage*, et je ne puis résister au désir de le citer.

« Comme les fauteurs de troubles, ces hérésiarques se sont recrutés dans la foule des mécontents. Dédaigné par les muses, maltraité par Appollon, un auteur garde parfois de l'aversion pour la langue dont il n'a su tirer un parti glorieux. . . .

. . . .

« Que faire alors ? On se jette dans les protestations grammaticales, on appelle des réformes ; sous prétexte d'un idiome à perfectionner, on discute et l'on nie le génie des ancêtres, et quand on a fait table rase, on se trouve seul et grand face à face avec un alphabet : on a vaincu un T final, atterré une diphthongue et désarçonné deux ou trois lettres étymologiques. »

XXXIII

Il y a aujourd'hui deux façons bien distinctes de *cultiver les lettres* : l'une, c'est la plus commune et la plus facile, consiste à produire beaucoup, à empiler volume sur volume, à traiter tous les sujets qui ont une certaine opportunité, et finalement à abdiquer son talent au profit de son intérêt ou de la nécessité. Quand il a fait quelques étapes de cette route au premier abord si riante, l'artiste s'est bientôt métamorphosé en manœuvre ; la volonté, la spontanéité, la rêverie, la liberté, tout ce qui est du domaine du *mens divinior*, il ne le connaît plus ; il ne peut plus travailler avec cette calme passion sans laquelle il n'y a pas d'œuvre sérieuse ; sa tâche, à lui, c'est de produire sans trêve du matin au soir, et il produit ; mais comme nulle nourriture intellectuelle ne vient réparer cette quotidienne déperdition de forces, la production d'aujourd'hui vaudra juste (si elle ne vaut pas moins) ce que valait la production de la veille. Il ressemble à ces machines garanties pour un certain temps, et qui fonctionnent à merveille jusqu'à ce que le grand ressort se brise. Le malheur est qu'il n'existe pas encore de mécanicien pour souder les ressorts de l'esprit. Après dix ans d'un travail de toutes les heures, cet homme, qui a rempli de son nom tous les journaux et de ses livres toutes les librairies, ne laissera ni un livre ni un nom.

La seconde manière est juste la contre-partie de la première. L'écrivain véritablement digne de ce nom s'appartient tout entier ; il travaille à son heure, et ne relève que de l'étude ou de l'inspiration. On ne le voit pas chevaucher dans la foule des coureurs à tous les *steeple-chase* de l'annonce ; il n'a guère le temps de parader mensuellement sur la quatrième page des journaux. Enfermé dans sa studieuse solitude, il laisse les aventuriers de lettres sauter les fossés et les palissades. Heureux ceux qui ont le courage ou la liberté d'agir si sagement, et d'aller par un chemin sûr au succès. Hélas! tous, et je parle des mieux doués, n'ont pas ce privilége. Combien, parmi les fervents, sont forcés de sacrifier au minotaure et d'échanger le grand titre de littérateur contre la très-vulgaire qualité d'homme de lettres.

XXXIV

Ce n'est pas une entreprise facile que de traduire Homère, ce vieux poëte grec aussi éloigné de nos mœurs et de votre langage que la Bible elle-même ou les poëmes sanscrits. Celui qui voudra donner de l'aïeul de la littérature hellénique une idée exacte devra auparavant se créer une langue qui ne ressemble nullement à celle que nous parlons. Il lui faudra s'identifier à une époque héroïque pleine de barbarie et de grandeur. Les héros de la guerre de Troie discourent, combattent, se livrent à la joie des festins, se massacrent et s'injurient pendant douze ou quinze mille vers. Ulysse, dont les aventures forment le tissu de l'Odyssée, est témoin de prodiges dont les équivalents ne se trouvent que dans les merveilleux récits des *Mille et une nuits.* Tout cela est exprimé dans une langue contemporaine ; le poëte et les acteurs ont vécu au sein de la même civilisation, ont en quelque sorte palpité aux mêmes récits, ont cru aux mêmes fables ; ils ont ensemble adoré ces dieux immortels à proportions humaines, qui se battaient corps à corps avec les guerriers. Ils ont connu le vieil Olympe, tantôt considéré comme la voûte éthérée du firmament, tantôt simplement comme une montagne, royaume terrestre dont les habitants vivaient d'ambroisie et jouissaient d'une immortalité exempte de quelques-unes des infirmités humaines, mais non de la honte de la défaite et de la douleur des blessures.

M. Giguet est entré dans la lice. Il a voulu combattre non-
seulement le vieil athlète ionien, mais encore les vingt ou
trente prédécesseurs rencontrés dans ce tournoi fameux. Après
les tentatives de traduction, aussi anciennes que notre langue,
après les savantes études de Dugas-Montbel, les incolores pas-
tiches de Bitaubé, les efforts de madame Dacier, les essais de
MM. Aignan et Bignan, deux versificateurs académiques dont
les noms riment l'un avec l'autre, il nous a donné un volume
compacte de prose modelée sur ces antiques statues homériques, l'*Iliade* et l'*Odyssée*, que les anciens considéraient comme
des muses plus jeunes et plus belles que les hôtesses du Pinde
ou du Parnasse. Son travail, exécuté avec conscience et talent,
est aussi réussi que peut l'être l'ouvrage d'un homme qui n'a
pas consacré sa vie entière à l'étude et à la reproduction d'Homère. Dugas-Montbel, fanatique adorateur de l'*Iliade* et de
l'*Odyssée*, a été son guide pour le sens général et pour l'esprit
des deux grandes épopées. Il a seulement modifié le style étrange
et parfois peu français de ce Grec du dix-neuvième siècle. Mais
la traduction nouvelle, avec une assez grande correction, ne
nous présente pas le coloris si fortement accusé, l'allure si
fière et si énergique du vieux poëte. Malgré des efforts déses-
pérés, M. Giguet ne peut rendre ces pittoresques images qui
ont fait frémir la plume des anciens traducteurs. A peine si
parfois il hasarde *Junon aux grands yeux, Achille aux pieds
légers, Vénus aux bras blancs, Pénélope à la jolie jambe*. On
comprend cette timidité : ce qui dans le texte ne constitue
qu'une épithète harmonieuse devient, en passant dans notre
langue, une lourde et traînante périphrase. Le grec d'Homère,
si pittoresque et si expressif, contient toute une phrase dans
un mot, par exemple : *Des monts frappés de la foudre (acroce-
rauni). Une lance qui projette une ombre longue (dolichoskion).*
Aussi, grâce à cette merveilleuse facilité de composition, il
suffit d'un ou de deux vers pour faire tout de suite un petit
tableau. Quels efforts ne faudrait-il pas pour que notre langue

17

si analytique, et en comparaison si diffuse, pût se colorer sous la plume du traducteur, et donner quelque idée de ces vives et fraîches peintures ? Voltaire disait avec raison, comme presque tout ce qu'il disait, que nous n'avons que de misérables briques pour bâtir nos demeures, tandis que les anciens élevaient des palais tout resplendissants de marbre et de porphyre.

Que M. Giguet nous permette de lui signaler un poëte de l'école de Ronsard, bien ignoré sans doute, mais qui n'en a pas moins publié, vers la fin du règne de Henri IV, une *Iliade*, une *Odyssée*, et, qui plus est, tous les poëmes apocryphes qui viennent à leur suite, en alexandrins français. Chose étrange, Salomon Certon, conseiller notaire et secrétaire du roi, reproduit parfois avec fidélité non-seulement le sens toujours exact chez lui, mais encore le mouvement et la couleur du texte. Je n'en citerai que les premiers vers de l'*Iliade*, afin qu'on ne m'accuse pas d'avoir choisi le passage le plus irréprochable :

> Déesse, je te prie, apprends-moi et me chante
> Du Pélide Achilles la colère sanglante,
> Qui nuisit tant aux Grecs, leur porta tant de maux,
> Qu'elle força descendre aux règnes infernaux
> Les plus braves esprits de leurs bons capitaines,
> De leurs chefs généreux exposant par les plaines
> Les corps auparavant tant forts, tant estimés,
> Aux oiseaux dévorants et aux chiens affamés.
> Du puissant Jupiter l'ordonnance fut telle,
> Dès le premier instant qu'entrèrent en querelle
> Et furent divisés Achille au divin nom
> Et des hommes le roi, l'Atride Agamemnon.

Le lecteur comparera ces vers raboteux, incultes, mais robustes, mais exhalant le parfum de la barbarie pittoresque du grec, avec les versions adoucies des modernes. M. Giguet et bien d'autres pâliraient à côté de cette imitation, qui date d'une époque où notre langue à demi formée avait plus d'analogie avec la langue d'Homère.

XXXV

M. Pierre Leroux a pris M. Proudhon à partie et il le secoue vigoureusement ; il n'y a que les philosophes qui soient doués de pareils poignets. « Mon cher Proudhon, lui dit-il, vous êtes un sophiste, vous êtes un athée ; on m'avait bien dit que vous écriviez les plus singulières choses sur le bon Dieu, mais je n'en voulais rien croire. » Aujourd'hui M. Pierre Leroux croit tout ce qu'on lui a dit sur le compte de M. Proudhon. Il reconnaît que cet amant des ruines, cet oiseau de la nuit nie toute divinité, toute providence, toute théodicée, qu'il refuse au monde toute organisation. M. Pierre Leroux, l'apôtre de la liberté, de l'égalité et de la fraternité, ne se doutait même pas dans sa candeur que depuis tantôt dix ans M. Proudhon déclarait qu'il se souciait de l'égalité comme de son habit de première communion ; qu'il ruinait la liberté au nom même de la liberté, et qu'en voulant mettre en lutte la liberté de chacun avec la liberté de tous (théorie de l'anarchie), sans contrat, sans convention, au nom de l'égoïsme, au nom de la concurrence, an nom du *laissez-faire*, il organisait purement et simplement l'écrasement du plus grand nombre des enfants de Dieu. Comment M. Pierre Leroux est-il enfin parvenu à voir clair à travers le système destructeur de M. Proudhon ? C'est ce que nous allons dire en peu de mots.

M. Proudhon, abrité derrière sa formidable barricade de syllogismes, s'était mis dans un de ses moments de mauvaise humeur à lancer à tour de bras des pierres contre tout le monde. Dans la mêlée, M. Pierre Leroux reçut un pavé en pleine poitrine, et quel pavé ! M. Proudhon le traitait de *théologastre*. Immédiatement la lumière se fit pour M. Pierre Leroux. Il se sentit soudainement illuminé comme saint Paul sur le chemin de Damas. — Ah! tu m'appelles théologastre, moi ton collègue en socialisme, décidément tu dois être un forban de la propriété ; ah ! je ne suis qu'un théologastre, je vois à présent qu'on ne m'a pas trompé quand on m'a dit que tu ne croyais pas en Dieu. Attends un peu, je vais t'apprendre ce que c'est qu'un théologastre. Et le théologastre Pierre Leroux, élevant barricade contre barricade, entreprit sur-le-champ le siége de M. Proudhon. Il dressa contre lui toutes les catapultes de l'*a priori*, tous les béliers de l'*a posteriori ;* il battit en brèche sans repos et sans relâche les thèses, les antithèses et les synhtèses de son adversaire avec la grosse artillerie de sa dialectique. Théologastre! à l'heure qu'il est, la barricade Proudhon est complétement démantelée ou peu s'en faut. Toutes ses pièces ont été enclouées par l'ennemi, car il n'a pas riposté par un seul coup de canon, lui, le grand artilleur de la controverse! Je ne sais même pas si le bastion de *l'antinomie* n'est pas au pouvoir de M. Pierre Leroux ; que va devenir M. Proudhon, s'il est vrai que l'antinomie ait été emportée d'assaut ! Cela lui apprendra une autre fois à ne pas traiter légèremen M. Pierre Leroux de théologastre.

Il faut que ce mot de théologastre soit un terrible mot, avouez-le, pour déterminer des sorties aussi vigoureuses que celle-ci : « Ah ! vous voulez renvoyer toute la science politique aux musées et aux bibliothèques, mon cher Proudhon. Il me semble entendre Fourier, votre ancien maître, celui dont vous avez sucé le lait quoi que votre orgueil en dise (quelle cheminée sur les épaules de M. Proudhon !); car, bien que vous souteniez que vous n'avez jamais demandé la lumière à aucune école, vous n'êtes pas sorti tout armé de votre propre cervelle, comme Minerve du cerveau de Jupiter, et tous ceux qui vous connaissent savent fort bien que Besançon, votre patrie et celle de Fourier, vous vit fouriériste dans votre jeune âge (théologastre !) : la seule différence que je voie entre vos prétentions et celles de Fourier, c'est que Fourier, plus conséquent que vous, annonçait fièrement la débâcle de toutes les bibliothèques politiques et morales renversées par ses conceptions, tandis qu'il paraît que vous conservez les bibliothèques et les musées, je ne sais trop pourquoi. J'y vois encore une autre différence, c'est que sur les ruines des sciences incertaines, Fourier croyait de bonne foi élever la théorie de *l'harmonie universelle*, tandis que vous n'élevez que la théorie de *l'anarchie universelle*, c'est-à-dire que sur les ruines de la science humaine imparfaite et progressive, vous prétendez ériger le néant. »

Nous ne dirons jamais rien de plus fort et de plus juste contre la théorie de M. Proudhon, qui voudrait bien rejeter dans son écritoire la terrible goutte d'encre d'où est sorti le mot imprudent de : théologastre.

Malheureusement M. Pierre Leroux ne se contente pas de démolir pierre par pierre l'édifice proudhonien, il élève à la place sa petite cabane métaphysique. Si je ne vous dis rien du système de M. Pierre Leroux, ne vous en prenez qu'à la faiblesse de mon intelligence, qui n'a jamais pu deviner ce réjouissant logogriphe appelé la *triade*. Tout ce que j'ai pu démêler dans l'écheveau embrouillé des propositions du sectaire, c'est que MM. Pierre Leroux et Proudhon ne sont pas aussi éloignés de s'entendre qu'ils en ont l'air, et que ce grand carnage d'érudition doctrinale finira très-probablement un beau jour par une accolade philosophique. En effet, M. Proudhon dit : *Dieu n'est rien*, et M. Pierre Leroux répond : *Dieu est tout*; or ces deux axiomes, si dissemblables au premier abord, conduisent logiquement à une conclusion identique, *adéquate*, dirait M. Leroux. Si M. Proudhon peut me prouver que Dieu n'existe pas, je deviens athée comme lui, je me retranche dans mon égoïsme comme lui, et je vis dans l'admiration de mon individu toujours comme lui. Si de son côté M. Pierre Leroux me démontre victorieusement que je suis une partie intégrante de Dieu, je me divinise, je m'adore moi-même, ou, ce qui est

17.

aussi triste, j'ai un profond mépris pour la divinité. On voit donc bien que la conséquence, des deux propositions est la même, et que le panthéisme de M. Pierre Leroux n'est pas plus concluant que le nihilisme de M. Proudhon.

Cependant au moment où l'on croit que tout est fini et que la grande question du *sic et non* est vidée, voici que M. Proudhon ne veut absolument pas rester sous cette terrible accusation d'athéisme. Comme il n'admet ni le catholicisme, parce qu'il vient de Jérusalem ; ni le panthéisme, parce qu'il vient d'Allemagne, il fait sortir des flancs d'une strophe brûlante l'éclair d'une religion indigène. Il faut, s'écrie-t-il, que le peuple reprenne avec son initiative son *automathie* perdue. « Vous n'avez pas entendu, comme moi, dès l'enfance, ô Leroux ! les chênes de nos forêts druidiques pleurer l'antique patrie, vous ne sentez pas vos os pétris de ce pur calcaire du Jura frissonner au souvenir de nos héros celtes, Vercingétorix, traîné en triomphe par César, Orgétorix, Arioviste et ce vieux Galgacus vaincu par Agricola ; vous n'avez pas vu, au bord de nos torrents alpins, la liberté vous apparaître sous les traits de Velléda. »

A la bonne heure, nous connaissons enfin la religion de M. Proudhon ; c'est celle de la Gaule primitive, c'est Velléda, c'est le druidisme ; seulement, au lieu de druidisme, M. Proudhon l'appelle *automathie.*

Et c'est au moment même où M. Proudhon se moque du *circulus,* ce dieu de l'avenir, selon M. Pierre Leroux, qu'il invente, lui, l'automathie druidique. O automathie ! ô circulus ! allez en paix et unissez-vous. Nous sommes bien sûrs que vous n'aurez pas de postérité !

Mais ce n'est pas tout, quelques jours plus tard M. Proudhon s'écriait.

« Je m'étais dit : Que ferons-nous de Louis Blanc ? un con-
« troversiste ou un insulteur ? — A son choix. — L'un comme
« l'autre convient à la *Voix du Peuple.* C'est à lui de prouver

« par la manière dont il répondra à nos interpellations qu'il a
« encore plus d'esprit que de faconde. Sinon, auteur sifflé,
« il faut qu'il disparaisse de la scène révolutionnaire. Quoi
« qu'il fasse donc, et quoi qu'il dise, sottise ou trait de génie,
« nous poserons nos conclusions. La science y gagnera, la
« révolution profitera, et le peuple s'avisera. *Quidquid dixe-*
« *rit argumentabor.* »

Là-dessus M. Proudhon se met à confesser Louis Blanc ;
il lui dit en substance qu'il n'est pas un révolutionnaire, mais
que toute sa science économique n'est qu'une généralisation
absurde de la routine *mercantile et propriétaire* ; que son système de gouvernement n'est qu'une soufflure de la politique
de Ferdinand Flocon, qui faisait pour elle concurrence à
M. Armand Marrast, qui la tenait de M. Thiers, qui était un
compère de M. Guizot, qui avait étudié sous M. Royer Collard,
qui..... Je n'en finirais pas avec les qui multipliés. Cette filiation
scientifique est aussi longue que la généalogie des descendants
de David.

M. Louis Blanc est en outre atteint et convaincu d'être un
pseudo-socialiste et un pseudo-démocrate. C'est pour cela qu'en
mars il a fait de la réaction à Blanqui, et qu'en avril, le croyant
mort, il a aspiré à la dictature. Par son ultragouvernementa-
lisme, Louis Blanc a rendu la révolution sociale odieuse aux
paysans et aux bourgeois, et contribué plus qu'aucun autre
aux défaites de la démocratie.

Voulez-vous connaître maintenant la réponse du confessé
Louis Blanc, au confesseur Proudhon?

Proudhon, dit M. Louis Blanc, est un gladiateur de profession, un déchireur de renommées populaires, un panégy-
riste des tyrans, jongleur, tendeur de gluaux, semeur de
doutes, souffleur de discordes, éteigneur de lumières, calom-
niateur du peuple, race de Thrasymaque, de Lysandre et de
Tallien. La litanie est déjà assez jolie comme cela ; mais, ce
n'est pas tout : l'ex-président du Luxembourg n'a dévidé que

quelques grains de son chapelet ; il trouve encore moyen de
prouver à M. Proudhon qu'il est un sophiste, un philippiste,
un Galimafron, un idolâtre, un Satan, un écolier, un Erostrate,
et, enfin, un partisan de Pitt et Cobourg.

J'avoue que si j'étais à la place de M. Proudhon, je serais un
peu humilié de cette dernière accusation. Partisan de Pitt et
Cobourg, cela n'est pas très-neuf, mais cela a conduit bien des
gens à la guillotine. Aujourd'hui, il est vrai, cela ne mène
plus les accusateurs qu'au ridicule.

Je n'ai jamais eu une foi bien robuste dans l'omniscience
de M. Louis Blanc ; mais je l'aurais cru plus rompu à la controverse ; M. Proudhon agit un peu lui-même à la façon des
héros d'Homère ; il commence par injurier ses adversaires
avant de les attaquer avec l'arme légale des arguments ; mais
il finit toujours par toucher son ennemi au défaut de la cuirasse. M. Louis Blanc, au contraire, se met les poings sur les
hanches, et récite tout d'une haleine une kyrielle d'insultes
qu'il a puisées dans je ne sais quel vocabulaire de rhétoricien
rageur. Evoquer en 1850 les noms de Tallien, de Lysandre,
de Thrasymaque, de Pitt et Cobourg, et les jeter comme autant d'injures à la face de son interlocuteur, c'est ne faire
preuve ni de goût, ni d'imagination. M. Pierre Leroux était
plus original, il se donnait au moins la peine de créer des sub-
stantifs. *Cahotiste* était un projectile tout neuf ; *Rieniste* n'avait,
pour ainsi dire, presque pas servi : dans cette lutte où l'antinomie battait en brèche le somnambulisme, et où le *Circulus*,
à son tour, étreignait la thèse et l'antithèse, on jouissait au
moins du spectacle de deux philosophes qui se prennent aux
cheveux. Quant à M. Louis Blanc, si j'avais un conseil à lui
donner, je lui dirais de répondre par un silence éloquent. En
parlant, il prépare un trop facile triomphe à M. Proudhon,
qui peut alors victorieusement s'écrier :

« Que dites-vous de cet appendice à la litanie composée
« en mon honneur par Pierre Leroux. *Malthusien, éclectique,*

« *libéral, individualiste, bourgeois, athée, propriétaire*`, etc.
« Chœur de Séraphins ! Quand le premier dit *tue* l'autre ré-
« pond *assomme*. Ces gens-là ne savent seulement pas que l'in-
« jure, pour être de bon goût et se faire tolérer des honnêtes
« gens, doit être l'expression juste du fait et de l'idée et ne
« jamais dévoiler la passion secrète et vilaine de celui qui y a
» recours. »

Encore un grand homme de mort. *L'état serviteur* est resté
sur le carreau.

XXXVI

Il est de certaines hâbleries (je ne trouve pas un autre mot)
que la critique se voit forcée de relever pour qu'elles ne s'im-
plantent pas comme des vérités dans les intelligences naïves ou
peu au courant de la valeur qu'il faut raisonnablement attribuer aux affirmations de quelques-uns de nos *esprits forts* contemporains.

Je cite textuellement un passage de certain discours prononcé
par M. Alexandre Dumas devant une commission du conseil
d'État :

« Je suis fâché de n'être d'accord avec mon confrère Scribe
sur aucune des propositions qu'il vient d'émettre relativement
aux théâtres d'enfants, à la liberté des théâtres, aux priviléges.
Les théâtres d'enfants, a-t-il dit, sont immoraux. C'est vrai;
mais on peut les soumettre à une police rigoureuse : ils ne le
seront plus. Ne les détruisez pas : c'est une pépinière précieuse
de comédiens. »

M. SCRIBE : « Et le Conservatoire ? »

M. DUMAS : « Le Conservatoire fait des comédiens impossibles. Qu'on me donne n'importe quoi, *un garde municipal li-
cencié en Février*, un boutiquier retiré, j'en ferai un acteur;

mais je n'en ai jamais pu former un avec les élèves du Conservatoire. Ils sont à jamais gâtés par la routine et la médiocrité de l'école ; ils n'ont point étudié la nature, ils se sont toujours bornés à copier plus ou moins mal leur maître. Au contraire, dès qu'un enfant est sur le théâtre, ce qu'il peut y avoir en lui de talent se développe naturellement ; c'est ainsi que se sont formés presque tous nos grands comédiens modernes. »

Je n'ai point à prendre parti en faveur du garde municipal et du boutiquier retiré, qui me paraissent pourtant quelque peu malmenés par ce haut baron du feuilleton. Dans l'esprit de M. Dumas, le garde municipal tient, à ce qu'il paraît, le milieu entre le mollusque et l'éponge, cet infortuné est à l'idéal intellectuel ce que, dans l'ordre plastique, la grenouille est à l'Apollon du Belvédère. Encore une fois, je n'ai point à me prononcer sur cette grave question. M. Alexandre Dumas est un homme qui se connaît en intelligence et en gardes municipaux ; et s'il a si lestement paraphé un brevet de crétinisme à ces intéressants militaires, c'est qu'ils seront probablement restés insensibles et l'arme au bras, dans leurs soirs de service, devant les beautés dramatiques de *Monte-Cristo* et des *Girondins*. Passons.

Jusqu'à ce jour, on avait supposé que le Conservatoire, cette école de déclamation ouverte aux jeunes gens qui se destinent au théâtre, avait sa raison d'être, comme l'Ecole polytechnique, comme l'École normale, comme l'École forestière, comme toutes les écoles spéciales : on s'était trompé. Le Conservatoire, c'est M. Dumas qui le dit, est une superfétation. Cela existe, on ne sait pourquoi. M. Dumas fournit des preuves à l'appui de son opinion. Non-seulement il n'est pas sorti un seul grand comédien du Conservatoire, mais il suffit d'avoir étudié au Conservatoire pour être un comédien déplorable et pour être classé dans l'échelle artistique au-dessous de l'huître et du garde municipal. Donnez à M. Dumas *n'importe quoi*, et il se

charge de le façonner, au bout de quelques leçons, en un acteur présentable ; mais ne lui envoyez pas surtout un élève de
M. Ligier, de M. Samson ou de tout autre professeur, il ne
pourrait pas même en faire un figurant du Cirque ou la quatrième jambe d'un éléphant dans une pièce indienne. Il ne faut
pourtant pas un très-grand talent pour remplir le rôle de quatrième jambe ; mais un malheureux qui a étudié au Conservatoire a le cerveau tellement atrophié, qu'il est capable de prendre la queue pour la jambe et M. Dumas pour un homme
sérieux.

Dans de pareilles conditions il semblerait que la Commission
du conseil d'État n'eût plus qu'un parti à prendre, ce serait
de proposer au gouvernement de fermer au plus vite les portes
du Conservatoire et de renvoyer les adeptes dramatiques à
M. Alexandre Dumas, qui se ferait un malin plaisir d'enrichir
de comédiens distingués les différentes scènes de Paris et de la
banlieue.

Tel était mon avis après avoir pris connaissance du discours
de M. Alexandre Dumas, lorsque l'idée me vint de consulter à ce
sujet un acteur de la Comédie-Française, qui, pour toute réponse, me mit sous les yeux les registres du Conservatoire depuis 1786, époque de sa fondation, jusqu'à nos jours.

Jugez de mon étonnement ; le premier nom qui fixa mon regard fut celui de Talma.

— Talma ! m'écriai-je, n'a jamais pu être élève du Conservatoire. Talma était un grand artiste dont l'intelligence dramatique dépassait certainement celle d'un garde municipal
ordinaire.

— C'est aussi mon opinion, me répondit l'honorable comédien auquel je m'étais adressé, et malgré ma confiance aveugle
dans la science professorale de M. Dumas, je doute fort qu'il
fasse beaucoup de tragédiens de cette trempe.

— Mais enfin, lui dis-je, Talma est une exception, nos grands

comédiens modernes n'ont point passé par ce pont aux ânes
ui s'appelle le Conservatoire?

— Consultez les registres, me répondit impitoyablement
artiste, et vous pourrez vous convaincre que M. Alexandre Dumas, emporté sur les ailes de sa brillante imagination, a singulièrement abusé des moments de la Commission du conseil
d'État.

Je me mis à parcourir les registres du Conservatoire depuis 1786, et voici les noms que je remarquai entre autres.

HOMMES : Talma, Larochelle, Cartigny, Armand Dailly,
Samson, Menjaud, David, Ligier, Saint-Aulaire, Beauvalet,
Provost, Guyon, Perlet, Gonthier, Bocage, Volnys, Lockroy et
Frédérick Lemaître.

FEMMES : Lange, Rose Dupuis, Menjaud, Brocard, Mante,
Noblet, Plessy, Mélingue, Brohan, Denain, Maillard, Guillemin,
Moreau-Sainti, Allan-Dorval, Augustine Brohan, Allan-Des-
préaux, Guyon, Melcy et Rachel.

— Ah ça, m'écriai-je à la vue de toutes ces célébrités scéniques, Alexandre Dumas est donc décidément..... un farceur?

— Décidément, me fut-il répondu.

— C'est-à-dire, repris-je, qu'à l'exception de quelques illustrations comme mademoiselle Mars, qui a reçu des leçons de
son père, Monvel ; comme M. Régnier, comme Monrose, comme
M. Geffroy et comme quelques autres encore, tous les grands
comédiens sont sortis du Conservatoire.

— Comme vous le dites, mon cher monsieur ; ce qui fait
que le Conservatoire n'a pas beaucoup à redouter la concurrence des gardes municipaux dramatiques de M. Alexandre
Dumas.

Il ressortait clairement de la lecture de ces registres que le
Conservatoire est non-seulement une institution utile, mais
une institution nécessaire et indispensable dans l'intérêt de
l'art dramatique. Dieu merci ! j'aurais pu citer bien d'autres
noms encore vivants dans les souvenirs du public. Que le

Conservatoire fournisse bon an mal an un assez grand nombre de médiocrités, je le crois sans peine, cela doit être ; il ne sort pas de l'École de droit que des Vatimesnil, des Dupin, des Berryer et des Duvergier. L'École polytechnique ne produit pas que des Arago, et l'École de médecine que des Dupuytren ; M. Alexandre Dumas a probablement été élève d'un collège comme tout le monde ; tous ses anciens condisciples ne seraient peut-être pas capables d'écrire aussi agréablement que cet illustre historien le *Collier de la Reine* ou les faits et gestes de *Mylord*, cet intéressant bouledogue de M. Jadin. En un mot, il n'est pas donné à tout le monde d'aller à Corinthe ; M. Dumas, lui, y est allé ; nous ne conseillons pas à ceux qui seraient tentés d'entreprendre le voyage après lui, de suivre l'itinéraire tracé par ce touriste vagabond.

Après la courte conversation que je venais d'avoir avec le comédien du Théâtre-Français, conversation qui ne m'apprenait, hélas ! rien de nouveau sur la portée des affirmations de M. Dumas, je me demandai comment il ne s'était pas trouvé un homme pour réfuter devant la commission d'enquête le paradoxe de ce professeur dramatique *in partibus* ; comment pas un des nombreux journaux qui avaient publié son discours n'avait pris la peine de prémunir le public contre la fausseté de pareilles assertions ! M. Dumas affirme publiquement que pas un des grands comédiens modernes n'a daigné étudier au Conservatoire, et il se trouve que presque tous sortent de cette école pour laquelle il professe un si profond dédain. Mademoiselle Rachel, Frédérick Lemaître, Samson, Provost, Ligier, tous les rois, toutes les reines de la scène sont les glorieux produits de cette *pépinière de médiocrités* ; et savez-vous, s'il vous plaît, ce qu'oppose M. Dumas aux élèves du Conservatoire? ses propres élèves à lui, les illustres comédiens qu'il a créés et que personne n'a eu le privilège d'applaudir. Hélas ! les gardes municipaux sans emploi, à qui les paroles de M. Dumas auraient fait concevoir quelques espérances d'avenir dramatique, feront bien d'entrer, si l'occasion s'en présente, dans la gendarmerie d'élite.

XXXVII

Dans l'histoires des arts, l'avénement de la critique est un fait analogue à l'invasion du rationalisme au sein des philosophies primitives, et à l'apparition d'une foi nouvelle, ou, pour le moins, du libre examen en matière de religion, qui vient ébranler et souvent démolir l'édifice des anciennes croyances. Comme tout ce qui touche au berceau des nations, les premières œuvres du génie humain, en poésie, en musique, en architecture et en sculpture, nous apparaissent environnées de mystères, et marquées du sceau en quelque sorte divin, par lequel se distinguent les traditions des vieux âges. La critique a fait descendre chaque prédication de notre intelligence des régions célestes où les élève l'adoration des contemporains : elle a introduit la raison et le sang-froid là où ne régnaient que l'enthousiasme, l'inspiration et un lyrisme sans frein. Il est vrai, l'aïeule des civilisations, l'Inde, n'a pas eu de critique littéraire : les grands poëmes sont l'œuvre de Brahmâ, incarnés sous la forme humaine de Veyas et de Valmukâ : sa philosophie, ses monuments revendiquent également une origine surnaturelle. Qu'en est-il résulté ? Le génie indien n'est jamais descendu sur la terre : la poésie, la science, l'art se sont abîmés à l'envi dans un panthéisme inintelligible, et ce peuple, merveilleusement organisé, a fini par s'assoupir dans une léthargique contemplation de soi-même. La Grèce au contraire a quitté ses langes divins dès le temps d'Homère, le premier des poëtes humains, si toutefois Homère a existé : en effet, le père de l'épopée, qui semble être une personnification de tout un siècle littéraire, n'est-il pas, au dire de ses biographes, l'auteur de poëmes satiriques et critiques intitulés *Margités*, les *Cercopès*, la *Batrachomyomachie* ?

Depuis la Grèce est demeurée le modèle éternel du beau dans les arts, surtout de ce beau accessible à notre nature, que contrôle plus particulièrement la critique. Les hymnes d'Orphée, refaits par les néo-platoniciens, remontent à l'époque divine de le belle littérature Hellénique : comparez-les avec l'Iliade et l'Odyssée, et vous verrez la différence des poëmes humains d'avec les poëmes divins.

Le moyen âge fut, pour les temps modernes, un équivalent de cette époque où régnaient les dieux et les génies : il n'a laissé debout qu'un petit nombre d'individualités ; il offre à peine quelques ouvrages anonymes, remarquables surtout par le vague des aspirations et l'ignorance de la forme. L'architecture seule, cette science des âges primitifs, a fait exception : mais l'histoire de l'architecture est perdue. Nous ignorons s'il n'y a pas eu, comme on pourrait le supposer, une critique architecturale, et nous sommes encore à déchiffrer les symboles et les règles qui ont guidé les constructeurs des cathédrales gothiques.

On le voit : la critique est pour les arts un contrôle favorable, qui arrive après leurs premières manifestations, et qui se présente à propos pour les faire rentrer dans la vie ordinaire, dans les régions où respire, s'agite et souffre la masse de l'humanité. Au point de vue des uns, son apparition signifie décadence : ceux-là croient que les nuages de l'infini, la sublimité continue des célestes demeures, l'inspiration sans règle et sans frein constituent l'art par excellence, l'idéal du grand et du beau. Selon les autres, la critique est un perfectionnement ; elle leur paraît indispensable pour tracer des lois, fixer les jugements et l'admiration indécise et apporter à toutes les créations de l'esprit la correction, la sagesse, le fini qui les rendent irréprochables. Les partisans de la liberté illimitée en littérature rejettent loin d'eux cette seconde opinion et préfèrent hautement les allures, indépendantes en apparence, du premier système : ils ne s'aperçoivent pas qu'on est beaucoup plus libre en se conformant au code de la raison, qu'en se livrant aux aveugles entraînements d'un enthousiasme déréglé. La foi la plus vive produit seule des œuvres vraiment belles sans la participation de l'expérience et de la critique : est-on plus maître de soi sous son impulsion, que sous les règles d'Aristote, les plus sévères pourtant qui aient été inventées ? D'ailleurs ce contraste n'est autre chose qu'une face de la grande lutte entre la raison et la croyance, la foi et le libre examen : nous nous prononçons hardiment pour le camp de la réforme, convaincu du peu de danger qu'offre dans les arts la liberté de conscience la plus absolue.

La critique, ainsi qu'on a dû le pressentir par ce qui précède, commence à s'exercer dès l'apparition des œuvres de l'intelligence, pourvu qu'elle rencontre un milieu favorable à son développement. Elle triomphe à l'apogée des civilisations, quand il lui est permis de faire large moisson d'exemples et de réflexions au milieu du champ de la pensée, suffisamment cultivé par le génie des hommes supérieurs. Cela explique l'erreur des révolutionnaires en matière d'art, qui ont vu dans la critique un motif de décadence : ils ont commis le fameux sophisme si connu de l'école sous la désignation de *post hoc, ergo propter hoc.* Souvent, disent-ils, la littérature, la peinture, etc., ne jettent plus d'éclats lorsque la critique brille de toute sa splendeur : donc, la critique étouffe la littérature, la peinture, etc. Syllogisme d'une fausseté manifeste ; il fallait conclure simplement que la critique venant après tous les autres arts, devait naturellement leur survivre et leur succéder. On doit ajouter à cela que, plus les siècles avancent, plus le champ de la critique gagne en étendue et en fertilité. Puisque le passé est son domaine, elle s'enrichit évidemment à mesure que le passé s'agrandit. D'où il suit que notre époque est plus essentiellement critique qu'aucune de celles qui ont précédé ; ce qui ne veut pas dire qu'elle soit moins artiste et moins littéraire.

L'observation est tellement vraie que nous nous surprenons à refaire ce qu'avaient déjà tenté Platon et Aristote, c'est-à-dire, à essayer de réduire en science positive la critique, cette suprême expression du bon sens et du bon goût. Nous cherchons à fixer, à définir, à préciser le beau, dans l'intention de considérer comme un principe abstrait, duquel découleraient, sous forme de corollaires et de propositions régulièrement déduites, les règles infaillibles pour bien faire et bien juger. Quel bonheur s'il devenait aussi mathématique de composer un drame que de discuter une équation ! S'il y avait un ensemble de calculs ou de théorèmes pour écrire une partition d'opéra irréprochable, si l'on nous donnait une échelle chromatique et un daguerréotype, pour suppléer au dessin et au coloris du tableau ; s'il existait pour la statuaire quelque chose d'analogue au *Discobols* de Polyclète , lequel était si parfait qu'on le nomma *canon*, c'est-à-dire le type invariable des belles proportions humaines, la règle par excellence ! Voilà pourtant où l'on en viendrait si jamais l'idée archétype du beau, comme le dit Platon, acquérait l'évidence et la clarté d'un axiome de géométrie; l'art se transformerait en une science de chiffres et de lignes, et le critique ne serait autre chose qu'un professeur d'algèbre, examinant si les quantités sont coordonnées d'une façon convenable et les calculs opérés sans errata.

Heureusement que les arts ont des ailes dorées qui les enlèvent bien au-dessus de la portée des compas et de l'équerre : heureusement que le beau n'est pas une abstraction qu'on isole, mais un prisme aux innombrables facettes, dont une ou deux seulement se laissent apercevoir par l'œil de chaque individu. Vous voulez savoir ce que c'est que le beau : mais il n'est autre chose que l'alliance harmonieuse de la pensée, dans son élan le plus sublime, et de la forme, dans sa plus sévère correction. En poésie, le beau suprême, ce seraient les inspirations des prophètes hébreux avec la langue pittoresque d'Homère et la

18.

forme châtiée de Virgile. Nous le trouverions en musique dans l'union de la science harmonique d'un Beethoven et d'un Mandelsohn avec les suaves mélodies des anciens maîtres d'Italie. Raphaël, un peu humanisé par le réalisme des artistes hollandais, nous semblerait atteindre à l'idéal de la peinture, etc.; s'il était possible, nous voudrions l'obtenir dans l'architecture en tempérant l'austérité grecque par les caprices merveilleux de l'art au moyen âge. Voilà de quelle manière le critique peut concevoir la beauté, ce criterium définitif des œuvres de l'homme : mais réunir en faisceau toutes ces notions isolées et individuelles, c'est là une chimère véritable. L'imagination poétique de Platon rêva le type suprême du beau; Aristote, génie positif, essaya de le réduire à l'état de syllogisme, et de nos jours les Allemands, sous la bannière d'Hégel, veulent l'atteindre en s'élevant sur les nuages de l'abstraction. Triple tentative avortée : le beau ne serait visible dans son unité qu'à un critique universel, qui aurait le sentiment de toutes les manifestations de l'art, et l'universalité est moins possible encore chez le génie qui juge que chez celui qui crée.

En effet, à mesure que l'esprit humain s'élève et atteint aux conceptions sublimes qui n'appartiennent qu'au génie, il s'habitue à juger d'en haut; il découvre une étendue plus vaste, et, ne s'arrêtant qu'aux sommités, il voit, sinon mieux, du moins davantage. Le critique a la vue plus courte : il connaît mieux ce à quoi son regard s'est attaché, mais le reste lui échappe. Ainsi nous voyons des hommes éminents exceller dans certaines appréciations générales et se montrer inférieurs, pour les détails, au censeur obscur qui étudie une loupe à la main. Horace, admirable pour donner des préceptes, pour tracer à grands traits le code de la littérature dans son *Épître aux Pisons,* ne sait pas rendre justice au génie créateur de Plaute et des comiques latins : de même Voltaire, qui a disséminé dans ses œuvres des aperçus très-élevés et très-justes sur l'art dramatique , se montre étroit , partial et sans portée dans le commentaire injurieux dont il a défiguré Corneille.

Si la critique ne doit jamais aspirer au peu désirable honneur d'être une science positive, s'il lui faut renoncer à l'espoir d'ajouter une gloire plus éclatante à la gloire des grands génies, n'allons pas croire qu'elle soit arrivée à son apogée, et que les modernes aient rempli toutes les obligations laissées par les deux antiquités, grecque et latine. Peut-être avons-nous besoin d'être modestes en présence des chefs-d'œuvre de poésie, d'éloquence, d'architecture et de sculpture qui nous sont parvenus de ces civilisations mortes ; il est permis de dire qu'Homère et Sophocle n'ont pas été surpassés par Dante, Shakspeare et Corneille : bien des gens soutiennent la supériorité du Parthénon sur Notre-Dame de Paris, et prétendent que dans les arts plastiques Raphaël, Michel-Ange et Canova demeurent inférieurs à Zeuxis l'inconnu et aux débris de Phidias. Mais l'art de juger a fait des progrès plus incontestables que les autres arts : son développement s'opère avec régularité et presque sans secousses. On peut le suivre dans l'histoire de la critique, histoire distincte de celle de la littérature, de la philosophie, s'y rattachant et s'en détachant à la fois.

Homère, avons-nous dit, est le premier poëte humain de la Grèce : à Homère appartient légitimement, dans la littérature hellénique, le premier essai de critique régulière. Il n'en est pas l'auteur, mais il en est l'occasion. Chacun sait que l'*Iliade* et l'*Odyssée* ont été conservés longtemps par la mémoire des rapsodes, sorte de chanteurs ambulants, qui récitaient des fragments des poëmes homériques à peu près comme les improvisateurs italiens débitent les stances de la *Gerusalemme* et d'*Orlando Furioso*. Pisistrate, tyran d'Athènes, convoqua une mission de savants, pour colliger les vers ainsi colportés par toute la Grèce et en dégager l'œuvre primitive : travail de haute critique, s'il en fut jamais. Les arrangeurs, ou *diascérastes*, firent école ; la critique établit son domaine sur les poésies homériques, et s'exerça pendant des siècles à les aug-

menter, les diminuer, les interpeler, les commenter, les anno-
ter de cent mille façons. Aristarque s'est fait un nom prover-
bial parmi les diascérastes; le fameux manuscrit d'Homère
découvert à Venise nous apprend quels grammairiens fanatiques furent ces arrangeurs. Zoïle sert de corrélatif au nom
d'Aristarque; il attaquait le fond et la forme de la bible hellénique, si l'on peut dire ainsi, et, aux yeux des Grecs, personnifiait
la mauvaise critique, ainsi que son contemporain s'iden-
tifiait avec la bonne. Une hérésie se déclara parmi les adorateurs du fabuleux aveugle ; elle se recrutait des gens qui, ergo-
tant sur le fond, attribuaient l'*Iliade* et l'*Odyssée* à deux auteurs
différents : on les nommait *chorizontes*, ou séparateurs. La
critique grecque, ou du moins la critique militante, qui diffère de la critique enseignante, vécut longtemps sur les démê-
lés des chorizontes et des diascérastes, quelquefois troublés par
les invectives de Zoïle et de ses adhérents.

Le premier code littéraire remonte à une antiquité presque
aussi respectable ; et, grâce peut-être à un long exercice de l'esprit sur des beautés comme celles de l'*Iliade* et de l'*Odyssée*,
il atteignit bien vite à une certaine perfection relative. Gorgias, de Léontium, le père des rhéteurs et sophistes, enseigna
publiquement le premier l'art de la parole, et mit au jour un
vrai formulaire d'éloquence. On ne le connaît que par un discours qui nous est resté de lui, et par les critiques de Socrate.
Gorgias s'occupait surtout de ce fléau d'éloquence qu'on nomme
les lieux oratoires; il avait disposé sous des étiquettes ingénieuses une foule d'amplifications s'adaptant à toute charpente
imaginable. Composer un discours, d'après sa méthode, c'était
jouer à un jeu de casse-tête : les morceaux étaient prêts, il
fallait les ajuster et les emboîter l'un dans l'autre. Voilà pour
le fond; quant à la forme, l'habile rhéteur avait obtenu des résultats plus réels, quoique bien puérils encore. A ses yeux,
l'harmonie du langage doit passer avant toute considération :
aussi avait-il écrit des règles extrêmement minutieuses et pré-

cises sur le développement de la période, la symétrie et l'eu-
phonie de ses phrases et de leurs désinences, la combinaison
des esprits et des accents, la quantité des syllabes finales, les
divers emplois, en prose, de l'iambe, du dactyle et de l'ana-
peste. Ces détails, appuyés d'exemples, sur la musique du discours parlé, remplissent, à la surprise des modernes, les traités
de critique des disciples les plus fameux de l'école de Gorgias,
notamment Denys d'Halycarnasse et Dion Chrysostôme. Il nous
est parvenu bon nombre de déclamations et d'exercices exécutés d'après ces principes, à partir de l'*Éloge d'Hélène*, composé
par le maître, comme pour servir de *corrigé* aux devoirs de
vingt générations de disciples. Mais depuis le chef-d'œuvre du
genre, *le Panégyrique d'Athènes*, par Isocrate, jusqu'aux plus
insignifiantes amplifications des rhétoriciens de Gaza, tous ces
écrits se distinguent par des qualités et des défauts identiques
et ne varient que du plus au moins. On y voit le déplorable
résultat de la critique du temps engagée dans une fausse
voie : à force de préconiser l'harmonie du langage et la pureté
des formes, elle avait réduit en lexique les tropes et les figures
de pensée autorisés ; elle avait dressé un catalogue des morceaux d'invention propres à chaque sujet, et composé une pro-
sodie invariable pour le mètre de la phrase dans la période et
de la période dans l'amplification.

Le bon sens littéraire et artistique se réfugia sous le masque
grimaçant de la parodie. La république des lettres eut sa paraphrase comique de même que la cité politique ; et le pamphlé-
taire du théâtre cingla quelques coups sur le visage des rhéteurs et des poëtes du même fouet qui châtiait l'ambitieux
éhonté et le libertin infâme.

Platon n'avait que rêvé l'idéal du beau, et s'était borné à
bannir Homère de son imaginaire république ; Aristote, génie
de l'unité, tenta de réduire la critique en science comme il l'a-
vait fait pour l'histoire naturelle, la politique et la philosophie.
Contrairement au père de l'Académie, qui procédait par une

poétique synthèse, l'homme de Stagyre soumit l'art et la pensée à son analyse infinitésimale. Il voulut renfermer l'invention dans le cercle de ses dix catégories et la forme dans son recueil ingénieux de figures de mots et de figures de pensées. Poussant l'*a priori* jusqu'à ses dernières limites, il traça au poëme épique des lois qu'aurait dû suivre Homère; il imposa au drame les trois unités, violées par l'ignorance d'Eschyle, dont l'admirable trilogie d'Oreste n'en est pas moins la merveille du théâtre tant ancien que moderne. Puis, ayant ainsi dompté et mis aux fers la science, la poésie, l'art, jusqu'alors rebelle, Aristote se contempla dans son œuvre. Il avait tout disséqué, tout approfondi, tout analysé; il recomposa, à lui seul, l'ensemble prodigieux de toute cette civilisation intellectuelle et morale qu'il venait d'examiner atome par atome, et il laissa comme le dernier mot, le testament politique, scientifique et littéraire de la Grèce à l'avenir. Le monde de la pensée et de la raison a vécu sur Aristote jusqu'à Descartes, et le christianisme lui-même n'essaya pas de renverser le péripatétisme. La partie critique n'est qu'une parcelle dans l'encyclopédie aristotélicienne.

Le grand homme ne détrôna pas les sophistes; ils avaient résisté au bon sens incisif de Socrate; ils résistèrent plus aisément aux abstractions d'Aristote, peu accessibles pour le vulgaire. Ne nous en plaignons pas; les sophistes ont produit à titre d'excuse le *Traité du sublime*, de Longin. C'est là de la vraie critique, un peu étroite, un peu exclusive, un peu minutieuse, mais pourtant franche, éclairée et supérieure parfois. Si Longin confond trop souvent la forme et l'inspiration dans les œuvres littéraires, au moins il sait que *le sublime est le son que rend une belle âme;* au moins il admire autant la simplicité austère dans certains cas que dans d'autres le luxe de l'expression. Ses appréciations sur les exemples qu'il cite ne manquent ni de justesse ni de sel; mais son livre est comme dans des proportions trop exiguës. Le sublime fournirait un chapitre qui devrait être sublime lui-même : en faire un traité, c'est vouloir l'analyser et se condamner à tout l'arsenal des rhétoriques, des sophistes.

Les critiques grecs eurent des héritiers et des continuateurs directs dans la littérature latine; si les Romains avaient raison en s'attribuant la satire comme un genre national, ils n'en peuvent dire autant pour l'art de juger et d'indiquer les règles. Autant qu'il nous est permis de le conjecturer, Cicéron, avec son admirable talent, se borne à redire, à embellir peut-être, les leçons de composition oratoire professées à Rhodes et à Athènes. Il n'a de propre, en critique, autre chose que ses jugements, et il les motive sur les principes trop absolus de l'École. A ses yeux, l'originalité romaine, s'il en existe quelque part, est une preuve, non de génie, mais d'antiquité et de barbarie ; il apprécie les auteurs relativement à leur parenté avec le génie grec. Pour lui, Démosthènes est le type achevé de l'éloquence, et il le loue principalement de joindre à ses élans sublimes, à sa clarté inimitable l'harmonie, le nombre, le fini sans lesquels une harangue ne lui eût semblé qu'une improvisation de sauvage.

Sur les traces du grand orateur, Quintilien écrit ses *Institutions*, titre admirablement adapté à l'ouvrage, d'ailleurs. La partie historique du livre est féconde en renseignements pour refaire l'histoire de la littérature antique ; seulement il faut modifier toutes les sentences, en partant de cette considération générale que l'auteur prononce d'après les arrêts de ses professeurs grecs. Par exemple, nous préférons comme orateur Jules César, que le critique trouve trop nu, à Messala et à Hortensius, qu'il nous représente brillants de tout le lustre, de toute l'élégance des Attiques les plus parfaits. Quant à la partie dogmatique, elle constitue en quelque sorte un manuel complet, un guide infaillible pour élever les orateurs au biberon et au régime. Quintilien prend l'enfant dès le sein maternel, comme les Spartiates, qui ornaient de belles statues les chambres des femmes enceintes, afin que le citoyen à venir se modelât sur les formes divines d'Endymion et d'Alcide. Il nous enseigne à le dresser graduellement aux exercices de mémoire, à l'empâter de développements oratoires, à le repaître de tropes et de prosopopées. Après ce travail préliminaire, on peut l'initier à la connaissance du droit, de la philosophie, de l'histoire ; mais il faut, avant tout, qu'il trouve dans les compartiments de son cerveau un dossier tout prêt d'amplifications oiseuses et de triades à effet. Les *horizons politiques*, dont se nourrissaient naguère tant de feuilles quotidiennes, ont dû être inventés par le dernier disciple de Quintilien. Saluons avec respect ce vénérable débris d'une industrie oubliée, et n'essayons pas de former des orateurs comme des chevaux de course.

Puisque la satire est toute romaine, parlons des satiriques romains comme juges en matière de littérature. Et d'abord il ne nous semble pas qu'un écrivain qui se donne pour frondeur, soit dans de bonnes conditions d'impartialité et de justice, quand il s'agit de constater le mérite d'un ouvrage. C'est trop souvent une nécessité pour lui de sacrifier au bon mot, au trait, et même aux exigences du mètre. Néanmoins Horace est un critique de grande valeur, et le seul qui, dans toute la littérature latine, montre de l'indépendance et de la sûreté de goût. Les Grecs lui apparaissent bien, il est vrai, comme des modèles impossibles à vaincre ; ils ont atteint le point suprême, le comble de l'art, et comme l'idéal du beau dans toutes les manifestations de leur fécond génie. Cette prédilection lui fait oublier Lucrèce, talent original qui ne fut pas exclusivement héllenique, et le rend injuste pour le puissant comique, Plaute, comparable quelquefois à Molière. Mais, en dépit de cet aveuglement, Horace excelle à donner des conseils, à tracer la voie : ses aperçus généraux ne manquent ni d'étendue ni de justesse, et la grâce qui les accompagne n'enlève rien à leur précision. Il a résumé en vers techniques et frappés d'une empreinte proverbiale bon nombre de vérités, quel-

ques demi-vérités et quelques erreurs qui ont fait leur chemin dans le monde, malgré les cris des novateurs de tout
temps. Perse, Juvénal et Martial, qui voulurent se saisir des
verges de Némésis et transformer en épouvantail les traits paci-
fiques dont se servait l'hôte de Mécène, ont laissé de côté les
travers littéraires pour s'attaquer aux vices et aux criminels. La
Théséide de Codrus eût été pour Horace une bonne fortune,
et lui aurait rappelé ce misérable versificateur qui représente
Jupiter *crachant sur les Alpes la blanche neige;* Juvénal a lancé
à toute bride le Pégase qui lui sert de monture et s'est envolé
par delà les nuages pour foudroyer de si haut, qui donc ? un
mauvais poëte.

Après cette génération de critiques de par Apollon, Rome ne
montre guère qu'un seul livre remarquable, où il soit question
de littérature, incidemment, il est vrai, mais pourtant de manière à mériter une mention rapide. Ce livre est le *Satiricon*
de Pétrone, assemblage monstrueux d'impudicités révoltantes,
de pittoresques tableaux de mœurs, de peintures pleines d'intérêt, d'anecdotes tour à tour dramatiques, piquantes et grave-
leuses, de vers tantôt bouffons, tantôt sublimes ; on dirait le
produit informe et tronqué de l'ivresse d'un auteur de génie.
Parmi les personnages étranges qui passent dans ce roman
sans tête et sans dénoûment, figure un certain littérateur du
nom d'Eumolpe ; lequel débite d'assez belles poésies et de san-
glantes critiques sur l'éloquence des sophistes et les livres
produits dans ces serres chaudes de l'intelligence qu'on nommait
écoles d'Athènes ou de Rhodes. Rien de décousu et de détraqué
comme le cerveau de ce philosophe de carrefours : les enfants
des rues le poursuivent armés de pierres, et il doit braver une
avalanche de projectiles chaque fois qu'il se hasarde à réciter
quelque chose sur le théâtre ; mais ses réflexions sur la décadence littéraire n'en sont pas moins sensées, et le fou parle encore plus raisonnablement que les sages qui le bafouent.

Pétrone est le dernier nom de l'antiquité qui ait droit de

19

prendre rang dans une histoire aussi rapide de la critique.
D'ailleurs les sophistes ont survécu longtemps aux railleries
d'Eumolpe : on en trouve qui ergotaient encore pendant que
Mahomet II serrait dans ses lignes Constantinople, dernier débris du monde grec.

La critique n'existe pas, à proprement dire, au moyen âge :
elle meurt avec ce Venanius Fortunatus, qui doit inhumer la
poésie latine, et avec Grégoire de Tours, qui censurait les vers
du roi Childéric, vers incapables de se tenir sur leurs pieds et
bariolés au hasard d'épithètes oiseuses et de fautes de quantité.
La parodie seule reparut, et quelques romans malicieux, quelques fabliaux goguenards rappelèrent de loin, de bien loin, les
bouffonnes témérités de la comédie grecque.

On ne vit qu'à la renaissance croître de toutes parts, comme
une génération improvisée, les disciples innombrables des anciens grammairiens et commentateurs, éclos des cendres des
diascévastes et des chorizontes. Le commentaire n'est pas la
critique : il lui ressemble comme la grammaire au style, comme
le simple trait au tableau colorié. Voilà pourquoi nous avons
passé sous silence le peuple des scoliastes, dont Eustathe fut
roi, et qui ont émaillé de leurs remarques presque tous les auteurs réputés classiques. Rome compta bon nombre de commentateurs, qui se montrèrent jaloux d'opposer des arguties latines
aux arguties grecques, les Verrius Flaccus, les Palémon, et
bien d'autres, sans compter Festus et Servius, curieux au moins
à titre de renseignements. Un Grec du Bas-Empire, Suidas,
nous donne la nomenclature encyclopédique de ces inconnus qui ne servent qu'à justifier les Hellénistes de profession. Quoi qu'il en coûte, il faut user d'une rigueur pareille
pour les savants obscurs, mais animés d'un dévouement fanatique, auxquels on doit la résurrection de l'antiquité poétique
et littéraire. Quelques noms surnagent cependant, au milieu
de cet océan de chercheurs et d'érudits : Pétrarque, aussi
distingué comme critique, doué d'un sentiment exquis du beau,

que comme poëte ; Sadolet, Bembo, Ange Politien, dont les idées et la langue feraient croire à la métempsycose ; car on pourrait dire que l'âme de Cicéron émigra dans leur corps. N'oublions pas Scaliger, qui renouvela et développa les livres d'Aristote, Scaliger, ennemi déclaré d'Homère, dans son *Hypercritique,* mais en revanche adorateur des tropes les plus rébarbatifs et des catégories les plus méthodiques. La critique renaît sous toutes ses faces, comme jugement et contrôle, comme enseignement, comme vérification de textes et interprétation de difficultés de toutes sortes ; mais est-on fondé à dire qu'elle a fait un pas, depuis les commentateurs anciens, depuis Aristote, Cicéron et Quintilien ? Elle est en retard sur Horace.

Faut-il s'en étonner ! Non. Le seizième siècle avait autre chose à faire qu'à juger froidement cette gigantesque effervescence de l'activité humaine, qui bouleversa d'une façon radicale et le monde des idées et le monde des faits. Quel saisissant tableau que celui d'une époque si originale et si dramatique ! D'abord les deux terribles machines de guerre, la poudre à canon et l'imprimerie, nées d'hier, et déjà parvenues au développement immense qui leur permet de transformer à la fois l'intelligence et ses manifestations, l'histoire et ses vieux systèmes de batailles et de gouvernements ; puis la découverte d'un nouveau monde, et les torrents d'or qu'il verse sur son aîné ; puis enfin la grande explosion du libre examen dans la philosophie, la littérature, les arts et la religion. Ici l'édifice bâti par Aristote, édifice encore entier, solide et par sa masse et par sa vétusté même, qui craque sous la pression des idées nouvelles, s'ébranle et s'écroule sous la forte impulsion de Bacon et de Descartes. Là les arts, qui se retrempent aux sources antiques, en renaissant sous toutes leurs manifestations : l'architecture, qui crée Saint-Pierre de Rome ; la peinture qui compte les Raphaël et les Michel-Ange ; la littérature enfin, qui abandonne le moyen âge, fier d'avoir enfanté Dante, pour

disputer le prix aux chefs-d'œuvre du passé. Le fait qui domine les autres : Luther, porte audacieusement la cognée au
tronc et aux branches de l'arbre du catholicisme : Luther ar-
bore si haut la liberté, qu'elle arrive d'un coup aux excès de
l'anabatisme. Que pouvait-elle faire, au sein d'une si vaste
révolution, l'humble critique, dont l'impartialité demande du
calme et du repos, dont la voix faible se perd dans le fracas
des événements extraordinaires ? Elle n'avait pas cessé de vivre,
mais personne en quelque sorte ne se doutait de son existence ;
les esprits même les plus éclairés, laissaient à leur obscure
besogne les censeurs littéraires, les législateurs de la rhétorique, et les commentateurs de l'antiquité ; tant ce grand duel
entre le catholicisme et la réforme absorbait l'attention universelle ! A peine si l'on prêta l'oreille aux ricanements et à l'ironie si profonde d'un homme exceptionnel, qui eût été un savant encyclopédique, un Pascal peut-être, ou un Descartes,
s'il n'avait préféré être Rabelais.

La littérature attendit presque le repos général qui régna au
dix-septième siècle, pour accueillir de nouveau les leçons et les
réprimandes de la critique. Henri Estienne, venu trop tôt, n'a-
vait pas été écouté ; l'on écouta Heinsius, l'abbé d'Aubignac et
autres plagiaires, qui donnaient au public la vingtième, peut-
être la centième édition des commentaires sur Aristote et sur
sa *Poétique*, ou sa *Rhétorique*. Pourtant l'occasion était belle et
favorable à un génie critique ; ne semble-t-il pas que tout appelait quelque démolisseur puissant doué aussi d'un goût sûr
et d'un esprit droit, pour mettre le bon ordre au milieu du dé-
vergondage inouï qui régnait dans toute l'Europe littéraire ? La
France se partageait entre Ronsard et d'Urfé, entre les Gallo-
Grecs et l'hôtel Rambouillet ; la cour d'Elisabeth s'infectait de
l'euphuïsme d'Edmund Spencer, et si le cavalier Marin régnait
sans partage au delà des Alpes, don Louis de Gongora, derrière
les Pyrénées, semblait avoir porté au comble les rodomontades
et le dithyrambe effréné de la littérature espagnole. Le bon sens

public, plus que la critique, fit justice de ce mauvais goût exagéré, dont Malherbe et Boileau se montrèrent en quelque sorte les adversaires officiels. Nous ne contestons ni les efforts, ni le talent, ni les succès de ces deux champions de la bonne littérature; mais franchement auraient-ils abrégé de beaucoup le règne de Clélie et de Voiture, sans la prose de Pascal et la poésie de Corneille? Ici, les plus grands écrivains ont rempli l'office de grands critiques. Après la publication du *Discours sur la Méthode* et des *Provinciales,* et les premiers succès dramatiques de Corneille et de Molière, Boileau eut toute facilité pour rimer agréablement les articles du code déjà promulgué par Horace; il s'est tenu dans les limites fixées par son modèle; et il a volontairement oublié le seul genre et le seul poète vraiment national de son époque, La Fontaine.

Le siècle de Louis XIV, qui vit tant de choses, vit au nombre de ses plus humbles créations, en apparence du moins, les premiers essais de critique périodique. Dans la critique, autant et plus encore que dans les sciences et dans les lettres, la périodicité constitue un progrès ou, si l'on veut, un changement qui transforme de la façon la plus radicale et la plus complète. Il n'entre pas dans notre cadre de retracer cette transformation ; une pareille obligation ne saurait être imposée qu'à l'auteur assez hardi et assez ingénieux pour écrire l'histoire du journalisme. Mais, en critique, la périodicité, enlevant toute entrave, toute nécessité préalable d'un échafaudage philosophique et scientifique, laisse libre carrière au premier sentiment, en général si exquis et si parfait, à la verve, à l'esprit, au brillant, qui accompagnent si bien la sévérité des appréciations et des principes. Les misérables écrivassiers, qui se nomment De Visé, Loret ou Subligny, ne se doutaient pas que leurs informes poésies étaient les tâtonnements d'un genre si nouveau et destiné à tant de vogue; les journalistes de Trévoux, eux-mêmes, gens d'esprit quelquefois, et toujours gens d'érudition, n'ont pas osé prévoir un avenir si plein de gloire. De même

19.

nul n'aurait soupçonné que cet intrigant de Théophraste Renaudot, en publiant une gazette ressemblant parfois à quelque complainte mise en prose, faisait le premier usage du bélier révolutionnaire qui devait battre en brèche les trônes et les institutions. La *Muse Dauphine* et le *Mercure* indiquèrent la marche aux journaux littéraires du siècle de Voltaire, depuis l'anodin *Almanach des Muses* jusqu'à l'*Année littéraire*, de Fréron, et au *Spectateur*, d'Addison.

Ici commence l'histoire moderne de la critique. Elle avait, jusqu'au moment où nous sommes parvenus, vécu tout entière sur l'antiquité, et n'avait, pour ainsi dire, ajouté aucune idée, aucun principe aux idées et aux principes qui nous ont été transmis par héritage. Fénelon, dans ses appréciations si admirées ; Boileau, bien d'autres moins célèbres, ne comprennent le beau qu'à la manière de Platon et d'Aristote : pour eux, la correction passe avant l'invention, et toutes deux sont captives dans des règles immuables. Les critiques n'admettent pas la cathédrale gothique en architecture ; ils rejetteraient Dante et Shakspeare s'ils les connaissaient ; et, pour eux, le Tasse, le classique Tasse, fut téméraire et barbare en introduisant le diable dans des vers sérieux : pourtant, ce diable ressemblait si fort à Pluton, qu'on s'y serait mépris. Aussi voyez quel culte pour la grammaire et la rhétorique ! Ils font presque un grand homme de Vaugelas, qui mettait trente ans à traduire Quinte-Curce ; ils écrivent des volumes pour ou contre une préposition ; ils mettent hors la loi Furetière, un révolutionnaire bien innocent. Perrault attaque sottement Homère, qu'il ne comprend pas, et Pindare, que personne ne comprend : le général en chef s'élance contre lui en combat singulier, comme Diomède et Glaucus (la comparaison appartient à l'un des champions, à Boileau). Sur quoi donc va triompher le défenseur de la bonne cause ? Attendez ! M. Perrault a mal traduit la conjonction grecque qui signifie *car* : le voilà qui vide les arçons ; le tournoi est fini. Puis les deux combattants se réconcilient, et, toujours à la façon d'Homère, échangent leurs ouvrages. Boileau dit modestement qu'il fait comme Glaucus, qu'il a donné, en retour d'une armure d'airain de la valeur de neuf taureaux, une armure d'or qui vaut une hécatombe.

Au dix-huitième siècle, la critique gagne prodigieusement, sinon en portée, du moins en étendue. Il y a tant de modèles, un passé si riche, une impulsion si vive dans toutes les branches de la littérature et des arts, que l'art de juger est exercé par chacun sous toutes ses formes. Rarement dogmatique et sérieuse, la critique devient acerbe, injurieuse et personnelle ; on en fait une arme de parti, une épigramme aux mille pointes, une satire aux développements infinis. Fréron épanche dans l'*Année littéraire* sa bile et sa mauvaise humeur, trop souvent métamorphosée en mauvais goût. Grimm, La Harpe, Beaumarchais, assaisonnent successivement d'un sel attique, qui sent le fiel d'une lieue, leurs spirituelles compositions. Voltaire, roi de l'armée de tous ces jugeurs et de tous ces insulteurs, leur donne le ton en répandant à profusion satires, épigrammes, opuscules, pamphlets, où se cache sous la plus fine plaisanterie un venin toujours mordant, souvent dangereux. Et, à cette époque de dénigrement universel, de causticité endémique, les œuvres saines et sérieuses en critique se comptent aisément. D'abord, en Angleterre et en Allemagne, deux hommes, l'un esprit droit, clairvoyant et réfléchi ; l'autre, génie créateur, mais ténébreux, honorent d'une manière différente leur pays et la littérature, nous avons nommé Addison et Lessing. Ce dernier crée en quelque sorte l'esthétique, c'est-à-dire la philosophie de la critique, science quelquefois illusoire, mais féconde en résultats positifs pour d'autres que ceux qui la cultivent. Addison prélude, de son côté, au règne de la raison froide et de la politesse dans l'appréciation des œuvres de l'esprit ; mais ce n'est ni l'Allemagne ni l'Angleterre qui donnent le tort aux belles lettres, c'est la France.

Voltaire, qui régentait la littérature entière, ne vit nulle part son empire plus respecté que dans la critique. Lui et son disciple La Harpe résument à peu près le siècle entier pour cette branche importante des lettres. Aussi méritent-ils un examen spécial. Le maître a porté, dans l'art de juger, cette inconstance d'opinions, ce vague de croyances, ces incertitudes et ces variations perpétuelles qui signalent toute sa carrière d'auteur et de philosophe. Tantôt il rit aux dépens des ineptes censeurs de *Nicolas*, puis il élève sur un piédestal une des victimes du satirique, et en appelle au tribunal de la postérité de la trop juste sentence qui condamna Quinault. Une autre fois il exalte Corneille et le loue en termes magnifiques ; puis il l'affuble d'un commentaire, et quel commentaire ! Shakspeare est tour à tour à ses yeux un immense génie et un bouffon ignorant et barbare ; il *caricaturise* la Bible, et traduit avec soin le Cantique des cantiques. Mêmes contradictions dans les principes : il établit que les trois unités ont été cause d'une foule d'absurdités dramatiques, puis il les consacre de son autorité et de son exemple. La forme de l'alexandrin lui paraît monotone et endormante, au point de rendre illisible tout poëme de longue haleine, et il redouble de rigueur sur l'hémistiche et sur la proscription irrévocable de l'enjambement. Voltaire semble toujours tiraillé entre son bon sens naturel et des préjugés invincibles ; il a rompu avec le catholicisme, et il n'ose rompre avec les règles d'Aristote. Le sentiment religieux, auquel il doit les beautés les plus réelles d'*Alzire* et de *Zaïre*, n'entre pas dans sa *Poétiquee* ; l'invention et la hardiesse des grands génies l'effrayent. Il blâme Corneille d'avoir oublié les règles, il reprend Homère de ne pas les connaître ; Shakspeare lui paraîtrait irréprochable s'il n'avait commis ni *Hamlet* ni le *roi Lear*, et s'il avait suivi les préceptes développés tout au long dans la *Pratique du théâtre;* il approuverait presque Sannazar, si Sannazar n'avait pas chanté les couches de la Vierge. Pourtant, au milieu de ses hésitations, Voltaire a fait avancer à

grands pas la critique. On lui doit le grand tragique anglais,
et certes une pareille découverte excuse bien des choses. Il a
été moins heureux en déterrant *la Araucana*; Dante aurait
mieux valu pour faire contre-poids à Homère que Alonzo de
Ercilla, chantre obscur des guerres du Chili.

La Harpe, dont l'humeur dénigrante, après s'être épanchée
au hasard, reçut un cours régulier, et comme un lit tout
creusé par le besoin d'une leçon littéraire pour chaque semaine,
La Harpe, disons-nous, continua l'œuvre du maître. Mais, plus
dogmatique et partant moins irrésolu, il eut le rare talent d'é-
riger en corps de doctrine tout ce qui n'était auparavant que
boutades et à-propos dans les discussions. Le *Lycée* est un ouvrage de haute portée; si l'auteur a montré souvent de l'ignorance et de la légèreté, peut-être même çà et là quelque peu
de mauvaise foi, au moins il sentait vivement le beau, et plus
vivement encore le mauvais. Les génies incontestés, surtout
ceux de l'antiquité grecque et latine, n'obtinrent jamais un
encens aussi pur que celui de La Harpe. L'éloge, chez lui, arrive presque toujours à la hauteur de l'éloquence et à la hauteur de l'écrivain qui en est l'objet. En revanche, rien d'acerbe,
de haineux, de mordant, comme ses critiques; le juge se com-
plaît à torturer les coupables, à les frapper de mille coups, à
les tuer de mille morts, et il semble être plus heureux de remplir l'office d'exécuteur des hautes œuvres de la justice littéraire, que celui de pontife, sacrifiant sur les autels du génie.
On peut lui appliquer avec raison ce vers comique :

Gille a cela de bon : quand il frappe il assomme.

A l'exemple de Voltaire, La Harpe voulut aussi essayer une
résurrection ; la tentative fut des plus malheureuses. Le critique alla choisir Ossian, dont l'existence est aussi problématique
et aussi douteuse que la valeur réelle. Pour comble de maladresse, il alla rechercher dans ces poésies d'une authenticité
si hasardée, le morceau peut-être le plus évidemment apocry-

phe, c'est-à-dire l'épisode de Gaul et d'Ossian, nébuleuse imitation du meurtre de Rhésus, dans Homère, d'Euryale et Nisus, chez Virgile, de Cloridan et Médor, dans Arioste, etc., etc. Puis il compara l'héroïsme chevaleresque des deux guerriers calédoniens, à la conduite moins idéale des modèles, sans se douter qu'un tel raffinement prouvait contre sa thèse : Euryale et Nisus massacrent les ennemis surpris dans leur sommeil. Gaul les éveille pour les combattre à force égale, et La Harpe de se récrier sur la générosité des hommes d'Ossian. Il ne voit pas que cette générosité est l'invention d'un faussaire, et que les romans de chevalerie expliquent la distance morale de Virgile à Macpherson.

Luce de Lancival, héritier de la chaire de La Harpe, continue sur ses principes la critique officielle ; et l'on ne s'aperçoit pas tout d'abord que la révolution française a passé entre le maître et l'élève. Soudain Châteaubriand leva l'étendard de la littérature nouvelle : la critique, éclairée par lui, conquit l'Allemagne, l'Angleterre, le moyen âge entier. Ce furent les préludes d'une réaction immense dont chacun se souvient et qu'il est inutile de raconter ; la révolution des idées, des lettres et des arts, suivait la révolution des faits, de la politique et de la philosophie. Aujourd'hui les puissances belligérantes ont fait trève, et il règne entre le passé et le présent une bonne intelligence dont la durée a garanti la franchise. Cette paix, qui date déjà de plusieurs années, et l'on sait que nous vivons vite, cette paix a eu ses fruits, dont le plus beau peut-être est une floraison rapide et inespérée de la critique. Depuis que chacun juge sans aigreur, tout le monde à peu près jugerait bien, si l'on savait garder son impartialité contre n'importe quelles séductions. Mais, pour les censeurs du lundi surtout, que d'attraits a l'indulgence plénière ! La fraternité littéraire, les agaceries et les prévenances du théâtre et des coulisses, l'amour d'un bien-être que ne vient pas troubler l'aiguillon de la polémique, l'extrême facilité de substituer son esprit à celui des

autres, tout cela milite bien fort contre la sévérité si souvent
nécessaire. On disait jadis que tous les discours de réceptions
aux académies se résument en un triple bouquet d'éloges, pour
le défunt, pour le corps qui reçoit, et pour le néophyte : n'est-
il pas vrai aussi que tout compte rendu périodique se compose
d'un certain nombre de fusées que tire le feuilletoniste pour
faire retourner le public, et de quelques louanges banales,
dont à peine la forme et l'expression offrent quelque variété.
L'art de juger sur le titre et sur la table d'un livre est connu de
tous : on attend chaque jour que cet art soit rédigé en code, et
que cette rhétorique nouvelle prenne place à côté des élucubrations de Heinsius ou de Scaliger.

Dieu merci, cette critique papillonnante n'est pas la seule. Il
en existe une autre, digne à la fois de la littérature française
et des chefs-d'œuvre immortels qui nous ont été légués par
la suite des âges d'autrefois. Cette critique s'inspire de la contemplation du beau dans les mille formes qui nous le rendent
sensible, et dans des théories supérieures que nous en donnent
la morale et la foi : elle connaît les abstractions allemandes et
les rêveries de Platon ; elle a un poids et une mesure différents pour les différentes manifestations du génie. Étudiant
avec l'homme de l'époque où il a vécu, sa religion et ses croyances, elle donne de lui une notion à la fois plus juste et plus
complète. En un mot, elle a réalisé des progrès immenses, et
marche l'égale de l'histoire, cette science suprême des civilisations parvenues à leur âge mûr.

MM. Villemain, Saint-Marc Girardin et Sainte-Beuve représentent la triple face de la critique contemporaine. Ils semblent
s'être partagés le travail nécessaire pour l'élever tout d'un coup
à son apogée, et, après ce qu'ils ont fait, le mieux n'est guère
possible qu'à la condition de résumer dans une digne synthèse
leur analyse féconde et merveilleuse.

M. Villemain décrit le siècle, et fait ressortir l'individu comme un des personnages saillants du tableau ; sa méthode est,

avant tout, historique. Pour lui, il existe à chaque période comme des courants d'idées qui entraînent les esprits ordinaires et ne respectent même pas les génies supérieurs. Homère, Dante, Shakspeare, Corneille, Voltaire lui apparaissent comme la personnification idéalisée des âges qui les ont produits : ils donnent et reçoivent l'impulsion qui les soulève. Cette action réciproque d'un homme et d'un siècle l'un sur l'autre peut quelquefois être contestée : mais à ne la considérer que comme vue d'ensemble, à ne l'accepter que comme une théorie hypothétique dont l'auteur se sert en guise d'échafaudage, il faut convenir qu'elle dispose admirablement à l'impartialité, qu'elle offre des garanties précieuses pour celui qui passe en jugement. Le critique s'interdit, par son plan même, tout anachronisme dans ses appréciations ; il ne s'expose pas à taxer de barbarie un trait choquant par son étrangeté dans nos mœurs et nos idées ; il se place dans les meilleures conditions pour juger la partie matérielle, la forme, l'exécution, pour faire revivre à notre époque l'homme tel qu'il a vécu parmi ses contemporains. Mais justice n'est pas toujours rendue au mérite individuel, à l'initiative, au caractère propre de l'individu : partir de l'ensemble pour descendre aux détails, n'est-ce pas risquer de sacrifier parfois les détails à l'ensemble ? Constatons que plus d'une fois M. Villemain, à force de sagacité, de pénétration et de talent, évite cet écueil : ajoutons qu'il ne fait défaut à aucune des qualités exigées par son programme, et nous devons nous estimer heureux pour l'honneur français, de compter au milieu de nous un critique si éminent, malgré quelques imperfections inévitables.

Le système de M. Sainte-Beuve est diamétralement opposé : tandis que M. Villemain fait un tableau par masses, celui-là compose le sien au moyen d'une série de portraits. Chez lui l'individu passe au premier rang : il l'étudie avec amour, le peint avec des couleurs vraies jusqu'à l'excès, et le pose en pied, avant de considérer ce qui l'entoure. L'époque n'est décrite ensuite que pour excuser quelques tons criards; tout au plus, pour ajouter un trait à la parfaite ressemblance. Cette méthode, plus aisée peut-être que la première, séduit par l'attrait de la variété : mais elle est moins scientifique et moins élevée, sans offrir plus de garanties aux intérêts de la vérité. Loin de là; M. Sainte-Beuve ne doit qu'à de longs essais, qu'à une érudition de bénédictin et une patience d'anachorète, la grande exactitude qui distingue ses peintures : nous n'avons pas oublié ses premiers pas dans la carrière, ses premières biographies, où éclataient les divers défauts que le travail et l'étude dissimulent si habilement dans les plus récentes. Le principal, sans contredit, c'est l'adoration du modèle : à force de le considérer isolément, on s'aveugle sur ses imperfections, et l'on s'exagère sa valeur. De là les résurrections factices de morts bien et dûment enterrés par la justice de la postérité ; de là les engouements rétrospectifs pour ces pâles fantômes de la littérature, qui survivent à peu près comme les ombres du second Faust, sans personnalité et dans un vague souvenir. M. Sainte-Beuve a trop essayé de réveiller de leur sommeil certains individus que Gœthe aurait tout au plus jugés dignes de prêter une voix à l'écho, un murmure à la mer, un grondement à la tempête.

La troisième forme de la critique contemporaine, c'est la critique morale, à laquelle M. Saint-Marc Girardin attache son nom. Le principe moral lui-même est contestable; il dépend d'une démonstration encore à faire, qui établisse l'identité, dans les récits de l'absolu, du beau esthétique et du bien. Et même, ce point admis, ne serait-on pas en droit de demander ce qu'il faut entendre par morale, dans les questions littéraires? S'agit-il de ces préceptes universellement répandus, qui enseignent les devoirs et les droits fondamentaux de toute société, ou bien de ce corps de doctrine qui accompagne les dogmes de chaque religion, et varie avec eux ? S'il y a eu des œuvres de l'esprit contraires à la morale universelle, l'indignation publique en a fait prompte justice. Cette morale peut

20

être violée par les individus, mais non par une société entière. Quant aux conseils et aux préceptes religieux, leur observation a été plus souvent violée. Homère est condamné au Tartare par le philosophe Pythagore, pour avoir parlé irrévérencieusement des dieux ; l'Aréopage exile, pour cause d'impiété, le poëte Eschyle ; et Byron, l'incrédule Byron, marche, en dépit de son irréligion, à la tête de nos génies contemporains. M. Saint-Marc choisit tour à tour ces deux sortes de morales pour criterium, et il arrive, par voie de parallèles, à établir la supériorité morale, et partant religieuse, des anciens sur les modernes. Ce résultat seul, surtout donné d'une façon péremptoire et générale, montre le côté paradoxal de la critique de M. Saint-Marc Girardin. La morale est loin de nous paraître inutile pour éclairer la conscience du juge en matière de littérature, mais encore faut-il définir avec précision le précepte auquel on a recours, et subordonner la conclusion aux autres circonstances de temps, de lieu et de caractère. D'ailleurs, il est juste de reconnaître que le critique a tiré tout le parti possible de son plan défectueux. Obligé à de perpétuelles antithèses d'homme à homme et d'ouvrage à ouvrage, il a toujours exécuté cet exercice d'équilibre avec une grâce, une souplesse, une dextérité admirables. Son goût est plein de finesse, son style pétille d'esprit et de saillies ; il est élégant et harmonieux. Quel malheur que l'œuvre pèche par la base !

Une infinité d'écrivains, divers de talents et de conscience, marchent sous les bannières de ces trois chefs, également distingués : un nombre plus considérable encore s'éparpille en tirailleurs, et préfère à la tactique savante la guerre d'escarmouches. La somme de pénétration, de vivacité et d'esprit qui se gâte chaque jour dans le camp de ces enfants perdus de la critique, ne peut se comparer qu'à celle de qualités analogues que gaspillent, avec une aussi déplorable facilité, les enfants perdus de la poésie dramatique, de la littérature légère. S'il n'existe pas à notre époque un seul Voltaire en bloc, certes

vous en trouveriez dix, vingt, trente qui circulent en monnaie
de billon, et qui se répandent dans toutes les directions ima-
ginables, pareils à un prodigue qui jette l'or par toutes les fenêtres. Devons-nous craindre pour cela que les forces vives de
la France artistique et littéraire se perdent entièrement de la
sorte, sans gloire ni profit? La critique, particulièrement, est-
elle à l'article de mort parce que M. Villemain se repose un
peu trop sur les lauriers académiques, et M. Saint-Marc dans
les colonnes hospitalières du *Journal des Débats*, laissant à
l'infatigable M. Sainte-Beuve le soin d'apporter la pâture au
monstre dévorant de la presse quotidienne? Non sans doute.
Ces messieurs n'ont pas atteint l'*acmé*, le *nec plus ultra* de l'art
de juger, or cet art ne mourra pas, tant qu'il aura quelque chose
à faire. Autant vaudrait dire que nous l'assurons de l'immortalité. Pour le moment il faudrait trouver un critique nouveau,
qui sût fondre ensemble, d'une manière harmonieuse, les
trois systèmes divergents des maîtres, et les contrôler, les
corriger l'un par l'autre. En parlant des hommes du temps
passé, il devrait peindre le temps où ils vécurent, et emprunter pour cela des couleurs tantôt à son héros, tantôt aux
contemporains, tantôt à l'histoire proprement dite; puis il sui-
vrait ce héros dans sa famille, dans ses premières années; il
retracerait ses croyances et ses doutes, ses essais et ses hésitations. Abordant l'œuvre après les travaux préparatoires sur l'auteur, il rappellerait les circonstances fortuites qui ont pu modifier les premières données déjà obtenues, et il la jugerait par
elle-même au point de vue de la conception et de la forme, puis
relativement à la morale, et enfin par la comparaison. Si le
critique consciencieux, muni de fortes études conçues sur ce
plan, descendait à son tour sur l'arène quotidienne de la littérature du jour, il apporterait dans la discussion l'impartialité
puisée dans un passé incorruptible, et la science que donne la
fréquentation des modèles. S'il joignait à cela l'esprit, le brillant, le feu et la légèreté qui attirent le public vers ce qu'on

appelle mal à propos la littérature facile ; s'il connaissait à
fond les tendances de son siècle, il serait alors irréprochable.
Voilà comment nous comprenons la critique aujourd'hui, et
comment nous voudrions la voir comprise.

XXXVIII

Lorsque du Bellay donna le signal du pillage de l'antiquité
et publia ce manifeste fameux où il criait aux Gaulois de courir sus une seconde fois au temple de Delphes, il se rencontra
dans les colléges de la société de Jésus quelques pédants,
nourris de la latinité de Térence, qui crurent avoir en eux
l'étoffe de nouveaux Euripides et de nouveaux Sénèques. Ils
composèrent des tragédies, c'est-à-dire, qu'ils furent les pères
de ce genre essentiellement antidramatique, dans lequel, hélas ! vint s'emprisonner plus tard le génie de Corneille et l'admirable talent de Racine. Nous-mêmes, héritiers de vingt révolutions littéraires et politiques, nous n'avons pas tout à fait
secoué les fers rivés par ces malheureux versificateurs, qui ne
laissent rien à présent, pas même un nom que l'on puisse se
rappeler.

Cependant on ne saurait comprendre pourquoi les classiques
incorrigibles ont abandonné à un oubli aussi complet leurs
aïeux légitimes, les chefs réels de cette glorieuse dynastie qui
commence à la religieuse Hrosvitha et qui ne se termine pas,
du moins il faut le craindre, aux poètes de l'empire. A eux revient, sinon l'invention primitive, du moins la résurrection,
la pleine et entière réhabilitation du confident, qui se charge
de narrer la catastrophe. Ils ont trouvé qu'un salon à colonnes,
figuré par deux paravents, suffit, et au delà, pour le développement d'une action de quelques heures, dans laquelle se dé-
cide le sort d'un empire et l'hymen d'une princesse de la race

d'Agamemnon ; ils ont remis en honneur les unités enseignées par Horace, d'après Aristote, et parfaitement négligées par les grands auteurs dramatiques de l'antiquité : ils ont rebâti cette *cage des Muses*, qui arrive en droite ligne d'Alexandrie à la cour de Louis XIV, pour enfermer, non plus Callimaque, Apollodore, Homère le jeune, mais toute une réunion de gens pleins de génie, d'écrivains immortels, auxquels on ne peut reprocher que leur respect aveugle pour de si misérables entraves.

Les fouilleurs intrépides qui s'occupent de nos jours à dresser l'inventaire déjà si riche du passé, pourront, s'ils le veulent bien, rencontrer des choses curieuses dans ces catacombes scéniques si peu explorées où gisent les restes d'iambiques, les débris de dialogues et d'amplifications des révérends pères, principaux et régents, dont on représentait jadis les œuvres aux grands applaudissements du public, dans ces panathénées qui se couronnaient d'ordinaire par la distribution des prix. Il était de la dignité de monsieur l'élu, de monsieur le bailli, de monsieur le conseiller au présidial, d'avoir l'air de comprendre toutes ces belles choses en latin que débitait le jeune lauréat, son fils, en costume de reine des Thraces ou de princesse des Amazones; si vous lisez le *Traité des études*, de Rollin, livre composé au déclin du grand siècle, vous verrez qu'à cette époque même, peu de colléges se dispensaient, lors de l'instant solennel qui sert d'entrée aux vacances, de la représentation soi-disant dramatique de rigueur. Qu'on se figure les grands parents, magistrats vieillis dans les arrêts de la basse justice, bourgeois élevés aux dignités municipales, cadets de famille pourvus d'une compagnie et en résidence dans la localité, tous personnages peu lettrés, mais très-fiers et placés aux fauteuils d'honneur pour la cérémonie, battant des mains à contresens, comme celui qui pleurait sur le pauvre Holopherne, *si méchamment mis à mort par Judith*, et demandant à leurs *ciceroni*, les professeurs et maîtres du collége, si Achille et Mé-

20.

nélas valaient bien monsieur le premier, si Calchas avait une
mitre aussi belle que monseigneur l'official, si madame Hélène, la Grecque, et madame Camena, la Galate, portaient des
vertugadin sou des collets montés.

Quant au fond des pièces latines, jouées devant cet auditoire
si bien choisi et si intelligent, il était emprunté aux déclamations dialoguées de Sénèque, avec moins de mouvement dans
l'intrigue et surtout moins de poésie dans l'exécution. La pudeur des régents se serait offusquée d'une peinture quelconque
de la passion de l'amour : pour eux l'amour ne fut jamais que
le dieu malin, avec ses flèches, son carquois, ses chaînes et
ses martyres ; ils n'eussent jamais commis le délit de lèse-poésie
qui consiste à nommer le soleil autrement que Phébus, la terre
autrement que Cybèle, et le vent autrement qu'Aquilon ou
Zéphyre : car, entre autres inventions, on doit aux révérends
pères celles des périphrases et des mots peu nobles, indignes
d'entrer dans les vers. Ils auraient anathématisé Racine, pour
avoir prononcé *chien*, et Delille, pour avoir dit *crapaud*. Je me
rappelle avoir lu un *Lysimaque*, tué par sa fille, ou par son
gendre, sans que j'aie pu deviner le motif de ce crime, à cause
de l'excessive chasteté de l'auteur, qui avait enveloppé le nœud
d'inextricables circonlocutions ; j'ai remarqué également un
Alboïn, qui demandait fort à propos le *ministère de Bacchus*
au moment où son épouse venait de former le dessein de l'empoisonner. Et que dites-vous de ce jésuite italien, qui, faisant
une tragédie sur ce terrible sujet de Crispus, tué par ordre de
Constantin, son père, comme un nouvel Hippolyte, sur la dé-
nonciation de sa belle-mère dont il a repoussé l'amour, n'ose
pas dire, dans le cours entier du drame, que Fausta ait aimé
son beau-fils?

Tel est le genre pour lequel Heinsius écrivit une longue poétique spéciale, paraphrasée d'Aristote et de Scaliger ; tel est le
genre qui, pour le malheur de notre littérature, succéda aux
mystères et aux soties. Dans ce dernier ordre d'ouvrages, au

moins, il y avait entente parfaite entre le spectateur et l'acteur :
le scenario était fait sur un fond de légendes connues et consacrées : le machiniste n'avait qu'à préparer d'avance ses inva-
riables décors, le paradis, c'est-à-dire une chambre élevée,
ornée de trônes de différente grandeur; l'enfer, sous la figure
d'une gueule de dragon montante, le tribunal de Pilate, le Calvaire, avec de véritables gibets, l'étable natale, représentée au
naturel par le local même où était convoqué le public. Peut-
être qu'un jour la poésie eût pénétré là et eût tiré parti de ces
données sacramentelles, peut-être serait-il résulté des progrès,
des idées nouvelles un drame complet, demi-sacré, demi-pro-
fane, qui aurait ouvert la voie.

Le cadre des soties, encombré de fictions allégoriques em-
pruntées à ces romans d'origine méridionale dont le moyen
âge a été infesté, n'offrait pas, à beaucoup près, de pareilles ressources. Mais ne peut-on pas dire que tout le génie de Molière
suffit à peine pour nous faire tolérer les personnages impossibles, sans relief, sans couleur, sans vérité, que lui imposa
l'imitation italienne ? On aimerait presque autant dame Richesse et dame Béauté, Heur et Malheur, que tous les Sga-
narelle, tous les Géronte, tous les Ariste, toutes les Isabelle
qui viennent coudoyer les puissantes et vivantes créations du
Tartufe et du Misanthrope.

Il a fallu, pour notre malheur, que les Gallo-Grecs, qui connaissaient aussi peu l'antiquité que les temps modernes, se
soient avisés de regarder, d'étudier la littérature hellénique
dans les collèges, à travers les lunettes des régents. Au lieu
de se mesurer corps à corps avec Eschyle, avec Aristophane, avec Plaute, ou, ce qui eût été bien mieux, au lieu de
créer le drame moderne, comme ces inimitables auteurs ont
créé le drame ancien, ils se sont contentés du troisième, du
quatrième calque d'Euripide et de Sénèque. C'est Jodelle qui
obtint le prix de cette contrefaçon pâle d'un modèle déjà usé;
la Pléiade le couronna de pampres, et lui offrit le sacrifice

du bouc classique, comme au restaurateur de l'art des Thespis et des Phrynichus. Or, Jodelle, et ses imitateurs, car Jodelle a eu des imitateurs, avaient tout simplement traduit les traductions d'Euripide, des révérends pères un tel et un tel. Rien ne manquait à la copie : ni le rapport du héraut Talthybius, qui raconte comment Polyxène dévoila son sein, aussi beau que le sein d'une statue, et déchira sa tunique jusqu'au milieu du ventre, ni même le naïf monologue où l'on voit, au commencement de la pièce, une ombre qui dit: Je viens du séjour de Pluton : je m'appelle Polydore, fils d'Hécube et de Priam.

Il y avait des chœurs, à ces tragédies; et ces chœurs étaient mis en musique. Et même la musique semblait si bonne, pour le temps, qu'elle valut à Jean-Antoine Baïf les faveurs du roi Charles IX : ce prince aimait la représentation des tragédies à l'antique, qui avait lieu dans la maison du poëte, rue des Fossés-Saint-Victor, et il l'autorisa à donner à son spectacle le titre d'*Académie royale de musique*.

Le plus triste résultat des progrès inespérés du drame à la jésuite est facile à deviner : sur les traces de Ronsard et de son école, il se forma toute une phalange de rimailleurs qui s'empressèrent d'exploiter la mine inépuisable des Atrides et des Pélopides. Il se versifia un nombre prodigieux de dialogues et de monologues, entremêlés de stances et d'apophthegmes, sur les aventures et les malheurs de cette famille de roitelets, qui n'exista peut-être que dans le cerveau des poëtes. Hélène fut enlevée pour la centième fois et l'on ralluma à perpétuité le bûcher destiné à cuire les enfants de Thyeste. Le public lui-même finit par se familiariser avec tous ces princes grecs, qui parlaient, sauf une certaine enflure, le jargon du beau monde, et qui s'habillaient de leur mieux pour singer les petits-maîtres et baladins de la cour: il retint quelque chose de ces infortunes, de ces enlèvements, de ces crimes et de ces exploits. La mode s'en mêla : on applaudit Agamemnon et son

frère, et toute sa parenté, comme des gens de connaissance ;
on s'habitua à leurs physionomies au point de ne pouvoir plus
les perdre de vue. C'est l'affaire d'un statisticien, non d'un
critique, de relever les noms des auteurs qui ont pourvu à
cette effrayante consommation de héros d'Homère ; un seul
mérite, par sa fécondité, la mention honorable : Alexandre
Hardy a composé huit cents pièces, c'est-à-dire seize cents de
moins que son contemporain Lope de Vega : mais il n'en a
fait imprimer que quarante et une, parmi lesquelles quatre
sur Daphnis et Chloé ! que ces derniers vingt actes en vers
alexandrins soient légers à sa mémoire !

Quand on connut parfaitement la filiation, l'histoire, la
mort de Pélops, d'Atrée, et de toute leur respectable famille,
les auteurs comprirent qu'il fallait se mettre en frais d'invention. Leur expédient vaut la peine d'être cité : ils continuèrent
à dramatiser dans la citadelle des trois unités, et remplirent la
durée de l'action d'incidents romanesques, pris les uns à
l'*Astrée*, les autres, à la collection variée d'intrigues et d'im-
broglios que présentait le théâtre espagnol. C'est de là qu'est
éclos, pour la plus grande joie des lecteurs de la Calprenède
et de Gomberville, cet *Amour tyrannique*, chef-d'œuvre de
M. de Scudéri et de la poésie dramatique, d'après un brevet
signé Sarrazin, ce *Tiridate*, qui obtint quatre-vingts représentations de suite, et qui n'a jamais été repris. Il est vrai que
l'abbé d'Aubignac traduisant Heinsius, avait resserré de nouveau l'étiquette de la composition, et que le théâtre était aussi
bien réglé, aussi parfaitement discipliné que la cour de Louis XIV.
Un historien flatteur, n'osant dire que l'avénement des empe-
reurs romains porta le coup de la mort à la tribune, écrivit
que le règne d'Auguste pacifia l'éloquence : certes Louis XIV
aurait admirablement pacifié le théâtre, sans Corneille et sans
Molière.

N'est-ce pas une pitié pour ces deux grands génies de se heurter à chaque pas contre les décors d'une scène qu'on leur a

faite si étroite ? Voyez-vous d'ici Corneille, résumant dans un jour, sur un espace de quelques pieds carrés, le récit et l'exposition animée d'une provocation, d'une bataille, d'un duel et d'un mariage ? Distinguez-vous, dans leur cadre insuffisant et mesquin, les gigantesques figures romaines qui avaient besoin de tant d'espace pour se mouvoir ; ne trouvez-vous pas que l'immobilité de la scène écrase bien Attila, le roi barbare, le Parthe Suréna, et tant d'autres, qu'on ne peut discerner, faute d'air et de jour ? Je ne parle pas de Molière ; il est plus à plaindre, lui qui voulait tracer de vastes tableaux de mœurs, où seraient peints nos travers et nos ridicules de grandeur naturelle, et qui était obligé de réduire toutes ses conceptions les plus hardies et les plus vraies, en proverbes accrus d'invraisemblables et romanesques dénoûments. Le seul Racine se tient à l'aise dans l'étroit écrin où brillent ses gracieux madrigaux déguisés en tragédies. Comme il ne hasarde jamais sur les planches qu'un seul personnage à la fois, et que ce personnage est toujours une femme dominée par un sentiment unique, la place lui semble toujours assez large.

Mais aussi, que le public avait bien su façonner ce théâtre-là à son usage ! Les diverses figures qu'il apercevait lui souriaient avec un air de connaissance, de vieille amitié : il avait entendu les noms de ces héros et de ces héroïnes dans son enfance, aux jours solennels du collège, dans sa jeunesse. Leur langage était celui qu'il parlait, qu'il entendait de prédilection : coquet, raffiné, un peu précieux, d'une harmonie molle, flasque partout, mais sans inégalité, correct d'ailleurs, émondé et taillé géométriquement, à l'instar des arbres de Versailles ; quant à l'action, il était aisé de la prévoir, de deviner d'avance la péripétie et la catastrophe : on n'avait pas lu pour rien l'*Astrée*, la *Clélie*, le *grand Cyrus* et la *Polyxène*. Le clerc, debout dans les profondeurs du parterre, sifflait les vers du grand Corneille et les traitaient de Wisigoths, chaque fois que le grand Corneille s'avisait d'être nerveux, sublime, imprévu : mais il admirait de bonne foi mademoiselle Champemeslé en Iphigénie, discourant encore mieux que madame la marquise qu'il avait vue la veille chez son patron, en consultation. Le courtisan saluait avec familiarité les madrigaux qu'il avait répétés dans la matinée, et le roi, le maître suprême dans la république des lettres comme partout, le roi se complaisait à voir son image reproduite, sous les noms d'Agamemnon ou d'Assuérus, de même qu'il aimait à se voir en triomphateur romain et en perruque flottante, sur la place des Victoires. Je ne parle pas des belles dames, qui pleuraient au récit du trépas de ce charmant Hippolyte, tout en le blâmant de ses froideurs, mais qui ne comprenaient bien de Corneille que les énormes concetti, les étranges fleurs de rhétorique au milieu desquelles il se jouait avec la maladresse d'un géant.

Pendant que l'école de Heinsius préludait en France à cette production déplorablement féconde, l'art dramatique atteignait à son but réel au sein d'une littérature et d'une nation bien peu connues dans cette période. En effet, quand elle produisit Shakspeare, l'Angleterre n'avait que des relations politiques avec le continent européen : elle vivait sur elle-même, elle employait toutes ses forces à créer ou à détruire dans son sein. Agitée par des révolutions séculaires, qui avaient remué toutes les couches de la population, orageuse comme l'océan qui l'environne, cette contrée offrait l'image la plus exacte du chaos, en la comparant au calme qui régnait en France à partir de Henri IV. Cependant le chaos ne fut pas improductif dans ce pays ; la tempête remua les idées non moins que les hommes, et sous le rapport littéraire, elle prépara le public qui devait former Shakspeare. Pour un tel génie, il fallait d'abord des ignorants : il était nécessaire que l'auditoire n'eût pas la tête rebattue de ces personnages de convention imposés aux tragiques français ; il fallait qu'il fût neuf à toutes ces révélations des âges éloignés. Mais il ne fallait pas qu'il fût neuf à l'histoire. Loin de là, le peuple anglais, dont toutes

les classes avaient pris part aux révolutions et aux guerres ci-
viles, était plus expérimenté dans la science des hommes et
des événements, que les Français, qui depuis les guerres de
religion, avaient désappris la politique, et ne savaient juger
les grandes commotions sociales qu'en les rabaissant au niveau
de la Fronde. Peu de luxe : au lieu de ces ressouvenirs de la
pompe des spectacles antiques, si déplacée au sein de nos théâtres clos de toute part et éclairés de lumières factices, le spectateur anglais voulait bien s'accommoder d'une grange tendue
de noir, avec des inscriptions en guise de décors; un vif sentiment de la nature : ce sentiment est naturel aux hommes qui
n'ont pas l'esprit faussé par une science insuffisante ou par
des préjugés mille fois pires que l'ignorance.

Ces diverses qualités du public anglais, à la fin du seizième
siècle, ignorance de l'antiquité et expérience profonde de l'histoire et du cœur humain, dédain du luxe et des accessoires et
sentiment de la nature, constituent la moitié de Shakspeare.
Sorti d'un pareil milieu, il n'avait plus que fort peu d'études
du procédé dramatique à faire, plus qu'un peu d'art à joindre
à son génie créateur, pour devenir ce qu'il a été, l'immortel
William.

Plus tard, le public anglais s'est épris de notre littérature;
plus tard ses tempêtes se sont calmées et il s'est classé et hié-
rarchisé encore mieux que nous : on a applaudi alors à Londres MM. Pope et Addison; on a refait le *roi Lear* de Shakspeare oublié!

Le dix-huitième siècle n'est pas une époque dramatique : les
esprits s'occupent à autre chose, et le théâtre vit des rogatons
de l'âge précédent. Il suffit de dire qu'en ce temps-là, le *Siége
de Calais*, de Dubelloy, passa pour une innovation hardie. Il
y a, dans toute cette époque, sur la scène française, deux
créations, pas plus: Turquaret et Figaro.

Nous avons pu, de nos jours, grâce à l'étude plus approfondie et plus impartiale des modèles innombrables que nous

possédions, espérer qu'enfin il surgirait une forme nouvelle et originale du drame. Le public apprécie à sa valeur *Don Juan*, cette création fantastique signalée par un échec de Molière, il rend justice à Shakspeare, il applaudit aux efforts quelquefois heureux de ses imitateurs. Ce n'est pas un public ignorant de l'antiquité ou des vicissitudes humaines : bien au contraire, sa science, son expérience sont telles, qu'il effraye les plus intrépides, et que nul n'ose affronter un juge si sévère et si éclairé. D'ailleurs il se recrute partout : il représente cette égalité inflexible, qui réduit à la même mesure les individualités les plus diverses et les plus disparates. On ne peut plus espérer de parler à ses préjugés, de flatter ses manies ; car la raison, la nature sont seules universelles et toujours admises auprès de lui. Ce public, se doutant à la fin de l'existence d'un *beau* supérieur à ce qu'il connaissait, l'a demandé à toutes les écoles : il a écouté avec une patience louable les œuvres de toutes espèces. L'antiquité a reparu à son tribunal avec son classique cortège, avec ses vieux oripeaux décrochés une fois de plus par la main du costumier. Elle fait entendre ses alexandrins, ses imprécations, ses narrations, ses descriptions, qui semblent en réalité faire depuis longtemps partie du matériel des théâtres. Ensuite est venu le moyen âge, puis la renaissance, puis l'histoire moderne : quand on a cru que le juge était saturé de trônes et de diadèmes, on lui a servi des châteaux forts, des couvents, des oubliettes et des caveaux humides ; on a passé de là aux bouges, aux tapis francs, aux maisons suspectes, et l'on est arrivé aux bagnes. Puis il y a eu les partisans de l'éclectisme dramatique, qui ont mélangé à haute dose ces divers ingrédients ; puis, en désespoir de cause, on a entremêlé le drame de danse, de musique et de tableaux vivants.

La comédie a traversé de même toutes ces phases désespérées. Quoique elle ait moins souffert de métamorphoses, grâce à ses lettres de naturalisation, qui ont été depuis longtemps contre-si-

gnées en France par Rabelais, par Molière, par Beaumarchais,
par d'autres encore, la fille d'Aristophane est devenue bien mé-
connaissable. Les pièces sérieuses et morales ont étouffé toute sa
joie, dans l'espoir d'un prix Monthyon ; les vaudevilles ont dé-
coupé ses plus jolies parures et décoloré ses traits les plus
charmants. Il est survenu des courtisanes grecques, qui l'ont
affublée à l'étrusque, et des faiseurs de revues, qui l'ont transformée en chronique du *Charivari*. Aujourd'hui elle végète,
mais enfin elle n'est pas séchée sur pied : pour lui rendre
quelque peu de vie, il suffirait peut-être de défendre aux auteurs, sous peine d'exclusion du théâtre, deux ordres de plaisanteries : celles qui se rapportent à l'ornement traditionnel
du Minotaure, et celles qui désignent, d'une manière quelconque, la partie du corps à laquelle Arnal doit les plus signalés de ses succès.

Malgré cette stérilité fâcheuse, le public n'a cessé de se
montrer avide de spectacles. Peu satisfait de ses applaudissements, des immenses progrès accomplis par la musique, il a
demandé à ses fournisseurs ordinaires pour le théâtre, de la
fécondité, à défaut de talent. Jamais peut-être souverain ne
fut si bien obéi, et l'on peut dire que le bilan dramatique
de 1852, par exemple, est fait pour effrayer. Je ne répéterai
pas ici le nombre total de drames, comédies, vaudevilles, etc.,
joués sur nos dix-sept ou dix-huit théâtres: il serait également
déplacé de pénétrer dans les arcanes de cette production et de
révéler encore une fois les procédés en usage pour confectionner les pièces les plus en vogue. Que nous importe l'habileté
des charpentiers de notre temps pour réduire en aphorismes
les sept ou les neuf combinaisons, avec les sous-combinaisons,
pour mettre en règles mathématiques l'arrangement de chaque
scène, de chaque effet, de chaque *ficelle* ? La critique n'a
plus rien à faire là, il n'y a que du métier : au consommateur
de juger si la marchandise convient pour satisfaire son appétit.

Qui est-ce donc qui s'oppose aujourd'hui à la régénération
du drame, à la création de beautés originales, de personnages
nouveaux, de ressorts inconnus sur la scène? Certes, le spectateur est bien disposé, il conduit jusqu'à la centième représentation tout ce qui lui paraît avoir une apparence de vérité
et de vie; il ne se lasse pas même de la *Dame aux camélias*.
Les interprètes non plus ne font pas défaut. N'avons-nous pas
telle reine de l'art qui galvanise les ruines du dix-septième
siècle, et qui donne à des fantômes plus de vie qu'ils n'en
eurent jamais? N'avons-nous pas celui-ci qui conserve, en dépit de tout, les vieilles traditions de la fine comédie; celui-là
qui rend presque vraisemblable une pâle copie de Shakspeare;
cet autre, cet autre encore. Quant aux auteurs, il ne faut jamais les accuser de stérilité et d'impuissance, du moins en
masse, car on ne peut juger ni un homme ni une époque avant
que cet homme, que cette époque aient dit leur dernier
mot.

S'il y a quelqu'un à reprendre, c'est le public lui-même,
malgré toute son indulgence et sa bonne volonté. Ordinaire-
ment, et quoi qu'en aient dit les diverses académies qui sont
dans l'habitude de mettre au concours la question de l'influence du théâtre sur les mœurs, ce sont les mœurs, c'est l'esprit public qui influent sur le théâtre. Les spectateurs donnent
la direction générale, le courant : aux auteurs de le suivre ou
de le diminuer. La démocratique Angleterre a fait Shakspeare,
avec son indépendance, son énergie, sa force libre et fière; les
colléges de la Société de Jésus ont donné naissance à cette littérature qui exhale, comme dit M. Quinet, une odeur de cadavre. Le siècle de Louis XIV a imposé sa froide régularité
aux emportements du drame, aux caprices de la comédie;
que produira le dix-neuvième siècle? Sans doute que la variété infinie de détails qu'il cache sous son apparence d'uni-
formité, que l'absence de traits énergiquement accentués au
sein de nos sociétés hypocrites et correctes, seront un grand

obstacle à la verve et à la conception. Peut-être même faut-il croire un peu que la forme dramatique est une forme surannée, et que le roman convient mieux que le dialogue à cette peinture, qui doit descendre bien plus bas et s'élever bien plus haut que ne le comporte le cadre habituel de la scène. Admettons pour un instant que Balzac a écrit la comédie du dix-neuvième siècle : en tous cas, la tragédie n'est pas faite encore.

Il semble que la réforme, si toutefois réforme il y a, doit venir du Théâtre-Français. Quoique ce théâtre ait été de tout temps celui des monopoles, quoiqu'il ne se soit ouvert qu'aux célébrités établies et trop souvent usées, quoiqu'il persiste aveuglément dans les voies du passé, il garde encore les éléments d'une régénération probable. Un jour viendra où il lui faudra dire un adieu définitif à l'attirail tragique, si fané, si décrépit, dont il s'est contenté trop longtemps ; il lui faudra congédier son dernier confident et déchirer sur le livre du souffleur son dernier monologue, renoncer aux songes, aux imprécations, aux récits de clôture, et commander aux costumiers de nouvelles draperies, de nouveaux palais au peintre-décorateur. La tragédie est morte, pourquoi tourmenter plus longtemps son ombre désolée. Lorsque les barbares du moyen âge firent irruption dans les antiques demeures d'Argos et de Mycènes, lorsque l'on vit s'élever, aux grands applaudissements d'un parterre d'iconoclastes, les donjons gothiques à la place du cheval de bois de Troie, on dut se croire à la veille d'une révolution. Mais il n'en fut rien : l'ombre du dix-septième siècle se réveilla dès que Rachel parut. Étrange puissance du talent : les fantômes reparurent au jour et reprirent une vie nouvelle, et vécurent avec plus d'éclat que jamais. Parce que Phèdre, parce qu'Hermione faisaient retentir leurs passions par cet organe magique, on crut que Phèdre, qu'Hermione existaient encore, et la révolution fut différée. Nous acceptons avec joie Voltaire et même M. Latour de Saint-Ybars, parlant par la bouche de cette sublime interprète ; nous con-

sentons à revoir cette danse macabre, qui se trémousse sur les
planches depuis trois mille ans ; nous voulons bien braver
même le récit de Théramène pour vous entendre, ô muse, ô
fée toute-puissante !

Mais que vous seriez grande et belle, en vous rajeunissant,
en parlant notre langue ! Bienheureux le Théâtre-Français de
posséder ce démon secourable, qui vient ranimer du souffle
cette Josaphat de tragédies endormies en attendant le jour du
jugement ! Mais qu'il serait heureux davantage, s'il ouvrait au
soleil et au jour sa nécropole encore si riche, et s'il employait
à des œuvres vivantes et actuelles, les trésors de génie, de talent et de bonne volonté qu'il dépense pour rejoindre et ranimer des débris épars et oubliés !

Non, tout n'a pas été fait par la poésie dramatique. Le
monde, cette scène immense et mouvante, se modifie chaque
jour d'aspect et de physionomie : comment l'image de ce changement éternel pourrait-elle arriver à rejeter toute métamorphose, à atteindre jamais sa perfection et son *nec plus ultra*.
Une grande gloire est réservée au téméraire qui entrera dans
la carrière nouvelle, ne dût-il pas la parcourir tout entière ;
il sera glorieux même de tomber, dans une si noble entreprise ! Depuis longtemps le champ clos est ouvert : depuis
longtemps notre époque attend son poëte et son drame. Voilà
qu'il s'est fait un grand silence dans l'histoire contemporaine :
voilà que les esprits désorientés, n'entendant plus le bourdon-
nement journalier des questions politiques, se demandent de
quel côté ils doivent enfin diriger leur curiosité infatigable,
porter le tribut de leur attention. A la littérature, à l'art dramatique, de saisir cette conjoncture favorable ; il y a une palme
bien belle pour le vainqueur, une gloire bien pure à recueillir,
une immortalité dont la conquête ne sera pas difficile. N'agis-
sons pas comme nous le conseillait Du Bellay ; ne courons pas
sus aux richesses de l'antiquité ; la France n'appartient ni aux
Gallo-Grecs, ni aux adorateurs du passé, que ce passé s'appelle

21.

moyen âge ou renaissance, hier ou avant-hier : la France s'occupe d'aujourd'hui et d'elle-même.

XXXIX

Un philosophe a dit quelque part : « Si je tenais la vérité dans ma main, je la laisserais s'envoler pour courir après elle. » Cette parole échappée des lèvres d'un penseur dans un moment d'expansion naïve, ne prouve-t-elle pas que l'homme est né pour s'agiter dans son impuissance et pour poursuivre, sans jamais les atteindre, les illusions, les rêves et les fantaisies, ces éternels papillons de l'imagination humaine?

Olibrius avait fait sa philosophie dans un collége de province. Dans les compositions hebdomadaires il était assez volontiers le dernier de sa classe, et son professeur le citait comme un modèle de paresse et d'ignorance. C'est pourquoi Olibrius songea qu'il ne pouvait rester plus longtemps étouffé dans la serre chaude départementale, et que sa place était marquée à Paris, *ce centre du mouvement intellectuel*. Son père, homme de bon jugement, lui avait fait quelques remontrances à ce sujet et l'avait engagé à demeurer auprès de lui. Mais le jeune homme ne crut pas devoir tenir compte de ces conseils. Paris l'appelait, disait-il; convive impatient, il voulait prendre place au grand banquet de la pensée; et, sans même jeter un dernier regard sur ses jeunes plaisirs et sur cette paisible existence de la famille, il avait pris la diligence, il était parti.

Comme tous les grands génies de notre temps, Olibrius avait les bourgeois en horreur; il accusait le ciel de lui avoir donné pour père un honnête propriétaire qui ne comprenait rien aux larges aspirations du siècle, ce qui ne l'empêchait pas d'aller toucher très-exactement, à la fin du mois, chez son correspondant parisien, les cent écus de la pension paternelle.

Il avait vingt ans, un chapeau conique, une cravate rouge et un lorgnon qui lui servait à ne pas voir. Voilà pour le moral.

Olibrius prétendait qu'il était sans cesse préoccupé, inquiet, tourmenté ; il était, disait-il, triste jusque dans sa joie, sérieux jusque dans son ivresse. Il se demandait, comme la plupart des très-jeunes gens, dont la prétention est d'avoir beaucoup souffert, même avant d'avoir vécu, si la vie n'est pas une *immense dérision*, un *sarcasme du ciel*, une *ironie satanique*, et trois minutes après il fredonnait, en se faisant la barbe, sur un air connu, ces paroles plus connues encore :

> La vie est un voyage,
> Tâchons de l'embellir, etc....

A tout instant Olibrius, désenchanté, parlait de se faire sauter, à l'aide d'un pistolet, cette partie du crâne que la science phrénologique veut bien appeler la cervelle ; mais comme il poussait des cris de paon à la moindre égratignure, il ajournait indéfiniment ce projet héroïque. Seulement un jour il fit cette terrible réflexion :

La jeunesse contemporaine souffre d'une maladie morale dont aucun médecin ne peut au juste dire la cause, et pour laquelle il ne sait pas de remède. Le but de l'homme sur la terre, c'est le bien-être. La souffrance est donc un fait anormal qui se manifeste dans une époque critique de la vie de l'individu ou de la vie d'un peuple. Ce fait tient à des causes latentes qu'il importe de chercher sous peine de manquer à ses devoirs envers soi-même et envers l'humanité. Le milieu dans lequel se meut le moi individuel est mauvais, changeons ce milieu. Chacun doit allumer sa lanterne philosophique et se mettre à la recherche de la vérité.

Après cette lumineuse réflexion, Olibrius fit trois pirouettes sur le talon gauche, à la façon des prêtres babyloniens et des danseuses de l'Opéra, et passa subitement à l'état de philosophe socialiste.

O sainte vérité! s'écria-t-il dans un élan d'enthousiasme, en allumant un cigare de contrebande, vérité une et absolue! dans ce siècle de malaise et d'incertitude qui suit sa route comme un aveugle qui a perdu son bâton, je veux aller à ta poursuite pour t'enchaîner à tout jamais. Où que tu sois, je te trouverai, dussé-je passer ma vie dans les gorges les plus étroites des systèmes, dans les plus obscurs défilés des théories; dussé-je m'ensevelir dans les mythes ou me noyer dans les symboles... L'humanité marche à tort et à travers parce qu'elle n'a plus de flambeau. Tu es le flambeau du monde moral, comme le soleil est le flambeau du monde matériel :

> A mes yeux étonnés montre-toi tout entière,
> Dis moi quel est ton nom, ton pays, ton destin.

Lorsqu'il eut terminé cette magnifique apostrophe à la vérité, Olibrius prit sa canne et son chapeau, et alla se promener sur le boulevard.

Il marchait avec précipitation sur l'aristocratique bitume des Italiens, songeant à tous les malheurs de l'humanité, lorsqu'il vint se heurter dans sa course contre un corps dur lancé en sens contraire.

— Butor !

— Animal!

Telles furent les exclamations qui jaillirent en guise d'étincelles du choc de ces deux comètes égarées.

— Tiens! c'est Parenteau!

— Ah! Olibrius!

— Charmé de te rencontrer. Qu'est-ce que tu fais?

— Avant la révolution, répondit Parenteau, j'étais à la tête d'une société en commandite pour l'exploitation de la farine de moutarde considérée comme aliment à bon marché... Ça allait très-bien, j'allais réaliser des sommes considérables.... Mais le capital ayant eu peur, mon établissement a croulé, si j'ose m'exprimer ainsi ; voyant que la chose commerciale était considérablement avariée, je me suis jeté dans la propagande humanitaire, et je poursuis pour le quart d'heure l'accord du dualisme humain.

— Ah! fit Olibrius.

— Sans doute, reprit Parenteau, l'humanité souffre...

— Je suis tout à fait de ton avis, interrompit Olibrius, et moi-même je suis à la recherche d'un système qui guérisse radicalement toutes les souffrances sociales.

— Le système est trouvé, répondit Parenteau ; c'est l'accord du dualisme humain. Si la machine est dérangée, cela tient à ce que les sens et les instincts naturels ne peuvent trouver leur développement normal et régulier dans la constitution de la société spiritualiste telle que le catholicisme l'a faite. Le dogme chrétien est incomplet, mon cher ; le monde est une pyramide qui va toujours s'élargissant par la base... c'est la spirale du Dante, ou, si tu l'aimes mieux, c'est un pain de sucre : le pain de sucre est la manifestation traditionnelle et symbolique de l'humanité ; au sommet est Moïse, au milieu Jésus qui procède de Moïse, et à la base Fourier, qui résume Moïse et le Christ, le symbolisme judaïque et l'*exclusivité* spiritualiste. Fourier est donc le résumé lumineux du judaïsme et du catholicisme, du corps et de l'esprit, de l'Orient et de l'Occident. Voilà qui est clair, le catholicisme finit, le fouriérisme commence.

— Cela pourrait bien être, dit Olibrius, cependant...

— Pas d'objections, répliqua Parenteau, nous n'en supportons pas. Pour nous le contradicteur est un crétin. Si tu veux t'instruire complétement et t'associer à notre œuvre, viens avec moi à la rue Taranne, où je vais de ce pas, tu entendras une prédication sur l'avenir de la société *garantiste*.

Olibrius, qui n'avait rien de mieux à faire, se laissa entraîner à la rue Taranne.

Lorsqu'ils entrèrent dans la salle, ils virent un public nom-

breux composé d'hommes et de femmes. Quelques-unes de
ces lionnes humanitaires portaient sur les traits de leurs visages pâlis et fatigués les traces du banquet de la veille. Des
groupes nombreux se formaient de tous côtés, et tout le monde
parlait à la fois, lorsqu'un monsieur chauve, qui tenait l'emploi de président, agita sa sonnette et réclama le silence.

Olibrius avait pris place sur une banquette à côté de Parenteau.

« Messieurs, dit l'orateur, qui continuait un discours suspendu depuis quelques instants, qu'avait fait le christianisme ?
il avait établi une lutte entre les passions et le devoir... Le
devoir, sentinelle éternelle, veillait l'arme au bras à côté des
passions, et faisait immédiatement feu sur la première qui tentait de se révolter. Alors il y avait lutte, combat corps à corps,
tantôt au profit du devoir, tantôt à l'avantage de la passion ;
c'était au plus fort que demeurait la victoire. Dans le monde
unitaire, sociantiste et garantiste, cette lutte n'existe plus ; la
tendance des passions se manifeste d'elle-même et forcément
vers la règle du devoir par la force impulsive de l'attraction.

— L'accord du dualisme humain dont je te parlais tout à
l'heure, dit tout bas Parenteau à Olibrius.

— Aujourd'hui, reprit l'orateur, la terre est mal divisée, mal
peuplée, mal gouvernée ; les villages, les villes, les empires,
les républiques, tout cela existe sans but, comme les végétaux...
Il faut donc commencer par tout renverser pour pouvoir tout
reconstituer. Il faut faire *table rase* dans l'ordre des faits,
comme Condillac l'exigeait pour le monde des idées. La société garantiste et sociantiste sera un immense échiquier divisé
en une infinité de cases dans lesquelles les travailleurs passionnels seront répartis en groupes, en séries et en phalanges ;
la vie du phalanstère sera l'Eldorado si longtemps relégué parmi les espérances chimériques. L'individu ne suivra que ses
élans et ses instincts. Les travailleurs ne feront que ce qui
conviendra à leur tempérament. Par exemple : les gens pas-

sionnés pour les tulipes, c'est-à-dire les *tulipistes*, ne cultiveront que cette fleur. C'est ainsi qu'il y aura encore les *jonquillistes*, les *jacinthistes*, les *dahliatistes*, les *camélialistes* et les *hortensiasistes*. Les artistes se grouperont en phalange pour exécuter une œuvre ; dans un portrait chaque peintre choisira la partie qu'il affectionnera spécialement : l'un fera les cheveux, l'autre les yeux, celui-ci le nez, celui-là les oreilles...

— Et l'ensemble, interrompit un jeune rapin qui était parmi les auditeurs, l'ensemble de l'œuvre sera donc supprimé ?

— A la porte l'interrupteur ! vociféra Parenteau.

— Pour arriver au perfectionnement de la science gastronomique, car Fourier a tout prévu, continua l'apôtre qui dédaigna de répondre à l'objection, on aura recours à des congrès où seront convoqués de tous les points de la terre les travailleurs passionnels. Il y aura alors combat harmonique. Un prix sera accordé à celui qui aura inventé un mets ou perfectionné un plat déjà connu. La société *garantiste* proclamera le grand *côtelettier* ou celui qui saura le mieux cuire les côtelettes, le grand *bifteckier*, le grand *omelettier*, etc., etc.

« Ce n'est pas tout, le monde se modifiera de lui-même sous l'empire de la loi harmonienne ; le monde, vous le savez, doit avoir une durée de quatre-vingt mille années : quarante mille ans d'ascendance quarante mille ans de descendance. Dans ce nombre sont enveloppés huit mille ans d'apogée. Le monde est à peine adulte : il a sept mille ans. Il n'a connu jusqu'ici que l'existence irrégulière, chétive, irraisonnable de l'enfance, il va passer dans sa période de jeunesse, puis dans la maturité, point culminant de bonheur, pour descendre ensuite vers la décrépitude. Ainsi le veut la loi d'analogie. Le monde, messieurs, comme l'homme, comme la plante, doit naître, se développer et périr. Alors apparaîtront des phénomènes inouïs et qui sembleront surnaturels aux *civilisés* : une couronne boréale se fixera comme un soleil sur le pôle nord, dissoudra les glaces et rendra les

mers navigables ; les orangers fleuriront dans la Nouvelle-
Zélande comme en Italie, et le ciel de Pétersbourg n'aura rien
à envier au ciel de la blonde Provence. L'Océan , par un procédé chimique jusqu'ici ignoré, sera dégagé de la partie sa-
line et ne formera plus qu'une immense limonade qui donnera aux hommes de la force et de la virilité. Alors des créations plus parfaites que les créations aujourd'hui connues,
peupleront le globe et concourront au bonheur de l'individu social. Les créations mauvaises, telles que les tigres, les léopards,
les marsouins et tous les animaux malfaisants, disparaîtront
pour faire place à des êtres serviteurs de l'homme. L'animal
sera le domestique de la société garantiste. C'est le singe qui
lavera la vaisselle. Alors naîtra l'antilion, quadrupède docile,
porteur élastique, sur le dos duquel un cavalier partant le
matin de Bruxelles, ira déjeuner à Paris, dîner à Lyon et
souper à Marseille, moins fatigué de cette journée que s'il
l'eût passée dans une berline excellente.

« Le cheval sera à l'antilion ce qu'est la voiture sans sou-
pente à la voiture suspendue. Quant au chemin de fer, nous
n'en parlerons pas. Ce misérable moyen de locomotion sera
supprimé dans la société harmonienne ; il est à regretter seulement que tant de millions aient été consacrés à la pose de
tant de rails, quand nous sommes si près de réaliser toutes les
merveilles que j'annonce.

« Puis viendront ensuite l'antitigre, l'antiléopard, l'anti-
panthère, qui seront de dimension triple des moules présents ;
il y aura encore des antibaleines qui traîneront les vaisseaux
dans les calmes, des antirequins qui aideront à traquer le
poisson, des antihippopotames, des anticrocodiles, des anti-
phoques ou montures de mer, sur le dos desquelles l'homme
traversera l'Océan.

— Eh bien ! murmura Parenteau à l'oreille d'Olibrius, qu'en
dis-tu ?

— Sublime ! répondit celui-ci ; seulement, je ne comprends
pas très-bien...

— Ce qu'il y a de beau dans ce système, c'est qu'il n'y a pas
besoin de comprendre. »

Olibrius baissa les yeux, l'orateur reprit :

« Ce n'est pas tout encore. La grande âme des planètes ne
meurt pas, vous le savez ; mais elle passe en d'autres planètes
avec les âmes qu'elle porte, afin que ces dernières croissent
en bonheur et en développement pendant plusieurs milliards
d'années. Quand notre monde aura accompli ses quatre-vingt
mille ans d'existence, il se fondra dans un autre monde pour
participer à une vie nouvelle et toujours progressive. Jamais
la transmigration indoue et la métempsycose pythagoricienne,
qui préludaient à la vérité cosmogonique, n'avaient été jusque-
là. Chacune de nos trente-deux planètes principales travaille
pour les trente-une autres, toujours par la loi universelle de
l'attraction. Nous n'avons pas un fruit, pas une plante dans
notre planète qui ne soit en rapport avec les autres planètes
correspondantes ; ainsi les raisins muscats ou de *sorte pivotale*
mûrissent sous l'influence des aromes du soleil et de la terre ;
les autres espèces de raisins proviennent d'un amalgame des
aromes de la terre et d'autres planètes. Le plus délicat de tous,
le *pulsart*, est de Mercure, qui est la planète la plus avancée ;
les êtres qui habitent cette planète harmonienne sont doués
déjà du dernier perfectionnement de l'homme, je veux parler
de la queue de six pieds de long avec un œil au bout ; le chas-
selas paraît être de Vénus, le malvoisie de Saturne, etc., etc.

« Dans la société unitaire et garantiste, toutes les planètes
entreront matériellement en correspondance harmonienne.
Le télescope de l'astronome Herschell grossit quarante mille
fois les objets ; nous obtiendrons nous, au moyen de nouveaux
verres, un développement quarante mille fois supérieur à celui
que donne le télescope d'Herschell. Dès que nous serons pourvus d'un de ces télescopes, les mondes entreront en corres-

22

pondance télégraphique. Mercure, comme je vous le disais tout à l'heure, marche depuis longtemps dans les voies de l'harmonie sociétaire. C'est lui qui nous apprendra l'alphabet de la langue unitaire et harmonique,

« Voyez quel avantage résultera pour les mondes de cette immense harmonie. Les astres parleront entre eux et traiteront aussi facilement de leurs affaires que les peuples ou les souverains dans leurs transactions et leurs négociations diplomatiques : il y aura des conférences sidérales. Chaque monde concourra aux intérêts de tous les mondes. Tel vaisseau parti de Londres arrive aujourd'hui au Bengale, en Chine, au Japon. Demain, *Mercure* avisé des arrivages et mouvements par les astronomes d'Asie, en transmettra la liste aux astronomes britanniques.

Voilà messieurs, où nous arriverons bientôt avec la force *cabaliste* que Dieu a mise en nous. L'attraction est destinée à faire le bonheur de l'humanité. »

A peine l'orateur avait-il fini de parler, que Parenteau, sautant par-dessus les banquettes, était allé se précipiter dans ses bras.

Olibrius était abasourdi. Le grand côtelettier, l'antilion, la queue de six pieds de long, la correspondance des astres, l'attraction, l'accord du dualisme humain, tout cela exécutait dans son cerveau une cachucha désordonnée.

« Voulez-vous que je vous expose ma façon de penser, lui dit un de ses voisins qui avait écouté le prédicateur avec la plus grande attention, Fourier ne me fait pas seulement l'effet du plus grand mystificateur des temps modernes, il est encore un des rêveurs les plus dangereux de notre époque ; au fond de toutes les balivernes que vient d'éternuer cet apôtre pacifique, il y a une pensée persévérante : c'est la réhabilitation de l'instinct brutal, de l'instinct de la bête qui se révolte contre l'esprit. L'orateur ne nous a pas parlé du rôle de la femme dans la société harmonienne. La femme est à peu près à tout

le monde; elle est obligée de satisfaire les caprices de cinq ou
six galants qui ont plus ou moins de droits sur elle; c'est la
promiscuité la plus sale, la plus dégoûtante; toutes les stupi-
dités de l'antilion, du côtelettier, de la mer changée en limonade et de la queue de six pieds, ne sont que des fioritures qui
servent à enjoliver, en la voilant, la pensée principale du motif. Ainsi, satisfaction des appétits, promiscuité des êtres, telle
est l'idée génératrice qui a présidé à l'édification du système,
j'allais dire de la crapaudière phalanstérienne. Les fouriéristes
qui attaquent tous les jours Malthus arrivent au même but que
lui par des moyens différents. La promiscuité n'abolit pas seulement la famille et la propriété, elle arrête l'essor de la population, elle la tarit dans sa source; voyez en Orient, où la
population dépérit d'année en année. Ainsi, Fourier et ses
disciples sont donc des malthusiens, c'est-à-dire des ennemis
du peuple, dont ils se prétendent les défenseurs; sans s'en
douter M. Considérant est un *aristo*, et de la pire espèce. Si
vous voulez trouver un système social, cherchez ailleurs, car
celui-ci est le plus antisocial parmi tous ceux qui se produisent
chaque matin à la quatrième page des journaux, et chaque
soir devant le public des clubs.

— C'est ce que je ferai, répondit Olibrius après avoir
serré la main de l'inconnu. Et il s'évada de la salle harmonienne, laissant Parenteau occupé à casser les banquettes dans
ses élans d'enthousiasme.

Olibrius rentra chez lui profondément découragé; l'utopie
phalanstérienne ne lui semblait pas, malgré la recommanda-
tion de son ami Parenteau, propre à sauver le monde: il fallait donc appliquer un autre cataplasme sur le corps social.
Olibrius ne pouvait en effet se dissimuler qu'on avait accordé
avec quelque légéreté à Fourier le mérite d'avoir proclamé la
formule de l'association dans laquelle quelques esprits voient
l'espérance de l'avenir. L'association domestique est une vieille
idée, non-seulement dans la théorie, mais encore dans la pra-

tique. Les frères moraves, qui conservent la propriété indivi-
duelle, se rapprochent bien plus du régime de l'association
que de celui de la communauté ; et Olibrius fit cette réflexion
pleine de justesse, qu'abstraction faite de la profonde immoralité sur laquelle repose le système sociétaire, il serait difficile, pour ne pas dire impossible de faire du monde entier un
couvent. C'est le rêve d'un grand nombre de novateurs de coucher notre société, au nom de la civilisation, sur le lit de
Procuste du monastère, comme si l'homme n'éprouvait pas
pour la vie en commun une répugnance que peuvent seuls
surmonter le sentiment religieux et l'exaltation d'un ascétisme
mystique.

A cette époque, et c'est encore un peu comme cela aujour-
d'hui, chacun avait dans sa poche un système nouveau destiné à guérir radicalement l'humanité de toutes ses misères ;
chaque jour voyait éclore un nouvel onguent dont la vertu
curative surpassait de beaucoup la médecine de la veille ; la
France n'était plus qu'une immense pharmacie socialiste où
les apothicaires ne manquaient pas pour confectionner du
matin au soir leurs pilules démocratiques. Il était bien convenu
que la société allait rendre le dernier soupir, et qu'on avait
tout au plus le temps de lui administrer un remède héroïque ;
malheureusement, cette société, qui avait lu Molière, n'avait
qu'une confiance modérée dans les prescriptions de ses docteurs. Olibrius, qui croyait fermement, d'après ce qu'il avait
entendu dire dans les clubs et autres laboratoires patriotiques, que le vieux monde était fini, était sans cesse poursuivi
par cette idée qu'il fallait au plus vite tailler en plein drap
dans les systèmes pour organiser tout d'une pièce un monde
plus jeune, plus pimpant et plus vivace.

Précisément le Luxembourg était devenu l'arène où tous les
chevaliers de l'innovation, bardés de syllogismes, cuirassés
de propositions et armés de toutes pièces, rompaient des lan-
ces humanitaires; tournoi de discours, risible et déplorable

Carrousel où le premier venu pouvait aller courir la bague du socialisme. Chacun de ces paladins avait ses couleurs et sa devise. Celui-ci portait écrit sur son écu : *Organisation du travail* ; cet autre : *République universelle* ; un troisième déployait un drapeau sur lequel on lisait ce glorieux cri de guerre : *La Propriété est un vol*. Tous ces preux, avides de gagner leurs éperons, exécutaient des passes d'armes sous les yeux de leur dame, je veux dire de la France, qui, semblable à une captive pour laquelle combattraient des ravisseurs, ne voyait dans l'issue du combat que la honte et le désespoir.

Olibrius, grâce à son ami Parenteau, à qui sa qualité bien connue d'apôtre phalanstérien ouvrait toutes les portes, fut assez heureux pour être invité à assister à une de ces discussions où se jouait, au bruit cadencé des périodes, le sort d'une grande nation. La vérité allait sans doute jaillir du choc de tous ces systèmes ; il allait donc enfin pouvoir arrêter son idée et se consacrer tout entier au bonheur de ses semblables!...

Il y avait au Luxembourg deux sortes de scéances : les séances auxquelles assistaient les ouvriers qui venaient périodiquement recevoir la manne sociale et que le premier ouvrier de France, ainsi que s'intitulait modestement un jeune sectaire, nourissait de phrases sonores à défaut d'aliments plus substantiels, celles-là avaient lieu dans la salle de l'ancienne chambre des pairs, sous les lambris du privilége et sur les banquettes de l'aristocratie. Les débats de ces séances paraissaient plus ou moins sténographiés le lendemain dans le *Moniteur*. Puis il y avait les séances secrètes, les conférences intimes auxquelles étaient convié les dieux et les demi-dieux de l'Olympe palingénésique. C'était le laboratoire caché où se réunissaient les alchimistes du socialisme pour travailler en commun au grand œuvre. L'humanité pouvait dormir sur ses deux oreilles ; tous les Flammel, tous les Ruggieri, tous les Balsamo de la science étaient à la recherche de la pierre philosophale.

22.

Olibrius fit en tremblant son entrée dans ce conclave composé de vingt-cinq à trente personnes et présidé par un jeune homme d'une taille exiguë dont la figure douce et spirituelle prévenait au premier abord en sa faveur. Quand tout le monde eut pris place sur des fauteuils rangés en cercle, le jeune homme se leva majestueusement et d'une voix forte et claire débuta ainsi :

« Citoyens,

« La société actuelle ressemble à Louis XI mourant et s'étudiant à donner à son visage les trompeuses apparences de la vie ; elle croit vivre encore, cette société qui porte en elle le germe de mille morts, la misère, la prostitution, l'égoïsme, la concurrence ; mais chaque minute qui s'écoule lui enlève une partie de son existence ; elle râle et s'éteint dans les dernières convulsions de l'agonie. Quelle est la cause de tous ces maux ? faut-il en accuser la corruption de la nature humaine ? Non, la source du mal est dans le vice de nos institutions sociales.

— Permettez, interrompit un économiste qui s'était frauduleusement faufilé dans la réunion. Vous allez justifier sans vous en douter, les hôtes du bagne et les prédestinés de l'échafaud.

Le jeune homme avait fièrement arrêté son regard sur l'interrupteur.

— Cette objection ne saurait m'arrêter, continua-t-il, et je vous répondrai comme Rousseau, le grand apôtre du dix-huitième siècle, qui le premier avait pressenti la fraternité, que tout est bien en sortant des mains de l'auteur des choses, et que l'homme seul pervertit l'œuvre du Créateur. Ce serait blasphémer Dieu que de dire que les hommes naissent nécessairement pervers.

— Mais, répliqua l'économiste, n'admettez-vous pas au moins que trop souvent la misère n'est que la conséquence de l'imprévoyance et de l'inconduite ; les vices et les crimes ne sont-ils pas les résultats de l'abus que fait l'homme de sa liberté, abus qu'il n'est donné à aucune société de prévenir ?

— Je pourrais nier la liberté humaine, reprit le jeune homme ; de grands philosophes, Montaigne, entre autres, l'ont mise en doute ; mais, en admettant qu'elle existe, elle se trouve comprimée et modifiée chez le pauvre et le malheureux.

— Alors vous déclarez que l'homme n'est jamais responsable de ses fautes ou de ses crimes, dit l'économiste.

— Oui, répliqua l'orateur, c'est la société qui en répond.

— Oh ! oh ! dit tout bas Olibrius à Parenteau, ceci est un peu fort ; moi, membre de la société, je suis responsable, pour ma part, d'un crime qui s'est commis à cinquante lieues d'ici et je ne suis pas responsable du crime que je peux commettre... Que dis-tu de cela ?

—Il n'y a plus de crimes possibles avec l'attraction et l'accord du dualisme humain, répondit celui-ci.

— Que le diable t'emporte, murmura Olibrius.

— Tous les vices, tous les crimes, continua le jeune orateur, n'ont qu'une cause, la misère ; la misère elle-même n'est que le résultat de la concurrence, la concurrence est la guerre dans l'ordre des intérêts. Il importe donc aujourd'hui d'arrêter l'état social définitif vers lequel l'humanité va se mettre en marche. Il faut d'abord commencer par substituer à la lutte des intérêts particuliers ou de l'individualisme, l'harmonie de l'intérêt général. Pour cela faire, voici les moyens que je propose :

Le gouvernement sera considéré comme le régulateur suprême de la production et investi, pour accomplir sa tâche, d'une force *despotique*. Il lèvera un impôt dont le produit sera affecté à la création d'ateliers sociaux dans les branches les plus importantes de l'industrie nationale. Les capitaux seront fournis par l'État aux ateliers gratuitement et sans intérêts. L'atelier sera régi par des règlements ayant force et puissance de loi.

Ainsi, citoyens, dans chaque branche de travail, l'atelier national aura pour mission spéciale de faire à ceux de l'industrie privée une concurrence écrasante qui les forcera à venir s'absorber dans son sein. De cette manière, la concurrence sera détruite par la concurrence même. C'est de l'homœopathie sociale. Les capitalistes qui verseront leurs fonds à l'atelier national recevront l'intérêt légal, mais ne participeront pas aux bénéfices.

Ce n'est pas tout encore ; les ateliers nationaux d'une même industrie répandus sur le territoire seront associés entre eux et rattachés comme succursales à un grand atelier central. Les chefs des travaux seront nommés à l'élection et administreront sous la surveillance de l'État. Les salaires seront égaux ; l'évidente économie et l'incontestable excellence de la vie en commun ne tarderont pas à faire naître de l'association des travaux la volontaire association des besoins et des plaisirs.

L'agriculture, citoyens, sera soumise au même régime. L'abus des successions collatérales est universellement reconnu. Ces successions seront abolies, et les valeurs dont elles seront composées, déclarées propriétés communales et inaliénables, pour être soumises au régime des ateliers sociaux.

De même que tous les ateliers d'une même industrie seront solidaires entre eux, on complétera le système en établissant la solidarité entre les industries diverses.

Tel est le système que j'ai l'honneur d'exposer, citoyens, système longtemps médité, et qui est, j'ose le dire avec la plus grande franchise, le dernier mot de la science sociale. »

Quelques applaudissements couvrirent les dernières paroles de l'orateur, qui jeta sur l'aréopage un regard interrogateur pour juger de l'effet qu'il avait produit.

— Monsieur, dit l'économiste, est-il permis de hasarder quelques objections.

— Faites, répondit le jeune homme qui venait d'exposer sa théorie.

— Eh bien, continua l'économiste, je commence par déclarer que votre conception sociale n'a que deux petits défauts, elle est injuste et impraticable. Elle est injuste, car vous voulez faire supporter à l'ancienne société le fardeau d'un emprunt destiné à fournir gratuitement des capitaux à quelques travailleurs, et par là vous constituez au profit de ces derniers un privilége monstrueux, vous dépouillez la masse au profit de quelques uns. Vous vous dites l'apôtre de la liberté et de la démocratie, et les deux piliers de l'édifice social que vous vous proposez d'élever sont le despotisme et l'aristocratie, car vous créez l'aristocratie en établissant des priviléges.

— Votre objection est spécieuse, répondit le jeune homme; le despotisme de l'État est nécessaire en effet au début de la société nouvelle pour établir cette société, mais il disparaîtra quand elle fonctionnera régulièrement. Les travailleurs sociaux seront privilégiés, cela est vrai ; mais avec le temps il n'y aura plus d'autres travailleurs que ceux-là, et par conséquent plus de privilégiés.

— C'est le point de départ de tous les novateurs, reprit l'économiste, d'étouffer la liberté au nom de la liberté, de constituer l'aristocratie d'en bas sur les ruines de l'aristocratie d'en haut; sous ce rapport, vous n'avez fait que suivre la voie frayée par vos devanciers ; mais je ne m'arrêterais pas à ce détail. La concurrence, dites-vous, est la guerre dans l'ordre des intérêts ; et moi je vous réponds, au nom de l'expérience et de la raison, que la concurrence n'est pas la guerre, c'est la lutte, c'est l'émulation, c'est l'effort, c'est-à-dire la condition même de l'existence. Il y a des gens qui croient que l'harmonie résulte du silence des passions et de l'immobilité des forces; je considère ceux-là comme les bonzes de la pensée. Le monde moral a deux pôles, comme le mode matériel, dont l'harmonie n'est produite que par la lutte des éléments; ces deux pôles sont l'intérêt et le devoir, autour desquels gravitent l'homme et la société : l'un qui suscite l'émulation des intelligences et des forces; l'autre qui les règle et les modère pour empêcher que la lutte ne devienne un combat.

— Argumentation d'un élève de Say et de Bentham, répondit dédaigneusement le jeune socialiste.

— Ceux-là, en effet, ne se vantaient pas d'avoir trouvé le dernier mot de la science, répliqua l'économiste, mais ils ont posé des principes qui n'ont point encore été destitués par les rêveries humanitaires. Jamais, il est vrai, il ne serait venu à l'idée d'un de ces économistes arriérés de se faire une arme destructive de la concurrence que l'on maudit, pour ramener violemment toutes les industries dans le giron de l'État. Le procédé a quelque chose de par trop infernal. Ruiner les gens pour les décider à entrer dans une association qui viserait au monopole industriel, ne serait-ce pas imiter les dominicains, qui préparaient par des autoda-fés la conversion des hérétiques ?

— La question n'est pas de savoir si les moyens que je propose sont violents, répondit le socialiste, mais s'ils sont efficaces pour arriver au but que nous poursuivons tous, le bonheur de l'humanité. S'ils sont violents et injustes au premier abord, qu'importe ! pourvu que le monde soit sauvé ! Une génération sera sacrifiée, je l'avoue, mais qu'est-ce qu'une génération dans la durée des siècles ?

— Je consens à accepter la discussion sur ce terrain, reprit l'économiste; je laisse de côté la raison d'équité. Ecrasons, s'il le faut, dix millions d'hommes, si cette hécatombe doit assurer le bonheur des générations futures; mais je vais vous prouver que vos combinaisons ne sont pas seulement violentes; elles sont encore mauvaises et elles ne remédieraient à rien.

— Ecoutons, pensa Olibrius, qui commençait déjà à désespérer du système de l'organisation du travail.

— J'admets, continua l'économiste, que vous parviendrez peut-être à empêcher à l'intérieur la concurrence entre les ouvriers d'un même atelier et entre les ateliers d'un même peuple. Mais cela sera peu de chose, cela ne sera même rien tant que les peuples pourront se faire concurrence entre eux par le génie industriel, par les capitaux et par la main-d'œuvre. Voilà l'inconvénient de ce système absolu sorti tout d'une pièce de votre imagination; il ne pourrait réussir tant bien que mal qu'à la condition vraiment trop problématique d'un consentement universel. Ce n'est pas assez de faire de la France un couvent industriel; la règle, pour être observée, devrait embrasser toute l'étendue du globe. Tant que la liberté de l'industrie existera quelque part, elle menacera l'industrie cloîtrée de sa concurrence, et la contrebande brisera votre sceptre régulateur.

— Fourier avait prévu votre objection, s'écria triomphalement Parenteau, il avait décrété l'harmonie universelle du globe.

— A la bonne heure! répondit en riant l'économiste, Fourier a été plus logique dans l'absurde : d'un trait de plume il a *phalanstérisé* le monde; reste à savoir si l'univers observera le décret de l'omniarque sociétaire.

— Nous l'y forcerons par la *cabaliste*, vociféra Parenteau.

— Fourier est une brute, riposta un sectaire dont nous parlerons plus tard.

Parenteau allait répliquer; mais le président, agitant sa sonnette, réclama le silence, et l'économiste poursuivit:

« Si je n'avais pas été interrompu, je vous aurais cité l'exemple de Méhémet-Ali. Il est, lui, propriétaire du sol égyptien; il est à la fois capitaliste et fermier; mais il ne reste pas maître de fixer le prix des cotons qu'il récolte. Le marché d'Alexandrie subit l'influence des marchés ouverts à la production, comme New-York, ainsi que des marchés ouverts à la consommation, comme le Havre et Marseille.

Quant à l'égalité des salaires, je l'admettrai volontiers lorsque vous m'aurez prouvé l'égalité des forces et des intelligences: Les inégalités sociales existent et ont existé de tout temps; elles sont la conséquence nécessaire des inégalités que la nature met entre les hommes. Dès qu'il existe dans le monde des forts et des faibles, des intelligences largement douées et d'autres qui réflécbissent à peine un rayon de la lumière céleste, il devient impossible à la société de placer tous les hommes sur le même rang. Si vous payez celui qui est faible autant que celui qui est fort, si l'homme qui ne travaille pas a le même salaire que celui qui succombe à la fatigue. je ne dirai pas seulement que cela est absurde, mais que cela est immoral ; car vous désorganisez le travail, cette chose sainte, au lieu de l'organiser, et vous faites d'un peuple valeureux et fort un ramassis de fainéants et de misérables.

— Halte-là ! s'écria le jeune socialiste, vous ne m'avez pas compris; je n'ai pas retranché, comme vous le prétendez, de l'ordre industriel l'émulation qui est dans toute réunion d'homme l'aiguillon du travail, je l'ai seulement transformée. Le soldat obéit au point d'honneur militaire; le travailleur socialiste obéira au point d'honneur du travail; celui-là sera déclaré lâche et indigne qui restera sans rien faire. Les ouvriers de l'avenir seront comme les soldats de la société moderne, qui doivent, sous peine d'infamie, défendre vaillamment leur drapeau.

— Votre comparaison part d'une base inexacte, répondit l'économiste; je ne connais pas d'armée qui ait supprimé entièrement dans ses rangs le ressort de l'intérêt personnel que vous voulez abolir dans les légions industrielles. Le soldat obéit aux lois de l'honneur, mais il a aussi devant les yeux la perspective d'un légitime avancement; si la mort l'épargne, il enlèvera d'assaut le brevet d'officier. Dans l'armée anglaise, où l'avancement est limité pour les simples soldats aux grades inférieurs, on a jugé nécessaire d'ajouter au sentiment du devoir le stimulant énergique de l'intérêt en promettant ou en allouant à tous des parts de butin. *Prize money.* Il est des mobiles qui n'agissent pas sur les natures grossières ; il faut donc se résigner à faire états de appétits à côté des sentiments et des principes.

Tout législateur doit prendre la nature humaine comme elle est ; l'amour de soi, le sentiment de la conservation fait partie de nos instincts ; il faut sans doute lui opposer la sympathie et le devoir pour empêcher qu'il ne prenne un développement exclusif, et qu'il ne dégénère en égoïsme ; tenons compte de la personne et de la famille en organisant la société. Les lois de Dracon ne furent pas exécutées parce qu'elles excédaient les forces de l'homme.

Je sais bien que vous allez me dire qu'il y a encore un moyen de résoudre la question en réglant le salaire selon les besoins ; eh bien ! ce système serait le pire ; au point de vue moral, la règle des besoins, excitant tous les appétits, mènerait droit à la débauche ; elle retrancherait de la société le dévouement et le sacrifice ; le plus brutal sensualisme règnerait sur la terre ; rien ne distinguerait l'homme de la brute. Avec ce système, Vitellius aurait droit à cent mille francs de rente, et Pierre Corneille serait mis à la ration du soldat.

Je terminerai ces considérations générales sur votre système, ajouta l'économiste, par un dernier mot : vous vous défendez de toutes vos forces de toucher à l'arche sainte de la famille, et vous la mettez en pièces, car la discorde entre les hommes et la promiscuité des femmes seraient les premiers effets de la vie commune. Vous vous défendez de toutes vos forces d'être communiste, et, quelque soin que vous preniez de dissimuler le fond de votre pensée sous l'éclat et les enjolivements de la forme, vous êtes communiste, car lorsque l'atelier national aurait, suivant votre vœu et votre prévision, envahi et absorbé toute propriété, tout capital, toute industrie, il se confondrait

23

nécessairement avec l'État, et ne serait autre chose que la communauté nationale. »

Le jeune socialiste, qui avait écouté jusque-là son contradicteur avec une visible impatience, se leva tout à coup, et lui dit avec emportement :

— Voilà bien comme vous êtes tous, disciples de Malthus ; vous ne savez que battre en brèche, avec les vieux arguments du passé, les théories encore imparfaites que l'avenir est destiné à voir éclore ; vous défigurez le socialisme pour le rendre hideux aux yeux des masses.

— Non, répondit l'économiste ; je dis ce qui est, sans crainte et sans colère ; vous êtes communiste et vous le savez mieux que moi ; vous vous déguisez aux regards de la foule, et c'est grâce à ce déguisement que votre communisme est parvenu à séduire, surtout dans les classes ouvrières, un grand nombre d'esprits, qui l'eussent repoussé s'il s'était présenté à visage découvert. La fatale machine de l'organisation du travail a pénétré par surprise et à l'ombre de la République dans les murs de la société, mais elle n'y restera pas.

— Eh bien ! s'écria le jeune homme, dût la société en être ébranlée jusque dans ses fondements, je déclare que rien ne m'empêchera de poursuivre la réalisation de mes doctrines, et je renouvelle contre cet ordre social que vous défendez, et que moi je déclare infâme, le serment que fit Annibal à son père, le serment d'extermination. »

Après avoir prononcé ces paroles, le jeune socialiste, pâle et l'œil enflammé, leva la séance.

Olibrius quitta le Luxembourg complétement désenchanté du système de l'organisation du travail ; l'argumentation de l'économiste lui avait semblé si concluante, qu'il ne s'étonnait que d'une chose : c'était que tous les gens qui assistaient à la conférence ne lui eussent pas témoigné leurs sympathies ; mais il ignorait que tous ces gens-là avaient un système dans leur poche, et que, pour tous l'économiste, parlant au nom de

la raison et du sens commun, était un redoutable contradicteur. En descendant l'escalier, Olibrius se hasarda à adresser la
parole à un petit homme chauve qui se trouvait à côté de lui :

— Que dites-vous du système de l'organisation, monsieur?
lui demanda-t-il.

— Une folie, répondit celui-ci; l'auteur va chercher de midi
à quatorze heures la vérité sociale, pendant qu'elle est chez
votre serviteur.

— Ah! fit Olibrius en regardant fixement son interlocuteur.

— C'est comme j'ai l'honneur de vous le dire, monsieur;
et, si vous voulez vous donner la peine de venir demain chez
moi, vous pourrez vous convaincre que je n'avance rien d'ou-
trecuidant.

— Monsieur, balbutia Olibrius en s'inclinant, ce sera avec
le plus grand plaisir...

— Très-bien, fit le petit homme en glissant sa carte dans
la main d'Olibrius, et ils se séparèrent après s'être salués réciproquement.

Le lendemain, de bonne heure, Olibrius était au domicile
de l'inconnu, qui le reçut en robe de chambre, et lui dit, après
l'avoir fait asseoir :

— Je ne prendrai pas la peine, monsieur, de réfuter toutes
les erreurs qui nous ont été débitées hier; le système de l'organisation du travail n'est autre chose que le phalanstère en
raccourci. Fourier et l'autocrate du Luxembourg, en voulant
agir sur la nature de l'homme, n'ont fait que constituer l'immobilité dans la mobilité. Pour ma part, monsieur, j'aimerais
mieux être Patagon que d'être condamné à cinq ans de phalanstère attractif ou d'atelier social passionnel. Je vous ferai
remarquer en outre que l'individu, entraîné par cette force
attractive, perdrait peu à peu de son libre arbitre et ne serait
plus qu'une machine aimantée, quelque chose comme un paratonnerre.

Je ne crois donc pas plus à la théorie ambitieuse du Luxembourg qu'à l'utopie phalanstérienne. Je n'ai qu'une confiance médiocre dans l'omnipotence de l'État devenu seul propriétaire, et je ne suppose pas que Dieu ait précisément donné des ongles aux tigres et aux lions pour cirer les bottes des *harmoniens*. La vérité n'est donc pas là; si quelqu'un peut se flatter de la posséder, je crois sans fatuité que c'est moi; prêtez-moi trois minutes d'attention.

L'ignorance de soi-même a été dans tous les temps le plus grand malheur de l'individu. Les anciens étaient si bien de cet avis, qu'ils regardaient l'homme comme un petit monde (*microcosme*), et que la devise de Solon inscrite sur le fronton du temple de Delphes était celle-ci : *connais-toi toi-même*. Pour arriver à la connaissance de soi-même, il ne suffit pas de monter à califourchon sur le dos de l'observation, et de galoper à travers ses instincts, ses désirs, ses passions et ses volontés et tous les autres attributs qui sont du domaine de l'esprit humain. L'observation est une haquenée, tantôt fougueuse, tantôt rétive, qui va tour à tour au pas, au trot, au galop, et le plus souvent se couche au milieu de la route sans vouloir aller plus loin. D'ailleurs, dans ce périlleux voyage autour de la conscience, que de contrées se dérobent le plus souvent à votre lorgnette observatrice! il faut donc avoir recours à un autre procédé, à un procédé matériel et irréfutable. La nature nous a placé sur le crâne des saillies et des anfractuosités qui sont la reproduction en quelque sorte mathématique du développement interne du cerveau. A l'aide de ces organes indicateurs d'une qualité bonne ou mauvaise, d'une vertu ou d'un vice, il est facile, par le *palpement*, de se connaître, non-seulement soi-même, mais de connaître les autres à la première vue.

— Votre procédé, interrompit Olibrius, qui ne put retenir une envie de rire, ne servira guère que les gendarmes et les procureurs de la République.

— Voilà précisément où je vous attendais, répondit triomphalement le disciple de Gall ; sans doute, si je n'avais trouvé que cela, mon système serait incomplet : mais, après bien des nuits de travail, je suis arrivé à une découverte qui va, en quelques années, changer la face de l'humanité. J'ai confectionné des calottes en caoutchouc qui, appliquées de bonne heure sur la tête de l'enfant, compriment les organes malfaisants et vicieux, et développent au contraire les organes intelligents. Jusqu'à ce jour la tête de l'homme, il faut bien le dire, a poussé au hasard comme un champignon ; moi, je veux la diriger, la cultiver et en faire un chef-d'œuvre à l'aide du tuteur, je veux dire de la calotte en caoutchouc. Dans vingt-cinq ans il n'y aura plus ni voleurs, ni idiots, ni paresseux, ni malfaiteurs ; le monde ne sera peuplé que de gens de bien et d'hommes de génie ; et maintenant, pour prix de ma découverte, je ne demande que l'estime de mes concitoyens et le débit de mes calottes organiques, prix : 3 fr. 50 c.

— Votre découverte est fort belle sans doute, répondit Olibrius, qui commença à comprendre à quel fou il avait affaire, mais les résultats se feraient longtemps attendre, et le monde a besoin d'être sauvé tout de suite.

— Quoi, vous me refuserez vingt-cinq années ; mais que fait un quart de siècle à l'univers éternel ? Dans vingt-cinq ans, monsieur, aura lieu la réalisation définitive du grand problème de la pondération des esprits, prophétisée par l'apôtre saint Jean au septième chapitre de l'Apocalypse. Le bélier à la tête d'argent et aux cornes d'or est le symbole de la perfection divine à laquelle doit atteindre, par des phases successives, ce petit écrin merveilleux qui renferme le diamant du cerveau. Vous doutez des calottes en caoutchouc ? autant vaudrait douter de Gall lui-même. Tenez, monsieur, regardez-moi cette calotte-ci, elle est destinée à la fabrication d'un poëte. L'enfant auquel on appliquera cet appareil ingénieux sera un jour aussi grand qu'Homère et que Shakspeare. Remarquez, je

23.

vous prie, le développement fabuleux des organes de l'imagination. Quelle saillie de comparaison ! quelle protubérance
d'idéalité ! O mon siècle ! voile-toi la face, il y a un homme
qui a prétendu nier l'efficacité sociale des calottes organiques !

— Monsieur, répondit Olibrius, qui ne crut devoir faire aucune objection, je ne nie pas, et, pour prouver combien je
m'intéresse à votre découverte, je veux sur-le-champ faire sur
moi-même l'application de votre système ; donnez-moi une
calotte.

— De quelle sorte la voulez-vous ? Vous faut-il un appareil
de mathématicien, de banquier, de médecin.... non, ajouta-
t-il, je sais ce qu'il vous faut, vous êtes philosophe, cela se
voit à la forme allongée de votre menton... tenez, voilà ce qui
vous convient.

Olibrius essaya sur-le-champ sa coiffure palingénésique et
prit congé du novateur industriel, en songeant à part lui combien d'années il lui faudrait encore attendre pour égaler le
génie de Descartes.

Olibrius revint chez lui peu convaincu de l'excellence mathématique du système des calottes en caoutchouc. Quelque
naïve que fut sa foi sociale, il ne voyait dans la découverte du
phrénologue qu'une ingénieuse mystification : le fouriérisme
était un rêve, l'organisation du travail une ineptie... que faire ?
Il tomba dans cette tristesse qui suit les grands désappointe-
ments... il regarda autour de lui, et ne vit que l'ennui et la
solitude. Il accusait le ciel, dans ses heures d'abattement, de
lui avoir donné un amour immodéré pour ses semblables ;
car, s'il se condamnait à fouiller avec son crochet philosophique les coins et les recoins des théories réformatrices,
c'était par pure philantropie, par besoin d'être utile à l'humanité. Bien des gens s'évertuaient à vouloir lui prouver
que l'humanité se portait encore assez bien pour se passer des
onguents des modernes empiriques : Olibrius les plaignait au

fond de l'âme, quand il ne pouvait parvenir à leur faire l'opération de la *cataracte sociale*. Pour lui, il était convaincu qu'il
y avait un Christ quelque part ; il ne s'agissait que de le
trouver.

Il était dans ces dispositions lorsque Parenteau tomba chez
lui un beau matin.

— Eh bien, lui dit Olibrius ! poursuis-tu toujours l'accord du
dualisme humain ?

— Il s'agit bien de l'accord du dualisme humain ! répondit
celui-ci ; le fouriérisme est une ânerie et Considérant un farceur ; d'ailleurs, la *Démocratie pacifique* ne paie plus qu'un sou
la ligne. Tout système où il n'y a que de l'eau à boire est un
système jugé ; j'ai été harmonien, n'en parlons plus.

— Ainsi tu es dissident ?...

— Tout ce qu'il y a de plus dissident !

— Tu renonces à la limonade, au beeftakier, à l'antilion, au
congrès sidéral ?

— Et à la queue de six pieds avec l'œil au bout, interrompit
Parenteau ; je répudie les *vestels*, et je donne ma démission
de futur grand *géniteur*. Cantagrel s'arrangera comme il
pourra...

— Et quelle est la cause de cette subite transformation ?

— Voilà, répondit Parenteau ; ma *papillonne* m'a poussé
vers une officine de la rue Coq-Héron, où l'on s'occupe avec
une incontestable supériorité des souffrances de la masse et de
la fondation d'un nouveau journal. J'y ai rencontré un assez
grand nombre d'harmoniens qui avaient faussé compagnie à
la boutique phalanstérienne ; cela ne m'étonne pas, Cantagrel
est un pacha et Considérant un despote. Jean Journet ne cesse
de le répéter depuis deux ans. Tu ne connais pas Jean Journet,
c'est un apôtre de première volée, dont la profession est de
prêcher partout. Saint Jean ne prêchait qu'au désert, Jean
Journet prêche au théâtre, dans la rue, à l'estaminet, chez lui
et chez les autres, à la volonté des personnes ; je te ferai faire

sa connaissance, il te parlera de Moïse, des Pyramides, e Swuendenborg, de madame Tallien et des troubadours du moyen-âge avec une égale facilité. Ce garçon là est ébouriffant ; Alexandre Dumas lui a fait, il y a trois ans, une pension de douze cents francs de rentes, dont il lui a payé la première quinzaine avec la plus scrupuleuse exactitude. Jean Journet en était étonné, Alexandre Dumas l'était encore plus. Jean Journet, qui est un peu prophète, disait : Ça ne peut pas durer. Tout cela, c'est pour te dire que j'ai trouvé dans l'officine de la rue Coq-Héron un homme étonnant, extraordinaire, unique, qui m'a démontré en trois mots que Fourier n'était qu'un crétin et Considérant un *rempailleur d'idées*. Cet homme-là vous empoigne la société par le collet, vous la secoue et la pulvérise d'un coup de poing, c'est le Titan du socialisme. Il entasse les systèmes sur les théories, les doctrines sur les symboles, Pélion sur Ossa, Pierre Leroux sur M. Cabet, et quand sa montagne d'hommes, de choses, d'idées, de principes, de systèmes, de formules, de dilemmes et de catachrèses sera assez haute, il grimpera dessus et escaladera le ciel pour mettre le bon Dieu à la porte et fonder une nouvelle dynastie céleste. C'est son idée ; il m'a même promis une place...

— Dans le ciel ? interrompit Olibrius.

— Non, dans son journal, en attendant mieux. Viens avec moi, il tient une conférence aujourd'hui, tu vas l'entendre. Tous les novateurs de notre temps ne lui vont pas à la cheville. Il est à la fois le Confucius, le Tyrtée, l'Attila, le Charlemagne de la thèse et de l'antithèse ; c'est l'opérateur du fait et de l'idée ; si on le laisse faire, il amputera si bien la société qu'elle sera à tout jamais guérie ; avec son terrible scalpel, il fera tomber les bras, les jambes et même la tête du vieux corps social. Mets un faux col et hâte-toi de me suivre. »

Olibrius et Parenteau se dirigèrent vers l'officine de la rue Coq-Héron.

Olibrius fut assez étonné de voir que celui que son ami lui

avait représenté comme un Attila, un Charlemagne et un Titan, avait la placide apparence d'un honnête paysan de la
Franche-Comté; ce Confucius en favoris blonds abritait son
regard derrière des lunettes d'écaille. Rien dans la personne
du novateur ne révélait le Titan à la première ni même à la
seconde vue.

Au bout de quelques secondes il prit la parole :

« Je commence par déclarer, dit-il, que le communisme reproduit toutes les contradictions de l'économie politique. Son
secret consiste à substituer l'homme collectif à l'individu dans
chacune des fonctions sociales : production, échange, consommation, éducation, famille. Et comme cette nouvelle évolu-
tion ne concilie et ne résolut toujours rien elle aboutit fa-
talement, aussi bien que les précédentes, à l'iniquité et à la
misère.

« ... Voilà ce que veulent ces réformateurs hypocrites, à qui
la justice, la raison, la science ne sont rien, pourvu qu'ils
commandent aux autres et qu'ils jouissent. Ce sont, en tout,
des partisans déguisés de la propriété; ils commencent par
prêcher le communisme, puis ils confisquent la communauté
au profit de leur ventre.

« Que servirait de dire : Le communisme ou le socialisme
n'est pas responsable des erreurs de M. Cabet, s'il est démontré
que tous ceux qui parlent autrement que lui raisonnent cependant toujours comme lui ?

« Tout cela plus ou moins raisonné, plus ou moins communiste et social, n'a pas droit de nous occuper ; il est clair que
la méthode, la science, n'y entrent absolument pour rien.

« A quel degré d'abaissement intellectuel faut-il que nous
soyons parvenus, pour que la critique se croit obligée de re-
muer tout ce fumier ?

« Le communisme, ce n'est pas la science, c'est l'annihila-
tion !

« Le communisme, pour subsister, supprime tant de mots,

tant d'idées, tant de faits, que les sujets formés par ses soins n'auront plus besoin de parler, de penser ni d'agir : ce seront des huîtres attachées côte à côte, sans activité ni sentiment, sur le rocher... de la fraternité ! Quelle philosophie intelligente et progressive que le communisme !

« La communauté est le terme fatal du socialisme ! et c'est pour cela que *le socialisme n'est rien, n'a jamais rien été, ne sera jamais rien,* car la communauté c'est la négation dans la nature et dans l'esprit, la négation au passé, au présent et au futur.

« Le socialisme ne possède rien qui lui soit propre : ce qui le distingue, le constitue, le fait être ce qu'il est, c'est l'arbitraire et l'absurdité de ses emprunts.

« *Avez-vous rencontré dans le socialisme, je parle du socialisme dogmatique, autre chose que de la vanité et de la bêtise? Dites si je calomnie.*

« Le communisme est le dégoût du travail, l'ennui de la vie, la suppression de la pensée, la mort du moi, l'affirmation du néant. Le communisme dans la science comme dans la nature, est synonyme de nihilisme, d'indivision, d'immobilité, de nuit, de silence. C'est l'opposé du réel, le fond noir sur lequel le créateur, Dieu de lumière, a dessiné l'univers.

« En philosophie, le communisme ne pense ni ne raisonne ; il a horreur de la logique, de la dialectique et de la métaphysique ; il n'apprend pas, il croit. En économie sociale, le communisme ne compte ni ne calcule ; il ne sait ni organiser, ni produire, ni répartir ; le travail lui est suspect, la justice lui fait peur. Indigent par lui-même, incompatible avec toute spécification, toute réalisation, toute loi ; empruntant ses idées aux plus vieilles traditions, vague, mystique, indéfinissable, prêchant l'abstinence en haine du luxe, l'obéissance en crainte de la liberté, le quiétisme en horreur de la prévoyance : c'est la privation partout, la privation toujours. Le communisme, lâche et énervant, pauvre d'invention, pauvre d'exécution, pauvre de style, le communisme est la religion de la misère.

« Quant aux faits et gestes du socialisme, tant dans notre siècle que dans les siècles précédents, la tâche serait au-dessus de ma patience, et ce serait dévoiler trop de misères, trop de turpitudes. Comme homme de réalisation et de progrès, *je répudie de toutes mes forces le socialisme vide d'idées, impuissant, immoral, propre seulement à faire des dupes et des escrocs.* N'est-ce pas ainsi qu'il se montre depuis vingt ans, annonçant la science et ne résolvant aucune difficulté, promettant au monde le bonheur et la richesse, et lui-même ne subsistant que d'aumônes, et dévorant, sans rien produire, d'énormes capitaux?...

« Toutes les utopies sociales, depuis l'Atlantide de Platon jusqu'à l'Icarie de Cabet, pressées dans leur signification, se réduisent à la substitution d'une *antinomie* à une autre *antinomie*. Le mérite, chez toutes, quant à l'invention, est zéro ; la broderie n'est qu'un insignifiant accessoire. Ces écrivains sont tous d'insipides plagiaires, des économistes, des propriétaires travestis, qui, tandis que l'humanité gravit péniblement la montagne où elle doit se transfigurer, se donnent l'originalité de la redescendre.

« Que mes amis communistes me le pardonnent! Je serais moins âpre à leurs idées si je n'étais invinciblement convaincu, dans ma raison et dans mon cœur, que le communisme, le républicanisme et toutes les utopies sociales, politiques et religieuses, qui dédaignent les faits et la critique, sont le plus grand obstacle qu'ait présentement à vaincre le progrès.

« Le communisme, je m'en suis souvent plaint, est la négation même de la société dans sa base. »

Que m'a donc dit Parenteau? pensa Olibrius; il appelle cet homme-là un novateur, un Attila, mais c'est purement et simplement un membre très-distingué de l'Académie des sciences morales et politiques. Je me demande comment il n'est

pas encore chevalier de la Légion d'honneur et de l'ordre du
Mérite civil de Prusse.

L'orateur but un verre d'eau et continua :

« Et cependant, citoyens, qu'est-ce la que propriété? La propriété c'est le vol : il ne se dit pas en mille ans deux mots
comme celui-là. Je n'ai d'autre bien sur la terre que cette
définition de la propriété, mais je la tiens plus précieuse que
les millions de Rotschild, et j'ose dire qu'elle sera l'événement le plus considérable de notre temps. »

Olibrius n'en revenait plus; ce changement de front subit
le déroutait tellement qu'il n'osait en croire ses oreilles.

« Mais, monsieur, lui dit-il, tout à l'heure vous avez battu
en brèche avec un immense talent le communisme, et maintenant vous dites que la propriété c'est le vol.

— Citoyen, répondit le sectaire, l'esprit humain procède
en formulant successivement une idée positive, puis une idée
négative contraire à la première ; c'est là-dessus que j'ai basé
mon système des contradictions. J'ai commencé par soutenir
la thèse, maintenant j'aborde l'antithèse.

— Mais, monsieur, cette discussion n'est donc qu'un jeu
d'esprit, un ergotage de scolastique?

— Monsieur, répliqua brutalement le Lama socialiste, vous
penserez de moi ce qu'il vous plaira, mais je vous prie de ne
plus m'interrompre. »

Puis il continua à pérorer pendant plusieurs heures, renversant tout, brisant tout, attaquant les systèmes, éventrant
les institutions, déclarant que Dieu est le mal: et ne plantant
sur cet amas de ruines aucune formule définitive.

Olibrius saisit au passage des phrases telles que celles-ci :

« Pourquoi donc faire intervenir sans cesse dans des questions d'économie la fraternité, la charité, le dévouement
et Dieu? Ne serait-ce point que des utopistes trouvent plus
aisé de discourir sur ces grands mots que d'étudier sérieusement les manifestations sociales? Fraternité! *Frères, tant*

qu'il vous plaira, pourvu que je sois le grand frère et vous le petit; pourvu que la société, notre mère commune, honore ma primogéniture et mes services en doublant ma portion.

« Charité! Je nie la charité, c'est du mysticisme. Vainement vous me parlez de fraternité et d'amour. Je reste convaincu que vous ne m'aimez guère, et je sens très-bien que je ne vous aime pas; votre amitié n'est que feinte, et, si vous m'aimez, ce n'est que par intérêt.

« Dévouement! Je nie le dévouement, c'est du mysticisme. Parlez-moi de doit et d'avoir, seul critérium à mes yeux du juste et de l'injuste, du bien et du mal dans la société.

« Dieu! je ne connais point de Dieu; c'est encore du mysticisme. Commencez par rayer ce mot de vos discours, si vous voulez que je vous écoute; car trois mille ans d'expérience me l'ont appris: quiconque me parle de Dieu en veut à ma liberté et à ma bourse. Combien me devez-vous? Combien vous dois-je? *Voilà ma religion et mon Dieu.*

« Certes, je crois avoir prouvé que l'abandon de la Providence ne vous justifie pas; mais, quel que soit notre crime, nous ne sommes point coupables devant elle, et — s'il est un être qui, avant nous et plus que nous, ait mérité l'enfer, il faut bien que je le nomme: *c'est Dieu.* —

« Le vrai remède au fanatisme, selon nous, n'est pas d'identifier l'humanité avec Dieu, ce qui revient à affirmer, en économie sociale, la communauté; en philosophie, le mysticisme et le *statu quo*; c'est de prouver à l'humanité que Dieu, au cas qu'il y ait un Dieu, est son ennemi. »

Parenteau applaudissait avec une frénésie stupide, et, il faut dire, à la honte de l'auditoire, qu'il n'était pas le seul à battre des mains; quant à Olibrius, qui regardait le Titan et socialiste comme un mystificateur dans le genre de l'homme aux calottes en caoutchouc, il se disposait déjà à gagner la porte, lorsque le sectaire l'arrêta et lui dit:

« Vous êtes étonné, citoyen ; vous voudriez bien savoir ce que je suis...

— Je l'avoue, répondit Olibrius.

— Eh bien ! répliqua le sectaire, je ne suis ni républicain, ni démocrate, ni aristocrate, ni théocrate, ni constitutionnel ; je suis la contre-partie de tout cela, je suis *anarchiste*.

— Bravo, s'écria Parenteau,

— Anarchie, continua l'orateur, absence de maître, de souverain, telle est la forme de gouvernement dont nous approchons tous les jours, et que l'habitude invétérée de prendre l'homme pour règle et sa volonté pour loi nous fait regarder comme le comble du désordre et l'expression du chaos. Tout ce qui est matière de législation et de politique est objet de science et non d'opinion. Le peuple est à la fois gardien de la loi et pouvoir exécutif ; appelons donc de tous nos vœux le règne bienfaisant de l'anarchie. »

Cette fois-ci, Olibrius n'y tint plus ; il prit sa canne et son chapeau, sauta par-dessus les chaises des auditeurs, et descendit les escaliers quatre à quatre, en se demandant comment on avait pu faire une réputation d'homme de génie à un fou furieux qui insultait Dieu, la propriété, la famille, la société : tout cela pour mettre la banque d'échange à la place de la Banque de France, pour substituer un morceau de papier sans valeur à une pièce de cent sous.

En sortant du local de la rue Coq-Héron, Olibrius se rendit au jardin du Palais-Royal pour prendre l'air et oublier les inepties qu'il venait d'entendre ; il laissait exhaler sa mauvaise humeur contre Parenteau, qui l'avait entraîné chez l'Attila de la propriété, chez cet homme qui jonglait avec des phrases et avait le triste talent de faire tenir la première idée venue en équilibre sur la pointe d'un paradoxe, lorsqu'il aperçut, majestueusement drapé à quelques pas devant lui, un personnage dont la barbe gigantesque décrivait de folles arabesques sur une espèce de souquenille verte. Ce personnage, qu'Olibrius avait vu à la réunion de la rue Coq-Héron, vint à lui, et lui dit :

— L'homme que vous venez d'entendre est un usurpateur, un misérable, un bandit ; il se dit socialiste, il ne l'est pas ; il a fait tous ses efforts pour me tuer sous les coups de sa dialectique, mais je vivrai autant que le monde.

— Qui donc êtes-vous ? demanda Olibrius.

— Je suis le mapah.

— Qu'est-ce que le mapah ?

— Le mapah, c'est l'homme androgyne, l'homme père et mère. Mapah est composé de deux mots : papa maman ; *ma pa*. J'ai ajouté un *h* pour donner à ce nom symbolique une apparence orientale. C'est de la couleur locale humanitaire. Le monde est sauvé, j'ai trouvé la solution du grand problème, nous entrons dans l'évadaïsme.

— Qu'est-ce que l'évadaïsme ?

— C'est la synthèse du grand Evadam.

— Je ne comprends pas très-bien, répondit Olibrius.

— Vous allez comprendre. L'évadaïsme est une formule qui renferme les noms de l'homme-femme, ou, si vous aimez mieux, de la femme-homme. Eve et Adam l'androgyne, le père et la mère, les deux êtres séparés, ne font plus qu'un. L'homme est réuni à la femme et la femme à l'homme. L'antagonisme des deux sexes, source de tous les maux, n'existe plus, l'homme est libre, la femme est libre, tout le monde est libre. Vive la liberté !

— L'égalité et la fraternité, ajouta Olibrius, j'ai vu cette triple devise inscrite sur les monuments publics depuis quelques jours ; il reste à savoir si nous en sommes plus libres, plus égaux et plus fraternels.

— Enfant, reprit le dieu, vous cherchez la vérité et vous êtes déjà piqué au cœur par le ver du scepticisme ; écoutez-moi donc : le monde a d'abord été à l'état de *minéralité*, puis d'*animalité*, puis d'*hominalité* ; il est passé aujourd'hui dans la phase évadienne, qui est la synthèse épopéique des harmonies planétaires. Il y a deux mille ans, Dieu s'est fait homme dans l'incarnation du Christ pour sauver les hommes ; il y a trente-trois ans, Dieu s'est fait peuple dans l'incarnation du peuple français, qui est mort à Waterloo pour sauver les nations. Waterloo, ajouta-t-il, est un dérivé de *water*, qui veut dire eau en hollandais, et de *lande*, qui signifie terre en vieux français. L'eau et la terre, le monde. Waterloo est le Calvaire moderne. Aux deux pôles, expansion et amour. Mais entrons dans un estaminet, car je me meurs de soif..... »

Le dieu tira une pipe culotée de sa poche, la bourra de tabac, l'alluma et continua après avoir préalablement avalé deux verres de bière :

« Napoléon n'était pas un crétin, ainsi que l'ont prétendu quelques novateurs téméraires ; Napoléon, c'était le peuple fait empereur, et tous les monuments élevés par son génie resteront comme autant de monuments de l'ère évadienne qui commence. Napoléon était évadien. La croix d'honneur instituée par lui est la signification symbolique et mythique du globe ; chacune de ses cinq branches représente une des cinq parties du monde. Si vous m'avez compris, vous saurez donc que les barrières élevées entre les nations par le despotisme des maîtres vont se briser au premier choc du bélier évadien. Le prolétariat cesse, le monopole disparaît ; aux deux pôles, expansion et amour, gloire au mapah le grabatier ! et prêtez-moi cinq francs.... »

Olibrius tira cent sous de sa poche et les remit au dieu, qui se croyait gêné pour le moment.

« Il y a quelque temps, poursuivit le dieu après avoir glissé la pièce de cent sous dans sa poche, rien ne manquait à mon bonheur ; j'avais un disciple avoué, mais il m'a abandonné. Que de grandes choses nous avons faites ensemble ! Nous avons publié un livre qui restera comme l'évangile de l'avenir ;

vous l'avez peut-être lu. L'évadaïsme exige que chacun se dépouille de son nom, l'égalité absolue ne pouvant exister avec des dénominations particulières à chaque individu. Dans la religion évadienne, monsieur, on ne s'appelle pas; cependant mon disciple, voulant concilier cette règle avec les anciennes habitudes de la société, prit un terme moyen qui satisfaisait son amour-propre d'auteur; il fit paraître l'évangile évadien sous ce titre :

EXPOSITION

DES THÉORIES SUPÉRIEURES,

DEPUIS

MIAOS ET CHOU-KING,

PAR CELUI

QUI FUT PARENTEAU.

Quoi ! s'écria Olibrius, c'était Parenteau qui était votre disciple !

—Lui-même! Il m'a abandonné, l'ingrat, quand le nerf de la religion évadienne est venu à manquer. Je veux parler de l'argent. Il a passé aux Volsques de la *Démocratie pacifique.* C'est lui qui rédige dans ce canard socialiste la petite correspondance de la quatrième page :

— A M. T. B. à Marseille. Reçu les 25 fr. Vive la France!

— A M. F. à Besançon. Nous attendons les 50 fr. Vive la liberté !

— A M. Z. Envoyez-nous donc le mandat de 60 fr. Vive l'égalité !

— Il paraît, ajouta le dieu, qu'il déploie le plus grand talent dans cette rédaction difficile. On prétend même qu'il a excité la jalousie de Cantagrel.

— Parenteau a abandonné le fouriérisme depuis hier, répondit Olibrius. Il s'est fait le disciple de votre ennemi, le Lama de la rue Coq-Héron. »

24.

Le dieu poussa un soupir de cachalot. Sa *papillonne* le perdra, dit-il, mais l'évadaïsme triomphera sans lui... Adieu, monsieur; réfléchissez à mes paroles, et faites-vous évadien. Là est la vérité philosophique, morale et religieuse. Si on vous dit que je me suis laissé acheter par le gouvernement, n'en croyez rien. Aux deux pôles, expansion et amour. J'ai bien l'honneur de vous saluer. »

Après avoir prononcé ces paroles, le dieu ralluma sa pipe et sortit de l'estaminet.

L'évadaïsme, il faut le dire à la louange d'Olibrius, ne lui parut pas, malgré les paroles enthousiastes du Mapah, le dernier mot de l'humanité. Le Lama de la rue Coq-Héron et le dieu évadien, juchés sur le piédestal de leurs périodes, lui semblaient également insensés; seulement le premier était un fou furieux auquel, dans l'intérêt des passants, il eût été utile de mettre une camisole de force. Olibrius s'était lancé dans la voie de l'investigation, il ne crut pas devoir s'arrêter encore; mais il ne pouvait déjà se dissimuler que la route serait longue et la tâche difficultueuse; il entendait chaque jour parler du socialisme comme d'une doctrine toute prête qui n'attendait que le moment de l'application, et il venait de faire en quelques jours connaissance avec quatre ou cinq socialismes qui se combattaient, se disputaient et s'injuriaient à grand renfort d'épithètes de carrefour. Évidemment il n'avait vu jusque-là que des rêveurs, des sectaires et des utopistes, et l'x sociale restait encore à trouver.

Un soir, il pénétra, moyennant la modeste rétribution de 5 centimes, dans la salle Valentino.

Deux mille personnes environ, parmi lesquelles on remarquait un grand nombre d'ouvriers et d'ouvrières, écoutaient dans le plus religieux silence un vieillard qui faisait l'exposition de sa doctrine.

« Citoyens, disait l'orateur, autour d'Icara, capitale de l'Icarie, remarquable par ses rues à chemins de fer, ses trottoirs

couverts, ses tunnels, ses fontaines, ses édifices de toute sorte,
se grouperont cent villes principales dont chacune sera entourée de dix villes communales ; placées au centre de territoires
égaux, ces cités seront construites sur des plans modèles, et
réaliseront, sous le rapport de la propreté, de la commodité et
de l'élégance, les rêves les plus difficiles des architectes voyers.
Des établissements agricoles et non moins parfaits dans leur
genre orneront et féconderont les campagnes. Dans ces magnifiques demeures, les Icariens vivront en communauté de
biens et de travaux, de droits et de devoirs, de bénéfices et
de charges. Ils ne connaîtront ni propriétés, ni monnaie, ni
vente, ni achat ; ils seront égaux en tout, Tous travailleront
également pour la république ou la communauté. C'est elle qui
recueillera les produits de la terre et de l'industie, et qui les
partagera également entre les citoyens ; c'est elle qui les
nourrira, les vêtira, les logera et leur fournira à tous ce dont
ils auront besoin, d'abord le nécessaire, ensuite l'utile et enfin
l'agréable.

— Au moins, pensa Olibrius, celui-là ne dissimule pas sa
pensée sous les draperies de ses phases ; il avoue tout d'abord
qu'il est franchement communiste.

— C'est la république ou la communauté, continua le vieillard, qui chaque année déterminera tous les objets qu'il est
nécessaire de produire ou de fabriquer pour la nourriture, le
vêtement, le logement et l'ameublement du peuple. Elle seule
les fera fabriquer par ses ouvriers dans ses établissements,
toutes les industries et toutes les manufactures étant nationales,
tous les ouvriers étant nationaux ; elle fera construire ses
ateliers, choisissant toujours les positions les plus convenables
et les plans les plus parfaits, organisant des fabriques immenses ; elle instruira ses nombreux ouvriers, leur fournira
les matières premières et les outils, leur distribuera le travail,
et les payera en nature au lieu de les payer en argent ; elle
recevra tous les objets manufacturés, et les déposera dans ses

immenses magasins pour les partager ensuite entre tous ses travailleurs, ou plutôt tous ses enfants.

Pour rendre possible au gouvernement l'accomplissement de cette tâche gigantesque, des statistiques cantonales, provinciales et nationales seront dressées chaque année; le commerce sera remplacé par des fonctionnaires publics, qui recueilleront et répartiront tous les produits de l'industrie et de l'agriculture.

En Icarie, le travail n'aura rien de répugnant. Des machines prodigieusement multipliées y dispenseront l'homme de tout effort pénible. Des dispositions mécaniques ingénieuses permettront de supprimer tous les métiers malpropres et insalubres. Un ordre et une discipline parfaits régneront dans les ateliers; des chefs électifs les dirigeront d'après des règlements fixes. Dans cette ruche humaine, on ne connaîtra point l'indolence; toutes les professions seront également estimées, chacun choisira la sienne suivant son goût. Ceux qui se distingueront par leur activité, leur talent, leur intelligence, leur génie, ne recevront aucune rétribution matérielle supérieure à celle des autres, car toutes ces qualités ne sont en effet qu'un don de la nature. Serait-il juste de punir celui que le sort a moins bien partagé; la raison et la société ne doivent-elles pas réparer l'inégalité produite par un hasard aveugle? Celui que son génie rendra utile, sera assez récompensé par la satisfaction qu'il en éprouvera.

— Pardon, maître, interrompit un des auditeurs; croyez-vous que le dévouement et l'émulation sont des mobiles suffisants de l'activité productive?

— Oui, répondit le vieillard communiste; je nie l'aiguillon de l'intérêt individuel. En Icarie, l'attrait du travail doit suffire pour déterminer chacun à s'y livrer, et il est inutile d'en faire une obligation rigoureuse.

— Mais, reprit le même auditeur, si le travail est obligatoire pour tous, vous condamnez donc les populations en masse aux travaux forcés à perpétuité?

— L'homme est né pour le travail ! répondit le maître.

— A la bonne heure ! mais pour le travail qui lui rapporte en propre ; ce qui constitue l'homme libre, c'est le droit de régler selon sa volonté, sa propre destinée, d'arriver au bonheur par la vertu, le travail et la prévoyance, c'est le droit de profiter de tout ce dont le produit de son travail dépasse les besoins de chaque jour, de capitaliser cet excédant, d'en disposer comme il l'entend, d'en être *propriétaire*, en un mot, d'avoir une famille à aimer, à protéger, à gouverner. L'esclave est l'Icarien que vous venez de dépeindre, c'est-à-dire l'homme auquel manquent les droits que je viens d'énumérer ; celui qui n'a pas la liberté de régler sa propre destinée, à qui vertu, activité, prévoyance sont inutiles, puisqu'il ne peut rien posséder en propre ; puisque tous ses efforts ne peuvent rien ajouter à la subsistance qu'il reçoit chaque jour de l'État, c'est-à-dire du maître, à l'instar des animaux domestiques. L'esclave lacédémonien n'avait pas non plus à se préoccuper de son avenir, chaque jour il recevait sa pitance. Voulez-vous faire de nous tous des ilotes ?

— Bien loin de là, répondit le communiste, je veux au contraire abolir l'ilotisme moderne, le *prolétariat*.

— Très-bien, répondit l'interrupteur, et pour arriver à l'abolition du prolétariat vous nous rendrez tous prolétaires. — Qu'est-ce en effet qu'un prolétaire ? C'est celui qui ne possède rien que son travail de chaque jour ; eh bien, il existe aujourd'hui en France à peu près six millions de chefs de famille propriétaires, ce qui, à quatre personnes par famille, donne vingt-quatre millions de propriétaires sur trente-cinq millions de Français. Avec votre communisme nous serons tous prolétaires sans aucune exception, avec cette différence toute en faveur du régime actuel, qu'aujourd'hui le plus pauvre prolétaire a la possibilité ou tout au moins l'espoir d'arriver à la propriété. Avec le communisme, au contraire, prolétaires nous naîtrions, prolétaires nous mourrions. Notre vie s'écoulerait triste et glacée, sans crainte, mais sans espoir ; sans douleur, mais sans joie, comme la vie du chartreux qui a déjà rompu avec la terre.

Je ne veux pas, continua l'interlocuteur, m'appesantir long-temps sur ce système, qui ne mérite pas un examen sérieux ; je ne ferai que deux ou trois objections principales, et ce sont ces objections qui empêcheront la société de se mettre en marche vers cette bienheureuse Icara, capitale de l'Eldorado ommuniste.

On se plaint aujourd'hui avec infiniment de raison du trop grand nombre d'employés du gouvernement ; on se plaint avec raison encore que les impôts sont trop lourds, mais ce se-rait bien autre chose avec le communisme.

Vous auriez une armée d'administrateurs, de directeurs, de surveillants, de percepteurs, de commis de tous genres, de tous grades, qui serait nécessaire, d'après ce que vous venez de dire, pour régler et distribuer le travail agricole et industriel dans toutes les villes principales et cantonales de l'Icarie (pro-noncez France), pour stimuler les travailleurs et punir les paresseux ; pour veiller à la rentrée et à la conservation dans les magasins de l'État, des innombrables produits du travail commun, récoltes, denrées de toute espèce, objets manufactu-rés de toute nature, pour opérer ensuite entre tous, d'une manière équitable, la distribution de tout ce qui serait néces-saire à chacun : logement, nourriture, vêtement et le reste. En vérité, l'imagination la plus communiste s'effraie devant l'immensité d'une telle tâche; la moitié de la nation serait employée à régenter l'autre. Puis les distributeurs seront-ils toujours équitables? Les rationnés seront-ils toujours dociles et raisonnables? Chacun ne se plaindra-t-il pas que sa tâche de travail soit trop lourde, sa part de bien-être trop légère ? Que de mécontentements! que de jalousies! que de plaintes!

et qui, s'il vous plaît, sera juge de ces innombrables querelles qui s'élèveront à chaque instant sur la nature et la quantité du travail, sur la qualité du logement, de la nourriture, du vêtement attribués à chacun?

J'aborde un autre ordre d'idées, la communauté des femmes, l'abolition du mariage et de la famille ne seront-elles pas les conséquences rigoureusement logiques du principe icarien? Le parfait communiste ne doit-il pas voyager et changer fréquemment de femmes, afin d'opérer le mélange le plus complet des races humaines, et d'éviter les attachements individuels et la formation de la famille, qui ramèneraient infailliblement la détestable propriété?

— La communauté, répondit le chef communiste, pourrait d'abord exister pendant un nombre d'années plus ou moins grand avec le mariage et la famille, *sauf à les abolir* quand on le voudrait et quand la nécessité s'en ferait impérieusement sentir.

— Très-bien! interrompit l'interlocuteur, vous avez au moins, vous, une qualité que n'ont pas vos confrères des autres sectes socialistes, qui tendent toutes au même but par des moyens différents. Vous avouez que vous voulez l'abolition de la propriété, de la famille, et la promiscuité des sexes. La société jugera maintenant si elle doit abdiquer toute liberté, tout honneur, toute dignité, pour descendre dans l'échelle des êtres un peu au-dessous de la brute. »

Après avoir prononcé ces paroles, l'inconnu quitta la salle, et Olibrius en fit autant.

A quelques jours de là Olibrius eut le bonheur de rencontrer dans un club un homme d'une apparence débonnaire, cet homme, à qui l'on avait fait depuis longtemps une réputation de penseur, avait aussi un système tout prêt, et il s'évertuait à développer, devant un auditoire émerveillé, une certaine *triade* à laquelle ses plus intimes amis et ses plus fervents disciples avouaient confidentiellement qu'ils n'avaient jamais rien compris.

« Le nombre trois est cabalistique, disait-il, il est surtout essentiellement démocratique.... Trois !!!.... comme c'est grand, comme c'est complet. Il y a trois dieux chez les Chinois, trois personnes en Dieu chez les chrétiens, trois dieux principaux chez les anciens ; il y a trois grâces, trois juges aux enfers, trois Parques ; Cerbère a trois têtes, le triangle a trois côtés. Tout ce qui est complet a trois faces. L'*idée* est renfermée dans le nombre trois, et réciproquement, le nombre trois est renfermé dans l'idée. La formule de l'idée, c'est la devise liberté, égalité, fraternité. La société doit se manifester sous trois aspects, et c'est parce que cette manifestation n'a pas eu lieu encore, que l'individualisme, l'antagonisme et l'égoïsme étouffent l'idée, qui n'est autre chose que le nombre trois combiné dans liberté, égalité, fraternité. »

Le libre penseur continua de parler ainsi pendant un quart d'heure sans prendre le temps de respirer. Olibrius, qui était depuis quelque temps accoutumé au murmure harmonieux de cette cascade de mots vides de sens, n'en voulut pas entendre davantage, et il se retira plus convaincu que jamais que, s'il est difficile de trouver quelque chose en ce monde, c'est la vérité et le sens commun.

Après avoir ainsi parcouru le monde des rêveurs, des illuminés, des utopistes et des idéologues, il s'arrêta enfin, et reprit haleine en jetant un regard mélancolique sur les ruines de tous ces systèmes ambitieux et impuissants ; il ne se sentait pas la foi robuste et commode de Parenteau, cette foi qui se transformait toutes les vingt-quatre heures, et qui le faisait passer d'une école à l'autre, de l'évadaïsme au fouriérisme, du fouriérisme au proudhonisme, du proudhonisme à la triade, manifestant à chaque étape un enthousiasme irréfléchi, et écrasant l'idole de la veille avec le fétiche du lendemain. La société était livrée aux bêtes de la dialectique, Olibrius n'en-

pouvait plus douter; c'était donc en dehors de l'utopie qu'il trouverait le remède social ; il descendit des nuées de l'empirisme philosophique, et s'abattit sur la terre ferme de la politique.

Le premier jour, il vit des hommes qui lui disaient : Nous voulons le suffrage universel à la base et la monarchie du droit divin au sommet.

Le second jour, il en vit d'autres qui prétendaient ramener la France au régime de la monarchie constitutionnelle élective ; ceux-ci criaient : Vive la régence! ceux-là : Vive Henri V! trois invalides criaient : Vive l'empereur! touchante harmonie!

Il vit aussi des hommes qui se donnaient comme les représentants du progrès et qui, acculés dans l'impasse de 93, ne voyaient le salut de la patrie que dans le triomphe d'un adjectif, le changement de nom d'une rue et l'adoption d'un bonnet rouge.

La vérité est un mythe, pensa-t-il; elle n'a jamais existé que comme un idéal que l'esprit perçoit, mais qu'il ne peut atteindre pour la soumettre rationnellement à l'application.

Il était sur le bord de ce gouffre qu'on appelle le scepticisme, lorsqu'il rencontra un homme de bon sens (on en trouve encore quelques-uns) qui lui dit :

La vérité vous a échappé, parce que vous n'avez vu que les effets ; remontez aux causes.

La société souffre, qui en doute? Mais, avant de chercher le remède, examinez d'abord le principe et le progrès de la maladie.

Qu'ont fait depuis soixante années ceux qui se sont donnés comme les défenseurs et les amis du peuple et qui n'en étaient que les flatteurs? Dans des vues d'égoisme et d'intérêt personnel, ils se sont attachés à confondre dans l'esprit des masses les notions du juste et de l'injuste, ils n'ont cessé de parler au

25

peuple de ses droits, ils ne lui ont jamais parlé de ses devoirs ;
ils lui ont dit : Tu es fort, tu es grand, tu es souverain; mais
ils n'ont jamais ajouté : Tu es ignorant, tu es passionné, tu es
injuste. Ils ont mis le gouvernement à ses pieds et lui ont tenu,
comme pour le tenter, ce langage que l'esprit du mal tient au
Christ dans l'Évangile : Le pouvoir t'appartient; regarde ces
villes, ces châteaux, ces richesses ; tout cela est à toi.

A l'exemple des tribus sauvages qui, dans leur naïve ignorance, adorent les éléments qu'elles veulent conjurer, ces pères
de la patrie, ces flatteurs du peuple l'ont traité comme une
idole à laquelle il fallait sacrifier, entre autres holocaustes,
les bases fondamentales de la société. Au lieu de faire appel
à la noblesse, à la générosité de ses sentiments, ils n'ont songé
qu'à exalter son orgueil et ses appétits et qu'à désarmer sa
colère, ils ont déifié le ventre humain, les grands génies ! En
lui imposant son joug, le christianisme avait au moins tout
fait pour le peuple ; l'art parlait pour lui une langue qu'il pouvait comprendre ; c'était pour lui qu'il bâtissait ces cathédrales, ces palais de Dieu qui étaient aussi les palais du peuple et
où on lui parlait de vertu, de charité, de gloire. Si la route où
la Providence l'avait jeté semblait la plus âpre, elle était aussi
la plus courte et la plus sûre pour arriver au ciel. S'il était pauvre, il voyait son Dieu dans une crèche, il le voyait battu de
verges, couronné d'épines, et il entendait à chaque instant
cette consolante parole : *Heureux ceux qui pleurent !* Monuments, tableaux, statues, l'art n'écrivait pas une page qui ne
fût un écho des promesses célestes. A la place de cela, que lui
ont-ils donné, les misérables ! Ils ont parlé de la raison, ils ont
bégayé je ne sais quelles absurdes sentences de prétendue morale, et ils ont cru qu'ils n'avaient plus qu'à jouir tranquillement. Mais voilà que ce peuple qu'ils ont gâté, démoralisé;
voilà que ce peuple que ne retient plus aucun frein moral veut
jouir à son tour ; il prend au sérieux toutes les promesses qu'on
lui a faites, il ne veut plus du seuil de vos palais pour abriter

sa misère, il veut s'asseoir à vos tables et se repaître de vos festins. Qui l'en empêchera? Ne lui avez-vous pas dit pendant assez longtemps qu'il est le seul souverain, et croyez-vous qu'il se contentera longtemps de sa royauté en guenilles?

— Vous procédez comme tout le monde, lui dit Olibrius, vous décrivez le mal, vous n'indiquez pas le remède.

— Le remède! repartit l'interlocuteur, il est tout entier dans l'accomplissement de certaines promesses témérairement faites.

— Vous aussi, vous êtes donc socialiste?

— Entendons-nous; je ne crois pas à l'efficacité de ces systèmes absurdes qui surgissent de toutes parts; mais je crois, comme tous les bons esprits de notre temps, qu'il y a quelque chose à faire; le socialisme est moins un système de gouvernement qu'une protestation contre votre société païenne et égoïste; puisque vous tous, les beaux et les grands génies du siècle, vous avez arraché les digues du christianisme qui retenaient les mauvaises passions, il est bien juste que vous en supportiez la peine; puisque vous avez prêché le culte des intérêts et des appétits, donnez quelque satisfaction à ces appétits et à ces intérêts; vous avez appris au peuple à ne plus croire en Dieu; le peuple, que vous le vouliez ou non, vous forcera bien de croire en lui.

— Mais, pensez-vous au moins, dit Olibrius, que les sacrifices éviteraient de nouvelles catastrophes?

— Oui, je le crois. Si le gouvernement, au lieu de se manifester toujours sous l'apparence d'un gendarme, au lieu de faire de la résistance, veut prendre sérieusement en main les intérêts sérieux des masses, rien n'est désespéré; qu'il entre hardiment dans la voie des réformes possibles; qu'il fasse de l'initiative au lieu de faire de la répression; qu'il substitue à l'envie, ce sentiment qui domine partout aujourd'hui, le sentiment contraire, la reconnaissance; en un mot, qu'il combatte le mauvais socialisme par un bon socialisme, et vous verrez

tomber et disparaître tous ces rêveurs, tous ces utopistes, tous
ces anarchistes qui égarent le peuple, et ne lui parlent jamais
que de barricades et de batailles quand il faudrait lui parler
de concorde et d'union. Lorsque les principales améliorations
auront été accomplies, que le pouvoir organise partout une
instruction solide et religieuse, qu'il forme une génération
meilleure que la nôtre, et le monde est sauvé !

Ah ! continua l'interlocuteur, la tâche est immense, mais
elle n'est pas au-dessus des forces humaines. Un gouvernement
qui aurait du cœur aurait bientôt tranché le nœud de la question sociale ! Réorganisez le crédit sur une assiette plus large,
fondez des caisses de retraite pour les classes ouvrières, ouvrez
des maisons de refuge pour les vieillards, emparez-vous de
l'enfance, instruisez-la, dirigez-la, convertissez-la à la foi ancienne et aux nouvelles idées, et n'oubliez pas que ces enfants
d'aujourd'hui seront la France dans vingt-cinq ans. Tout cela
vaudra encore mieux pour le peuple que le suffrage universel
donné sans préparation. Car c'est ainsi que l'on a toujours
procédé chez nous ; on met dans la main du peuple un instrument qu'il ne connaît pas, et ce n'est que lorsqu'il s'est blessé
et estropié avec cet instrument qu'on songe sérieusement à lui
enseigner la manière de s'en servir.

Olibrius prit congé de son interlocuteur et revint chez lui,
convaincu que la vérité sociale est l'œuvre du temps, et qu'elle
ne sort jamais tout d'une pièce du cerveau d'un individu.

XL

Une course dans le midi (1).

Bourges, 14 septembre 1852.

Bourges, vous ne l'ignorez pas, est de toutes les villes de
France la plus calme, je dirais presque la plus triste. Bourges
n'a ni industrie ni commerce : à peine une boutique de libraire, d'épicier ou de pharmacien vient-elle rompre de temps
en temps la ligne uniforme de ces vastes hôtels aux cours désertes, aux jardins déserts. La noblesse et la bourgeoisie vivent barricadées derrière les persiennes de leurs monumentales
habitations ; trois ou quatre personnes, parmi lesquelles il
y a au moins un officier ou un soldat d'artillerie, tel est
l'ordinaire public de ces rues bordées de maisons à pignons et
de murs de jardins. Il y a ici deux sociétés distinctes : la société noble (passez-moi l'expression) et la société de la classe
moyenne, qui, pendant les dix-huit années du règne de Louis-
Philippe, a eu en main l'omnipotence. Le reste ne compte
pas. Dans chacune de ces sociétés on se voit discrètement et à
petit bruit. Pendant l'été, on émigre à la campagne ; l'hiver
venu, on joue au whist et au boston. Les fonctionnaires sont
reçus dans ces cercles limités, mais on ne parle guère devant
eux, si toutefois l'on parle à Bourges. Aujourd'hui, la population avait suivi l'élan donné par M. Godillot, l'entrepreneur
des fêtes officielles ; ce M. Godillot, dont nous allons voir pendant un mois dans toutes les villes que traversera le président

(1) L'auteur reproduit ici des fragments de lettres adressées à un journal de
Paris, pendant le voyage du président de la république dans le midi de la France.

25.

de la république, les gonfalons, les verres de couleur et les surprises pyrotechniques. Chaque maison a son drapeau ; quelques-unes sont même ornées de guirlandes de fleurs et de feuillage, comme pour une Fête-Dieu ; mais ces vastes hôtels dont je vous parlais tout à l'heure sont aussi hermétiquement fermés que d'habitude. Un drapeau est placé à travers la persienne entre-bâillée, et voilà tout. Si l'on ne voyait scintiller de temps en temps, à travers les interstices de la jalousie, les cheveux blonds de quelque curieuse jeune fille qui veut assister incognito au spectacle, on pourrait croire que ces demeures ne sont pas habitées. Évidemment, si l'enthousiasme éclate à Bourges, ce n'est pas la ville qui envoie au prince visiteur cet enthousiasme.

Ce matin, dès huit heures, les campagnards commençaient d'arriver avec une précision et une ponctualité presque disciplinaires ; ils se répandaient par la ville, ils allaient voir les préparatifs : deux colonnes rostrales enjolivées de verres de couleurs à la préfecture, et cinq ou six arcades de lampions ; à l'hôtel de ville d'autres lampions, d'autres verres de couleurs : cet hôtel de ville est, comme vous le savez, la maison de l'argentier Jacques Cœur, ce grand financier du moyen âge, dont les trésors contribuèrent, avec le dévouement d'une jeune fille, au salut de la France, et qui, par le négoce, avait amassé de quoi mener la vie d'un prince.

Le plan de l'hôtel de Jacques Cœur est très-irrégulier. C'est à la fois un château fort et un domicile particulier, avec une opulence d'ornements et une profusion de sculptures qui témoignent de la magnificence du fondateur, comme du talent de l'architecte. La façade se compose de deux ailes avec un pavillon au milieu, percé d'une fenêtre autrefois fausse, et qui n'a été débouchée qu'au commencement du dernier siècle. Cette fenêtre est elle-même surmontée d'un dais sculpté à dentelles, et sous lequel chevauchait un cavalier qui n'existe plus depuis la révolution. Les déchiquetures de ce baldaquin et les arabesques du cul-de-lampe sont d'une extrême délicatesse. Ces deux fenêtres servent, m'a-t-on dit, à éclairer une petite chapelle remarquable par ses peintures à fresque.

Ce monument, élevé par un bourgeois, était destiné à devenir un jour l'hôtel même de la bourgeoisie. Colbert, un bourgeois arrivé, lui aussi, et devenu possesseur de l'hôtel de Jacques Cœur, le vendit à la ville de Bourges. Ce fut, je crois, dans une des salles de ce palais que fut accompli le grand acte de la *pragmatique sanction*, cette préface de la liberté gallicane. Charles VII assembla tous les hauts dignitaires du clergé à Bourges, pour adopter les décrets du concile de Bâle, qui reconnaissaient l'autorité du concile comme supérieure à celle du pape, qui demandaient des conciles annuels, l'élection libre dans l'Église et dans les abbayes, la suppression des indulgences et la nécessité de l'approbation royale pour la validité des bulles. Une ordonnance qui eut force de loi fut adoptée en ce sens par l'assemblée, laquelle donna à cette ordonnance la désignation de Pragmatique sanction.

Nevers, 15 septembre.

Nous voici à Nevers, qui se dresse en amphithéâtre, et qui gronde à son tour comme un orage. A la première vue, Nevers est la plus complète antithèse de Bourges : une verte colline baignée par les flots de la Loire et toute parsemée de maisons blanches, des villas étagées sur les coteaux du fleuve, de petites chaumières gaies et souriantes abritées sous la verdure jaunissante ; nous avons enfin quitté les vieilles rues si chères aux archéologues qui ne les habitent pas, et les mornes paysages du Berri.

A l'aspect de ces gras pâturages, on comprend tout de suite qu'on est dans le pays classique des éleveurs, pays aussi industriel qu'agricole, qui a des fabriques de toutes sortes, de gros drap, de quincaillerie, de coutellerie, des manufactures de porcelaine, de faïence, des verreries, des papeteries, des hauts fourneaux, des forges, que sais-je encore? et de plus la patrie de maître Adam Billault, s'il vous plaît! un ouvrier menuisier qu'on ne connaît que par de médiocres chansons, et qui a laissé des sonnets et des stances admirables.

Il est inutile de vous dire que les hôtels et les dernières auberges sont inabordables. Tout est plein. On dîne où on peut, on couche je ne sais où. L'hôtel de France a loué le collège, et a transformé toutes ses salles en dortoirs. A l'hôtel de l'Europe, on s'étend dans un grenier, sur une botte de paille. La location de cette botte de paille ne coûte guère que cinq francs. Vous voyez que c'est pour rien. Le prix des denrées a augmenté dans la même proportion, et malheur à celui qui n'a pas retenu le matin son dîner du soir. Pour vous donner une idée de l'encombrement des hôtels, je vous citerai un fait qui m'est personnel.

Je suis arrivé à Nevers ce matin à trois heures, en compagnie de quelques autres voyageurs ; les conducteurs d'omnibus ont commencé par nous déclarer que nous ne trouverions pas une place dans une auberge. Cependant, comme nous ne voulions pas rester à la belle étoile jusqu'au lever de l'aurore, nous nous mîmes à la recherche d'un logement. Après avoir couru d'un hôtel à un autre, je finis par trouver, pour ma part, une chambre de servante située au fond d'une basse-cour, et au rez-de-chaussée. J'y étais installé depuis un quart d'heure environ, lorsque l'hôtelier entra, suivi d'un grand monsieur qui se trouvait dans l'embarras où j'étais moi-même quelques minutes auparavant. — Ne vous dérangez pas, me dit poliment mon hôte, monsieur vient se coucher sur ce canapé. Je regardai autour de moi, et je vis en effet une chose de trois pieds de long, qui pouvait à la rigueur avoir été un canapé avant la révolution française. Le nouveau venu se plia en deux ou en trois sur ce canapé, et... je m'endormis. Quant à lui, qui était d'une taille de géant, et qui avait pour lit un canapé de trois pieds au plus, il me dit le lendemain qu'il n'avait pas fermé l'œil, et que jamais les victimes de Procuste n'avaient été plus endolories et plus courbaturées que lui ; puis il me souhaita le bonjour et s'en fut à la recherche d'une chambre quelconque. Pour n'être pas en reste de politesse avec ce voyageur peu favorisé, je ne pus m'empêcher de lui souhaiter pour la nuit prochaine une meilleure chance ou tout au moins un canapé plus long.

Nevers n'est pas riche en architecture. Les habitants sont très-fiers d'un certain arc de triomphe dressé en mémoire de la bataille de Fontenoi. Sur la courbe de l'arc en question sont gravés des vers de M. de Voltaire, historiographe du roi. Voilà un homme qui a bien fait d'être historiographe de Louis XV pour arriver à la postérité.

Moulins, 16 septembre.

C'est la troisième étape du voyage présidentiel ; nous sommes à Moulins, en Bourbonnais, comme on dit ici, une jolie ville et une vieille province. On sait que le caractère physique et moral de l'homme se lie intimement à la nature et à la configuration du sol qu'il habite. Les populations de la Bretagne, de l'Auvergne, de la Flandre, de la Provence, si diverses d'aspect, ont une physionomie particulière qui se révèle dans leur langue, dans leur costume comme dans leurs monuments. Il n'en est pas absolument de même du Bourbonnais, formé jadis aux dépens de trois provinces limitrophes. Quand on jette un coup d'œil rapide sur le pays, on comprend tout de suite que ses habitants doivent avoir un tempérament différent suivant les lieux. Ceux du sud tiennent de l'Auvergnat ; ceux de l'ouest, du Berrichon ; ceux du nord ont plus de rapport avec le Bourguignon.

Moulins, je l'ai dit, est une jolie ville, mais elle n'a rien qui arrête l'esprit et le regard, rien qui ait exigé beaucoup d'efforts et de longs travaux. Les maisons y sont propres et simples, ce qui n'empêche pas qu'elles aient quelque élégance et un peu de coquetterie dans leurs atours. A l'extérieur, elles sont peintes, vernies et badigeonnées; à l'intérieur, le confort n'y est pas négligé. Cet aspect riant des rues et de la population est surtout remarquable quand on a passé deux jours à Bourges, ce chef-lieu de l'ennui malgré ses magnifiques monuments. Ce qui donne à Moulins sa riante physionomie, c'est sa ceinture de promenades. Des berceaux de tilleuls, des avenues d'ormeaux, des allées de platanes, des jardins pleins d'ombre, puis l'Allier et son pont monumental, et à l'horizon, des montagnes dont les cimes vaporeuses se confondent avec l'azur du ciel.

Quant aux monuments, ils sont en petit nombre. Moulins a perdu ce qui la distinguait dans les siècles passés, ses édifices civils et religieux ; quand on a vu la *mal coiffée*, la tour de Jacquemart, la cathédrale et le tombeau du duc de Montmorency, il n'y a plus rien d'intéressant à visiter, à moins qu'on n'aille à la bibliothèque publique examiner la fameuse Bible manuscrite de Souvigny, qui est connue de tout le monde savant.

Et cependant le Bourbonnais est plein d'antiquaires et d'archéologues ; un éditeur célèbre de Moulins, M. Desroziers, qui a publié l'*Art en province*, et l'*Ancien Bourbonnais*, deux ouvrages que tout le monde connaît, a donné l'élan à ses compatriotes. Si vous pénétrez dans une maison il ne sera pas rare de trouver un fouillis de choses curieuses entassées pêle-mêle dans une pièce tendue de cuir basané. Des bahuts découpés de trèfles, des dressoirs en cariatides, des porcelaines de Chine, des émaux de Limoges, des faïences de Nevers, puis une foule de riens précieux arrachés aux dévastations du temps et des hommes.

Ce qui m'a frappé à Bourges comme à Nevers, c'est l'absence de toilettes. Peut-être n'ai-je pas été assez heureux pour les apercevoir au milieu des rues encombrées de campagnards et de campagnardes, parmi ces ouvriers de Fourchambaut ou d'ailleurs qui passaient militairement, défilant devant le président de la république avec leurs bannières et leurs instruments de travail.

Ici, c'est autre chose : la campagne est arrivée à Moulins comme elle était accourue à Bourges et à Nevers; les populations rurales du Bourbonnais portent même à leurs chapeaux des papiers sur lesquels on lit, imprimée en gros caractères, cette simple inscription : *Vive l'Empereur !* Mais la population citadine se détache tout à fait de ce fond un peu uniforme du tableau. Dès huit heures du matin, Moulins est en grande toilette (je ne parle pas de la toilette officielle de l'entrepreneur des fêtes); toutes les robes de soie de la ville sont sorties de l'armoire ; tous les habits noirs ont été décrochés du porte-manteau ; le gant paille court les rues dès l'aube. On dirait d'une ville qui sort du bal. Les artisanes se font remarquer par leur mise originale et par leur chapeau de paille bordé de velours noir et coquettement relevé par devant et par derrière. L'habitant du Bourbonnais est *glorieux* (un terme du pays), cela se voit tout de suite. Vous savez d'ailleurs qu'il y a un vieux proverbe qui dit :

Bourbonichon, habits de velours, ventre de son.

Toujours est-il que Moulins n'est pas moins pavoisé que Bourges et que Nevers. Les drapeaux, les banderoles, les gonfanons peinturlurés, les guirlandes, les devises, le feuillage, tout cela nous suit partout. On sort d'un arc de triomphe pour passer sous un autre ; les cris qu'on entendait à Bourges on les entend ici. Les baigneurs et les buveurs d'eau des environs n'ont pas voulu manquer l'occasion d'assister à la fête, et Néris, Bourbon, Vichy, ont expédié à Moulins tout leur personnel de constitutions délicates. Les hôtels sont de plus en plus inabordables ; en vérité je vous le dis, le voyage du président fera la fortune des hôteliers et des restaurateurs, qui vous répondent brutalement, quand on se récrie contre le prix fabuleux de leurs dîners : Que voulez-vous ! le prince ne passe pas tous les jours.

Dans ce pays les danses sont ce qu'il y a de plus intéressant : j'ai vu danser la bourrée bourbonichonne pendant que le monde officiel allait au bal. La musette se fait entendre ; aussitôt garçons et jeunes filles se rangent sur deux longues lignes parallèles, face à face et les bras pendants, comme une recrue à son premier service. A un signal donné, les filles se laissent prendre la main et embrasser sur les deux joues ; alors, la partie s'engage, la ligne des filles s'avance en mesure et la ligne des garçons se retire en cadence ; puis la première recule à son tour et la seconde vient en avant ; puis les uns vont à droite, les autres à gauche, mais dans un sens opposé. Voici qu'on est dos à dos, mais l'on se retrouve bien vite de front pour recommencer l'allée et la venue. Cet exercice dure des heures entières, et malgré les chocs, malgré la fatigue, malgré les coiffures dont les édifices chancellent, il faut aller, et l'on va tant que le cornemusier a de souffle pour enfler sa musette. « Cette bourrée est la plus surprenante chose du monde, écrivait madame de Sévigné à madame de Grignan, sa fille ; des paysans et des paysannes, une oreille aussi juste que vous, une légèreté, une disposition ! Enfin j'en suis folle ; je donne tous les soirs un violon et un tambour de basque à très-petits frais, et dans ces prés et ces jolis bocages, c'est une joie que de voir danser les restes des bergers et des bergères du Lignon. » J'ai vu danser aussi ces bergers et ces bergères, mais un habitant de Moulins a tout à coup gâté le plaisir que je prenais à ce spectacle en me disant que ce n'était pas là la vraie bourrée, la classique bourrée d'Auvergne. Il y a des gens qui seraient bien fâchés de vous laisser une toute petite illusion.

Nous quittons Moulins ; jusqu'à la Palisse le trajet n'a rien

offert de remarquable. Les villages qui bordent la grande route
sont pavoisés de drapeaux. A la Palisse, qui a élévé deux arcs
de triomphe ornés d'aigles, d'initiales et de légendes, le président fait une halte et est complimenté par les autorités. Cette
ville de la Palisse est dominée par un château crénelé qui a
appartenu à ce Chabannes de la Palisse *mort de maladie* et si
connu par la chanson. Soyez donc un grand homme de guerre,
le compagnon de Gaston de Nemours, le commandant de
Bayard et l'ami de François Ier, pour qu'un vaudevilliste anonyme vous décerne, dans un moment de belle humeur, un
brevet de niaiserie qui traversera la postérité ! Le château de
la Palisse appartient aujourd'hui à M. le général marquis de
Chabannes, le descendant du héros chansonné. A partir de
cette petite ville, la route change tout à coup comme une décoration d'opéra ; nous quittons les horizons gracieux mais un
peu monotones du Bourbonnais ; le paysage s'anime et s'a-
grandit ; le chemin tourne sur des précipices, et nous voyons
tout autour de nous les vieilles montagnes étagées les unes
sur les autres du Forez.

18 septembre.

A Roanne on trouve un tronçon de chemin de fer qui vous
mène cahin-caha à Saint-Étienne. Voilà un chemin de fer plein
de laisser-aller et de bonhomie, un vrai railway de famille.
D'abord pas de gare, pas de bureau, pas d'employés. On voit
trois ou quatre wagons remorqués par une petite locomotive
qui fume comme un cigare allumé. On se place où l'on veut,
et on attend pour partir que le train soit complet : « Encore
« trois places de wagon pour Saint-Étienne ! trois places ! trois
« places ! » tel est le cri du conducteur, qui ne manque jamais
d'ajouter : « On va partir à la minute. » Ce cri désespéré reporte la pensée du voyageur vers les beaux jours éclipsés du
coucou parisien. Enfin la machine pousse son petit sifflement,

26

et le convoi se met en marche. Pour peu qu'il rencontre un voyageur au bord d'une route, le conducteur est trop poli pour ne pas s'arrêter. Tous les propriétaires des maisons qui bordent la voie ferrée ont l'avantage de posséder une station à leur porte. Ici on a sa station comme dans le midi on a sa bastide. C'est un luxe. Le convoi fait cent tours de roue, il s'arrête cinq minutes et il repart pour s'arrêter encore. Quand on rencontre une côte (car il y a des montées et des descentes sur ce chemin), les voyageurs descendent de wagon, prennent les devants et montent la côte à pied. Si l'on s'est attardé à contempler un point de vue ou à prendre les croquis d'un site ou d'une ruine, on n'a qu'à presser le pas, et on finit toujours par rattraper le convoi. C'est ainsi que de station en station, de descente en montée, il ne faut guère plus de six heures pour parcourir l'espace de dix-huit à vingt lieues.

Ce n'est pas moi qui me plaindrai de la lenteur du convoi. Il est impossible de trouver au monde un chemin de fer plus pittoresque et qui offre de plus charmants points de vue. Ce chemin de fer, le premier qui ait été établi en France, ne cherche pas, comme les voies ferrées qu'on a faites depuis, à forcer la difficulté : il la tourne ; il n'éventre pas la montagne, il ne saute pas à pieds joints par-dessus la vallée : il vous promène tranquillement au milieu de toutes ces belles choses, vous donnant le temps d'admirer tout ce qui s'offre à votre vue. Et quel panorama que ce parcours de Roanne à Saint-Étienne ! Une nature agreste s'il en fut, des ruines, des étages de montagnes à tous les horizons, des crêtes hérissées de rochers, des mamelons verdoyants et silencieux, des forêts de pins et des allées de saules et de peupliers. Deux natures, deux contrastes frappent le regard : une plaine immense où paissent des troupeaux de bœufs, une montagne aride avec des rocs pendants où sautent les chèvres ; une vallée fertile et un sol calciné, la Bétique et la Sologne séparées par un ruisseau. Au milieu de la route, on aperçoit du côté des montagnes une cime bleuâtre, qui se détache comme une pyramide sur un fond de rochers. C'est le mont Izour, un nom qui ne ferait pas mal au bout d'un vers de romance. Au pied du mont Izour coule le Lignon, cet amoureux ruisseau qui s'égarait jadis en tant de sinuosités à travers le pays de tendre. C'est là, au pied de ce monticule, au milieu de ces champs plantés de bouquets d'arbres, qu'ont tenu cour plénière les héros et les héroïnes du roman de l'*Astrée*; c'est là que d'Urfé conduisait par la main ses bergers enrubannés et ses bergères en talons rouges; les brebis qui broutent cette herbe tendre et illustre ne sont plus aussi blanches et aussi peignées que leurs aïeules; les bergères qui tricotent là-bas sous ces saules en robe de sureau et en sabots ne sont plus des princesses déguisées qui ont fui *la barbarie d'un père*. Tout dégénère, hélas !

Au penchant de ce mont Izour, on voit encore aujourd'hui le château qu'habita pendant si longtemps d'Urfé. Il appartient à un ancien pair de France, M. le duc de Cador. Qui m'aurait dit que j'allais retrouver le Lignon et d'Urfé entre les fabriques de Roanne et les hauts fourneaux de Saint-Étienne m'aurait bien étonné. Un peu plus loin nous nous arrêtons à Feurs, un joli village qui a élevé un monument à la mémoire de ce malheureux colonel Combes qui trouva en Afrique une mort si glorieuse. Combes était né à Feurs. Puis nous sautons par-dessus le Furens, un ruisseau grand comme la main, qui se métamorphose en torrent à de certaines époques, et qui, il y a deux ans, fit tant de ravages dans toute la contrée. Les eaux du Furens sont renommées pour la trempe de l'acier. Bientôt ce ne sont plus des moutons, des bachelettes et des bergers que nous voyons dans les prairies, mais des usines : Saint-Étienne n'est pas loin, et, en effet, un quart d'heure ne s'écoule pas sans que nous approchions de la patrie des fabriques, des hauts fourneaux, du charbon de terre et de Jules Janin.

Saint-Étienne, c'est Roanne en grand, Roanne perfectionnée; les rues y sont plus larges, les maisons plus hautes, la population plus nombreuse et l'air plus empesté des vapeurs du charbon de terre. Toutes les rues, toutes les places sont bordées de bâtiments noirs et enfumés qu'on dirait détrempés à la suie; dans la plupart de ces hautes maisons percées de quatre rangs de grandes fenêtres et qui ressemblent à des manufactures et à des casernes, vit une population hâve, chétive, qui m'a rappelé la population des plus tristes quartiers de Londres, les quartiers de *Saint-Gilles* et de *Black-Friars*. La ville est toujours enveloppée d'une épaisse couche de fumée que les rayons du soleil ont de la peine à percer. Ces banderoles de soie, qui flottent au milieu du brouillard par un soleil splendide, ces feuillages, ces fleurs, ces guirlandes sur ces noires murailles, tout cela produit un singulier effet. C'est la joie et la tristesse réunies, une corbeille de mariée sur un corbillard. Cet air triste et sombre est, hélas! le caractère distinctif de toutes les grandes cités industrielles. Sur la chaussée des rues, macadamisées avec de la poussière de charbon, on a semé du sable pour la circonstance; mais l'ancien vêtement perce en maint endroit sous le nouveau.

19 septembre.

On attribue la fondation de Lyon au consul Numatius Plancus, qui la peupla de citoyens romains, que les Allobroges... Je vois d'ici mes honorables confrères de la presse parisienne, entrer ainsi en matière, et rappeler, à propos du passage de Louis-Napoléon, la Gaule Celtique et la Gaule Lyonnaise. Moi qui n'ai pas l'avantage d'être un savant, je vous parlerai tout simplement de Lyon tel qu'il est aujourd'hui. La seconde cité de la France s'offre tout d'abord au visiteur avec des rues noires, droites qui se frayent un chemin au travers de maisons colossales, enduites d'une couche sombre, le pavé est constellé de pointes aiguës comme les souliers d'un Auvergnat. Partout de bâtardes allées, des boutiques obscures, de grandes portes cintrées munies de barreaux de fer éclairant les ténèbres de magasins que le soleil n'a jamais égayés de ses reflets dorés, et où la lampe s'allume quelquefois dès le milieu du jour. Une population soucieuse, affairée, peu curieuse de la forme. Et dans les rues, pour tout luxe d'équipages, de bruyants haquets, de lourds véhicules roulant des montagnes de ballots. Ajoutez à cela une atmosphère grise, humide, saturée neuf mois de l'année de ces brouillards tamisiens qui portent la moitié *d'old merry England* à l'expatriation, et l'autre moitié au suicide : tel est le polyorama qui frappe l'étranger quand il met pour la première fois le pied dans cette grande et industrieuse cité.

Quant au Lyonnais, c'est une sorte de Hollandais probe, actif, économe, laborieux, mais auquel le ciel, dans sa justice distributive, a refusé, en compensation des solides vertus dont il l'a doué, les grâces frivoles de l'affabilité et de la sociabilité. Le Lyonnais ne se pique ni d'être gai ni d'être aimable. Il rit ou il cause quand il en a le temps. Son commerce, son industrie, ses chiffres l'absorbent tout entier. De là sa physionomie morne et grave. Il est austère sans effort, car il n'a pas besoin de luxe, de plaisir, et il n'en soupçonne pas même le goût. Il dîne à deux heures, soupe à neuf et se couche vertueusement comme un marchand du moyen âge. Ses jours, qui ne diffèrent pas sensiblement de ses nuits, il les passe la plume à l'oreille, dans une façon de rez-de-chaussée ou plutôt de cave, devant son grand livre, le répertoire de ses affaires, le grand intérêt de sa vie. Non-seulement il blâme le luxe chez autrui, mais il ne l'aime pas pour lui. Les dépenses de l'étalage, qui ailleurs soutiennent le crédit, le compromettraient à Lyon. La seule joie que se permette le négociant enrichi consiste à acheter quelque maison de campagne dans les environs de la ville pour y aller passer patriarcalement le dimanche. Dans la semaine il n'ambitionne guère d'autre divertissement que celui de fumer sa pipe et de humer de la bière.

26.

Lyon est, comme vous savez, la grande jésuitière de la France. Le clergé, nombreux, influent, discipliné, y exerce un empire immense. Cette domination cléricale accroît la teinte d'ascétisme déjà si prononcée qui s'étend sur toute la ville. Les lieux de plaisir même se ressentent de cette tendance abolitionniste de la forme, de la couleur, de la gaieté, de la dépense et de la majeure partie des joies et des splendeurs terrestres.

L'étranger qui se sent envahi par les vapeurs de la tristesse et de l'ennui, ne sait comment s'y prendre pour combattre cette *mal' aria*. Le café, ce grand narcotique de l'existence provinciale, n'est pas un topique bien efficace contre l'*influenza* locale. Mornes et enfumés, les cafés lyonnais ressemblent plus aux tavernes anglaises qu'à ces élégants cafés élevés par le génie des limonadiers artistes à la demi-tasse parisienne. Mais la gastronomie peut être d'une grande ressource. Lyon, situé entre les crus de Bourgogne et de l'Ermitage; Lyon qui centralise à son profit les truites du lac de Genève, les écrevisses de Nantua, les carpes renommées de la Saône, les brochets du Rhône, les volailles de la Bresse et les bœufs gras du Charollais, est la ville gastrosophique et culinaire par excellence; mais les plus célèbres restaurants de Lyon, où l'on fait véritablement la meilleure cuisine du monde, sont installés dans des salles que dédaigneraient nos cuisines à vingt-cinq sous. Il faut être dilettante culinaire pour passer, par égard pour le fond, sur cette complète absence de la forme.

Et cependant, il faut le reconnaître en dépit des réflexions qui précèdent, Lyon a non-seulement tous les caractères de la grande ville, mais encore un genre de beauté sévère qui peut émouvoir le touriste et l'artiste. Je ne sais rien de plus saisissant que le double coteau au milieu duquel coule la Saône. Le front ceint d'une épaisse couronne d'édifices, le géant semble tout à la fois protéger et menacer la ville. Qui pourrait se défendre d'une vive admiration à l'aspect de ces hauteurs célèbres, la Croix-Rousse et Fourvières, qui surplombent de toutes parts la ville basse à demi noyée dans la brume? Quelle plus magnifique situation que celle de la vieille cité romaine couchée au milieu de ce vaste cirque de montagnes, entre le Rhône rapide et la Saône paresseuse, qui l'étreignent de leurs bras humides avant de s'unir dans un suprême embrassement !

J'ai fait, comme tous les visiteurs, mon pèlerinage à Notre-Dame de Fourvières, et sur la terrasse qui domine Lyon et ses deux fleuves, j'ai pu voir, par un ciel pur, un des plus beaux spectacles qu'il soit donné à l'homme de contempler : à l'orient la chaîne des Alpes, dont les cimes apparaissent comme des nuages festonnés ; au nord, le mont Cindre, avec des percées qui permettent à la vue de s'étendre vers la Côte-d'Or ; à l'occident, le commencement des chaînes de l'Auvergne ; au midi, des montagnes nuageuses, et dans la plaine, des maisons, des clochers, des villes et des forêts qui sont comme les ombres de ce majestueux tableau.

Lyon n'est pas dépourvu de monuments dignes de fixer l'attention de l'antiquaire, de l'architecte ou simplement de l'humble voyageur. L'hôtel de ville, qui, selon l'opinion populaire, est le plus beau d'Europe en ce genre après celui d'Amsterdam ; l'Hôtel-Dieu, gigantesque et superbe édifice, ouvert à toutes les infirmités sans acception de provenance, dont les proportions grandioses et l'aspect monumental défient toute comparaison avec cet amalgame de bâtisses informes qu'on nomme l'Hôtel-Dieu de Paris ; plusieurs vieilles églises qu'il faut aller chercher, comme en plein moyen âge, dans les empâtements de maisons à travers les quartiers les plus peuplés et les plus tortueux de la ville : il ne leur manque, pour avoir droit de bourgeoisie dans les *portfolio*, qu'un peu d'espace et de lumière : tous ces monuments sont glacés d'une vénérable patine dont se revêtent elles-mêmes au bout de quelques années les constructions modernes sous l'influence d'un ciel pluvieux et de la houille.

Le croirait-on ? l'austère ville de Lyon a un jardin d'hiver, un fort beau jardin, ma foi! qui fleurit et prospère pendant que le nôtre se couvre de ronces et de papiers timbrés. Ce jardin est une serre monumentale élevée sur la rive gauche du Rhône, dans ce quartier des Brotteaux qui est la Chaussée d'Antin de Lyon. Cette immense salle est recouverte d'un vaste dôme soutenu par des portiques que relient la liane et le volubilis, toute la souple et gracieuse famille des plantes grimpantes. De nombreuses allées tournantes, semées d'un sable fin et doux, déroulent leurs courbes à travers des massifs où le magnolia, l'azalée, le rhododendron, l'oranger, le palmier, le grenadier, dressent leurs têtes au milieu d'un peuple de fleurs non moins admirées quoique moins altières.

21 septembre.

Grenoble avait un double intérêt pour Louis-Napoléon : c'était la première ville qu'il ne connût point encore, parmi toutes celles qu'il visitait depuis son départ de Paris, et c'est Grenoble qui fut en quelque sorte la préface de cette courte épopée impériale de 1815, dont Waterloo devait être le dénoûment. Débarqué de l'île d'Elbe, Napoléon arrive à l'entrée de la nuit sous les murs de Grenoble, il en trouve les portes fermées ; le colonel qui commandait dans la place n'ayant pas les clefs, que le lieutenant général avait fait porter chez lui, le peuple enfonce les portes en dedans et en dehors. L'empereur se rend à cheval à l'hôtel des Trois-Dauphins au milieu des acclamations. A peine commençait-il à se reposer de ses longues courses à travers les montagnes, qu'un tumulte épouvantable se fit entendre. C'étaient les portes de la ville que les habitants venaient lui offrir, disaient-ils, à défaut des clefs qu'on n'avait pu lui présenter.

Grenoble est assise au milieu d'un cirque de montagnes, dans un bassin couvert de prairies et arrosé par une foule de courants d'eau vive ombragés d'arbres. Je ne sais pas s'il existe en Italie et en Suisse, ces classiques contrées du paysage, un spectacle plus pittoresque que cette vallée de Grésivaudan qui s'étend entre deux chaînes de montagnes dont les sommets perdus dans les nuages sont couverts d'une neige éternelle. Au pied des petites montagnes dont les flancs sont parsemés de bois et de pâturages, et qui sembleraient hautes si elles n'étaient dominées par la grande chaîne des Alpes, la vigne grimpe dans les pommiers et les poiriers : par ici, des coteaux géants aux cimes dénudées et noirâtres ; par là, une vallée délicieuse arrosée par l'Isère et qui contraste singulièrement avec l'âpreté des rives du Drac. Si l'on monte jusqu'à l'un de ces deux forts appelés le Rabot et la Bastille qui dominent la ville, on peut d'un seul coup d'œil contempler plus de cent lieues d'étendue. Les hautes Alpes profilent à l'horizon leurs arêtes échancrées, et, pour peu que le temps soit clair et le soleil éclatant, on distingue à plus de cent vingt kilomètres de distance la majestueuse cime du mont Blanc.

Cette vieille ville de Grenoble, flanquée de murailles neuves, est bien bâtie. Au-dessus des maisons aux toits plats et recouverts en tuiles creuses, se dressent quelques curieux édifices : le palais de justice, qui date de Louis XI, le clocher de Saint-André, une tour carrée élevée au quatorzième siècle par les dauphins, et l'hôtel de la préfecture, bâti par Lesdiguières et qui fut la résidence du célèbre connétable.

En ce moment, les touristes se rabattent de la Grande-Chartreuse sur Grenoble. Je les vois défiler depuis ce matin avec leur ceinture de cuir, leurs gros souliers et leurs longs bâtons ferrés. Ils ont tous l'air rayonnant et satisfait d'hommes qui viennent de braver les plus rudes fatigues. Cette Grande-Chartreuse est une des plus anciennes hôtelleries de l'Europe : c'est là que, depuis huit cents ans, viennent se recueillir et prier en silence ces âmes timides, maladives, blessées, mortes au monde, qui ne demandent plus à la terre qu'un asile d'un jour pour attendre la mort. Mais outre ces pensionnaires pour l'éternité, le vaste édifice reçoit aussi, comme chacun sait, des voyageurs moins las du monde que fatigués des pierres du chemin, plus altérés de soif que de mortifications, et qui, pendant quelques heures de loisir, accourent amuser leur insouciante curiosité d'un double spectacle : ils viennent voir combien, dans ces solitudes reculées, la nature est luxuriante et vivace au pied des cimes arides où elle semble mourir, et comment l'homme séparé de ses semblables, s'éteint et meurt tout en ayant l'air de continuer à vivre.

25 septembre.

Nous voici à notre première étape, au pays du soleil. Le midi commence à Valence. J'en atteste les dictionnaires géographiques et ces maisons dont nous voyons reluire pour la première fois les tons d'ocre sur la route que nous venons de parcourir. Valence est une ville bossue, tortueuse, étriquée, et cependant charmante. Dans ces rues étroites et hérissées de cailloux, on voit des hommes qui causent en manches de chemise sur le pas de leurs portes, des femmes qui se parlent d'une maison à l'autre avec un sans façon qui rappelle le village. Puis ce sont des éclats de voix, des gestes, un accent !... Tous ces gens-là sont d'une gaieté ultra-française ; un homme du nord dirait peut-être qu'ils manquent de tenue. Ah ! la belle chose, en effet, que cette tenue septentrionale importée en France par les lycanthropes d'Angleterre ! Valence est entourée de ruines qui furent autrefois des murailles : une vieille ceinture sur une robe neuve. Sa situation est ravissante. Nous n'avons plus les Alpes en face de nous, comme à Grenoble, mais des coteaux chargés d'arbres et de verdure. Aux pieds de la ville coule le Rhône, bordé de chaque côté par un rideau de peupliers. Du haut de la place Championnet, au milieu de laquelle se dresse la statue du jeune général de la Répu-

blique, on découvre la tour de Crussol, une ruine qui a servi
de prison d'État et de maison de réclusion, puis l'Étoile, qui
fut la maison de plaisance de Diane de Poitiers, laquelle ajou-
tait quelquefois à son titre de duchesse de Valentinois celui de
dame de l'Étoile. Voici les coteaux de Saint-Perray, célèbres
sur la carte des restaurateurs. Heureux pays, où la gastronomie coudoie l'histoire ! Puis à l'horizon, les hautes montagnes
du Vivarais, dont les cimes s'illuminent d'une teinte d'or à
chaque coucher de soleil. Hier soir, tout Valence se promenait
sur le *Courss* pour respirer l'air vif des montagnes ; les Valen-
tinoises, ces sentinelles avancées du midi vers le nord, donnent
tout de suite au voyageur une haute idée du beau sexe méridional.

J'ai rencontré ici un officier d'artillerie qui m'a piloté à
travers la ville. Dans notre excursion nous avons traversé le
quartier de l'Arsenal. Si la pudeur s'exilait de la terre, ce
n'est pas dans ce quartier qu'on viendrait la chercher. Ce ne
sont de toutes parts que des maisons aux fenêtres ouvertes.
De la rue on aperçoit des hommes qui fument et boivent,
attablés avec des femmes, lesquelles boivent et fument également. Ce spectacle peu attrayant m'a rappelé le *Riddeck* d'Anvers, ce grand étal de la chair humaine.

Valence a quelques vieux monuments curieux. L'église Saint-
Apolinaire, dont le rez-de-chaussée pourrait bien être une
construction romaine ; au second pilier de la nef est accolé un
assez beau buste de Pie VI sculpté par Canova. On sait qu'a-
près l'assassinat, à Rome, du général Duphot, le directoire fit
enlever et conduire à Valence Pie VI, qui y mourut au bout de
deux mois. Sous le buste est gravée une inscription dont voici
le sens : « Son cœur est en France, son corps est à Rome, son
nom est partout. » Tout à côté de cette église s'élève un petit
édifice à quatre faces égales, dont les massifs sont vermiculés
et semés d'animaux fantastiques. La corniche attire surtout
l'attention par le fini de ses détails. Une toiture terminée en

pointe couronne cet édifice qu'on appelle le Pendentif de Valence, et qui est destiné, m'a-t-on dit, à conserver les dépouilles mortelles d'une famille valentinoise, la famille Mistral.

J'ai vu aussi dans la Grande-Rue un des plus curieux morceaux de l'architecture du quinzième siècle. C'est une vaste maison parfaitement conservée. Sur la façade, l'artiste a semé des sculptures, des figures en ronde bosse, des statues grotesques, des détails charmants. Malheureusement, quatre énormes têtes dans le style des tritons de Versailles, et ajoutées probablement au dix-septième siècle, font disparate. J'ai demandé à un monsieur décoré qui passait dans la rue comment on appelait cet édifice : il m'a répondu que ce n'était pas un édifice, et que cela se nommait, dans le pays, *Maison des Têtes*, puis il a passé son chemin. Je me suis adressé à un autre habitant qui m'a dit textuellement ces paroles : «C'était la demeure de nos rois du temps de Marc Aurèle.» Je suis forcé de m'en tenir à ces deux explications fort incomplètes : le Valentinois est trop amoureux du soleil et du *far niente* pour avoir le temps d'être archéologue.

24 septembre.

Nous quittons Valence. Le bateau tire des bordées d'une rive à l'autre rive. Tout ce paysage des bords du Rhône est magnifique, surtout lorsqu'on arrive à ce pont Saint-Esprit, si étonnant par sa hardiesse, son élévation, sa longueur, et qui résiste depuis plus de cinq siècles à l'impétuosité du plus impétueux des fleuves. A quatre heures, Avignon apparaît en amphithéâtre sur la rive gauche du Rhône, ses remparts bordés de créneaux, flanqués de tours carrées de distance en distance sont couronnés d'une multitude infinie de têtes. Sur les toits plats des maisons, sur la promenade qui se déroule, — serpent gigantesque, — du pied de la ville au sommet, on ne voit que des points noirs. C'est la foule.

La situation d'Avignon est ravissante. Quand on monte sur la plate-forme de la haute ville, on voit à ses pieds cette superbe forteresse de Saint-André qui domine Villeneuve ; puis, une plaine immense de terres labourables, de prairies, de vignes, de jardins, de champs d'oliviers et de mûriers. Le Rhône, divisé en plusieurs bras tortueux, forme une quantité d'îles semées d'arbres de la plus belle verdure. La plaine environne la ville entièrement. C'est une sorte de cirque de cinq lieux d'étendue borné par des montagnes, dont la plus célèbre est le mont Ventoux, ce dernier contre-fort des Alpes. Vu le soir, ce spectacle est au-dessus de toute description. Les vapeurs du Rhône se répandent comme des nuages et enveloppent toute la plaine, qui semble une baie gigantesque entourée à tous les bouts de l'horizon d'énormes vaisseaux à l'ancre.

Quand on redescend dans la pittoresque capitale de l'ancien comtat, on aime à parcourir ses rues sombres et étroites, aux maisons quasi orientales qui tournent le dos au passant, n'entrouvent pour lui ni fenêtres ni jalousies, et se barricadent dans les étages inférieurs derrière d'énormes grilles rebondies dont l'aspect effrayerait les voleurs et les Almavivas les plus déterminés. Il n'est pas une seule de ces maisons jaunâtres qui ne semble cacher dans ses muettes profondeurs une énigme, un mystère. L'imagination du poëte peut se donner carrière. Rien ne l'empêche de voir derrière ces inaccessibles murailles une Rosine qui aspire à prendre sa volée, un alchimiste ou un millionnaire tremblant pour son trésor. Au soin curieux et défiant que la vieille cité pontificale prend de se fortifier, de se grillager, de se séquestrer, à voir ces énormes barreaux et ces pointes aiguës qui défendent toutes les fenêtres, on dirait d'une ville habitée par des nababs ou des Bartholos féroces.

Au reste, Avignon tout entier n'a pas cette physionomie. Le quartier marchand et la grande place centrale rachètent par la gaieté et la vie ce qui leur manque d'ombre et de silence monacal. Chaque jour, hélas ! Avignon se civilise. Il se dé-

mantèle peu à peu de ces beaux remparts d'un ton si chaud et
si splendide, qu'on les dirait arrachés de quelque vieille toile
du Pérugin, ou mieux encore, rapportés de Palestine tout d'un
bloc par quelque lord Elgin du temps des croisades.

Une autre merveille qui se détériore tous les jours, c'est le
palais des papes qui domine la ville. La grandeur de cet édifice, bâti sur le roc, son élévation, son imposante majesté, ses
tours, l'épaisseur de ses murs, ses créneaux, ses ogives, tout
cet ensemble colossal étonne le voyageur. Malheureusement
ces vastes salles, jadis armoriées et resplendissantes d'objets
d'art, sont aujourd'hui occupées par des soldats. Ce palais où
tant d'actes importants se sont accomplis dans l'espace de cent
années est devenu une caserne. La foi a fait place à la force,
la tiare a été détrônée par le sabre.

O barbares que nous sommes! nous avons un édifice unique
par sa majesté, par les souvenirs qu'il rappelle, et nous en faisons
une caserne quand nous ne pouvons plus en faire une prison !

Avignon compte bien d'autres monuments : la métropole
bâtie par Charlemagne, et qui renferme le mausolée du pape
Jean XXII et le tombeau du brave Crillon; l'église Saint-Agri-
col, où est la tombe de Mignard, tout à côté de la coquette
chapelle de cette famille célèbre de Florence, la famille Bianco;
l'église Saint-Pierre, l'église Saint-Martial, le palais des légats;
mais j'ai visité toutes ces curiosités au pas de course, et je ne
puis que les signaler en passant.

Quant à « ce fameux pont d'Avignon, » ce qu'il en reste est
toujours à la même place, mais il ne semble pas très-digne de
la popularité dont il jouissait avant son écroulement. Il n'a pas
six pieds de largeur. On a jeté à côté une mince passerelle
suspendue qui fait une assez triste mine sur ce large fleuve et
en face de ces fiers remparts qui furent tant de fois assiégés
et défendus. Tel fut en effet le sort d'Avignon. Pendant les
deux derniers siècles, quand le roi de France était en querelle
avec le pape, il s'emparait aussitôt du comtat, frappait les ha-

bitants de contributions de guerre, et quinze jours après, la querelle apaisée, rendait gracieusement son petit État au pontife. Louis XIV prit et rendit Avignon deux ou trois fois. Louis XV en fit autant. C'était toujours la ville qui payait les frais de ces brouilles entre papes et monarques. L'ambassadeur d'Espagne prenait-il à Rome le pas sur l'ambassadeur de France : vite on envoyait des boulets aux Avignonnais et l'on puisait dans leurs coffres. Cet heureux temps n'est plus, et Avignon n'a pas eu à se plaindre le jour où un décret de la constituante, la débarrassant de sa dangereuse couronne de capitale du comtat Venaisien, en fit le chef-lieu du département de Vaucluse.

25 septembre.

A partir de Tarascon, nous ne sommes plus en France, mais en Provence. On sait que la grande prétention des Provençaux c'est d'être un peuple complétement original et de former une nation à part. Ils ne sont Français qu'à l'étranger, ce qui est déjà quelque chose. Nous laissons derrière nous les hautes montagnes de Vaucluse, et nous ne voyons plus qu'une plaine immense bordée de vertes collines dans laquelle se déroulent des champs de maïs, d'oliviers, d'amandiers, de grenadiers et de mûriers ; cette plaine est sillonnée de petites routes poudreuses qui conduisent, à travers des détours, à des villages aux maisons jaunes comme les épis au mois d'août. Tout le long de la route, des paysans qui regardent passer le convoi d'un air étonné et des gendarmes postés de distance en distance. Une ville apparaît à l'horizon : c'est Arles la Romaine ; en quelques tours de roues, le convoi présidentiel est arrivé à la station. Là, l'affluence est considérable ; le sous-préfet, le maire, le conseil municipal, tous les personnages à habits brodés attendent Louis-Napoléon, qui descend de wagon. Les autorités l'invitent à venir visiter la ville, qui dresse à quelques pas son magnifique amphithéâtre.

Le président cède aux sollicitations qui lui sont faites et se dirige vers Arles, escorté de son état-major et de la population qui crie : Vive l'empereur! Ce sont des éclats de voix, un bruit, une musique dont il n'est pas facile de se faire une idée quand on n'a pas vu de foule méridionale. Toutes ces jeunes Arlésiennes, avec leurs petits bonnets de tulle et leurs larges rubans, causent entre elles dans le patois du pays et semblent, quand elles parlent, chanter quelque amoureuse romance. Ce qu'il y a surtout de remarquable en elles, c'est la souplesse de leur taille, la finesse de leurs pieds et la majesté de leur démarche. Le président arrive à l'amphithéâtre qui est couronné de grappes humaines suspendues à toutes les anfractuosités du vieil édifice, le plus vaste de tous les amphithéâtres que les Romains aient élevés dans les Gaules.

Des restes de fortifications et des pans de murailles ayant appartenu à des maisons habitées, témoignent encore aujourd'hui du peu de sollicitude que la science et l'administration ont montrée pour ce monument. Les habitations construites autour de sa circonférence gênent la vue et obstruent en de certains endroits les portiques du premier étage. Mais c'est de l'intérieur qu'on peut véritablement admirer ses belles proportions. Il est impossible de voir rien de plus imposant que cet amphithéâtre construit d'énormes blocs appareillés avec une précision et une solidité toutes romaines. De la base au sommet, ce monument est divisé en deux étages percés chacun de soixante portiques. Le premier est d'ordre dorique, le second d'ordre corinthien. La couleur de ces vieux murs est splendide ; ils sont tous ruisselants d'or et de lumière.

Après avoir admiré cet édifice, dont la grandeur écrase nos constructions modernes, le cortége est revenu vers la station, et le convoi est reparti au milieu des hourras de la foule.

27 septembre.

Ce matin, à huit heures, le président quittait Marseille à bord du beau vaisseau à vapeur le *Napoléon*, le plus fort marcheur naval qui existe dans toute la marine européenne. Le pont étincelait d'épaulettes d'or et d'habits brodés. Le *Napoléon* a levé l'ancre aux sons de l'artillerie et de la musique, par un soleil majestueux qui colorait d'une teinte rose la forêt de mâts des navires marchands. Les quais, le rivage, les hauteurs, fourmillaient de curieux. On apercevait de la rade un grand nombre de spectateurs juchés sur les toits des maisons qui bordent les trois ports. Par ce radieux soleil dont les rayons baignaient ses maisons et ses édifices, Marseille se détachait à l'horizon, blonde comme une orange, sous son ciel bleu et sur ses flots d'azur. Je ne vous parlerai pas de la traversée et du magnifique spectacle que l'on contemple dans toute cette promenade en mer de Marseille à Toulon : le temps et le papier me manquent. Ici toutes les boutiques sont si hermétiquement closes aujourd'hui qu'on n'y trouverait pas, à prix d'or, une seule feuille de papier à lettre. Il n'y a d'ouvert que les hôtels, les restaurants et les voitures qui serviront ce soir de chambres à coucher à plus d'un visiteur.

A la hauteur du cap Sépet, le *Napoléon* a rencontré une escadrille d'honneur composée du vapeur à hélice le *Charlemagne*, portant le pavillon du contre-amiral Jacquinot, du *Gomer*, du *Sané*, du *Labrador*, du *Chaptal*, du *Caton*, du *Dauphin*, de l'*Averne* et de l'*Orénoque*, appareillés pour aller au-devant du président. Les batteries de la côte saluent par des volées d'artillerie ; les bâtiments de guerre hissent leurs pavillons et font trois salves de toute leur artillerie. Vous ne serez pas étonné si je vous dis que cette ville flottante qui mugissait par tous ses sabords ouverts présentait le plus imposant des spectacles.

27.

C'est dans cet ordre que la flottille pavoisée a fait son entrée dans la rade de Toulon, une autre merveille de la Méditerranée. Cette flottille a mouillé. Même après avoir contemplé Marseille le matin, il est impossible de ne pas admirer cette rade immense, les courbes gracieuses de ces rivages et les montagnes qui la couronnent. Dès que le *Napoléon* est signalé, tous les vaisseaux du port et de la rade lâchent leurs bordées à bâbord et à tribord ; la ville est ébranlée du bruit de tous ces tonnerres qui retentissent pendant un grand quart d'heure ; le feu ne cesse que lorsque le *Napoléon* passe devant la ligne des vaisseaux en rade. Là une autre explosion commence : c'est le cri de : Vive l'empereur ! poussé par les matelots rangés sur les vergues et répété par les spectateurs du rivage. Louis-Napoléon met pied à terre à l'Arsenal. Alors les détonations éclatent de plus belle ; toutes les batteries vomissent des nuages de fumée, batteries des côtes, des forts et des vaisseaux, un vacarme à rendre sourd pour tout le reste de la journée. C'est à l'Arsenal, où il est d'abord reçu par les chefs de service de la marine, que la municipalité présente au président de la république les clefs de la ville sur un plat d'or.

Cette ville de Toulon, qui étouffe entre ses murailles, est une véritable fourmilière aujourd'hui. De Marseille, d'Avignon, d'Aix, de Tarascon, de Beaucaire, sont accourus les curieux qui veulent assister demain au spectacle des fêtes maritimes et du combat naval. Ses rues resserrées regorgent d'étrangers, de marins, de soldats, de citadins et de campagnards ; on voit des voyageurs, leur malle à la main, frappant à toutes les portes pour demander une chambre qu'ils ne trouvent pas ; des femmes qui veulent assister au bal de demain, et qui ne sont pas sûres d'avoir un cabinet pour faire leur toilette. Les Toulonnais sont peu hospitaliers, et ils profitent de la pléthore de visiteurs pour les rançonner.

Mais je ne peux m'empêcher de revenir à la rade sillonnée en ce moment de petites embarcations qui volent comme des hirondelles à la cime des flots. On comprend que cet admirable golfe soit devenu le centre des grandes opérations maritimes de la France dans le midi, et qu'il ait joué un si grand rôle dans la destinée des peuples méridionaux. Sur ses rives se sont élevés les monuments ; c'est de son sein que sont parties nos glorieuses escadres : celle qui, sous la conduite de Bonaparte, que Toulon fit général, alla conquérir l'Orient ; celle qui délivra la Grèce, celle enfin qui a tué la piraterie et créé une seconde France à cent trente lieues des rivages de la métropole.

Au point de vue purement pittoresque, ces côtes toulonnaises ne sont pas moins intéressantes ; toute cette Provence serait vraiment une contrée bénie du ciel s'il y pleuvait un peu plus souvent et si le pays du soleil était en même temps le pays de la propreté. La chaîne de rochers qui borde la Méditerranée depuis Marseille jusqu'à Hyères présente à chaque pas de ravissantes perspectives. L'aridité étincelante des côtes de Cassis et de la Ciotat ; les jeunes pinèdes qui jalonnent le flanc du cap Sicier, les vertes treilles qui mûrissent le vin de Malgue, les falaises de Sainte-Marguerite, dont les couches de silex surplombent sur la mer, enfin les hespérides d'Hyères où les palmiers atteignent des proportions orientales, tout cet heureux assemblage de majesté et de grâce vous captive et vous charme sans jamais vous fatiguer.

Hyères, cette élégante infirmerie de la France, n'est distante que de quelques heures de la cité maritime, Hyères où l'on contemple des forêts d'orangers et les échantillons les plus variés des produits des plantes intertropicales.

29 septembre.

Le président a quitté Toulon ce matin. La mer était mauvaise, et beaucoup de personnes faisant partie du cortége présidentiel ont été indisposées. M. le général Roguet a eu un violent mal de mer. L'évêque d'Éphèse est resté couché pendant tout le trajet. A deux heures le *Napoléon* entrait dans le port de Marseille salué par l'artillerie des forts. Le président débarquait au fort Jolliette, montait immédiatement en voiture et se dirigeait sur Aix. Le changement d'itinéraire n'ayant pas été connu à Marseille, presque personne ne se trouvait au lieu du débarquement.

Comme j'avais de l'avance sur le cortége, je suis allé voir le pont-aqueduc de Roquefavour, que le président ira visiter demain avant d'aller à Nimes. Cet aqueduc, un travail cyclopéen terminé depuis deux ou trois ans, vaut bien la peine que l'on fasse un petit détour.

Figurez-vous un pont ou plutôt trois ponts superposés qui joignent deux énormes masses de rocs situés à une très-longue distance l'une de l'autre : le premier pont a douze arches élevées à trente-quatre mètres au-dessus de l'étiage de la rivière ; le second, placé sur le premier, a trente-huit mètres de hauteur au-dessus du couronnement du premier rang ; le troisième enfin est appuyé sur le second à cinquante-trois mètres de hauteur au-dessus du deuxième rang. Cet aqueduc, m'a dit un savant du pays, a deux fois la hauteur de la colonne Vendôme et dix-neuf mètres de plus que les tours de Notre-Dame de Paris. C'est Marseille qui s'est donné ce luxe architectural. Marseille avait besoin d'eau pour ses fontaines, ses jardins brûlés par le soleil, ses bastides desséchées par l'implacable azur, et un jour elle fit, purement et simplement, une petite saignée à la Durance et un travail digne des colonisateurs romains. Le tunnel a quatre cent mètres de largeur, pas un de plus, pas un de moins. Le site est pittoresque pour ne pas dire sauvage, des rochers à pics entassés les uns sur les autres et crevassés en maints endroits. Dans ces fentes aux zigzags bizarres poussent le pin rabougri et l'yeuse aux rameaux verts. Cette vallée de Roquefavour, qui pourrait bien être un jour ou l'autre la vallée de Josaphat, est traversée par une petite rivière, moins que cela, un capricieux ruisseau qui s'appelle l'Arc; ce filet d'eau se promenant dans ce vaste bassin et roulant ses petits flots jaunes sur son lit d'argile apparaît comme un ruban d'or au milieu de la prairie cressonneuse.

Nous arrivons à Aix une heure avant le président de la république, et ce qui me frappe tout d'abord sur le Cours, une promenade très-grande, très-jolie et très-bien plantée de beaux arbres verts, c'est une foule réunie autour de quatre danseurs revêtus de culottes de tricot et de jaquettes de soie verte et orange. Un peu plus loin, je vois des chevaliers coiffés d'un chapeau à la Henri IV, armés de toutes pièces, chevauchant sur des coursiers de carton. Par ici des diables qui tourmentent un brave homme de roi, lequel a l'air de fort mauvaise humeur; par là, une reine donnant le bras à un baladin qui porte dans la main droite une épée nue surmontée d'un château de fer-blanc. Puis, au milieu de tout cela, un concert de fifres, de tambours et de tambourins à écorcher l'oreille d'un sauvage du café des Aveugles. Je suppose que tous ces personnages aux habits éclatants, aux têtières grotesques ou hideuses, sont les héros des jeux du roi René dont je vous parlais hier, et je ne me trompe pas. Je demande à un grave Aixois, qui semble prendre un grand intérêt à ce spectacle, de vouloir bien me donner l'explication de cette indéchiffrable mascarade.

— Monsieur, me répond-il, René d'Anjou, roi de Sicile, de Jérusalem et comte de Provence par-dessus le marché, voulut, dans son temps, c'est-à-dire vers 1460, rendre manifeste aux yeux de ses sujets le triomphe du catholicisme sur les divinités païennes, et il institua les jeux de la Fête-Dieu. La plupart de ces personnages que vous voyez sont des seigneurs de l'Olympe qui disparaîtront ce soir devant les saints du paradis, comme l'erreur disparaît devant la vérité, la nuit devant le jour. Ces diables à quatre qui sont là-bas font enrager le roi Hérode dont vous connaissez sans doute l'histoire; la grande diablesse brosse l'habit du roi de Judée, probablement pour lui faire sa cour. A côté est l'*armetta* ou la *petite âme*, représentée par un jeune homme qui tient de la main droite une croix que les démons veulent lui enlever et qu'il défend victorieusement avec l'aide de son ange gardien. Voici le *veau d'or* ou *lou juec d'oou cat* (le jeu du chat). On jette en l'air un chat enveloppé dans un sac, et ce chat représente le veau d'or adoré par les Juifs, qui n'ont pas été les seuls à lui offrir leurs hommages. Il y a encore la reine de Saba, la belle Estelle, qui conduit les trois rois mages à Bethléem, et les *tirassouns*, lesquels représentent le massacre des innocents ordonné par Hérode. Vous verrez ce soir, monsieur, le jeu du *guet*, composé d'un grand nombre de personnages très-intéressants. La Renommée, Jupiter, Junon, le duc et la duchesse d'Urbin montés sur des ânes, la foule des faunes et des dryades, Apollon et Diane, la reine de Saba, et le reste. Les costumes ne sont pas très-frais, les têtières sont pour la plupart assez sales, mais à la clarté des flambeaux, ce cortége produira le plus magnifique effet.

Mon savant interlocuteur allait continuer, lorsqu'un coup de canon parti du rond-point situé devant le Cours vint briser le fil de ses explications. Louis-Napoléon n'était qu'à quelques pas de la ville. Aussitôt voilà mes danseurs, dieux, déesses et saints du paradis, qui quittent la scène et se mêlent à la haie des curieux. J'avais à dix pas de moi un grand diable de démon qui s'époumonnait à crier : Vive l'empereur ! Un diable enthousiaste ! qui l'aurait dit ? Le président, complimenté par les autorités, fait son entrée en ville dans sa calèche de voyage ; il n'a à ses côtés que le général Saint-Arnaud. Les cris sont nombreux sur le Cours et dans les rangs des communes ; les curieux et les curieuses placés aux balcons et aux fenêtres gardent le silence. Louis-Napoléon se rend ainsi jusqu'au palais de l'archevêché, où il est reçu par l'archevêque et son clergé. Tout le long de la ville, balcons et fenêtres laissent à désirer.

Dans cette ville d'Aix, dont la physionomie est si originale

surtout aujourd'hui, il est un homme aussi populaire que Néron l'est à Rome : cet homme, c'est le démocrate romain Caïus
Marius, nommé sept fois consul. Il n'est pas dans toute la contrée une ruine à laquelle ne se rattache le souvenir du rival de
Sylla. Demandez à un habitant d'Aix quel est ce rocher noi-
râtre qui surplombe la ville, et il vous dira que c'est là
que Marius éleva un temple à la Victoire. La rivière de l'Arc
tire son nom, s'il faut en croire la tradition, d'un arc triom-
phal que Marius aurait fait construire dans les environs, et ce
matin même à Roquefavour, un stratégiste de l'endroit nous
montrait la place où le général romain taillait en pièces les
Cimbres et les Teutons. On marche ici au milieu de ses souvenirs de collége, on vit en pleine antiquité. Cela n'empêche
pas que les croix de mission, les *ex-voto*, les reliquaires, ne
soient plus nombreux à Aix que partout ailleurs. On voit des
Notre-Dame à tous les coins de rues, avec des robes de satin,
des voiles de dentelles et des manteaux de velours : Notre-
Dame de la Délivrance, Notre-Dame des Affligés, Notre-Dame
des Opprimés, Notre-Dame de la Garde, Notre-Dame de Bon-
Secours, etc. En passant devant ces images de la sainte Vierge,
l'habitant se découvre et le paysan s'agenouille après avoir
fait le signe de la croix. En dépit de la thèse soutenue par
l'abbé Gaume et l'*Univers*, je ne vois pas que les souvenirs de
l'antiquité, si vivants dans toute la Provence, aient nui en
rien dans cette contrée à la foi et aux traditions catholiques.
Mais j'ai hâte de revenir à mes moutons, je veux dire à mes
diables. Donc, depuis onze heures du matin jusqu'à onze
heures du soir, ils sont partout dans les rues, dansant et folâ-
trant au son du tambourin et du fifre, et ne dédaignant pas
de demander un sou en passant. J'ai donné dix centimes à un
roi, cela m'a flatté. Les musiciens très-élémentaires de la dia-
blerie, donnent des aubades aux autorités et aux gens *cossus* de
la localité. Depuis cinq jours, le fifre provençal nous poursuit
partout.

Au moment où j'écris, la mascarade débouche sur le Cours, et chaque dieu, chaque déesse, chaque chevalier, chaque grande dame porte un flambeau à la main. Les arquebusiers qui marchent en tête du cortége s'arrêtent de temps en temps pour faire le moulinet avec leurs *fusils de chasse*, gambader et se mettre en joue. Après quoi, ils se replacent gravement au port d'armes. Le monsieur de ce matin avait raison : tous ces costumes ne semblent pas aussi fanés la nuit que le jour. On remarque dans ce cortége mélangé des personnages qui jouissent d'une haute estime, comme *l'abbé dé la villa, lou capitanis deis gardos dé lou rei de la bazocho, lou bastonié dvou rei* et le bucolique *Prince d'Amour*. Cette mascarade provençale dont il est à peu près impossible de comprendre le sens aujourd'hui, ne ressemble en rien aux brillantes cavalcades des villes de la Flandre française ; mais je crois que ces Provençaux, rois ou soldats, manants ou chevaliers, s'amusent beaucoup plus que messieurs les Flamands. Ceux-ci s'habillent magnifiquement pour briller aux yeux de la foule, ceux-là se vêtent de la première loque qui leur tombe sous la main. Pour s'amuser et rire, ici pas de poses théâtrales, de gestes étudiés, de rôles appris par cœur ; on se laisse aller à l'inspiration du moment, et le public peut toujours compter sur l'improvisation provençale.

30 septembre.

Depuis quelques jours nous repassons par des chemins déjà parcourus. Voici encore devant nous Arles, Tarascon et Beaucaire. J'avais vu Arles la semaine dernière avec des décorations, des rubans, des drapeaux, — un vêtement officiel ; — je la revois aujourd'hui dans sa pourpre de tous les jours et avec sa physionomie mélancolique, mais non sans charmes : c'est par le sentiment romain, qui tout d'abord s'empare du visiteur, bien plus encore que par son aspect, qu'Arles rappelle sa filiation romaine. Nous nous éloignons à regret de cette petite Rome des Gaules (Gallula Roma), et en trois tours de roues nous sommes à Tarascon.

Il y a dix-huit cents ans, d'après la légende provençale, la sœur de ce Lazare que Jésus-Christ avait ressuscité, sainte Marthe, débarqua avec son frère sur les côtes de la Provence et vint prêcher la religion nouvelle aux habitants d'Aix et des contrées environnantes. A cette époque, le pays était ravagé par un dragon terrible appelé la *Tarasque*, qui, pendant le jour, se tenait caché dans le Rhône. Personne n'osait le combattre ; seule, Marthe eut ce courage. Elle marcha droit à lui armée d'un crucifix et d'un goupillon, et l'aspergea d'eau bénite. A la première goutte qu'il reçut, il commença à se tordre avec fureur ; à la seconde, il tomba sans force ; à la troisième, sainte Marthe put attacher le monstre avec sa jarretière. A l'endroit même où sainte Marthe avait tué la Tarasque, s'éleva, peu de temps après, une ville qui prit, en souvenir de cet événement, le nom de Tarascon.

Beaucaire n'a pas une origine aussi merveilleuse, mais cette ville se présente bien, vue de Tarascon et du pont suspendu : son beau quai, ses magnifiques promenades, son vieux château, tout cela forme un tableau pittoresque ; mais cette favorable impression est bien vite effacée si l'on pénètre dans la ville. Partout la solitude et la tristesse : des hommes couchés à l'ombre, des femmes endormies sur le ban extérieur de leur maison. Beaucaire n'est habitée, Beaucaire ne vit que pendant les trois semaines de cette foire qui l'a rendue si célèbre et qui rivalisait hier encore avec celles de Leipsig, de Francfort, de Novogorod et de Sénégalia.

A trois heures le train présidentiel arrivait à la station de Nîmes. Dans une des salles de cette station l'industrie du département du Gard avait exposé ses produits. Louis-Napoléon a visité cette exposition pendant un quart d'heure ; puis il est monté en calèche découverte et s'est dirigé vers *la Fontaine*, une promenade qui rappelle le jardin du Luxembourg, et dans laquelle s'élève majestueusement le *Temple de Diane*. Ce temple est de forme rectangulaire ; une porte à plein cintre ornée d'une grille en ferme l'entrée. C'est le monument qui excite le plus la fierté des Nîmois. Ils semblent le mettre bien au-dessus, je ne sais trop pourquoi, de l'amphithéâtre et de ce chef-d'œuvre unique qui s'appelle la Maison-Carrée.

De la Fontaine, le président s'est rendu à l'évêché, où l'attendait le clergé ; puis il est allé à l'amphithéâtre, où l'on devait lui offrir le spectacle d'une course de taureaux.

Cet amphithéâtre est couvert de la base jusqu'au faîte d'une foule compacte ; des milliers d'hommes, de femmes, d'enfants, se tiennent debout sur ces hautes murailles, d'où peut à chaque instant se détacher une pierre, et qui n'ont aucune barrière pour protéger les curieux imprudents. Ce monument, le plus grandiose qui soit au monde, est construit sur une immense ellipse. La décoration du rez-de-chaussée est surtout remarquable par ses colonnes avec piédestaux, chapiteaux et entablements, construits d'après l'ordre dorique romain. Quand on pénètre dans l'intérieur, on voit une ellipse qui va en s'élargissant jusqu'à la partie la plus élevée. Des gradins y prennent naissance à peu de distance du sol et montent jusqu'au sommet de l'édifice. Malheureusement, un grand nombre de ces gradins n'existent plus ! Tout a été dit sur ces Arènes de Nîmes, mais, quelque favorablement prévenu que l'on soit par le récit enthousiaste des touristes et les descriptions des archéologues, il est impossible de ne pas éprouver une émotion toute nouvelle à la vue de ce vaste cirque qu'un peuple de géants bâtissait pour ses plaisirs et ses fêtes, quand il ne lui restait plus un coin du monde à conquérir.

Dans nos provinces méridionales, les courses de taureaux diffèrent essentiellement des courses si célèbres de l'Espagne. Ici on ne tue pas le monstre : on se contente, pour constater sa défaite, de le marquer d'un fer chaud à l'épaule. Ce jeu s'appelle la *ferrade*. Des hommes armés de piques excitent la bête, qui court débonnairement dans l'arène et semble dressée à cet exercice. Quand le taureau a suffisamment gambadé à droite et à gauche, par ici et par là, le tauréador s'avance, prend l'animal par les cornes et le renverse aux applaudissements de la multitude. C'est alors qu'a lieu l'application du fer chaud. Cette ferrade m'a rappelé la chasse au cerf de l'Hippodrome, cette chasse où l'on ne sait pas si ce sont les chiens qui lancent le cerf, ou si c'est le serf qui poursuit le chiens. Ici le taureau n'est pas une bête furieuse comme che nos voisins de la Péninsule : c'est un acteur, et si de temps en temps il embroche un pauvre diable de picador, c'est tout à fait par mégarde et sans méchanceté.

En sortant des Arènes, on trouve à quelques pas la Maison-Carrée. Ce temple peut avec juste raison être mis au rang des monuments de l'antiquité les mieux conservés, les plus riches et les plus purs pour les détails de sculpture. L'élégance du chapiteau, le fini de son exécution, le caractère des ornements qui le décorent, tout porte à croire que ce gracieux et harmonieux édifice est l'œuvre d'artistes grecs. Il sert aujourd'hui de musée.

Du reste, dans toute cette ville de Nîmes, ce ne sont que des monuments et des souvenirs de l'antiquité. On marche dans ces vieilles rues au milieu de l'histoire romaine. Voyez plutôt : voici la rue de Trajan, la rue d'Auguste, la rue de Vespasien, la rue de Titus, la rue d'Adrien ; il n'est pas jusqu'à Néron, cet extravagant artiste et cet épileptique empereur, qui n'ait donné son nom à une promenade. Nîmes est le portique français de l'Italie. Quand on a visité Orange, Nîmes et Arles, l'Italie n'a presque plus rien à montrer de nouveau.

Vous comprenez qu'il est difficile de passer à Nîmes sans aller voir le pont du Gard, qui n'est qu'à deux lieues et demie de la ville. Ce pont, un des plus remarquables monuments de cette contrée si riche en monuments historiques, étonne l'imagination par sa masse imposante et par ses formes élancées et hardies. Il offre aux yeux les moins exercés le modèle le plus grandiose comme le plus harmonieux de l'architecture antique.

1er octobre.

A Montpellier, on nous conduit tout droit au Peyrou, une magnifique promenade enceinte de trois côtés par un mur de terrasse, couronné d'une balustrade en pierre. C'est le jardin de Versailles en miniature, la statue équestre de Louis XIV est au centre de la grande allée; de la plate-forme on découvre, par un temps clair, les Alpes, le mont Canigou, les Pyrénées, le mont Ventous, et à gauche un arc immense de la Méditerranée au sein duquel surgit l'île de Maguelonne.

On voulait donner au président le spectacle des danses du pays, *les treilles* et le *chevalet* (las tréias et lou chivalet), mais les dispositions avaient été si mal prises qu'il a fallu renoncer à ce divertissement. La foule s'était précipitée avec tant de furie dans le jardin, qu'il ne restait plus de place pour les danseurs. Louis-Napoléon s'est contenté de faire le tour de la promenade, fendant avec peine les flots de curieux, puis il est allé à la préfecture. Cinq minutes après son départ, ce vaste jardin était vide.

Cette danse des treilles diffère essentiellement des autres danses du midi. C'est un vrai ballet populaire qui produirait le plus grand effet à l'Opéra. Le costume des danseurs et des danseuses est charmant. Ces treilles rappellent les dionysiaques ou fêtes des vendangeurs, et il pourrait bien se faire que cette danse fût un reste du culte romain introduit dans la Gaule narbonnaise. A un signal donné, danseurs et danseuses, conduits par des coryphées, passent et repassent en cadence sous des cerceaux et des guirlandes en mousseline et ornés de rubans et de fleurs. C'est un long serpent bariolé dont chaque anneau étincelle. Quant à la danse du chevalet, elle ne date

que du moyen âge, et voici en quoi elle consiste : un homme
élégamment costumé, ayant le corps passé à travers un petit
cheval de carton, lui faire faire le manège au son des tambourins, des fifres et des hautbois, au milieu d'un cercle formé
par une troupe de danseurs en pantalons blancs, en vestes
blanches et parés de rubans à leurs chapeaux. Un autre dan-
seur, un tambour de basque à la main, fait semblant de présenter de l'avoine au cheval, qui s'incline d'abord, puis lance
des ruades, pendant que les autres danseurs forment un cercle
animé et agitent, en signe de joie, leurs étendards.

C'est la danse grotesque après la danse gracieuse.

A la préfecture, le président a reçu les autorités. Le maire
d'une commune rurale a présenté à Louis-Napoléon la pièce
suivante, qui est, comme vous le verrez, une paraphrase plus
ingénue qu'ingénieuse du *Pater noster* :

« Notre prince qui êtes au pouvoir par droit de naissance
« et par l'acclamation du peuple, votre nom est partout glo-
« rifié; que votre règne arrive et se perpétue par l'acceptation
« immédiate de la couronne impériale du grand Napoléon ;
« que votre ferme et sage volonté soit faite en France comme
« à l'étranger. Donnez-nous aujourd'hui notre pain quotidien
« en abaissant progressivement le tarif des douanes, de ma-
« nière à permettre l'entrée des choses qui nous sont néces-
« saires, aussi bien que la sortie de celles qui sont super-
« flues. Pardonnez-nous nos offenses, lorsque vous serez bien
« assuré de notre repentir et que nous serons devenus meil-
« leurs. Ne nous laissez pas succomber à la tentation de la cu-
« pidité et de la manie des places, mais délivrez-nous du mal,
« c'est-à-dire des sociétés secrètes, des vices de l'enseigne-
« ment, des moindres écarts de la presse, des élections de
« toute espèce, et continuez à mettre de plus en plus en hon-
« neur et à faire mettre en pratique la morale et la religion,
« le respect à l'autorité, l'agriculture et l'industrie, l'amour de
« l'ordre et du travail. Ainsi soit-il ! »

28.

Cette prière municipale est signée Charles Maistre, maire de la commune de Villeneuvette. Inutile de vous dire que l'auteur est fier de son œuvre. — Il y a eu ce soir deux bals, le bal officiel de la mairie et le bal des ouvriers. En sortant du premier, Louis-Napoléon s'est rendu au second. A son entrée dans la salle, il a été accueilli par ce cri unanime : *L'amnistie! l'amnistie générale !*

Après avoir assisté dans ce voyage à fond de train à tant de bals de préfectures, j'ai été ravi de rencontrer sur ma route un bal populaire. Ce bal, honoré de la présence de Louis-Napoléon, s'appelle le bal des grisettes. Le costume favorise singulièrement les agréments de la grisette de Montpellier, puisque grisette il y a ; sa taille est svelte, sa physionomie piquante, vive et souvent jolie. Malheureusement, il y a décidément trop de brunes dans le midi ; le soleil dore la peau comme les monuments. L'ouvrière montpelleraise est couronnée d'un bonnet de tulle brodé ou de mousseline bordée de dentelles ; à ses oreilles d'énormes pendants dorés ; autour de son cou des chaînes qui tournent trois ou quatre fois ; le sein est couvert, mais à demi, d'un très-petit fichu dont les pointes retombent avec grâce en forme d'écharpe sur un tablier de soie ; une robe de mousseline peinte descend à peine sur la partie inférieure de la jambe, qu'elle laisse apercevoir finement moulée sous un bas blanc qui contraste avec la spirale du ruban noir de la chaussure.

J'avais toujours entendu dire que la mélodie était fille du midi, et qu'on ne chantait nulle part avec plus de goût et de justesse que dans ce pays des troubadours. Encore un paradoxe ou plutôt une vanterie gasconne ! Comparez les trouvères méridionaux avec les sociétés chorales de Lille, d'Anvers, de Liége, d'Arras, de Douai, de Cambrai, de Paris, et vous verrez la différence. Tacite disait cependant en parlant des populations de la Gaule narbonnaise : Ils se consolent de leurs infortunes en chantant : *Cantilenis infortunia sua solantur* ; mais tout est bien changé aujourd'hui depuis la Gaule narbonnaise et Tacite.

5 octobre.

En sortant de l'hôtel de la préfecture de Montpellier, la voiture de Louis-Napoléon est montée sur une borne, et elle aurait peut-être versé si un athlète ne s'était trouvé là tout exprès pour la remettre sur ses roues. — Monseigneur, dit l'athlète en question en s'approchant de la portière, quoique vieux soldat de l'empire, vous voyez que je suis encore assez solide. — Vous êtes un soldat de l'empire? répliqua le président. — Oui, monseigneur, j'assistais, en 1814, à la bataille de Toulouse. — Faites vérifier le fait par le préfet, répondit Louis-Napoléon et je ne vous oublierai pas. — La voiture se remit en marche après ce dialogue, descendit la grand'rue qui conduit au Peyrou, et sortit de la ville saluée par les détonations de l'artillerie.

A midi, Louis-Napoléon arrivait à Béziers, une ville charmante, située sur une montagne, comme la plupart des villes t des bourgs du bas Languedoc. Vous connaissez sans doute le proverbe : « Si Jésus-Christ redescendait sur la terre, il choisirait Béziers comme lieu de séjour, et il serait de nouveau crucifié par les Bitérois. » Voilà un proverbe qui rend parfaitement justice aux agréments de la ville et à la beauté du site, mais qui me semble un peu dur pour les habitants. Béziers s'était mise en frais ; il n'est pas possible de voir plus de drapeaux, plus d'oriflammes, de banderoles, de mâts pavoisés et d'arcs de triomphe dans une sous-préfecture. Le président a été reçu aux acclamations de la foule. A quatre heures, il faisait son entrée dans Narbonne et se rendait, escorté par les cris de la population, au palais des archevêques, un superbe monument de la renaissance. C'est dans une des salles de ce palais que Louis XIII, surnommé le Juste, si je ne me trompe, signa l'arrêt de mort de Cinq-Mars et de de Thou. Même réception qu'à Béziers. Narbonne doit être une ville très-curieuse, elle a de beaux remparts et des monuments respectables, mais je n'ai fait que la traverser.

En arrivant à Carcassonne, on me dit que la veille, quinze ou vingt arrestations ont été faites. Carcassonne est la ville natale de Barbès. A Castelnaudary, deux arcs de triomphe sont dressés, l'un à l'entrée, l'autre à la sortie de la ville. Toute la population est sur pied et les communes arrivent comme partout avec les tambours battant. Les jeunes filles vêtues de blanc qui doivent offrir des fleurs à Louis-Napoléon forment des rondes en attendant son arrivée, et chantent l'air : *Sur le pont d'Avignon*. Quatre ou cinq vieux soldats se tiennent gravement à côté de l'arc de triomphe, celui-ci en chasseur, celui-là en lancier. Un des cinq, n'ayant pas d'uniforme, s'est contenté de mettre sur sa veste de vieilles épaulettes de laine. Je ne vous parle pas des villages qui bordent le chemin ; tous sont enrubannés, enfeuillagés et pavoisés. De Béziers jusqu'à Castelnaudary, le paysage est des plus attrayants. La route serpente entre deux vastes collines qui rayonnent au soleil comme les côtes de la mer vermeille, puis la nuit jette tout à coup son voile sur ce spectacle. Partis la veille de Montpellier, nous n'arrivons à Toulouse qu'à neuf heures du soir.

Notre arrivée à Toulouse est signalée par une particularité à laquelle nous n'étions pas habitués depuis notre départ de Paris. Aux portes de la ville, deux gendarmes nous demandent nos passe-ports ; en descendant de voiture deux autres gendarmes exigent une nouvelle exhibition de nos papiers ; enfin, dans l'hôtel où nous nous arrêtons, un sergent de ville se présente, qui veut aussi s'assurer si nous sommes en règle. Je n'ai connu que ce matin le motif de ce luxe de précautions. Il paraît que les industriels les plus habiles de la capitale ont voulu profiter du voyage du président, pour aller exercer leur industrie dans les départements : ils précèdent d'un jour le cortége présidentiel, se mêlent à la foule et jettent la sonde dans la poche des curieux.

A Toulon, une trentaine de visiteurs sont rentrés à leur hôtel allégés de leur montre et de leur porte-monnaie. A Aix, un de ces flibustiers s'est même attaqué, assure-t-on, à l'intendant de la maison du président, et a essayé de couper une ceinture de cuir qui contenait dix-huit mille francs en or. Aucun de ces *messieurs* n'a encore été arrêté, mais ils sont signalés sur toute la route, et il est probable qu'ils ne rentreront à Paris que sous bonne escorte.

Toulouse, ce chef-lieu de la Haute-Garonne, pourrait être une capitale si sa population répondait à son étendue. Partout des rues larges et moins mal pavées que les rues des autres cités méridionales, de vastes places, un nombre incalculable de grands hôtels, habités chacun par une seule famille, de belles fontaines, d'immenses promenades, des quais et des ponts superbes. Mais l'herbe croît dans quelques-unes de ces rues ; mais vers huit heures du soir ces places sont désertes ; mais la vie ne circule pas dans ce grand corps frappé depuis soixante-dix ans par la centralisation. Je me rappelle qu'en 1836, M. Henri Fonfrède écrivait dans le *Journal de Paris*, au milieu d'un rire universel, que dans le cas de certaines éventualités, le midi se séparerait du nord et du centre et se reformerait en royaume d'Aquitaine. Je ne suis plus étonné aujourd'hui que le plus fougueux et le plus exalté des Girondins de notre temps ait laissé tomber de sa plume cette superbe menace. Ici, en effet, la haine provinciale contre Paris est plus forte que partout ailleurs.

Toulouse et les cités voisines vivent encore au milieu des souvenirs de leur splendeur passée. On regrette les vieux priviléges provinciaux, et il n'est pas un habitant qui ne vous parle de cette époque où les états du Languedoc refusaient quatre millions à Louis XIV. Tous ces retours vers un temps qui n'est plus sont entremêlés, bien entendu, d'hyperboles poétiques sur les capitouls et sur Clémence Isaure.

Le monument dont les Toulousains sont le plus fiers, c'est

l'hôtel de ville, lisez le Capitole, situé à peu près au centre
de la ville. La façade de ce monument date du dernier siècle.
Elle est décorée d'un ordre d'architecture ionique colossal, qui
porte un soubassement continu avec des portiques refendus ;
l'avant-corps du milieu a huit colonnes de marbre rouge de
Carrare. Il est terminé par un fronton triangulaire dans le
tympan duquel figure le médaillon césarien de Napoléon.

Le corps de logis, masqué par la façade, est de la renaissance et du meilleur style. La première cour est terminée à
gauche et à droite par des arceaux qui soutiennent les galeries
supérieures. Deux portes, ornées de colonnes cannelées, sont
remarquables par trois belles figures enlacées autour de l'ar-
chivolte. Cette cour est vraiment admirable par son harmonie.
Au-dessus de l'entablement est une niche où se trouve placée
la] statue de Henri IV en marbre noir. C'est dans cette cour
que Louis XIII ou plutôt Richelieu fit trancher la tête au dernier Montmorency.

C'est aussi au Capitole qu'ont lieu les séances académiques
des jeux floraux. C'est là que s'effeuille annuellement cet in-
tarissable bouquet de violettes, de soucis, d'églantines, de per-
venches, qui se métamorphosent en espèces de 200 à 500 fr.
dans la poche des vainqueurs. Un complaisant cicerone m'a
conduit dans la salle de Clémence Isaure, et m'a fait admirer
la statue en marbre de cette vierge poétique. Mon guide m'a
appris, en outre, que l'Académie des jeux floraux est la plus
ancienne de l'Europe, et qu'elle était en treize cent et tant
composée de sept troubadours qui prenaient le titre de *mainte-
nadors del gay saber*. Vous voyez qu'on apprend quelque chose
en voyageant. Que *donna Clementa Isaura* pardonne tous ses
quolibets au *Charivari!*

Un autre monument vraiment curieux, c'est l'église de Saint-
Sernin, qui date, dit-on, du onzième siècle ; cette église, très-
élevée, a la forme d'une croix allongée ; elle est chaque jour
encombrée par la foule qui vient prier à la porte du caveau

où sont enfermées de précieuses reliques dont les principales, d'après ce que m'a dit le suisse, consistent en un morceau de la vraie croix, une épine de la couronne du Christ et un fragment de robe ayant appartenu à la sainte Vierge.

Le courrier qui part dans une heure me force de passer sous silence les autres curiosités de cette grande ville dont les environs sont agréables. Ce n'est plus le chaud paysage de la Provence, ni le panorama d'Avignon ou de Montpellier : tout est verdoyant sur les bords de la Garonne, mais la vue ne s'étend pas au delà de quelques lieues. On m'a dit que, du haut du vieux pont, on apercevait par un temps clair les cimes neigeuses des Pyrénées. Je les ai vainement cherchées à l'horizon.

5 octobre.

Le cinq nous arrivons à Agen. Ces deux départements de Tarn-et-Garonne et de Lot-et-Garonne sont un immense jardin. Toute cette partie du midi est verte, fertile, cultivée comme la Touraine. Agen a de magnifiques promenades. On comprend tout de suite, à l'aspect des allées plantées de grands arbres qui entourent leurs villes, que les habitants du midi vivent moins dans leurs maisons que sous les ombrages. Tous les méridionaux sont péripatéticiens. Le *Courss* est leur jardin d'Académus. Agen a une rue bituminée, s'il vous plaît. J'ai voulu voir la grande merveille de la ville et du département, *Moussu Jasmin*, et j'ai même eu l'honneur insigne de me faire raser par ce rapsode languedocien. La boutique de Jasmin est sur le cours Saint-Antoine, une vraie boutique de perruquier des anciens jours. Dans une vitrine sont étalées les œuvres du poëte, et sur une table on voit éparpillés avec ordre les journaux qui ont parlé de lui. La *Revue des Deux-Mondes* est négligemment ouverte juste à l'endroit où commence un certain article consacré au barde gascon. L'autre côté de la boutique appartient tout entier au cosmétique et à la pommade. *Utile dulci.*

Presque tout le monde connaît les œuvres de ce poëte vraiment inspiré et vraiment populaire : « Vous êtes l'Homère de notre temps, » lui écrivait l'été dernier M. de Lamartine, et le chantre d'Elvire ne faisait pas en cette occasion une complaisante hyperbole. Jamais poëte (j'excepte Béranger) n'a exercé sur le peuple une plus souveraine influence. Tous les paysans du midi savent ses chants par cœur, et lui demandent sans cesse des vers nouveaux. Pendant que je causais avec Jasmin, entra un campagnard qui venait se faire couper les cheveux. A peine eut-il pris place sur la chaise de paille, qu'il dit à Jasmin : — *Moussu, diga nouss ouna devise en mé coupant lous piels* (Monsieur, dites-nous des vers en me coupant les cheveux). — Pas aujourd'hui, répondit Jasmin, je suis trop occupé : ce sera pour la prochaine fois. — La conversation de Jasmin est vive, colorée, pittoresque comme sa poésie. Je lui demandai s'il avait fait une pièce de vers à propos du passage de Louis-Napoléon. — Non, me répondit-il, pas encore ; mais si je le vois ce soir, voici ce que je lui dirai : et l'œil inspiré, il improvisa une douzaine de vers en patois dont je vous envoie la traduction :

« Prince, je viens vous demander un service pour un homme qui fut votre ennemi personnel ; aujourd'hui, il est terrassé, vaincu, impuissant ; sa mère est octogénaire, elle meurt de faim ; sa femme et ses enfants sont dans la misère ; sa maison craque de pauvreté. Rendez-le à son pays. Il ne peut pas vous faire de mal. Il peut vivre ici, il meurt dehors.»

L'homme dont parle Jasmin, et qui meurt dehors, c'est M. Baze. Que Jasmin soit entendu !

Le poëte étant occupé à raser ses pratiques, sa femme me conduisit ensuite dans une chambre que Jasmin appelle son musée, et où sont glorieusement étalés les prix qui lui ont été décernés par les villes où il a promené sa muse populaire, précieuses reliques qu'il montre avec orgueil. Depuis vingt ans, le rapsode a récolté dans ses courses poétiques cent quarante mille francs, qui ont été consacrés à soulager des infortunes, à réparer des églises de village, à doter de pauvres orphelines. Le curé de Vergt et ses paroissiens lui ont envoyé un tableau représentant l'église de Vergt. Ce digne prêtre avait entrepris de bâtir une église à ses frais, mais, n'ayant plus d'argent pour élever le clocher, il s'adressa tout naturellement à Jasmin. Celui-ci fit une tournée dans le midi, rapporta vingt mille francs, et aujourd'hui l'église de Vergt a un clocher, que la commune a baptisé le clocher Jasmin. Heureux Jasmin, qui bat monnaie avec sa muse, et qui, de plus, est un généreux et honnête homme !

Auch a donné au poëte une coupe d'or, Toulouse un rameau d'or, Gaillac une bague, Angoulême une tabatière d'argent ; Villeneuve-l'Agen lui a fait présent d'un cachet, œuvre remarquable de Froment-Meurice, et dont les quatre faces sculptées en relief représentent des sujets tirés des poëmes de Jasmin. Il y a là aussi sur la commode des cadeaux du duc et de la duchesse d'Orléans. En me montrant toutes ces belles choses, la femme du trouvère languedocien me disait : « La muse est venue visiter *mon homme;* il l'a reçue comme un ange du bon Dieu, et depuis ce jour, tout a prospéré dans notre maison. » Maison bénie du ciel, en effet, où l'on respire à la fois les trois plus rares parfums de la terre : la poésie, la bienfaisance et le bonheur !

7 octobre.

Bordeaux, tout le monde le sait, est une superbe ville. Nulle part ailleurs on ne trouvera réunis un port plus magnifique, des voies de communication plus belles, des places plus larges, des boulevards, des promenades plus splendides. Dans ces vastes rues qui descendent vers le port, les maisons ressemblent à des palais. Quand on arrive dans cette ville par la route de Paris, il est impossible de n'être pas frappé de l'aspect majestueux du port demi-circulaire où se dresse une forêt de mâts, et qui s'offre aux regards dans toute son étendue. Du côté de la ville, ce qui frappe la vue tout d'abord, c'est la tour Saint-Michel, au haut de laquelle se démènent les grands bras du télégraphe, ce sont les flèches de la cathédrale, le Lion-d'Or, la tour de l'Horloge et le dôme du Grand-Théâtre. Quant aux environs, ils sont délicieux. On n'aperçoit que d'élégantes villes bâties à mi-côte sur le renflement de ces coteaux célèbres dont les produits égayent les tables de l'univers gastronomique : le *médoc*, le *pichon-longueville*, le *château-margaux*, le *d'estournel*, le *haut-brion*, petits coins de terre privilégiés dont les cailloux valent de l'or.

Bordeaux est tout juste la contre-partie de Lyon, dont je vous parlais il y a quinze jours. A Lyon, on thésaurise, on empile sous sur sous; ici, au contraire, on mène la vie à grandes guides, et le commerçant ne gagne de l'argent que pour le dépenser. Tout reluit dans cette ville, et là malheureusement, comme ailleurs, tout ce qui brille n'est pas or. Le plus mince négociant a des appartements princiers, un nombreux domestique, une voiture, des chiens de chasse, maison de ville et maison de campagne. *Paraître*, voilà toute la politique du commerce bordelais. Un habitant me disait ce matin : Nos barons de l'industrie et du négoce se nourriraient volontiers de pommes de terre pourvu qu'on crût dans le public que leur table est chargée de perdreaux truffés.

Un jeune écrivain du terroir, M. Saint-Rieul-Dupouy, a dit à propos du chef-lieu de la Gironde : « Bordeaux est atteint d'un mal sérieux qui le tue; il a au cœur un cancer qui le dévore et le ronge : c'est la vanité, l'orgueil, l'amour effréné de luxe, la passion immodérée de l'argent ; Bordeaux a un cœur de métal : c'est le Turcaret des villes de France. »

Et il faut dire, en effet, qu'il suffit de s'être promené une heure dans cette ville pour comprendre que la grande ambition de tous ces hommes et de toutes ces femmes, c'est pour ceux-ci l'apparence de la richesse, pour celles-là tous les dehors de la vie élégante et inoccupée. On joue au mieux logé, à la mieux mise, au mieux empanaché, à la plus belle, au plus favorisé, à la plus à la mode. C'est la ville des diamants, des pierreries, des satins, des dentelles, du luxe qui s'étale et se porte sur les épaules. On vit en un mot pour les autres et pas du tout pour soi. Le caractère des Bordelais a subi l'influence de ce jeu perpétuel de la mise en scène.Ces anciens Girondins manquent en général de persistance dans les idées; ils vont et ils viennent un peu au hasard du fait qui domine et de la brise qui souffle. Ils se précipitent dans tous les événements avec cette spontanéité irréfléchie qui est à la fois le beau et le mauvais côté des natures méridionales.

Et cependant, malgré ses monuments, ses quais, ses quinconces, que l'on admirerait à Paris, ses femmes, qui sont les plus jolies et les plus piquantes du midi, ses vaisseaux qui se pressent dans le port, Bordeaux, dans les jours ordinaires, est sombre et monotone. Toute la vie de ce grand corps a reflué au centre. Même aujourd'hui, où cent mille visiteurs sont accourus, les quais et les places semblent vides ; le quartier du Chapeau-Rouge et ses environs seuls sont encombrés. Bordeaux est en pleine décadence : Marseille et le Havre ont détrôné cet ancien sultan commercial.

La société bordelaise se recrute dans le négoce. Il y a bien aussi, comme dans la plupart des villes, une noblesse, mais celle-ci vit à l'écart, retirée dans ses hôtels ou à la campagne ; elle émigre devant le plaisir ; et à ce sujet je vous dirai que la noblesse légitimiste de Toulouse a complétement rompu la glace : elle a été prise d'un mouvement d'enthousiasme et s'est ralliée en masse. A la réception des dames, qui a eu lieu à la préfecture, les salons de M. Chapuys-Montlaville recevaient pour la première fois depuis vingt ans les douairières et les fidèles de la branche aînée, qui boudèrent avec tant de persistance le gouvernement de la branche cadette.

Le peuple de Bordeaux, comme celui de Marseille, a une

profonde affection pour la ville natale et un légitime orgueil pour ses monuments et ses beaux quartiers. Ce matin, je me dirigeais vers la rue Rase, et en passant sur les quinconces, je demandai mon chemin à un homme du peuple. — La rue Rase est vers les Chartrons, me répondit-il. — Merci, lui dis-je, mais où sont les Chartrons? — Vous ne savez pas où sont les Chartrons? — Non. — C'est un peu fort! — Mais je suis étranger. — Ah! en effet, il faut être *bien* étranger pour ne pas savoir où sont les Chartrons. — Le tout relevé de ce ton et de cet accent qui sont les épices du langage méridional.

J'ai remarqué aussi qu'à Bordeaux le patois est à peu près inconnu. A Toulouse, au contraire, tout le monde sait le patois, même la bourgeoisie, un détail qui n'est pas indifférent et qui explique le caractère bien distinct de ces deux villes. Toulouse, une grande cité comme Bordeaux, garde avec une sorte de religion sa vieille physionomie; Bordeaux, au contraire, fait tous ses efforts pour effacer l'empreinte primitive. Les Bordelais disent, en parlant des habitants de Tonneins, qui n'est qu'à quinze lieues de Bordeaux : « Les gens du midi. »

En dépit de quelques-unes des réflexions qui précèdent, Bordeaux est une ville curieuse pour l'observateur, et agréable pour l'habitant... à la condition qu'il soit riche ou qu'il le paraisse. De toutes les villes de province, c'est celle, sans contredit, qui se rapproche le plus de Paris. Je ne sais trop si c'est un éloge.

TABLE.

CORBEIL, imprimerie de CRÉTÉ.

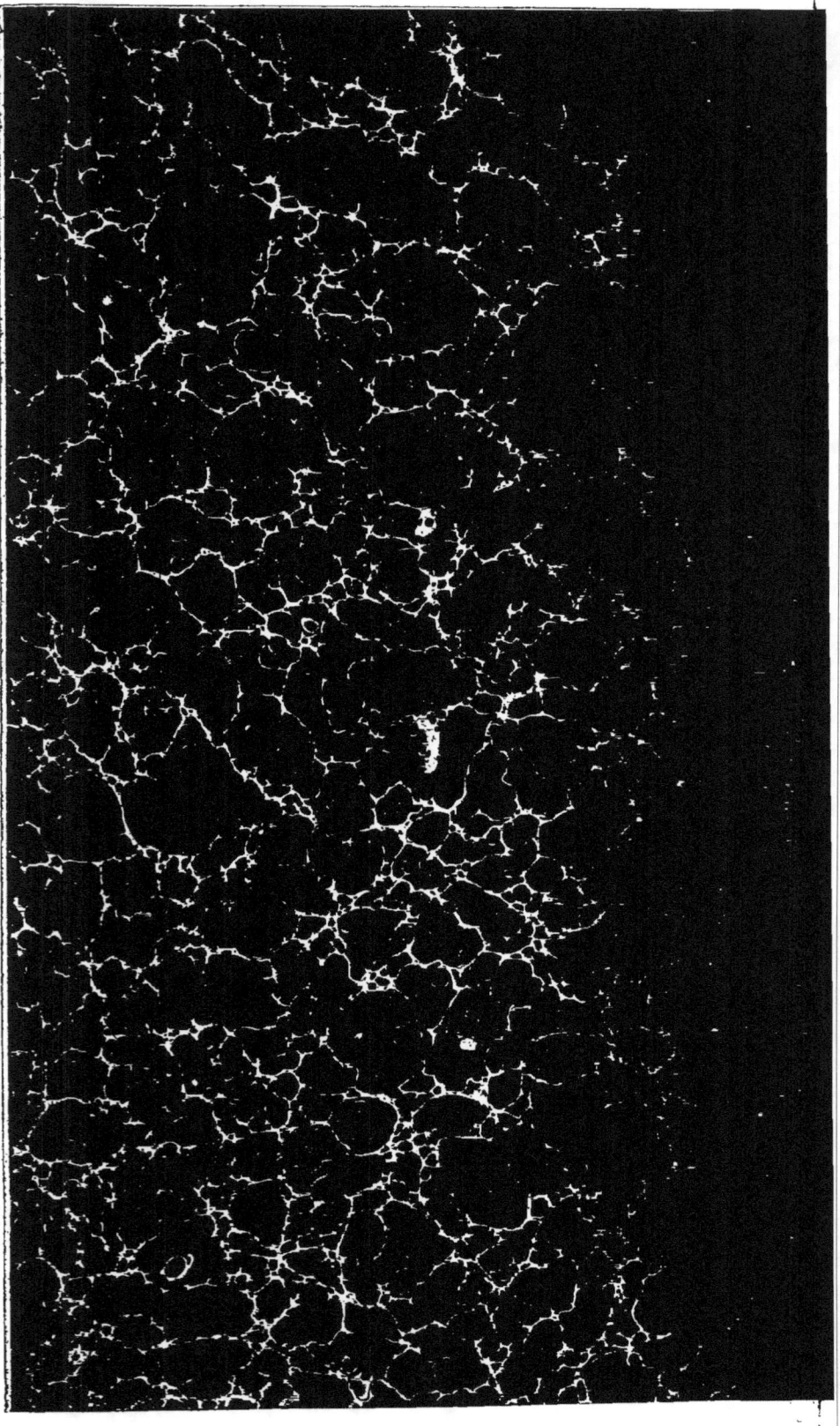

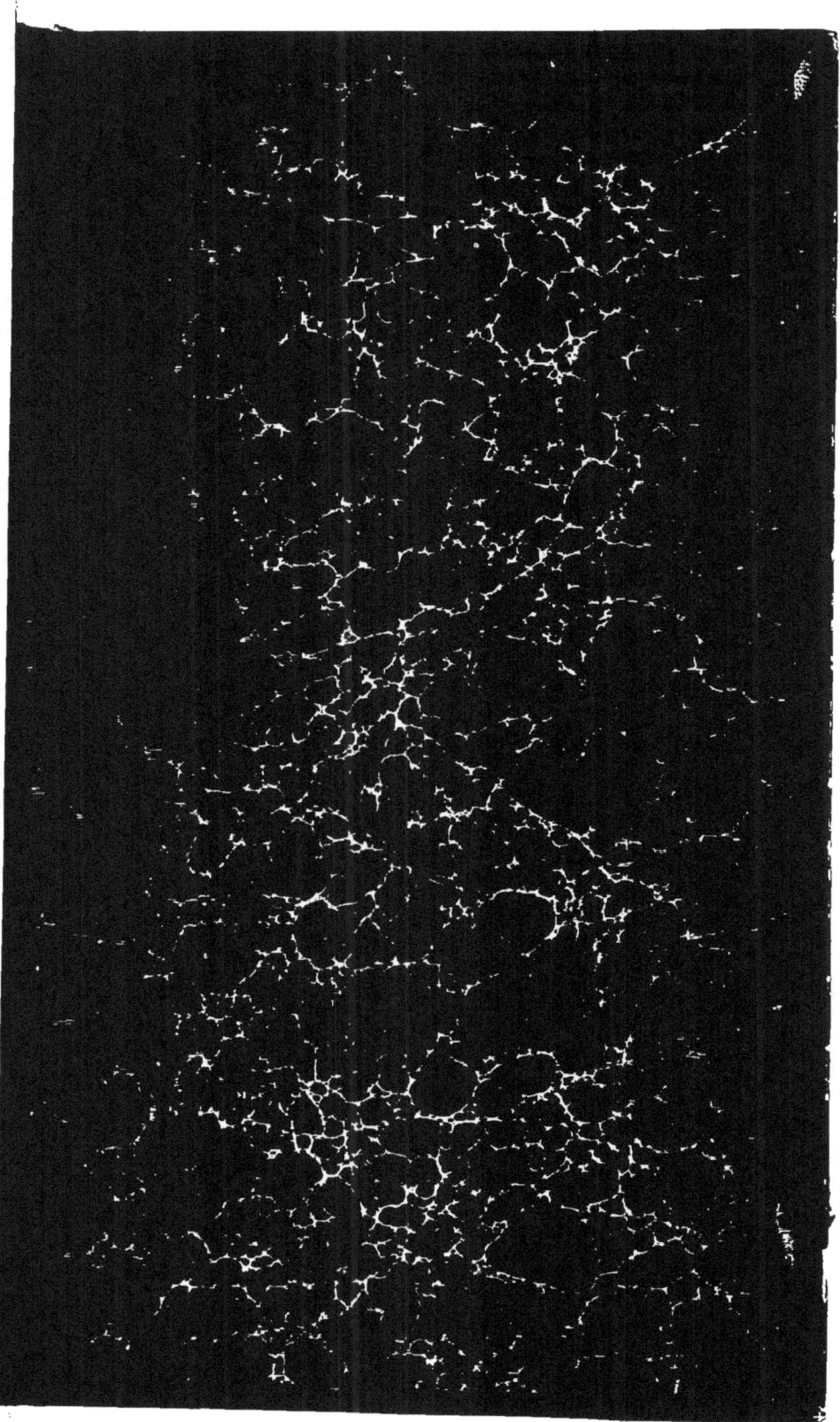

BIBLIOTHEQUE NATIONALE DE FRANCE

3 7531 001177944 7